KB263380

춘향전의 지평과 미학

춘향전의 지평과 미학

춘향전의 지평과 미학

김석배 지음

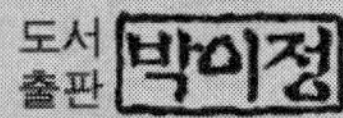

도서
출판 박이정

김석배(金奭培)

경북대학교 사범대학 국어교육과 졸업
경북대학교 대학원 국어국문학과 석사, 박사
현재 금오공과대학교 교수

논저

『경오본 노계가집』(2006)

논문

「춘향전 이본의 생성과 변모 양상 연구」(1992), 「허흥식 소장본 〈심청가〉의 성격과 가치」(1999), 「〈골생원전〉 연구」(2002), 「승평계 연구」(2003), 「박록주 〈홍보가〉의 정립과 사설의 특징」(2006) 외 다수.

춘향전의 지평과 미학

초판 인쇄 2010년 4월 1일
초판 발행 2010년 4월 7일

지 은 이 김석배
펴 낸 이 박찬익
편집책임 이영희
책임편집 이기남

펴 낸 곳 도서출판 박이정
주　　소 서울시 동대문구 용두동 129-162
전　　화 02)922-1192~3
전　　송 02)928-4683
홈페이지 www.pjbook.com
이 메 일 pijbook@naver.com
온 라 인 국민 729-21-0137-159
등　　록 1991년 3월 12일 제1-1182호

ISBN 978-89-6292-100-7 (93810)

* 책값은 뒤표지에 있습니다.

서 문

　필자가 대학에 자리를 잡은 지 어느새 20년이 되었다. 나름대로 열심히 땅을 갈고 북을 돋우었지만 워낙 서툰 농사꾼이라서 그런지 흘린 땀에 비해 소출은 시원찮았다. 뒤돌아보니 부지런을 떤 세월에 비해 이루어 놓은 것이 보잘것없어 부끄러움을 금할 길 없다.

　이 책은 그 동안 필자가 춘향전과 만나 오랫동안 대화한 과정을 묶은 것이다. 춘향전은 대화의 상대로서 버거웠고, 필자의 역량 부족으로 인해 대화가 원만하게 이루어진 적이 드물었음을 고백하지 않을 수 없다. 그럼에도 불구하고 춘향전과의 만남은 행복하였다. 왜냐하면 춘향전은 힘에 겨웠지만 대화할 만한 가치를 지닌 존재었기 때문이고, 다른 한편으로는 춘향전과의 인연으로 좋은 분들과 만나고, 공부하는 행운을 가질 수 있었기 때문이다.

　글에도 수명이 있기 마련이다. 이 책에 실린 글들이 어느 정도의 생명력을 지니고 있을지 궁금하고, 한편으로는 두렵기도 하다. 원고를 정리하면서 괜한 일을 벌인 것이라는 생각에 여러 번 그만 두고 싶었다. 그러나 그 동안 애써 이룩한 성과를 정리해 보고, 부족한 부분을 반성하여 앞으로의 공부에 조금이나마 도움이 될지도 모르겠다는 생각에서 흔들리는 마음을 다잡았다. 그리고 평소에 여러분에게 받은 과분한 사랑에 대한 마음의 빚 일부라도 더 늦기 전에 갚아야겠다는 소박한 욕심을 버리기도 힘들었다.

이 책에는 열 편의 춘향전 관련 글들이 실려 있다. 필자가 오랜 기간에 걸쳐 여러 지면에 발표한 글 중에서 일부를 간추리다 보니 체재의 일관성이 부족하고, 더러는 중복되는 부분도 없지 않다. 그리고 만족스럽지 못한 부분이 한두 곳이 아니어서 새로 쓰고 싶었지만 쉬운 일이 아니라서 그만두었고, 일부는 제목을 다듬는 등 수정·보완하였지만 대부분은 문맥을 다듬고, 참고문헌을 통일하는 정도에 그쳤다. 다만 「김창환제 춘향가 연구」와 「〈만화본 춘향가〉 역주」 등은 상당히 손질하였고, 「〈만화본 춘향가〉 연구」는 거의 새로 썼다.

필자는 항상 인덕이 많다고 생각하고, 그것을 자랑스럽게 여기며 살아왔다. 이 책을 준비하면서 그 동안 여러 선생님들께서 베풀어 주신 지도와 사랑이 하해와 같았음을 알았다. 박사과정을 지도해 주신 서수생 선생님과 서종문 선생님, 학부 때부터 지도해 주신 이주형 선생님과 김문기 선생님으로부터 받은 학은을 잊을 수 없고, 천시권 선생님과 서병국 선생님의 가르침도 잊을 수 없다. 그리고 이성후 선생님의 사랑에 감사드리고, 여러 인연으로 만나 내 인생을 살지게 한, 소중한 분들에게 진심으로 감사드린다. 이 책을 출판해 주신 박이정의 박찬익 사장님과 책을 예쁘게 꾸며주신 편집부 여러분들께도 감사의 말씀을 드린다.

끝으로, 평소 바쁘다는 핑계로 사람의 도리에 소홀했지만 늘 너그럽게
이해해 주신 부모님과 우리 가족 모두에게 늦었지만 죄송한 마음과 고마
운 마음을 함께 전한다. 손자를 지극 정성으로 사랑하셨던 할아버님과
할머님이 그립다.

2010년 3월

김석배

차 례

문학적 층위에서
본 춘향가의 磁力

1. 머리말

　'춘향이야기'[1]는 오랜 기간에 걸쳐 여러 가지 근원설화를 씨줄과 날줄로 하여 이루어졌다. 춘향이야기가 재능 있는 광대들에 의해 판소리 춘향가로 모습을 드러낸 것은 17세기말 무렵으로 짐작된다. 그 후 춘향가는 뛰어난 광대들의 손을 거치면서 고도의 예술성을 이룩하여 민족예술의 백미로 꼽히게 되었다. 춘향가는 장르 내적으로 꾸준한 자기갱신을 통해 생명력을 성공적으로 유지하는 한편, 시대적 요청에 발빠르게 대응하여 소설, 창극, 영화, 마당극 등으로 장르적 전환을 꾀하여 춘향이야기의 영역과 영향력을 확대했다.

　춘향가가, 신분이 낮은 여자와 신분이 높은 남자의 결연 과정을 다루고 있는 매우 진부한 이야기임에도 불구하고, 어떻게 그토록 오랫동안 우리 곁에 살아 남을 수 있었을까? 그것은, 춘향가가 우리에게 감동과 재미를

---

1) 본고에서는 '춘향이야기'를 춘향과 이도령의 사랑을 다룬 모든 장르의 서사적 골격을 뜻하는 것으로 사용한다.

주는 매력적인 요소들을 두루 갖추고 있기 때문이다. 요컨대, 춘향가는 우리를 그 磁場 속에 끌어들여 묶어두는 강력한 藝術的 磁力을 지니고 있다는 것이다. 변강쇠타령, 강릉매화타령, 배비장타령 등은 화석화된 사설만 남아 있고, 가짜신선타령은 옛 문헌에 희미한 흔적만 남아 있을 뿐이라는 사실이 그것을 입증하고 있다.

　본고는 판소리 춘향가가 우리를 그의 磁場 안으로 끌어들이는 磁力의 源泉을 구명하기 위해 마련된다. 이 과제는 춘향가를 올바로 이해하기 위해서 반드시 이루어져야 할 작업이다. 춘향가의 자력 중에서 가장 강력하게 작용하는 것은 물론 춘향의 至純한 사랑이다. 그리고 그것은 춘향가가 춘향가일 수 있게 하는 근원적인 생명력이다. 그렇다고 춘향가의 자력이 오로지 사랑에만 매달려 있는 것은 아니다. 사랑 외에도 다양한 매력적인 요소들이 뒤섞여 있는데, 그 중에는 우리에게 진지함을 요구하는 것도 있고, 어이없는 웃음을 유발하는 것도 있다. 또한 주제를 탄탄히 뒷받침하는 것이 있는가 하면, 주제와는 동떨어진 채 잔재미를 돋구는 것도 있다. 이러한 요소들은 모두 주도면밀한 예술적 전략에서 나온 것이고, 그것들이 유기적으로 결합하여 춘향가의 자력을 형성하므로 어느 것 하나 소홀하게 다룰 수 없다.

　춘향가의 자력은 판소리의 세 층위인 문학적, 음악적, 연극적 층위의 유기적 작용에 의해 형성되므로 세 층위를 함께 다루어야 마땅하지만, 우선 문학적 층위에 초점을 맞추어 논의하기로 하고, 음악적, 연극적 층위에 대해서는 다음 기회로 미룬다. 본고에서는 판소리 춘향가의 창본을 주된 텍스트로 삼고, 독서물의 성격이 짙은 이본도 필요한 경우에 함께 다루기로 한다.

2. 숭고한 사랑의 힘

춘향가의 자력은 무엇보다도 춘향이 보인 이도령에 대한 변치 않는 사랑의 힘에서 발생한다. 춘향의 사랑이 가진 힘은 내재되어 있다가 신관사또인 변학도의 수청 강요를 계기로 밖으로 드러난다. 춘향이 수청을 거부하고 모진 매를 맞으면서 부르는 애절한 십장가는 사랑의 힘이 외부로 발산되기 시작하는 순간이다. 춘향은 매를 내려 칠 때마다 발악적으로 대든다.

(세마치) "매우 쳐라!". "예이!". "딱!". 부러진 형장 가지는 공중으로 피르르르르르르르 동틀 밑에 가 떨어지고, 동틀 우으 춘향이는 아프단 말은 도심 싫어 아니허고 고개만 빙빙 두루면서 '일'자로 포악을 헌다. "'일'자로 아뢰리다. 일편 단심 이 내 마음 일부종사허랴는듸, 일개 형장이 웬일이요? 어서 바삐 죽여 주오." "매우 쳐라." "예이!". "딱!" "'이'자로 아뢰리다. 이부불경 이 내 마음 이군불사 다르리까? 이비 사적 알았거든 두 낭군을 섬기리까? 가망 없고 무가내요!" '삼'자 낱을 딱 붙여 노니, "삼생가약 맺은 마음 삼종지법을 알았거던 삼월화로 아지 마오. 어서 바삐 죽여 주오." '사'자 낱을 딱 붙여 노니, "사대부 사또님이 사개사를 모르시요? 사지를 쫙쫙 찢어 사대문으 걸쳤어도 가망 없고 무가내요." '오'자를 딱 붙여 노니, "오마로 오신 사또 오륜을 밝히시요. 오매불망 우리 낭군 잊을 가망이 전혀 없소." '육'자 낱을 딱 붙여 노니, "오장 육보가 일반인듸 육보으 맺힌 마음 육시허여도 무가내요." '칠'자 낱을 딱 붙여 노니, "칠척검 높이 들어 칠대마두으 동 갈러도 가망 없고 안 되지요." '팔'자 낱을 딱 붙여 노니, "팔방부당 안 될 일을 팔짝팔짝 뛰지 마오." '구'자 낱을 붙여 노니, "구중분우 관장이 되여 궂인 짓을 그만허오. 구곡간장 맺은 마음 가망 없고 무가내요." '십'자 낱을 딱 붙여 노니, "십장가로 아뢰리다. 십실 적은 골도 충렬이 있삽거든 우리 남원 교방청으 열행이 없사리까? 십생구사허울진대 십망일장 날만 믿은 우리 모친이 불쌍허오. 이제라도 이 몸이 죽어 혼비 중천 높이 떠서 도련님 잠든 창전으 파몽이나 허고지고."(〈조상현 창본〉, 58-59면)[2]

춘향은 모진 매에 굴복하지 않고 이도령에 대한 사랑이 변할 수 없다고 절규한다. 춘향의 피맺힌 절규는 목숨을 담보로 한 선언이기 때문에 비장의 차원을 뛰어 넘은 숭고한 것이다. 사랑을 지키기 위해서 육체적 고통을 감내하는 춘향의 정신적 승리는, 그녀만의 것이 아니라 관속을 포함한 남원부중의 백성들이 춘향의 정절을 칭송하고, 변학도를 원망함으로써 우리 모두의 것으로 확대되기에 더욱 값진 것이 된다.

춘향이 보여준 사랑의 힘은 옥중상봉대목에서 극대화된다. 춘향은 자신을 사지에서 구해줄 것으로 믿었던 하늘 같은 존재인 이도령이 거지 행색으로 나타났지만 결코 절망하지 않는다. 춘향이 이도령에게 바란 것은 사랑 이외의 어떤 것도 아니기 때문이다. 오히려 춘향은 어미에게 자신이 죽은 후라도 원이나 없도록 패물과 의복을 팔아 물색 곱게 도포 지어 관망의복을 차려주고, 별찬 진지를 대접하는 등 자신을 본 듯이 이도령을 섬겨달라고 부탁한다. 이러한 춘향의 행동은 사랑이 지닌 힘에서만 가능하다.

> 셔방님 늬 말삼 드르시요 늬일리 본관사쏘 싱신리라 취중의 주망 나면
> 날을 올려 칠 거시니 형문 마진 달리 장독이 낫시니 수족인들 놀일손가 만
> 수운환 헌트러진 머리 이렁져렁 거더 언쏘 이리 빗틀 져리 빗틀 드러가셔
> 장피하여 죽거들난 삭군인 체 달려드러 둘너 업고 우리 두리 쳐음 만나 노
> 던 부용당의 격막하고 요적한 듸 뉘여노코 셔방임 손조 염십ㅎ되 늬의 혼빅
> 위로하여 입은 옷 벽기지 말고 양지 끗틔 무더싸가 셔방임 귀히 되야 쳥운
> 의 올의거던 일시도 둘늬 말고 육진장포 기렴ㅎ야 조촐한 생예 우의 덩글렁
> 케 실은 후의 북망산쳔 차져 갈 졔 압 남산 뒤 남산 다 바리고 한양으로
> 올여다가 선산 발치의 무더 주고 비문의 싀기기를 수절원사츈향지묘라 야
> 달 자만 싀겨 주오 망부셕이 안니 될가 셔산의 지난 희는 늬일 다시 오련만

---

2) 조상현 창 춘향가, 『판소리 다섯 마당』, 한국브리태니커회사, 1982. 앞으로 인용할
때는 〈조상현 창본〉으로 약칭하고 해당 면수만 밝힌다. 다른 이본의 경우도 마찬
가지이다.

는 불상한 춘향이는 한 번 가면 언의 쩍 다시 올가 신원이나 하여 주오 익고
익고 닉 신셰야(〈완판 84장본〉, 199-200면)3)

살아날 가망이 전혀 없는 상황이지만 춘향은 여전히 이도령을 사랑하
고 있다. 杖斃하면 인연을 맺었던 부용당에서 염습을 하되 입은 옷을 벗
기지 말라고 부탁한다. 죽은 뒤라도 지난날의 사랑을 소중하게 간직하겠
다는 염원이다. 선산발치에 묻고 비문에 '守節冤死春香之墓'를 새겨 주면
망부석이 되겠다는 말은 영원한 사랑에 대한 맹세가 아닐 수 없다. 그런
데 춘향의 이 소원은 "죽음에 직면해서는 양반집 귀신이라도 되겠다는
명확한 의도적 행위"4)로 오해받기도 했다. 그러나 그것은 이도령과의 소
중한 사랑의 고리가 끊어지지 않기를 바라는 춘향의 간절한 소망이지 결
코 신분 상승이라는 불순한 의도에서 나온 것이 아니다.

망부석의 상징적 의미를 생각해 보면 춘향이 바란 소원의 실체가 무엇
인지 분명하게 알 수 있다. 엘리아데에 의하면, 돌은 인간 조건의 不完全
性을 초월한 절대적 존재양식을 계시한다고 한다. 장엄한 바위나 우뚝
선 화강암은 강인함을 직접적으로 드러내고, 또한 그것은 가장 孤高하고
장임함을 의미한다. 죽음의 공포를 초월한 영원한 사랑의 의지는 不敗性,
恒久性을 지니는 돌의 이미지로 형상화될 수 있는 충분한 가치를 지닌다.
그렇다면 춘향이 망부석이 되겠다고 한 의미는 분명하다. 이도령을 향한
춘향의 영원 불변의 사랑이 망부석으로 표상된 것이다. 즉, 망부석은 사
랑의 힘이 응결되어 이루어진 거대한 舍利로서, 죽음을 통해 완성된 사랑
과 그 사랑의 절대성, 고고함을 의미하는 상징물이다.5) 이러한 점은 〈정

---

3) 이가원 주, 『춘향전』, 태학사, 1995. 〈완판 84장본〉은 방각본으로 출간되어 널리
   읽힌 독서물이지만 19세기 후기의 판소리 창본을 거의 그대로 옮긴 것이므로 중
   요한 텍스트로 삼는다.
4) 윤성근, 「완판본 〈열여춘향슈절가〉 연구」, 『어문학』 16, 한국어문학회, 1967, 126
   면.
5) 김복희, 「춘향전의 다층적 주제」, 『이화어문논집』 7, 이화여대 한국어문연구소,

읍사〉의 전설에서도 확인된다.[6] 따라서 목숨을 건 지극한 사랑이 아니고 서는 결코 망부석을 입에 담을 수 없고 담아서도 안 된다. 또한 죽음을 앞둔 절박한 상황에서 하는 유언에는 진실 외에 그 어떤 것도 개입할 여지가 없다는 점에서 춘향의 유언은 춘향 정신의 결정체라고 할 수 있다.

춘향의 진실한 사랑은 사랑의 당사자의 한 사람인 어사에 의해 최종적으로 확인된다. 어사가 짐짓 '수의사또 수청조차 거역하고 살기를 바랄까'고 하자, 춘향은 '層巖絶壁 굳은 바위 눈비 온들 썩어지고, 泰山 崇岳 萬丈峰이 바람 불어 쓰러지며, 松竹 같은 굳은 절개 다시 변하든 못하겠다며 제발 덕분 죽여주오'[7]라고 한다. 어떠한 고난이 닥쳐도 층암절벽, 만장봉, 송죽처럼 이도령에 대한 사랑은 변할 수 없음을 당당하게 밝힌 것이다. 이러한 옹골찬 사랑의 힘은 우리를 춘향가의 품안으로 끌어들여서 진한 감동을 주기에 충분하다.

3. 농염한 관능의 미학

육체적 사랑을 있는 그대로 드러내고 있는 관능의 미학도 빼놓을 수 없는 춘향가의 자력이다. 육체적인 사랑은 남녀간의 애정을 확인하고 지속시켜 주는 원초적인 행위임에도 불구하고 열린 공간, 일상적인 공간에서는 여간해서 화제의 대상에 오르지 않는다. 그러나 그 불씨가 은밀하고 닫힌 공간으로 옮겨지기만 하면 이내 활활 타오르기 마련이다. 송광록, 고수관 등 당대를 대표하던 최고의 명창들이 다투어 관능적인 사랑가를

1984, 151면.

6) "井邑 全州屬縣 縣人爲行商久不至 其妻登山石以望之 恐其夫夜行犯害 托泥水之汚 以歌之 世傳有登岾 望夫石云", 『高麗史』 卷71, 樂志 2 「三國俗樂條」.

7) 〈장자백 창본〉, 130면. 판소리학회, 『춘향가』, 서광학술자료사, 1992.

더늠으로 삼았던 것도 다 이런 이유 때문일 것이다.

춘향과 이도령은 살갑고, 그러면서도 때로는 나이에 어울리지 않을 정도로 濃艶한 사랑놀음을 벌인다.

> (진양죠) 스랑 스랑 늬 스랑이야 얼쓸 간간 늬 스랑이야 져리 가거라 가
> 난 틱도를 보즈 이리 오느라 오는 틱 보즈 아장아장 거러라 걸는 틱 보즈
> 생긋 우셔라 이쇡을 보즈 늬 스랑이야 늬 간간이졔 어허둥둥 늬 스랑이야
> 여바라 츈향아 네 늬 말을 드러보와라 동졍칠빅월흐츄의 무산갓치 놉푼 스
> 랑 목낭무변슈여쳔의 창히갓치 집푼 스랑 삼호심졍 달 발근듸 쥬상쳔봉 완
> 월 스랑 쥬루늬길권염간의 도리화기 빗난 스랑 월흐의 삼싱연분 너와 나와
> 만난 스랑 허물업난 부부 스랑 이 스랑 이 연분은 비할 씌가 젼이 업짜 싱젼
> 스랑 이러흐면 스후기약이 업실숀야 너난 죽어 무엇 되며 나는 죽어 무엇
> 되리 너는 죽어 글즈되되 싸지 싸곤 안익쳐 그느름 각씨씨 게집여즈 변이
> 되고 나는 죽어 흐날권 흐날쳔 실낭낭 아드즈쯔 몸이 되야 게집여 변의 밧
> 작 붓치여 셔면 죠흘 호즈로 놀거드면 날린 쥴노 알여무나 스랑 스랑 늬
> 스랑이야 얼쓸 간간 늬 스랑이야(〈장자백 창본〉, 33-34면)

이팔의 청춘 남녀 사이에 움트듯 돋아나는 아기자기한 사랑이 잘 표현되어 있다. 이도령은, 만첩청산 늙은 범이 살찐 암캐를 물어다 놓고 이가 없어 먹지는 못하고 흐르릉거리며 어루듯이, 북해 흑룡이 여의주를 입에 물고 채운간에 넘놀 듯이, 구곡 청학이 난초를 물고 오동간에 넘놀 듯이 춘향의 가는 허리를 후리쳐 담쑥 안고 기지개 아드득 떨며 귀뺨과 입술을 쪽쪽 빨고, 뒤로 돌아 담쑥 안고 젖을 쥐고 발발 떨며 저고리, 치마, 바지, 속곳까지 남김없이 벗기니, 춘향은 부끄러워 한 편으로 잡치고 앉았는데 볼그레해진 얼굴에는 구슬땀이 맺힌다. 이어 밤을 지새우는 한판 진하고 야한 육체적 사랑으로 이어진다. 삼승 이불은 춤을 추고, 샛별 요강은 장단을 맞추어 쟁그랑 쟁쟁, 문고리는 달랑달랑, 등잔불은 가물가물한다. 이뿐만이 아니다. 사랑가에는 비점가, 궁자타령, 승자타령 등 성행위를

노골적으로 드러내거나 빗대어 부른 것이 즐비하다. '너는 죽어 방아확이 되고 나는 죽어 방아고가 되어 강태공의 造作처럼 떨크덩 떵떵 찧으면 난 줄 알려무나', '이 궁 저 궁 다 버리고 너와 나와 합궁할 제 양각 사이 오목궁 내 가죽 방망이로 궁궁궁 올려 놓으면 그 아니 별궁이랴', '이도령은 탈 것 없어 춘향 배를 타고 놀 제 홑이불로 돛을 달고 오엽으로 노를 저어 오목섬 들이달아 조개섬으로 들어가서 순풍에 음양수를 시름없이 건너갈 제' 등등이 그러하다. 남녀간의 육체적 사랑의 표현은 자칫하면 도가 지나쳐 猥褻로 흘러 醜하기 십상이다. 춘향가의 사랑가 역시 '樂而不淫'의 정도를 훨씬 벗어나 있다. 그런데 전혀 상스럽다거나 추한 느낌을 주지 않는다. 이것이 춘향가의 매력이다. 춘향가는 이와 같이 은밀한 남녀간의 관능적인 사랑을 열린 공간에 드러내 놓고 자연스럽고 떳떳하게 즐길 수 있게 해 준다.

4. 뒤집혀진 난장판

조선사회에서 민중들은 체제 유지를 위해 강요된 유교적 이념 예컨대 삼강오륜과 같은 것을 제외하고는 양반문화와는 전혀 다른 층위의 민중문화를 형성하고, 그 테두리 안에서 힘겨운 삶을 살 수밖에 없었다. 그러나 그들은 해학이라는 유용한 양식을 통해 그들의 삶을 억압하고 있는 양반문화를 깎아 내리고, 비틀고, 뒤집어버림으로써 억눌린 삶에서 벗어나 건강하고 발랄한 삶을 되찾고자 하였다. 민중들은 현실에 대한 불만을 직접적으로 드러내 놓을 수 없기에 그것을 간접적이고 우회적인 방법을 통해 그들만의 공간에서 드러낼 수밖에 없었고, 자연 해학이라는 '뒤집기 형식'을 취하게 되었던 것이다. 따라서 민중문화의 미의식은 양반문화의 그것과는 상반되고, 미적 가치로 추구하는 대상의 質料 선택도 다를 수밖에 없었다. 즉, 민중들은 작은 것, 좀스러운 것, 비속한 것, 세속적인 것, 무절제한 것, 장난스러운 것, 싱거운 것 등을 즐겨 추구할 뿐만 아니라, 쌍욕·육담·말장난으로 대상을 희롱하고, 성기나 항문, 똥 등 신체의 하부를 거침없이 동원하여 대상을 그들의 자리로 끌어내리는 수법으로 독특한 해학미를 창출하였던 것이다.[8] 이런 점에서 해학은 겉보기에 가볍고 진지하지 않은 것처럼 보이기 쉽다. 그러나 실상은 그렇지 않다. 민중들에게 양반적 진지성이나 엄숙함을 허용하지 않았기 때문에 민중들은 해학이라는 새로운 통로를 통해 기존의 낡고 왜곡된 세계를 파괴하고 그들 나름의 새로운 세계 창조에 나선 것이다. 이처럼 해학은, 비록 우회적인 방법이지만, 양반문화가 지닌 진지성 이상의 민중적 진지성을 내포하고 있고, 양반의 허위의식을 백일하에 폭로할 수 있었던 무디지만 매우 위력적인 민중의 무기였다.

춘향가에는 同音이나 類似音을 이용한 말장난으로 전통사회의 가치 규범이나 질서를 송두리째 무너뜨리는 경우가 흔하다. 방자가 '아버지'가 되고, 政丞이 '장승'이 되기도 한다.[9] 그뿐만이 아니다. 조선사회의 체제 유지의 정신적·이념적 버팀목이라 할 수 있는 『大學』, 『論語』, 『孟子』 등의 儒家書도 말장난에 의해 그 권위가 끝없이 추락해 버린다.[10]

> 딕학을 일글식 딕학지도난 지명명덕ᄒ며 지신민ᄒ며 지춘향이로다 그
> 글도 못 일것다 주역을 익난듸 원은 형코 정코 춘향이 코 쌱딕 코 조코 한이

---

8) 김학성, 『국문학의 탐구』, 성균관대출판부, 1987, 196면. 민중문화의 육담세계에 대해서는 김선풍 외, 『한국육담의 세계관』(국학자료원, 1997)에서 다루고 있는데, 그 중에서 황패강의 「고소설에 나타난 육담의 의식과 세계관」과 김기형의 「판소리에 나타난 육담의 미적 특질과 기능」은 판소리문학의 육담에 대한 것이어서 참고할 만하다.

9) 〈장자백 창본〉, 23-24면.

10) 성현경, 『韓國옛小說論』, 새문사, 1995, 참고.

라 그 글도 못 일것다 등왕각이라 남창은 고군이요 홍도난 신부로다 올타
그 글 되야다 밍자을 일글식 밍자견양혜왕하신듸 왕왈 쉬불원천리이닉하
신이 춘향이 보시려 오신잇가 사략을 익는듸 틔고라 천왕씨난 이 쑥쩍으로
왕하야 셰기셥졔ᄒ니 무위이화의라 하야 형졔 십일 인이 각 일만팔쳔셰하
다 방지 엿즈오되 여보 도련임 천황씨가 목쩍으로 왕이란 말은 들어스되
쑥쩍으로 왕이란 말을 금시초문이요 이 자식 네 모른다 쳔왕씨 일만팔쳔
셰를 살던 양반이라 이가 단단ᄒ여 목덕을 잘 자셔건이와 시속 션부더른
목쩍을 먹건는야 공자임계옵셔 후싱을 싱각하사 명윤당의 현몽ᄒ고 시속
션부드른 이가 부족하야 목쩍을 못 먹기로 물신물신한 쑥쩍으로 하라 ᄒ야
삼빅육십 주 힝교의 통문ᄒ고 쑥쩍으로 곳쳐난이라 방지 듯다가 말을 하되
여보 하날임이 드르시면 쌈쌕 놀닉실 거진말도 듯거소(〈완판 84장본〉,
46-47면)

'在春香'은 『대학』의 '在止於至善'을, '춘향 보시러 오신잇가'는 『맹자』의
'亦將有以利吾國乎'를 패러디화한 것이다. 그리고 『十八史略』의 '木德'을
'쑥떡'이라고 하고선 터무니없는 논리로 둘러대고, 〈滕王閣序〉의 '新府'는
'新婦'가 되며, 『周易』은 숫제 '코책'이 되는 등 儒家書는 肉談의 대상으로
전락해 버렸다. 익살과 猥褻로 범벅되어 있는 것이다. 특히 말장난이 방
자에 의해 유도되었지만, 양반인 이도령에 의해 양반적 덕목이나 가치관
이 우스꽝스럽고 외설적인 것으로 전락해 버리기 때문에, 그것은 단순히
웃자고 하는 재담이 아니라 시퍼런 날을 세운, 다분히 공격적인 풍자가
된다.

이와 같이 춘향가의 세계를 난장판으로 몰고 가는 해학은 일일이 예거
하기 힘들 정도로 많다. 춘향가가 창출한 해학미의 압권은 단연 암행어사
출도 장면이다.

(즈진머리) 잇쩍의 어스쏘난 셔리 보고 눈을 쥰이 난듸업난 ᄒ인이며 보
지 못한 역쭐덜이 일시의 닙써 셔셔 희 갓튼 마픽를 달갓치 드러 메고 번기
갓치 달여드러 삼문을 후닥짝 암향어스 출쏘야 한 번을 호통한이 강산이

문어지고 두 번을 호통한이 우쥬가 박쑤난 듯 세 번을 쩌지른이 부즁이 욱
씬 불꽃시 날니로다 벽역갓치 지른 쇼리 산쳔쵸목이 벌녕벌녕 썰을 젹의
동원좌상 혼겁 즁의 인통 놋코 슈박 들고 병부 녹코 싱합 들고 탕근 일코
용슈 씨고 좌슈 별감 넉셜 일코 한 쫙 목의 두 발 넛코 뒤로 벌쩍 잡쌔지고
스령굴노 나발 일코 쥬먹 쥐고 홍이홍이 이방은 혼을 일코 즈식 보고 네가
뉘기요 공방은 자리 일코 멍셕 마라 질지고 쳥영흔든 슈형나난 쇼지 들고
긔졀ㅎ고 진지ㅎ든 긔싱덜은 슐잔 든 치 도망ㅎ고 시면 치던 고인덜은 겁집
의 덱슈 넘어 뒷목졔비 졀노 되고 호장은 넉셜 일코 듸긔치를 몰나 보고
이고 날니 낫짜 셔리 즁방 역졸덜은 본관 흐인 얼는 흐면 등치로 후닥짝
이고 박 터졋닉 구례 현감 쏭을 싸고 곡셩 원님 겁짐의 요강 업시 오좀 누며
이고 쓰거 이고 쓰거 닉 바지 가린의 물 싀려 붓는다 운봉 영장 겁을 닉여
말를 뎅경 걱꾸로 타고 이고 이 말이 쑤득쑤득 어사쏘한틔로 간다 스쏘게셔
겁짐의 말을 쩍구로 탓쑈 인졔 엇지 올케 타겻는야 말 목아지 쌔여 쏭군역
의 쳐박아라 본관스쏘 정신 일코 아상의로 드러가며 문 드러온다 바람 다다
라 요강 마랍다 오좀 듸레라 안악한님 넉셜 일코 이고 여보 스쏘님 작꼴
이씨 쏭을 싸고 삼쳔동 이씨도 쏭을 싸고 소녀도 쏭을 쌋쇼 에라 요년 나는
쓰도 못ㅎ고 반만 셕물고 간다 남원이 호마 쏭군역 뒷 셰둣하여쑤나(〈장자
백 창본〉, 127-128면)

'암행어사 출도야!' 하는 소리에 잔치판의 모든 인간군상들은 너나할것
없이 겁에 질려 넋을 잃고 허둥댄다. 아전을 비롯한 下吏들이야 속성상
그렇다손 치더라도 한 고을을 다스리고 있는 목민관들의 행동은 가관이
다. 고을 원들은 똥을 싸고, 오줌을 싸며, 말을 거꾸로 탄 채 달아나고,
말이 헛나오는 등 목민관으로서의 체통은 찾아볼 수 없다. 이제 그들은
懲治의 대상도 될 수 없을 정도로 보잘것없는 인물로 전락한다. 그들의
넋 놓은 모습은 가소롭다 못해 연민의 정을 자아낼 정도이다.
　어사출도는 왕명을 수행하는 자리이므로 최대한 엄숙하고 진지하여야
한다. 그런데 이 장면은 어떠한가? 기존의 强固한 秩序가 한꺼번에 무너
져 내린 난장판이요 아수라장이다. 거기에 그치지 않고 본관사또는 똥을

싸지도 못하고 반만 빼물고 있고, 그의 가족들도 똥을 싸서 '남원이 호마 똥구녁 뒤 세듯하여' 어사출도가 똥판으로 변해 버렸다. 민중들이 내리는 똥에 의한 징치는 양반들이 내리는 가혹한 형벌과는 차원이 다르다. 민중들은 떳떳할 뿐더러 부끄러울 것도 없기 때문에 성급하고 가혹한 방법이 아닌 똥판이라는 매우 여유 있고 유연한 방법을 선택하였다. 그러나 그것은 민중들이 내리는 최종적인 치명적 형벌이요, 준엄한 심판이다. 왜냐하면 똥을 싸거나 똥판에 빠진 자는 더 이상 그 이전의 권위를 유지할 수 없고, 인격체로 인정받을 수도 없기 때문이다.[11] 이런 뒤집혀진 난장판에서는 기존의 권위나 질서가 힘을 발휘할 수 없을 뿐더러 발붙일 자리도 없다.

이와 같이 춘향가는 난장판을 통해 그들을 억압했던 양반 중심의 왜곡된 질서나 권위, 규범을 무너뜨리고 그 이전에 미처 경험하지 못했던 전혀 새로운 살맛나는 세계를 창조하고 있다. 그 곳은 춘향이 어떠한 간섭도 받지 않고 이도령을 마음껏 사랑할 수 있는 자유가 보장되어 있는 '살판'으로, 우리에게도 건강하고 발랄한 삶을 한껏 누릴 수 있도록 활짝 열려 있는 공간이다.

5. 생동하는 인물들

판소리에 등장하는 인물들은 모두 그 이전의 다른 장르에서 쉽게 만날 수 없었던 독특한 개성을 지닌 인물들이다. 춘향가의 인물들은 다른 작품

---

11) 박문서관의 〈홍보전〉과 박지원의 〈虎叱〉에서도 그러한 사실이 확인된다. 홍보가의 경우가 놀부의 경제적 파산을 뜻한다면, 〈호질〉의 경우는 북곽선생의 인격적 파탄을 뜻한다. 그리고 민중사회에서 '똥을 싼다'는 속어는 죽음을 의미하기도 한다는 점에 유의할 필요가 있다.

에 비해 그런 성격이 더욱 강하다.[12] 우선 춘향의 성격부터 살펴보기로 하자. 춘향은 나이에 어울리지 않을 정도로 千의 얼굴을 가지고 있는 여자이다. 이도령과 농염한 사랑놀음을 벌이다가도, 이도령이 '미장전 아이가 부형 계신 고을에 내려와서 기생작첩하여 데려왔다고 하면 사당참례도 못하고 벼슬도 할 수 없으니 이별할 수밖에 도리가 없다'고 하자 신경질적으로 발악하는 암팡진 여자가 춘향이다.

> (말로) … 츈향이가 이별 말를 막 듯던이 고닥의 변ᄉᆞᆨ되여 요두전목의 얼골이 불그락푸루락 눈셥이 솟솟ᄒ며 왼 몸을 셈 찰나는 ᄆᆡ 몸 ᄊᆞ듯 짝 ᄊᆞ고 안썬이 도련님을 물그럼이 보던이
> (진양죠) 허허 이게 웬 말이요 와락 쮜여셔 이러나며 거듯치난 쵸ᄆᆡ즈락도 짝짝 ᄶᅵ져셔 후릿쳐 바리고 머리ᄭᆡ덩이도 아드득 쥬여쓰더셔 도련임 압페다 더지면셔 이것쪼 모도 다 쇨 씌가 업구나 면경 체경도 두릿쳐 안어다가 문방ᄉᆞ우여다 후닥짝 와르르탕탕 부드지며 숀벽을 치고 도란지며 셔방 업실 츈향이가 세간 ᄉᆞ라 무엇ᄒ며 단장ᄒ여셔 뉘긔를 보일쩌나 못실 연의 팔즈로다 이팔청춘 졀문 게집아히가 셔방 업시 어이을 살쩌나 천연이 도란지며 여보씨요 도련님 천ᄒᆞ온 츈향이난 한부로 바리셔도 아모 탈도 업난익가 우리 당츄 언약할 졔 되부인 사쏘님이 식키던 일이익가 빙즈ᄒ기 웬일이요 작연 오월 단오일의 광한누셔 처음 보고 ᄂᆡ 집이를 나와 게셔 도련임은 져긔 안고 츈향 나는 여그 안져 무엇시라고 말ᄒ엿소 구망이 부려신망이요 신망이 부려천망이라고 ᄂᆡ의 숀질 부어잡고 우둥퉁퉁 박그 나와 당즁의 나려셔셔 경경이 말근 ᄒᆞ날를 쳔 번이나 가릇치고 만 번니나 밍셰키로 ᄂᆡ가 정영이 밋어썬이만은 말경의 가실 젹의난 쑥 씌여셔 바리신이 져러한 독ᄒ

---

12) 이 점에 대해서는 권두환·서종문, 「방자형 인물고」, 『한국소설문학의 탐구』(일조각, 1978), 김홍규, 「방자와 말뚝이 : 두 전형의 비교」, 『한국학논집』 5(계명대 한국학연구소, 1978), 김일렬, 『고전소설신론』(새문사, 1991), 박희병, 「춘향전의 역사적 성격 분석」·정하영, 「월매의 성격과 기능」, 김병국 외 편, 『춘향전 어떻게 읽을 것인가』(서광학술자료사, 1994), 정출헌, 「〈춘향전〉의 인물형상과 작중 역할의 현실주의적 성격」, 『판소리연구』 4(판소리학회, 1993) 등에서 깊이 있게 다루었다.

고 모진 양반 고금천지 어듸가 잇쓰란 말린야 이고이고 늬 신셰야(〈장자백
창본〉, 46-48면)

춘향은 이도령의 이별 선언을 듣고는 머리를 흔들며 눈알을 굴리고,
얼굴이 붉으락푸르락하고, 눈썹이 꼿꼿하며, 꿩 채려는 매처럼 꽉 짜고
앉아서 치마자락도 찢어서 후리쳐 버리고 머리끄덩이도 쥐어뜯어 이도령
앞에 던지고 면경, 체경도 문방사우에 부딪치며 손뼉치며 신세자탄을 한
다. 이전까지 보였던 정숙한 숙녀의 모습은 오간 데 없고, 표독스럽기 짝
이 없다. 그러다가 어떻게든 데려가 달라고 애원도 하고, 심지어 長松에
목 매 자결하겠다는 강짜도 부린다. 그런가 하면 使令軍牢들이 잡으러
들이닥치자 갖은 애교를 떨며 술을 대접하고 돈을 주는 등 세속적인 방법
으로 위기를 모면하고자 한다. 또한 貞操를 짓밟으려는 변학도에게는 매
섭게 항거한다. 이와 같이 춘향은 요조숙녀, 烈女의 化身으로 윤리교과서
에 앉아 있는 化石化된 人物이 아니라 현실 속에서 만날 수 있는 살아
숨쉬는 인물이다. 이러한 춘향의 꾸밈없는 인간적인 모습은 우리로 하여
금 그녀를 아끼고 사랑하도록 만든다.

춘향 이외의 인물도 마찬가지이다. 이도령은 양반으로서 의당 지녀야
할 근엄함에서 逸脫한 인물이다. 광한루에 봄나들이 나가서 "曲江春酒人
人醉라. 너도 먹고 나도 먹고 上下同樂 놀아보자."며 나이에 따라 술을
마시는 호탕하고 풍류적인 면모를 보인다. 그리고 광한루에서 춘향을 만
나고 책실에 돌아와서는 '마음이 흥글상글 만사가 뜻이 없고 다만 춘향
생각'뿐이다. 退令소리 나기만 기다리며 『맹자』·『대학』 등 儒家書를 들
여놓고 읽지만 맑은 정신은 춘향집으로 벌써 봇짐 싸고 等身만 앉아 '노루
글'로 띄어 읽는데, 그마저도 춘향 말을 떡시루에 고물 쌓듯 한다. 급기야
'千字文을 七書의 本文으로 글뜻을 낱낱이 새겨 보면 뼈똥 쌀 마디가 많
다'고 읽으며, 온통 춘향과의 欲情을 빗댄 肉談冊으로 만들어 버렸다.

(중머리) 천기즈시싱쳔한이 퇴극이 광듸 ᄒ날 쳔 지벽축시싱후한니 오향
팔괘로 싸 지 - 중략 - 무월동방 원방금의 츈향 동침 잘 슉 등쑹셩 입맛츄
며 ᄉ양 말나 벌 연 일야동침의 빅년을 기약 온갓 졍담 베폴 장 금일한풍이
쇼쇼한듸 금침의 들리라 찰 한 베기가 놉써던 늬 팔을 베여라 이만금 오느
라 올 늬 에후레 안고 침각의 든이 셜한풍의도 더울 셔 침실이 온ᄒ면 셔으
를 피할가 이리져리 갈 왕 불한불열 언의 씌뇨 염낙오동 가을 츄 츄상한풍
이 귀체를 상할가 즈연이 가득이 거둘 슈 츄월ᄒ긔를 ᄉ렴타가 그 셜한의
져의 동 쇼한 듸한을 염여 마쇼 우리님 의복 갈물 장 이 희가 어이 이리
진고 츄시로 쏫츠 부룰 윤 츈향 집을 언의 씌 갈가 이계도 ᄉ오시 나무 려
외로이 졍담을 이루지 못한이 츈향 만나 일울 셩 나는 일각이 여삼취라 일
연ᄉ시를 비ᄒ게 된이 숑구영신 히 셰 죠강지쳐난 오륜의 반이라 듸젼통편
의 법즁 율 군즈호구가 이 안인야 츈향과 날과 셔 마죠 물고 아드득 쪽쪽
쌜거드면 법즁 여즈 이 안인야 보고지고(〈장자백 창본〉, 19-21면)

또한 이도령은 퇴령을 기다리다 못해 上房 映窓에 침을 발라 구멍을
내고 들여보다가, 손가락으로 사또의 눈을 요롱조롱하며 취침 여부를 알
아내려고도 하고, 월매가 춘향을 데리고 가라고 발악하자 家廟陪行할 때
에 神主 대신 춘향을 腰輿에 태워가겠다고까지 하는 철부지 惡童이요 망
나니다. 어사가 되어 남원으로 내려오던 중에 춘향이 죽었다는 樵童牧竪
의 거짓말에 속아 남의 초분을 껴안고 통곡하다가 톡톡히 경치고, 거지행
색으로 춘향집에 나타나 패가망신한 내력을 둘러대며 월매의 오장을 발
끈 뒤집어 놓기도 하며, 어사출도 후에는 춘향을 대령하여 놓고 志氣를
떠보려고 짐짓 "토포 병방 불너 쥬리씌 듸령ᄒ고 팔심 죠혼 집장ᄉ령 골
나 져런 연은 듸민의 씌려 죽이라 네 이 년 드러라 너난 일기 창여로셔
네 골 관장영을 거영한이 죽어 맛당ᄒ건니와 쪼한 슈이ᄉ쏘 슈쳥쫏츠 거
역ᄒ고 시직 살기를 바릴까 분부 묘와라"13)고 으름장을 놓는 등 경망스럽
기도 하고, 능청스럽기도 하다.

---

13) 〈장자백 창본〉, 129-130면.

변학도는 전형적인 탐관오리로 그려져 있다. 그는 성정이 괴팍하고 邪症이 있어 한번 마음이 돌아서면 백인이 말리더라도 돌아설 줄 모르는 위인으로, 백성은 안중에도 없고 춘향이 일색이란 말을 듣고 한 번 취하기가 願인 好色漢이다. 그러기에 신연하인에게 춘향의 안부부터 묻고,[14] 臨地에 도착하자마자 기생점고를 서두르며 춘향을 찾고, 춘향이 수청을 거부하자 모진 형벌을 가한다. 그런 그에게 남원백성들이 갖은 욕설을 퍼부으며 신랄하게 비난할 것은 당연하다.

월매와 방자는 비록 보조적인 인물이지만 매우 현실성 있고 생동하는 인물들이다. 그들은 춘향가에 활력을 불어넣어 작품 세계를 더욱 풍부하고 흥미롭게 한다. 월매는 退妓답게 수다스럽고 의뭉스러운 '알심있는' 늙은이다. 밤중에 이어사가 찾아오자 '하늘에서 떨어졌는가 땅에서 솟아 왔는가? 바람결에 날려 왔는가? 구름 속에 싸여 왔는가? 사위밖에 또 있는가? 들어가세, 들어가세' 하며 수다를 떨며 반색하다가, '귀신 같고, 허수아비 같은' 이도령의 행색을 보고는 태도를 돌변하여 갖은 욕설을 퍼부으며 발광한다.

> (세맛치) 잘되얏네 잘되얏네 열여 츈향 신세 잘되얏네 이 히나 져 히나 이 달리나 져 달이나 날날 시시로 지다리고 바리던이만은 공든 탑이 문어지고 신든 남기 부러젠네 칠셩단 무어 녹코 지셩신공ᄒᆞ올 쩍의 어ᄉ 베실하라고 빌어쎤이 좃타 베실 달구 베실 쥬먹 베실 거린 즁의 되방이요 놈 즁의 큰 놈이요 젹 즁의난 되젹이요 눈꼴이 큰 놈 다 되얏짜 문을 츠고 쒸여 나와 후원으로 우루루루 드러가 칠셩단을 후닥짝 와르르 탕탕 깃쩌리고 앙쳔통곡 우난 말이 남토실영 영타던이 아모쎳도 허스로구나 앗갑쑤나 늬 짤이야 네가 무신 죄 잇쎠랴 어질고 착한 힝실 늬의 몸의 틔여나셔 늬 죄의 네 죽는야 천지도 무심ᄒᆞ고 귀신도 야쏙ᄒᆞ다 늬가 만져 죽쏘 말졔 너 죽는듸 어이 보리 단ᄒᆞ의 쎡구러져 가삼 탕탕 쑤다리며 머리도 쾅쾅 부두지며 익고익고

---

14) 〈장자백 창본〉, 57-58면.

닉 신셰야

　(말노) 어스쏘 어이업써 여보쇼 장모 이게 웬일인가 날노 보와 참소 닉 우션 시장한이 밥 좀 쥬쇼 춘향 모친 그 말 듯고 오장이 발끈 뒤집피여 환장을 ㅎ난듸

　(ㅈ진머리) 실셩발광 밋친 마음 발구르며 호통한다 네 이 불셜 강도놈아 널노 ㅎ여금 몃 스람이 죽난듸 밥만 찻난 이 동낫치 쌍숀놈아 쇽 다 도독 맛고 염체업고 여마리 쌔진 이 잡썻아 밥 쥬라 아나 밥 여보쇼 장모 닉 진졍 시장한이 미운 쇼리 그만하고 밥 좀 쥬게 익고 잡썻 쇽 죤 체 탄도 안코 눅은 쳥의로 빅이난 게 비러 먹기난 투 낫쑤나 익고 보기 시러 이 잡썻아 나가거라(〈장자백 창본〉, 111-113면)

　그렇게 고대하던 이도령의 벼슬은 '닭벼슬', '주먹벼슬'로 卑下되고, 이 어사는 걸인·도적의 우두머리가 되고 강도, 땅꾼이 되고 마침내 잡것이 되어 버린다. 이튿날, 걸인차림으로 왔던 이도령이 어사인 줄 알고는 "어제 전역의 우리 스우 츄포도복 헌 파립 걸긱의로 오셧씰 졔 닉가 언졔 난 관쇽인가 어슨 쥴을 아라씨나 쳔긔누셜을 안이 ㅎ랴고 몟쏭이를 ㅎ엿던이 스외 스외 어스 스외 그 말 부듸 노여 마쇼 노여 ㅎ면 엇찌여 나 안니면 츈향 나 일언 질겁이 쏘 잇씰가"15)며 넉살좋게 둘러댄다. 월매에게 깊이 있는 생각, 가치 있는 고민, 뚜렷한 이념 같은 것은 도무지 어울리지 않지만, 이러한 행동은 밉상스럽지만은 않다.

　방자는 양반을 희화화하고 풍자함으로써 민중을 대변하고 골계미를 창조하는 데에 기여하는 인물이다. "우리 두리 평발은 일반인즉 년치 차저 먹으면 엇더하오"16)라고 하고, 추천하는 춘향을 발견한 이도령이 일신을 벌벌 떨고, 유월 장마에 두꺼비 숨쉬듯 헐떡거리며 방자를 부르자, 방자는 낌새를 채고 세 배나 더 떨며 돌림병인지 감기인지 우연히 벌렁벌렁 떨린다고도 한다.

---

15) 〈장자백 창본〉, 133면.
16) 김준형 편, 『이명선 구장 춘향전』, 보고사, 2008, 18면.

(말로) … 져 건네 화림 즁의 오락까락ᄒ난 게 무엇신야 방ᄌ 번넌이 알면셔 의몽을 푸여 딕답ᄒ되 어딕 말삼이요 엇짜 이 ᄌ식아 ᄌ셔이 보와라 ᄌ시는 말고 축시여 보와도 안이 보이요 엇짜 이 놈아 시간의로 보거던 보이것는야 늬 붓치로 바로 보아라 붓치 바로는 말고 션자 바로 보와도 안이 보이요 이 ᄌ식아 각갑ᄒ여 못 살것다 쏙쏙이 좀 보와라 쏙쏙이난 말고 나무쎡이 두 번 부질너 보와도 안이 보이요 도련님 홰를 닉여 눈도 반목상목이 잇짠 말린야 상놈의 눈이라 ᄒ난 게 양반의 발싯틱 틔눈만쏘 못 한 거시로고 방ᄌ놈 기가 믹켜 양반의 눈은 가죽푸틴라도 막 쑬난익가 온야 쑬치야 그러면 눈이 아니라 바로 경이올시다 이 ᄌ식 잡담 그만ᄒ고 정신칙려 좀 보와라 방ᄌ놈 헛우심치며 올체 올체 보왓쑈 다른 무엇 안니오라 병든 쇼로기가 요쳔슈셔 모욕ᄒ고 부러진 고목 우여 안져 졔 짓 짜듬느라고 움슉움슉ᄒ는 쇼록이 말삼이온익가 허허 이 ᄌ식아 나무 쎡딕이를 보지 말고 나무 밋트로 보와라 올체 올체 웃쑥 션난 이진ᄉ네 망두셕 말삼이요 이 ᄌ식가 들낭날낭 오락까락ᄒ는 걸 보란 말리여 그난 다른 무엇 안니오라 거멍 암쇼 한 마리ᄒ고 이쫘슈딕 노당나구ᄒ고 풀 쓰더 먹느라고 오락까락ᄒ나니다 이 ᄌ식아 노당나구 모르고 스람 모를 니가 잇는야 늬 눈의난 보이고 네 눈의난 안이 보인이 날과 시운진 금이나부다 방ᄌ 웃양반을 오릭 속이지 못ᄒ여 다른 무엇 안이오라 이골 기싱의 월믜 쌀 춘향이라 ᄒ옵난듸(〈장자백 창본〉, 8-9면)

이도령이 그네 뛰는 미인의 정체를 알고 싶어 안달하지만 방자는 엉뚱한 대꾸만 하며 놀린다. 화가 난 이도령이 '상놈의 눈은 양반의 발 사이의 티눈만도 못하다'고 막말을 하자, 방자는 '양반의 눈은 가죽푸대도 뚫는 정'이라고 맞받아치며 이도령의 好色을 비꼰다. 이것뿐이 아니다. 이도령이 '千字文은 七書의 본문이고, 글 뜻을 낱낱이 새겨보면 뼈똥 쌀 마디가 많다'고 하자, 방자는 '소인도 천자문을 새겨 보았거니와 뼈똥은커녕 물똥도 아니 싸입디다'고 하고서 '높고 높은 하늘 천 깊고 깊은 따 지 휘휘친친 검을 현 꾹 눌렀다 누루 황'이라고 하여 양반들의 문자문화를 비속화하기도 하고, 이도령을 춘향의 집으로 데리고 가면서 자신의 이름을 부르지

않으면 못 가겠다고 생떼를 써서 '아버지'라 부르게까지 한다.[17] 방자의
이러한 행동은 탈춤의 말뚝이, 배비장전의 방자, 적벽가의 정욱에 비해
다소 소극적이고 다분히 장난스러운 것이지만 상전을 卑俗化하고 戲畵化
하여 양반문화를 뒤집는 데에는 여전히 유효하다. 그러나 20세기에 들면
서 월매와 방자가 보여준 이러한 민중적 경쾌함과 발랄성은 크게 약화되
고, 마당놀이에 그들의 자리를 내주고 말았다.

6. 신랄한 현실비판

당대의 사회상을 잘 반영하고 있고, 시대적 모순과 아픔을 첨예하게
드러내고 있는 점도 춘향가의 자력으로 주목해야 한다. 남원백성들은 부
정부패로 얼룩진 현실을 무서울 정도로 정확하게 인식하고, 다양한 목소
리를 통해 지방관과 관속들이 자행하고 있는 민중수탈의 현장을 준엄하
게 고발한다.[18] 춘향을 잡으러 갔던 군노사령들이 술대접과 뇌물에 혹하
는 것도 부정적인 현실의 한 단면을 고발한 것이다. 더욱이 이몽룡을 전
라어사로 파견할 수밖에 없는 속사정은 심상치 않다. 팔도에 賊炎이 들어
各道에 어사를 내어 虐政하는 탐관오리와 破傷倫紀하는 자들을 處斬하기
위한 것이다.[19] 중앙조정에서도 도적떼가 횡행하고 탐관오리가 만연한
사실을 제대로 파악하고 있을 정도이니 백성들의 삶은 오죽했겠는가?

남원부수 말을 마오 욕심이 엇더흔 도젹놈인지 민간 미젼목포을 고물딕
질ᄒ여 빅셩이 모도 거상지경이요[20]

---

17) 〈이명선본〉, 34면.
18) 이 문제에 대해서는 박희병, 앞의 논문(114-131면)에서 깊이 있게 다루었다.
19) 〈장자백 창본〉, 93-94면.

어느 농부가 변학도를 백성의 재물을 고무래질하는 욕심 많은 도적놈
으로 비난한 것이다. 부패한 지방관속들도 마찬가지이다. 자신의 뱃속을
채우기 위해 착취할 뿐만 아니라 변학도에게 환심을 사기 위해 생일잔치
에 바칠 뇌물인 돈과 쌀을 거두어 들이고 있다.

> 관숙드리 어스 느려온단 말을 듯고 관젼 목포 환상 젼결 복슈 문셔 닥글
> 젹의 스결의는 한 짐 열 뭇 뉵결의는 셕 짐 열닷 뭇시요 동창 셔창 미젼
> 목포을 무턱으로 늬입이라 쑤몃더라[21]

> 풍헌 약장 면님드리 답인슈결 밤기 들고 민간 슈렴ᄒᆞᄂᆞ고나 이달 이십칠
> 일이 본관 원님 싱일이라 딕즁소호 분등ᄒᆞ여 돈과 쌀을 회계ᄒᆞ니 민원이
> 쳘쳔ᄒᆞ여 집집이 우름일다[22]

변학도를 위시한 부패한 지방관속들이 자행한 민중수탈이 극에 달해
남원골은 결국 '원님은 농판이요 상청좌수는 퇴판이요 육방관속은 먹을
판 났으니 백성들은 죽을 판'이고, '원님은 酒妄이요 좌수는 老妄이요 아
전은 逃亡이요 백성은 怨望 그리하여 사망'이 되어버렸다.[23] 이러한 민중
들의 현실인식은 정확한 것이고, 그들이 거리낌없이 내뱉는 비난의 목소
리는 부정부패가 만연한 가혹한 현실에 대한 분노요, 경고이다. 三政의
紊亂을 틈타 부패한 지방수령들이 자행한 苛斂誅求의 실상은 〈남원고사〉
에 적나라하게 그려져 있다.

> 여보 임실 나ᄂᆞᆫ 묘리 잇ᄂᆞᆫ 일이 잇소 심심흔 찍면 니방놈과 모든 은결
> 픠여늬여 단 두리 쏙반ᄒᆞ니 그런 ᄌᆞ미 쏘 잇ᄂᆞᆫ가 여보 함열 영감 쥰민고틱

---

20) 〈이명선본〉, 106면.
21) 〈경판 17장본〉, 김진영 외, 『춘향전전집』(4), 1997, 163-164면.
22) 〈남원고사〉, 김동욱·김태준·설성경 공저, 『춘향전비교연구』, 삼영사, 1979, 380면.
23) 〈장자백 창본〉, 97, 98면.

마즈 ᄒ엿더니 홀 밧괴ᄂᆞᆫ 업ᄂᆞᆫ 거시 졍 업ᄂᆞᆫ 별봉이 근릭의 무슈ᄒ고 궁교
빈독 결픠드리 쓴힐 젹이 바히 업고 원쳔강 예봉도 젼보다가 빅가 되니 실
살구ᄂᆞᆫ 홀 슈가 업서 쥬야경눈 싱각ᄒ니 환ᄌᆞ묘리도 홀 만ᄒ고 또 ᄉᆞ십팔면
부민들을 낫낫치 추려늬여 좌슈ᄎ쳡 풍헌ᄎ쳡 아젼의 환방 갓튼 것 늬여쥬
면 은근ᄒᆞᆫ 묘리가 잇고 또 봄이면 민간의 계란 ᄒ나식 늬여쥬고 가을이면
연계 일슈 바다드려 슈합ᄒ면 여러 쳔 슈 맛득ᄒ고 흉년이면 관포 밧고 헐
가 쥬기 이런 노룻 아니ᄒ면 지팅홀 길 과연 업소(〈남원고사〉, 452면)

변학도가 酒談으로 백성을 착취하는 '妙理'를 자랑삼아 늘어놓은 것이
다. 그는 隱結을 찾아내어 吏房과 半分하고, 還穀으로 장난을 치고, 官布
를 歇價에 사들이는 등 자신의 뱃속을 채우기 위해 부도덕한 방법으로
갖가지 비리를 저질렀다. 이러한 不正腐敗가 개인 차원의 비리에 그친
것이 아니니 사태가 심각하다. '浚民膏澤 않으려고 했지만 情 없는 別封이
무수하고, 窮交·貧族·乞牌들이 끊이지 않으며, 원천강 例封도 전보다
배가 되어'서 '이런 노릇 아니하면 지탱할 길이 없'는 것이 조선후기의 역
사적 현실이었다. 설령 변학도가 지방관의 본분에 충실하고자 작심했다
하더라도, 그것은 뇌물상납, 매관매직 등 부정부패의 견고한 고리 때문에
용납되지 않았을 것이다. 민중들은 광범위하게 자행되고 있는 민중수탈
이 변학도라는 한 개인 차원에서 저질러지는 비리가 아니라 조선 봉건사
회 전체의 구조적 모순과 그에 편승한 지배집단의 총체적인 부패구조에
기인된 것이라는 사실을 정확하게 인식하고, 그 잘못을 지배집단의 일원
인 변학도의 입을 빌려 통렬하게 비판하고 있는 것이다. 이러한 민중들의
시각은 부정부패의 상징적 장소인 변학도의 생일연에서 이어사가 지은
"金樽美酒千人血 玉盤佳肴萬姓膏 燭淚落時民淚落 歌聲高處怨聲高"를 통
해 정당성을 확보하게 된다.

7. 신명풀이 춤과 문제해결

춘향가가 줄곧 문제삼고 있는 것은 춘향의 사랑이다. 이 문제는 열린 공간이자 공식적 공간인 동헌 뜰에서 춘향과 월매의 신명풀이 춤으로 해결된다.[24] 이러한 해결방식은 판소리 외의 다른 장르에서 일찍이 겪어보지 못했던 새로운 양식이다. 신명풀이 춤에 의한 문제해결은 『三國志』의 「魏志 東夷傳」[25]에서 확인되는, 춤을 즐기던 우리 민족의 유구한 문화적 전통에 그 뿌리를 두고 있고, 오늘날 유원지나 관광버스 안에서 멋대로 흔들어 대는 '막춤'으로 이어지고 있다.

> (말로) … 딕상을 살펴본이 어졔 전역 왓쓴 낭군 어스되야 안져쩌날 츈향이 긔가 믹켜 아모 말도 못ᄒ고 우두먼이 안져씬이 여러 긔싱 부악ᄒ여 딕상으로 올여 논이 츈향이 죠와라고
>
> (즁즁머리) 우슘 반 울음 반 얼씨고나 죨씨고 지와ᄌ 죨씨고 목의 큰 칼 벅겨 쥰이 목 놀니기가 죨씨고 발의 죡쇠 쓸너 쥰이 거름거리도 ᄒ여 보고 숀의 슈갑 쓸너 쥰이 활긔 썰쳐 춤을 츄시 얼씨고나 죨씨고 지와ᄌ 죨씨고 여보 스쏘 드러보오 그딕지도 날을 속여 ᄒ로밤 셕은 간장 십년감쇼 닉 ᄒ엿소 얼씨고나 죨씨고 지와ᄌ 죨씨고 이운인가 부열린가 지상된이 죨씨고 남북방 요란할 졔 명장 온이 죨씨고 구년지수 장마질 졔 볏셜 본이 죨씨고 칠연딕한 가물 젹의 비가 온이 죨씨고 칠월칠셕 은ᄒ슈의 견우징여 상봉한 듯 남원 옥즁 츄졀 드러 쩌러지게 되야던이 동원의 싀 봄 드러 이화츈풍이 날 살엿구나 얼씨고나 죨씨고 지화ᄌ 죨씨고 이별 별ᄌ 기루던이 만날 봉ᄌ 죨씨고 봄 츈ᄌ 향긔론니 이름 명ᄌ 죨씨고 옛일을 싱각한이 탁군짜 슌님군

---

24) 신명풀이 춤에 대해서는 채희완,『공동체의 춤 신명의 춤』(한길사, 1985)과 조동일,『카타르시스 라사 신명풀이』(지식산업사, 1997)에서 다루었다. 그런데 탈춤의 신명풀이 춤은 판소리의 그것과 성격이 상당히 다르고, 밀도 역시 떨어진다.

25) "以殷正月祭天 國中大會 連日飮酒歌舞 名曰迎鼓"(夫餘), "常用 十月節祭天 晝夜飮酒歌舞 名之爲舞天"(濊), "常以五月下種訖 祭鬼神 群聚歌舞飮酒 晝夜無休 其舞數十人 俱起相隨 踏地低昂 手足相應 節奏有似鐸舞 十月農功畢 亦復如之"(韓), "俗喜歌舞飮酒 有瑟其形似筑 彈之亦有音曲"(弁辰).

은 당쵸의 군곤ᄒ여 ᄒ빈의 그릇 굽고 역산의 밧 갈던이 욘님군의 ᄉ외되야
쳔ᄌ될 쥴 게 뉘 알며 위슈변으 강틱공은 낙시쎠 드러메고 어부 힝셰 ᄒ옵
쓴이 문왕의 ᄉ외되야 졔왕될 쥴 어이 알며 홍문연 놉푼 잔치 항장의 날닌
칼이 살긔가 등등턴이 번쾌의 한 거름의 죽을 픠공 살일 쥴을 게 뉘랴 짐작
ᄒ며 어졔 젼역 옥문 박ᄭ 츄포도복 헌 파립 걸긱의로 왓떤 낭군 어ᄉ될
쥴 어이 알ᄭ 얼씨고나 죨씨고 지와즈 죨씨고 쇼믹 슈즈 펄펄 날여 츔츌
무즈 죨씨고 여보쇼 고인덜 즁영산 짝듸림 장왕ᄒ게 잘 쳐쥬쇼 안악익씨로
드러가면 언의 결열의 츔을 츌가 손츔 평츔 장깅츔 금무 승무를 츄어 보ᄉᆡ
얼씨고나 죨씨고 우리 어먼니 어듸 가 겨 날 일런 쥴 모로난가 이런 씩의
게셔씨면 모녀동낙 노라볼 걸(〈장자백 창본〉, 130-132면)

춘향은 어사가 낭군임을 알고 대상에 뛰어올라 목을 얼싸안고 춤을 춘
다. 춘향의 춤은 신명 났을 때 저절로 추어지는 주체할 수 없는 신명풀이
춤이다. 그것은 시퍼렇게 멍든 가슴속의 서러움과 한을 단숨에 쓸어내린
다는 점에서 무당의 신들린 춤과 다를 바 없다. 이러한 점은 심청가에서
눈을 뜬 심봉사와 여러 맹인들이 벌이는 춤, 홍보가에서 홍부가 돈타령을
부르며 추는 춤, 수궁가에서 토끼가 죽을 위기를 모면하고 추는 춤 등에
서 거듭 확인할 수 있다. 이 춤들은 삶을 억압하고 있는 일체의 桎梏에서
벗어나게 하는 '해방춤'이자 '생명춤'이기에 의미가 크고, 소중하다고 하지
않을 수 없다.

판소리가 문제해결 방식으로 축제적 공간에서의 신명풀이 춤을 선택한
것은 예사롭지 않다. 민중들은 닫힌 공간에서 은밀하게 이루어지는 문제
해결을 신뢰하지 않고, 열린 공간에서 그들의 참여 하에 이루어지는 문제
해결만 신뢰하며, 또 그렇게 문제가 해결되기를 고집한다. 민중들은 열린
공간에서 문제가 해결될 때만 유효하다는 것을 삶의 현장에서 체득하였
기 때문이다. 그리고 그것은 약자가 강자를 이길 수 있는 유일한 방법이
기도 하다. 그러기에 민중들은 밖으로 소리나지 않게 풀어야 할 부부싸움
마저도 곧잘 '동네 사람들! 이내 말 좀 들어보소'라며 제삼자인 동네 사람

들을 싸움판에 불러들여 잘잘못을 가리고자 했다.[26] 제삼자가 끼어들면 닫힌 공간은 곧장 열린 공간으로 바뀐다. 우리는 그 싸움판에 내 일인 양 기꺼이 뛰어들어 서로 간의 양보를 끌어내어 싸움판을 이내 화해의 장으로 만들어 버린다. 그리하여 춘향의 승리도 열린 공간이자 公式的 空間인 동헌 뜰에서 축제적으로 이루어진다.

월매는 춘향가 감상층에게 축제판에 동참할 수 있는 길을 마련해 준다는 점에서 특히 주목된다.

> (잦은 중중몰이) "어데 가야, 여그 있다. 도사령아, 큰문 잡어라. 어사 장모 행차허신다. 네, 이놈들, 요새도 이렇게 삼문간이 억세냐, 에이? 사령아, 날 모셔라. 걸음 걸키 내사 싫다. 남원부중으 사람들 내으 한 말 들어 보소. 내 딸 어린 춘향이가 옥중에 굳이 갇혀 명재경각이 되였더니, 동헌으 봄이 들어 이화춘풍이 내 딸 살리니 어찌 아니가 좋을손가, 얼씨구 얼씨구 절씨구. 남원읍내 사람들, 나의 발표헐 말 있네. 아들 낳기 심을 쓰지 말고, 춘향 같은 딸을 낳아 곱게 곱게 잘 길러, 서울 사람이 왔다고 허면 묻도 말고 사우 삼소. 얼씨구나 절씨구." 대뜰 우그로 올라서며, "아이고, 여보, 사위 양반. 어제 저녁 내 집이 왔을 제, 눈치는 알았제마는 천기 누설이 될까 해서 내가 진즉 알고도 그랬제. 노여 마오. 노여 마오. 아무리 그리한들 자기 장모를 어이하리. 본관사또 괄세를 마소, 본관이 아니거든 내 딸 열녀가 어디서 날꺼냐, 얼씨구 절씨구. 칠년 유리옥에 갇힌 문왕 기주로 돌아갈 적으 반가운 마음이 이 같으며, 영덕정 새로 짓고 상량문이 제격이요, 악양루 중수 후에 풍월귀가 제격이요, 열녀 춘향 죽게가 될 제 어사 오기가 제격이로다. 얼씨구 얼씨구 절씨구. 이 궁뎅이를 두었다가 논을 살꺼나 밭을 살꺼나, 흔들 대로 흔들어 보자. 얼씨구나 절씨구, 얼씨구 좋구나, 지화자 좋네, 얼씨구 절씨구."(〈조상현 창본〉, 75-76면)

---

26) 김대행, 『詩歌 詩學 硏究』, 이화여대출판부, 1991, 58면, 참고. 〈완판 84장본〉의 "허허 이것 별 일 낫다 두 손책 쌍쌍 마조 치며 허허 동늬사람 다 드러 보오 오늘 날노 우리 집의 사람 둘 죽심네"(106면)도 그러한 예이다.

월매는 춘향이 살아났음을 알고 엉덩이춤을 한바탕 신명나게 춘다. 춘향의 한과 월매의 한이 똑 같다고 할 수는 없지만 월매의 엉덩이춤 역시 신명풀이 춤이다. 월매의 춤은 몸에 서린 서러움과 한을 송두리째 풀 수 있는 한풀이춤이자 적대관계에 있던 변학도마저 용서하고 끌어안을 수 있는 화해의 춤이다. 월매가 "남원부중으 사람들 내으 한 말 들어 보소"라고 남원고을 백성들을 불러들임으로써, 이제까지 한 걸음 물러선 자리에서 춘향의 승리를 바라보는 것으로 만족했던 우리까지 모녀가 벌이는 춤판에 뛰어들어 신명풀이 춤을 어울려 출 수 있게 하여 춘향의 승리를 함께 나누게 한다. 춘향의 개인적 신명풀이가 월매의 등장으로 대동적 신명풀이로 전환된 것이다. 이와 같이 집단적 신명풀이는 개인적 차원의 기쁨을 공동체 전체로 돌리게 된다.[27] 여기에 와서야 비로소 춘향의 승리는 우리 모두의 승리라는 의미를 획득하여 완전한 것이 된다.

8. 맺음말

본고는, 판소리 춘향가가 우리를 사로잡고 있는 매력적인 요소들을 판소리의 한 층위인 문학적 층위에서 살펴보았다. 그 결과 춘향가의 자력은 1)춘향이 이도령에게 보낸 영원불변의 숭고한 사랑의 힘, 2)춘향과 이도령이 진한 사랑을 벌이는 관능의 미학, 3)뒤집혀진 난장판을 통해 살맛나는 새로운 세계 창조, 4)다양한 인간군상의 생동하는 모습, 5)부정부패로 만연된 잘못된 현실에 대해 거침없이 내뱉는 신랄한 비판, 6)춘향과 월매가 추는 신명풀이 춤에 의한 문제해결 등을 통해 형성되었음을 확인

---

27) 임방울이 부른 춘향가와 〈남원고사〉와 같이 이어사가 춘향과 함께 춤을 추는 것으로 되어 있는 경우에는 그 의미가 더욱 확대된다.

하였다.

춘향가는 이처럼 단단한 속살을 지니고 있어 우리의 다양한 입맛을 골고루 만족시킨다. 이것이 바로 춘향가가 오랫동안 강한 생명력을 유지한 채 우리를 사로잡을 수 있었던 비결이었다. 그러나 춘향가는 다양한 作家群이 참여하여 이루어진 공동작의 문학이요 적층문학으로 千의 얼굴을 가지고 있기 때문에 그 정체를 쉽게 드러내지 않는다. 따라서 이 정도로 춘향가의 정체를 파악했다거나 그것의 매력을 충분히 해명했다고 하기 어렵다. 이 밖에도 춘향가의 자력의 원천이 되는 매력적인 요소들을 얼마든지 더 찾을 수 있을 것이다. 특히 본고에서 다루지 못했던 음악적 층위와 연극적 층위까지 다룰 때 춘향가가 지닌 진면목이 드러날 수 있을 것이다.

춘향가는 앞으로도 과거의 정적인 時·空間 속에 剝製로 앉아 있지 않고, 항상 현재라는 동적인 時·空間 속에서 역동적인 생명체로 우리와 호흡을 함께 하면서, 눈물과 고통으로 응어리진 우리의 한을 풀어내는 방향으로 거듭 재창조될 것이다. 그리고 세월의 무게를 이기고 당당한 모습으로 나타나 우리를 자신의 따뜻하고 넉넉한 품에 끌어들여 감동시킬 것이다. 우리를 감동시켜 인생을 가을같이 익어 가게 하는 힘, 그것이 바로 춘향가의 힘이다. 그리고 그 힘은 우리에게 이 땅에 산다는 것이 얼마나 소중하고 행복한지를 늘 일깨워 줄 것이다.

춘향전의 지평 전환과
변모 양상

1. 머리말

춘향전은 오랜 기간에 걸쳐 다양한 수용자와 만나 거듭 변모하면서 고전의 자리를 굳게 지켜왔고, 오늘날에도 여전히 생명력을 지니고 있다. 이런 사정으로 춘향전에는 여러 수용자들의 의식이 직접적이든 간접적이든 반영되어 있고, 그 결과 미학적 기반 역시 다양하게 나타난다. 따라서 한 이본의 작자는 개성의 정도에도 불구하고 춘향전의 공동작자라 할 수 있고, 그런 점에서 춘향전은 공동작이라고 할 수 있다.

본고에서는 이본의 형성은 반드시 先行 異本의 수용 위에서 이루어진다는 수용미학적 입장[1]을 원용하여 춘향전이 수용자와 만나면서 어떻게 변모해 가는가를 살펴보고자 한다. 지금까지 축적된 선행연구에서 이러한 문제를 다룬 것이 적지 않음에도 불구하고 새삼스럽게 이 문제를 다루

---

[1] 受容美學에 대해서는 다음 책을 참고하였다.

차봉희 편, 『수용미학』, 문학과지성사, 1985.

H.R 야우스 지음, 장영태 역, 『도전으로서의 문학사』, 문학과지성사, 1983.

R.C 홀럽 지음, 최상규 옮김, 『수용이론』, 삼지원, 1985.

려는 것은 선행연구에 적잖은 문제점이 드러나기 때문이다. 대부분의 춘향전 이본은 형성연대가 불분명하고, 필사연대가 밝혀진 것이라고 하더라도 그것이 필사 당시에 형성된 이본이라고 하기도 어렵다. 왜냐하면 그것 역시 상당히 오래 전에 형성된 춘향전이 그 당시에 전사된 것일 가능성을 배제할 수 없기 때문이다.

본고에서는 이런 문제점을 충분히 인식하면서 이본에 직접 드러난 서술자의 개입을 통해 춘향전의 변모 방향을 탐색해 볼 것이다. 여기서 구체적으로 드러난 방향을 서술자의 목소리가 드러나지 않은 채 변모해 간 부분에 적용하면 오류를 최소화할 수 있을 것이다.

2. 춘향전의 다양한 서술자들

춘향전은 수용자와 어떤 양식으로 만나든 춘향과 이도령의 파란만장한 사랑 이야기를 전달하고 있다는 점에서 큰 차이가 없다. 춘향전을 이야기의 한 양식이라고 할 때-물론 소리판에서 연창되는 춘향가는 성격상 다소 다르다고 하더라도-그것은 일종의 서사적 성격의 문학[2]임에 틀림없다. 즉 춘향전의 작자와 수용자 사이에, 춘향전과 수용자 사이에 대화가 이루어짐으로써 이야기가 전달되는 것이다. 서사문학은 작품을 수용자에게 전달하는 서술자의 존재를 전제로 하여 성립되는 것이므로 모든 양식의 춘향전에는 근본적으로 서술자가 존재할 수밖에 없다. 그러나 춘향전은 소설, 판소리사설, 판소리 등 다양한 양식으로 구체화되기 때문에 서술자의 성격[3]도 일정하지 않다. 즉, 소설 춘향전의 서술자, 판소리사설

---

2) 조동일, 「판소리의 장르 규정」, 조동일 · 김흥규 편, 『판소리의 이해』, 창작과비평사, 1978.
3) 판소리문학의 서술자의 성격에 대한 논의는 다음 논문을 참고할 수 있다.

춘향가의 서술자, 판소리 춘향가의 서술자가 제각기 자신의 임무를 수행하고 있기 때문에 그 성격이 다를 수밖에 없다. 그렇다고 그들의 성격이 완전히 다른 것은 아니다. 왜냐하면 춘향전은 근본적으로 판소리 춘향가의 품속에서 나왔기 때문이다.

이제 춘향전 이본군에 나타난 다양한 서술자의 모습을 살펴보기로 하자.

① 화셜 인됴됴 씨의 젼나도 남원부스 니등이 흔 아달를 두어시니 명은 령이라 년광이 심뉵의 관옥 긔승과 두목지 풍치와 니빅의 문중을 겸흐여스니 칭춘 아니 리 업더라(〈안성판 20장본〉, 1면)

② 이 씨의 츈향의 어미 스름의 쎠를 쎄희려구 위션 쥬효 진지흘 졔 팔모 졉 은듸모반의 통영소반 안셩유긔 왜화긔 당화긔 산호 호박 슌금 쳔은 각식 긔명 노혓는듸 술병도 겻드럿다 - 중략 - 빅탄 슛히 다리쇠를 풍노 우히 거러 놋코 평양슉동 징갑이의 능허쥬란 슐을 부어 불한불열 더혀 놋코 부어 들고 권흔다 <u>이 말은 다 젼례판이라</u> 약쥬가 한 병이오 고쵸장의 관옥 씬 것 감동졋히 무싹독이 열무침치 들기름 치고 광쥬분원 사긔잔의 츈향이 술 부어 손의 들고 도련님 약쥬 잡슈(〈동양문고본〉, 권3, 1-4면)

③ (아니리) … 이 대목은 어느 대목인고 허니 옛 명창 강산 박유선 선생님께 당시에 절찬 받든 대목인데 구쪼사랑가라 제가 어찌 흥내라도 낼 수 있으리오마는 배운 대로 힘껏 한번 불러보는디(〈성우향 창본〉, 267면)[4]

④ 다른 가긕 몽중가난 황능묘의 갓다는듸 이 사셜 짓는 이는 다른 듸를 갓다 흐니 좌상 쳐분 엇덜넌디(〈남창 춘향가〉, 48면)[5]

김병국, 「판소리의 문학적 진술방식」, 『국어교육』 34, 한국국어교육학회, 1979.
김병국, 「고대소설 서사체와 서술시점」, 『한국고전소설연구』, 새문사, 1983.
4) 한국구비문학회 편, 『한국구비문학선집』, 일조각, 1977.
5) 강한영 교주, 『신재효판소리사설집(전)』, 민중서관, 1974. 신재효의 〈동창 춘향가〉도 이와 같다.

①-④에는 모두 서술자가 등장하는데, 서술자의 모습 즉 진술태도가 다르다. ①의 서술자는 이도령이라는 인물을 소개하는 자신의 임무에 충실하고 있다. ②에서는 춘향모가 차린 주안상을 서술하는 임무에 충실하던 서술자가 밑줄 친 부분에서 갑자기 편집자적 목소리를 드러내고 있다. 서술자가 작품 前面에 개입한 것이다. ③과 ④의 서술자도 편집자적 목소리를 내고 있다는 점에서 ②의 서술자와 같다. 그러나 발화의 상대자가 다르다는 점에서 상이하다. ③과 ④의 서술자는 '제'(성우향), '이 사설 짓는 이'(신재효) 등 일인칭을 나타내는 단어를 사용하고 있고, 그리고 서술자는 청중을 상대로 발화하고 있다. ③의 '제'는 청중에 대하여 창자 자신을 낮춘 것이므로 상대는 청중일 수밖에 없고, ④에서는 '좌상 처분 어떠는지'에서 상대가 청중인 좌상임을 분명히 드러내었다. 그리고 ③은 작자적 입장으로까지 나아가지 못하고 전달자에 머물러 있다는 점에서 ④의 서술자와는 다르다. ④의 서술자는 '이 사설 짓는 이'라고 작자적 입장을 분명히 밝히고 있다.

①-④의 서술자 중에서 춘향전의 전승사를 밝히는 데 유의미한 존재는 ②-④이고, 본고의 목적인 춘향전의 변모 방향을 살피는 데는 특히 ③과 ④의 서술자가 주목된다.

3. 서술자의 개입과 지평의 전환

춘향전은 여러 시대에 걸쳐 수많은 수용자[6]와 만나면서 원형대로 전승되기도 하였고, 생산적인 수용자와 만나면서 변모를 겪기도 하였다. 현전

---

6) 수용미학에서 수용자란 작품을 받아들이는 행위자로 작품을 읽거나 평하거나 이에 관여하는 모든 사람을 총칭한다. 그러나 여기서는 춘향전을 감상하거나 그것을 개작하려고 했던, 이본의 작자로 한정하여 사용한다.

하는 수많은 이본 중 특히 이본으로서의 성격이 뚜렷한 개성적인 이본은 바로 이 생산적 수용자와 만나면서 이루어진 것으로 춘향전의 세계를 풍요롭게 했다.

춘향전의 변모는 근본적으로 전승 춘향전의 지평(전승 춘향전이 형성될 당시의 기대지평)과 현재의 수용자의 기대지평7) 사이에 심각한 심미적 차이가 존재했기 때문에 일어난 것이다. 수용자는 전승 춘향전의 지평 중에서 만족스럽지 못한 것을 거부하고 자신의 새로운 기대지평 쪽으로 지평을 전환시켰다. 춘향전은 이 지속적인 지평 전환을 통해 거듭 새로운 모습으로 변모해 왔다. 이런 점에서 춘향전의 역사는 지평 전환의 역사라고 할 수 있다. 지평의 전환은 다양한 동인, 예컨대 사회 여건의 변화, 수용자의 의식 변화 등등으로 인해서 일어난다. 그것은 서술자(이 때의 서술자는 수용자의 분신임)의 개입이 작품의 문면에 직접 드러난 경우에 쉽게 발견되고, 그렇지 않은 경우에는 이본의 성실한 대비를 통해 찾아낼 수 있다. 지평의 전환은 특히 신재효와 같이 개성이 강한 수용자의 경우에 두드러지게 일어난다.

신재효의 춘향가를 대상으로 이 문제를 좀 더 구체적으로 살펴보자.

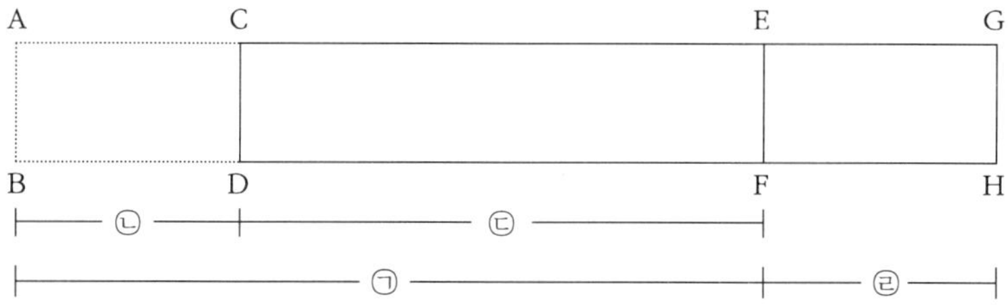

---

7) 수용미학에서 수용자의 기대지평은 수용자가 지닌 작품에 대한 이해의 범주 및 한계를 가리킨다. 이 때 기대는 수용자가 지니고 있는 바람, 선입견, 이해 등 작품에 관계되는 모든 전제를 총망라한 것이다. 따라서 수용자의 기대지평에는 선험, 경험, 전통, 습관, 상식, 교육 등으로 초래된 지식이 내재해 있다.

신재효의 춘향가는 앞의 도표와 같은 형태로 이루어졌다고 할 수 있다.[8] CDHG를 〈남창 춘향가〉라고 할 때, ABFE(㉠)는 신재효가 저본으로 한 하나 또는 그 이상의 전승 춘향전이고, ABDC(㉡)는 전승 춘향전에서 탈락한 부분이며, CDFE(㉢)는 전승 춘향전과 동일한 부분이고, EFHG(㉣)는 신재효가 개작한 부분이다.

신재효는 전승 춘향가를 개작하면서 ㉢은 자신의 기대지평과 일치하는 부분이므로 그대로 수용하고, ㉡은 자신의 기대지평과 달라서 제거하고 그것을 자신의 기대지평인 ㉣로 변모시킨 것이다. ㉡과 ㉣ 사이에 지평 전환이 일어난 것이다. 신재효나 〈광한루기〉의 작자인 水山과 같이 개성이 강한 수용자의 경우 ㉣의 정도가 큰 것은 당연하다. 그러나 수용자의 새로운 지평도 판소리 세계에서 익숙한 표현 단위 즉 포뮬라(formula)나 딤(theme)[9]의 바탕 위에서 이루어져야 한다. 그렇지 않고 지나치게 개성적인 표현으로 새로운 지평을 마련할 때, 그것은 독특한 면모를 지니게 되겠지만 춘향전 전승의 큰 흐름 속에서는 탈락하게 된다. 왜냐하면 대개의 춘향전 수용자는 친숙한 지평을 선호하고, 특히 소리판에서 청자는 귀로 듣고 감상하므로 사설의 의미를 생각하고 음미할 시간적 여유가 없어서 지나치게 낯선 표현과 만날 때 당혹하게 되고 결국 그것을 외면하기 때문이다. 이러한 사정은 신재효의 춘향가가 잘 보여주고 있다.[10]

이제 춘향전 전승사 내지 춘향전의 변모 양상을 밝히는 데 유의미한 서술자의 개입 양상을 살펴보기로 한다. 춘향전에는 서술자가 전승 춘향전의 전통을 긍정적으로 수용하려는 입장에서 개입한 경우와 전승 춘향전을 부정하고 새로운 춘향전으로 재창조하기 위해서 개입한 경우가 있다. 전자는 전승 춘향전의 지평과 수용자의 기대지평이 일치한 경우에

---

8) 정병헌, 『신재효 판소리사설의 연구』, 평민사, 1986, 23면, 참고.

9) Albert B. Lord, 『The singer of Tales』, Havard University press, 1960.

10) 김석배, 「신재효의 판소리 지원활동과 그 한계」, 국어국문학회 편, 『판소리연구』, 태학사, 1998.

개입한 것이고, 후자는 두 지평 사이에 갈등이 생겨 지평의 전환이 일어난 경우에 개입한 것이다. 따라서 앞의 것은 原春香傳의 모습을 재구할 수 있는 단서를 마련해 준다는 점에서 주목할 만한 것이고, 뒤의 것은 춘향전의 변모 양상을 분명히 드러내 준다는 점에서 의의가 있는 것이다.

1) 전승자적 개입

전승자적 개입은 전승 춘향전의 지평과 수용자가 가지고 있는 현재의 기대지평이 일치하는 경우에 나타난다. 전승 춘향전의 긍정적인 면을 원형대로 계승하려는 의도에서 서술자가 개입한 것이다. 이 개입은 전승 춘향전을 그대로 수용한다는 점에서 단순한 수용11)으로 생각할 수 있다. 그러나 전승 춘향전을 그대로 轉寫한 수용자의 태도와 달리 전승 춘향전의 우수한 면을 수용하려고 했다는 점에서 다르다. 전승자적 입장에서 개입한 이런 부분을 통해 원춘향전의 모습을 어느 정도 재구할 수 있다.

> [1] ㉠하로 잇틀 지닉간이 어린 것더리라 신마시 간간 식로와 북그럼은 차차 머러지고 그계는 기롱도 허고 우순 말도 잇셔 자연 사랑가가 되야구나 ㉡사랑으로 노난듸 쏙 이 모양으로 노던 거시엇싸 ㉢사랑 사랑 닉 사랑이야 동졍칠빅 월하 초의 무산갓치 노푼 사랑 목단무변 슈의 여쳔 창힉갓치 집푼 사랑 오산 젼 달 발근듸 츄산쳔봉 원월 사랑 진경한무하올 젹 차문취소하던 사랑 유유낙일 월염간의 도리화기 비친 사랑 셤셤초월 분빅한듸 함소함틱 슛한 사랑 월하의 삼싱연분 너와 나와 만난 사랑 허물 업난 부부 사랑 화우 동산 목단화갓치 펑퍼지고 고은 사랑 영평바듸 그무갓치 얼키고 밋친 사랑 - 중략 - 명사심이 힉당화갓치 연연이 고은 사랑 네가 모도 사랑이로구나 어화 둥둥 닉 사랑아 어화 닉 간간 닉 사랑이로구나(〈완판 84장본〉, 76-77면)12)

---

11) 이해조의 〈옥중화〉를 그대로 전사한 이본이 단순한 수용의 대표적인 것들이다.
12) 이가원 주, 『춘향전』, 태학사, 1995.

[2] ㉠ (아니리) … 하루 가고 이틀 가고 오륙 일이 넘지니 나 어린 사람들이 부끄러움은 훨씬 멀리 가고 정만 담뿍 들어 하루난 안고 누워 둥굴면서 사랑가를 지어 부르는디 ㉡이 대목은 어느 대목인고 허니 옛 명창 강산 박유전 선생님께 당시에 절찬을 받든 대목인데 구쪼사랑가라 제가 어찌 흉내라도 낼 수 있으리오마는 배운 대로 힘껏 한번 불러보는디 ㉢ (진양조) 만첩청산 늙은 범이 살진 암캐를 물어다 놓고 이는 다 덥쑥 빠저 먹든 못허고 으르―릉 어헝 넘노난 듯 단산봉황이 죽실을 물고 오동 속에 넘노난 듯 북해흑룡이 여의주를 물고 채운간에 넘노난 듯 구곡청학이 난초를 물고 송백간에 넘노난 듯 내 사랑 내 간간이지야 어허둥둥 늬가 내 사랑이로구나 (〈성우향 창본〉, 267면)

[1]과 [2]는 춘향전의 핵심적인 더늠의 하나인 사랑가의 일부이다. [1]은 〈완판 84장본〉에서 인용한 것이고, [2]는 성우향이 창한 춘향가에서 인용한 것이다. [1]과 [2]의 ㉠-㉢은 각각 대응되는 부분이다. 그러나 [1]과 [2]를 자세히 비교해 보면 서로 다른 점을 발견할 수 있다. [1]-㉠과 [2]-㉠은 사랑가에 대한 단순 서술로 성격이 같지만 [1]-㉡은 ㉢에 대한 단순 진술인 것에 비해 [2]-㉡은 '劇化된 敍述者'(dramatized narrator)인 성우향이 사랑가가 박유전의 더늠이란 사실과 자신은 스승(정응민)에게 배운 대로 부른다는 사실을 알려주고 있다. 즉 [2]-㉢의 사랑가는 사설뿐만 아니라 음악적인 면까지도 박유전의 사랑가를 그대로 계승한다는 사실을 의도적으로 드러낸 것이고, 자신이 흉내라도 낼 수 있는 것을 자랑스럽게 여기고 있다.13) 그리고 이것은 박유전이 사랑가를 더늠으로 개발하면서 가졌던 기대지평이 김세종, 정응민, 성우향의 기대지평과 일치하였기 때문에 그들에 의해 지속적으로 수용되어 후대에까지 원형대로 전승되고 있음을 알려준다.

[2]-㉡과 같이 서술자가 전승자의 입장에서 개입하는 경우는 주로 춘향

---

13) 성우향의 발언은 謙辭이지만 사실은 명창의 더늠을 계승하고 있다는 긍지의 다른 표현이다. 이와 같은 겸사는 연창하는 현장이나 창본에서 흔히 발견된다.

가가 연창되는 소리판이나 창본에 충실한 이본에서 발견되고 경판본과
같이 읽히기 위해 기록된 소설 춘향전에서는 거의 발견되지 않는다. 이것
은 소설 춘향전의 수용자가 이러한 개입을 불필요한 것으로 인식(사실
춘향전의 서사적 전개와는 전혀 무관하다)하여 轉寫 또는 개작하는 과정
에서 제거했기 때문이다. 다시 말하면 소리판에 선 창자는 자신의 능력을
자랑하기 위해서 자신이 명창의 제자라는 사실을 드러낼 필요가 있기 때
문에 이러한 개입이 필요하지만 소설 춘향전 정착에 관여한 수용자들은
그럴 필요가 없으므로 이 부분을 진술하지 않은 것이다.

2) 비판자적 개입

비판자적 개입은 전승 춘향전의 지평과 수용자의 기대지평 사이에 審
美的 差異가 생길 때 일어난다. 즉, 전승 춘향전의 못마땅한 지평을 비판
하기 위해서 서술자가 개입한 것으로 과거지평을 부정하고 나선 것이
다.[14] 그러나 두 지평 사이에 갈등을 일으켜 지평 전환의 가능성을 드러
내고 있기는 하지만 완전한 지평 전환을 이룬 것은 아니다. 이런 점에서
비판자적 개입은 소극적인 지평 전환이라 할 수 있다. 이런 부분은 좀
더 적극적인 수용자와 만나면 개작이 쉽게 이루어져 적극적인 지평 전환
으로 나아가기도 한다. 그러나 비판자적 개입은 비록 그것이 새로운 춘향
전을 생산하는 단계까지 이르지 못했다고 하더라도 앞으로 예상되는 춘
향전의 변모 방향을 예고해 준다는 점에서 주목할 만한 가치를 지닌다.

> ㉠잇딕 사쏘 젼역 진지 잡수시고 식곤징이 나계옵셔 평상의 취침하시다
> 가 익고 보고지거 소릭에 깜짝 놀닉여 이로너라 예 칙방으셔 뉘가 싱침을
> 맛넌야 신다리을 쥬물넛야 아라 드리라 통인 드러가 도련임 웬 목통이요
> 고함소릭에 사쏘 놀닉시사 염문하라 하옵시니 엇지 아뢰잇가 ㉡싹한 이리

<hr>

14) 과거지평이란 전승 춘향전이 형성될 당시의 기대지평을 뜻한다.

로다 나무 집 늘근이는 리롱징도 잇난이라마는 귀 너무 발근 것도 예상 일
안이로다 ㉢글러한다 하졔마는 글헐 이가 웨 잇슬고 ㉣도련임 딍경하야
이듸로 엿즈와라 늬가 논어라 하난 글을 보다가 차회라 외도의 구의라 공불
근주공이란 딍문을 보다가 나도 주공을 보면 그리하여 볼가 하여 하여 홍치
로 소릭가 놉파슨이 그듸로만 엿자와라(〈완판 84장본〉, 54면)

위의 인용문은 〈완판 84장본〉의 사또염문 대목으로 골계미를 살리는
데 한몫을 하고 있는데 ㉡이 그런 역할을 하고 있다. ㉢은 전승 춘향전의
㉡과 같은 골계적인 요소를 비판하기 위해 서술자가 개입한 것이다. 즉,
양반 자제 이도령이 사또의 염문에 ㉡과 같이 반응을 할 리가 없다는 것이
다. 그러나 ㉢의 비판자적 개입은 그것이 합리적이라고 하더라도 춘향전
의 민중적 요소가 창출하고 있는 골계미를 훼손시키고 있다는 점에서 결
코 긍정적인 것만은 아니다. 왜냐하면 춘향전은 그것이 창출하고 있는
다양한 미학 때문에 사랑받았고 현재까지 전승되고 있기 때문이다. 〈완
판 84장본〉의 수용자는 중세적 질서에 충실하려는 자신의 관념 위에서
춘향전을 바라보았기 때문에 춘향전의 진정한 맛을 훼손시켜버린 결과를
낳게 되었다. 이러한 점은 이 대목이 크게 강화되어 있는 〈고려대 54장
본〉을 살펴보면 쉽게 알 수 있다.

3) 개작자적 개입

개작자적 개입이란 수용자의 기대지평이 전승 춘향전의 지평을 부정하
고 그것을 자신의 기대지평 쪽으로 개작하기 위해 서술자가 개입한 것을
말한다. 이것은 능동적이고 적극적인 수용자에 의해 지평의 전환이 이루
어진 것이다.[15] 이 개작자적 개입은 주로 신재효처럼 개성이 강한 수용자
에 의해 이루어진다. 개성이 강한 수용자는 전승 춘향전의 지평에 만족하

---

15) 명창들이 개발한 더늠이 대표적인 예이다.

거나 비판하는 데 그치지 않고, 그것을 자신의 기대지평 쪽으로 전환하여 새로운 지평을 열려고 한다. 이 경우가 진정한 의미에서의 생산적 수용[16]이라고 일컬을 수 있다.

개작자적 개입은 그것이 비록 춘향전의 全面的 改作을 이루어 내지는 못했지만 춘향전의 변모에 결정적인 역할을 했다. 춘향전은 이러한 개작자적 개입에 의한 부분적인 변모를 거듭 겪으면서 늘 새롭게 살아왔다. 현재의 춘향전은 끊임없이 이루어진 이러한 부분적인 지평 전환의 集積體라고 할 수 있다.

⑦방즈 분부 듯고 마고의 썩 드려가 셔산나귀 솔질 솰솰 가진 안장 지을 제 홍영 자강 순호便과 玉안 金쳔 항금넉의 靑紅絲 고흔 굴네 상모 물여 덤벅 씨우고 층층 다리 연입등즈 호피도듬 안갑 씨워 쓸 밋틱 둘너딕이 도련임의 호스 보쇼 풍신 조흔 고흔 얼고 분셰슈 졍이 흐고 감틱 갓탄 치 긴멸이 즌반갓치 널게 쓰으 갑스당기 슨만 물여 밉세 잇게 느리치고 白낭능 긴 겹옷세 분쥬 明쥬 누비바지 불화낭능 겹조고리 六스단 겹빗즈 즈문단초 다라 입고 남포단 웃즈임즈 당팔스 가진 미듯 구비 츤츤 느리치고 승즈변션 통힝젼의 만셕당여 식가 난다 쳥사 도포 흑사帶을 胸中 눌너 즈벼 미고 나귀 등의 올나 안즈 紅唐扇 치면흐니 방자놈의 호사 보쇼 딕단 요딕 젼쥬면이 가진 미듭 미져 츠고 광즈바지 통힝젼의 삼승 목다리 겹벼션 全州 맛침 용깅기을 조희 노로 들메이고 졀박머리 왜초당긔 九龍슈 늘근 용의 구비갓치 느리치고 호호이 나갈 젹의 도련임 나귀 타고 방즈는 젼마들고 ㄴ갈 젹의 白日리 淸明흔딕 狂風 좃츠 부년 발름 씌실 좃츠 펄펄 ㄴ이 도련임 웃덥시요 이에 그것 계볍일다 ⓛ구경을 이려케 간득 흐되 어린 아희 유산 가기 그리 요란할가본야 ⓒ도련이 셔울셔 즈란 아희라 빅병의 슐을 넛코 마른 안쥬 민강사탕 슈밀과을 슈지의 쓰 도포 쇼민의 넌짓 넛코 오동 셔랍 은은 벽딕 方子 들여 압셰우고 도보하여 가든이라(〈고려대 54장본〉, 3-5면)[17]

---

16) 이본적 성격이 뚜렷한 춘향전이 다양하게 존재하는 것은 생산적 수용의 결과이다.
17) 혼히 〈고대본〉으로 알려진 이본이다.

위의 인용문은 〈고려대 54장본〉에 있는 이도령의 유산행장 대목이다. ㉠은 전승 춘향전의 것이고, ㉡은 그것을 비판하고 있는 서술자의 개입이고, ㉢은 ㉠을 개작한 것이다. ㉡은 ㉠을 비판한다는 점에서 앞에서 살핀 비판자적 개입과 같지만 비판하는 데 그치지 않고 그것을 ㉢으로 개작한 점에서 다르다.

〈고려대 54장본〉 수용자[18]는 ㉠과 같이 지나치게 확대, 과장된 전승 춘향전의 지평을 어린아이인 이도령의 행장치레로 불합리하다고 비판하고 그것을 서울서 자란 아이의 행장치레에 걸맞게 단출한 것으로 개작하고 있다. 여기서 ㉠을 현실적 합리성, 사실성을 초월한 판소리적 지향[19]이라 한다면 ㉢은 합리성, 사실성을 중시한 소설적 지향이라고 할 수 있다. 즉 〈고려대 54장본〉의 수용자는 소설적 지향에 관심을 가지고 개작한 것이다. 이러한 개작은 소설적 성격이 강한 경판본에 두드러지게 나타난다.

4. 춘향전의 변모 양상

춘향전이 다양한 수용자와 만나면서 새로운 모습으로 거듭 변모해 왔다는 점은 수많은 이본이 존재한다는 점에서 쉽게 확인된다. 춘향전의 후대적 변모 양상은 서술자가 작품 前面에 직접 개입한 경우에 쉽게 드러나고, 그렇지 않은 경우는 성실한 이본의 대비를 통해 찾아 낼 수 있다.

---

18) '〈고려대 54장본〉 수용자'란 두 가지 의미를 지닌다. 춘향전 전승사에서 보면 전승 춘향전을 수용했다는 점에서 수용자라고 할 수 있고, 〈고려대 54장본〉만 떼어 놓고 보면 그것의 작자라고 할 수 있다.
19) 김흥규, 「판소리의 서사적 구조」, 김열규 외, 『고전문학을 찾아서』, 문학과지성사, 1976, 참고.

여기서는 작품 전면에 서술자가 직접 개입하여 이루어진 변모 양상을 중심으로 살펴보기로 한다.

춘향전의 다양한 이본 중에서 특히 〈남원고사〉(1864-1869년), 신재효의 춘향가(1870년대) 등은 그것이 성립 또는 정착된 연대가 밝혀져 있어 우리의 논의를 뒷받침해 줄 수 있는 이본들이다. 그리고 현전 最古本인 〈만화본 춘향가〉(1754년)와 〈광한루악부〉(1852년)도, 그것이 한시로 되어 있어 당대 춘향전의 모습을 생생하게 드러내지 못한다는 한계가 있음에도 불구하고, 18세기 중엽, 19세기 중엽의 춘향전의 모습을 보여주는 유력한 자료이다. 그러나 본고에서는 서술자가 개입한 부분을 중심으로 변모 양상을 살피므로 이본의 형성 연대는 절대적인 기준이 아니다. 왜냐하면 서술자의 개입을 통해 수용자가 수용한 저본(전승 춘향전)의 성격이 분명하게 드러나 있기 때문이다.

춘향전의 관련 문헌이 거의 없는 상황에서 춘향전 전승사를 구명하기 위해서는 이본 비교가 긴요하다. 이본은 대개 나름대로의 미의식을 가진 적극적인 수용자들에 의해 이루어진 것이고, 동시에 그곳에 수용된 양상이 바로 당대 수용자들의 춘향전에 대한 인식의 지평이자 미의식의 총체라고 할 수 있기 때문이다. 따라서 우리는 춘향전 이본이 가지는 중요성을 충분히 인식하면서 각 이본에 드러난 수용자들의 기대지평이 어떻게 변모하는가를 성실히 관찰하여 춘향전의 변모 양상을 밝혀 보기로 한다.

1) 사실성과 합리성 지향

춘향전 이본에는 비현실적 요소나 불합리한 요소를 비판하거나 그것을 현실성을 지니도록 사실적, 합리적인 방향으로 개작하려 한 노력이 여러 곳에서 발견된다. 이것은 춘향전 수용자의 합리주의적 사고를 반영한 것이다.

① 이도령의 행장치레

　이도령이 유산가면서 차리는 행장치레는 〈만화본 춘향가〉 등 몇몇 이본을 제외하고는 정도의 차이가 있으나 여러 이본에 두루 존재한다. 이 대목이 크게 확장된 〈이명선본〉은 '@나귀 안장치레→ ⓑ도령의 신수, 복색치레→ ©방자의 복색치레'로 구성되어 있다.

　앞 장에서 살펴본 바와 같이 〈고려대 54장본〉에서는 전승 춘향전의 확장된 사설을 소개하고 나서 '구경을 이렇게 간다 하되 어린아이 유산가기 그리 요란할까보냐'라고 비판하면서 그것을 합리적으로 축약하였다. 이런 합리적인 인식은 다른 이본에도 나타나지만 그것은 ©를 제거하는 데에 그쳤고 〈고려대 54장본〉의 @와 ⓑ처럼 확장된 사설을 보유하고 있다.

　그리고 이본간에 @는 〈고려대 54장본〉과 차이가 거의 발견되지 않는 반면, ⓑ는 상당한 차이를 보이고 있다. 그것은 @가 岑參의 〈衛節度赤驃馬歌〉의 구절인 "紅纓紫鞚珊瑚鞭 玉鞍錦韉黃金勒"을 그대로 인용하였기 때문이고, ⓑ는 도령의 신수, 복색치레를 수용자가 가능한 한 호사롭게 꾸미기 위해 개성을 발휘하였기 때문에 다양해진 것이다.

　〈고려대 54장본〉의 합리적인 개작 사설과 달리 대부분의 이본은 전승 춘향전의 모습을 보유하고 있는데, 그것은 이 대목을 인식하는 수용자들의 시각이 〈고려대 54장본〉 작자와 달랐기 때문이다. 〈고려대 54장본〉 작자가 이 대목을 합리적인 시각에서 바라보았다면 다른 수용자들은 화창한 봄날의 나들이는 흥청대야 제 맛이 난다는 판소리적 합리성의 시각에서 바라본 것이라고 할 수 있다. 즉 전승 춘향전의 기대지평이 〈고려대 54장본〉 작자와 만나 지평 전환이 일어났지만 공감을 얻지 못하고, 다른 수용자들에 의해 전승 춘향전의 친숙한 지평으로 되돌아간 것이다. 기대지평 사이에 일어난 지평의 변증법적 융합의 좋은 예라고 하겠다.

　이러한 합리적인 개작은 〈완판 84장본〉의 다음 대목에서도 발견된다.

잇씨는 어느 씨뇨 놀기 조흔 삼춘이라 호련 비조 뭇 시들은 농초화답
짝을 지어 쌍거쌍늬 나려드려 온갓 춘졍 닷토난듸 남산화발 북산홍과 쳔사
만사 슈양지의 황금조는 벗 부른다 나무 나무 셩임ᄒ고 두견 졉동 다 지
나니 일연지가졀이라(〈완판 84장본〉, 17면)

잇씨은 삼월이라 일너스되 오월 단오일리엿다 쳔즁지가졀이라 잇씨 월
미 짤 춘향이도 쏘한 시셔음률이 능통하니 쳔즁졀을 몰을소냐 추쳔을 ᄒ랴
ᄒ고 상단이 압셰우고 나려올 제(〈완판 84장본〉, 30면)

밑줄 친 부분에서 개입을 하면서 전승 춘향전의 답청사설[20]을 단오사
설로 바꾸고 있다. 이것은 춘향의 추천 장면에 견인당한 개작이다. 즉,
추천은 단오절에 하는 민속 행사의 하나이므로 춘향의 추천도 그날 이루
어지는 것이 합리적이라고 생각한 것이다.

② 담배사설

춘향이 이도령에게 初人事로 담배를 권하는 대목이다. 〈만화본 춘향
가〉에는 보이지 않지만 〈광한루악부〉,[21] 〈경판 16장본〉 등 여러 이본[22]
에 두루 나타나는 것으로 보아 19세기 중반기에 존재했던 대목이 분명하
다. 이 대목은 동편제 김창록 명창의 더늠인데, 〈이선유 창본〉 이외의 창
본에는 보이지 않는다.

㉠잇듸 츈향이 왼갓 담비 ᄃ 듸릴 졔 졀나도 홍쳔초 츙쳥도 슈셩초 경상
도 안동초 경긔도 금광초 강원도 횡셩초 함경도 갑순초 편안도 三등초 八道
담비 ᄃ 드린ᄃ 하되 ㉡그계 ᄃ 그진말리엿ᄃ 졀나도 스름인이 그 도 담비

---

20) 〈만화본 춘향가〉에 "是時尋春遊上巳"로 되어 있고, 대부분의 이본에는 春三月로
되어 있다.
21) 釜山煙竹三登草 吸進清香繞舌端
22) 담배사설은 〈경판 35장본〉, 〈남원고사〉, 〈이명선본〉, 〈고려대 54장본〉 등에 있
고, 〈경판 17장본〉, 〈완판 29장본〉, 〈완판 33장본〉, 〈완판 84장본〉 등에는 없다.

지 ⓒ져 여인 그동 보쇼 계안초 널분 입식 그 중의 골너 닉여 마듸 아셔
접첨접첨 발 밋틔 느어쓰가 잠이 쏙 잔 연후의 산유즈 목침 닉여 녹코 벽의
걸인 오동철병 반은증도 玉手로 덤석 쎼여 흔 허리을 션듯 잘너 탈탁갓치
잘게 쓸러 은슈복 빅통듸의 장가락을로 눌너 담어 청동화로 빅탄불 이글이
글 불 붓넌듸 츈향 키넌 즉고 담벗듸은 길기로 두 무릅 쓸려 안(즈) 玉手로
덤벽 잡고 썍씀쌕씀 쌘는 듸로 입솔 식로 팔랑 연기 몽기몽기 황나 치마의
아드둑 씨셔 도련임 담빅 잡슈시요(〈고려대 54장본〉, 27-28면)

위의 인용문은 〈고려대 54장본〉에서 가져온 것이다. ㉠은 전승 춘향전
의 내용을 소개한 것이고, ㉡은 ㉠을 거짓말이라고 비판하고, 춘향이 전라
도 사람이므로 전라도 담배를 대접하는 것이 합리적이라는 생각을 드러
낸 것이다. 〈이선유 창본〉에도 "대객의 초인사라 팔도 담배 다 드린다
충청도 청양초 경긔에 금광초 -중략- 이 담배 저 담배 다 버리고 전라도
상관초를 맛물 고르게 -중략- 진주 가튼 서를 내여 옴막박금 담배물쌕리
초마자락에 바드드 닥가 눈을 새곰이 쓰고 엿소 하고 드리거날"(11면)23)
로 되어 있어 〈고려대 54장본〉 수용자와 비슷한 인식을 하고 있다. 이
대목은 명창 김창록(철종-고종)의 더늠이었다는 사실을 생각할 때, 적어
도 그가 활약하던 시대까지는 주목받던 대목이던 것이 후대에 와서 관심
밖으로 밀려났다는 것을 알려 준다. 이 대목이 춘향전의 서사적 전개에
특별한 기능을 가지지 못했기 때문일 것이다. 즉 이 대목은 전승 춘향전
과 같이 확장된 사설로 있을 때라야 판소리적 맛을 유지할 수 있어 그것
대로 살아 있을 수 있지만 〈고려대 54장본〉처럼 합리적으로 개작해 축약
되면 제자리를 잃어버리고 결국은 춘향전에서 탈락하게 된다.

③ 주효기명사설

첫날밤에 춘향모는 이도령을 대접하려고 주안상을 차린다. 이 대목은

---

23) 김택수, 『오가전집』, 1933, 대동인쇄소.

이본에 따라 확장, 축소의 차이가 있으나 〈만화본 춘향가〉[24]를 비롯한 대부분의 이본에 존재한다.

> ㉠이찌 츈향어미 스름의 셔를 붓으려고 우선 쥬효진지홀 제 팔모졉 은듸 모반의 안셩유긔 왜화긔 산호 호박 슌금 쳔은 각식 긔명 노혓는듸 술병조츠 겻드렷다 쳠피긔욱 죽졀병 엽낙금졍 오동병 냥심샹조 뉴리병 목 횔젹 긴 황시병 목 옴초라진 즈라병 각식 술 다 드렷다 도쳐스의 국화쥬 니젹션의 포도쥬 쇼동파의 죽엽쥬 안긔싱의 즈하쥬 온갓 술 겻드리고 안쥬를 도라보니 듸양푼의 가리찜 쇼양푼의 졔육찜 양지머리 츠돌박이 싱치다리 젼체슈 팔파 문어 봉젼복 밀양 싱뉼 싹가 놋코 함창 건시 졉어 놋코 ㉡이 말은 다 젼녜판이라 ㉢약쥬술이 한 병이오 싀으졋시 무싹도기 고초쟝의 관목친 것 열무김치 들기름 치고 광쥬 분원 스긔잔의 술를 부어 들고 도련님 약쥬 잡슈시오(〈경판 35장본〉, 22-23면)

위의 예문은 〈경판 35장본〉에서 인용한 것이다. ㉠은 전승 춘향전(기명치레 → 술병치레 → 술치레 → 안주치레)을 소개한 것이고, ㉡은 그것을 비판한 서술자의 개입이고, ㉢은 ㉡을 합리적으로 개작한 것이다. 즉 갑자기 차린 주안상을 ㉠처럼 산해진미로 차릴 수 없다고 판단하여 그것을 ㉢과 같이 소박한 술상으로 개작한 것이다.

이러한 합리적인 태도는 다른 이본에서도 발견된다. 신재효는 〈동창 춘향가〉에서 "상단이 나가던이 다담같이 차린단 말이 이면이 당찻컷다"고 비판적 개입을 하면서 그것을 간단하게 차려 합리적으로 개작하였고, 〈남창 춘향가〉에서는 "상단을 급피 시켜서 돈엇치 약주"를 받아 오게 하여 술치레를 제거하는 극단적인 합리성을 보이고 있다. 〈박기홍본〉은 "시체수단으로 술상을 차렸는데"라고 하면서 아예 "나쥬칠반의 김치 한 보우 약포육젼 북쌈 한 접시 실과 겻더러 놓았는데"와 같이 극단적으로 축약하

---

24) 看陳蔚鯣爛登盤 酒熟壺春新上筵 琉璃畵盞瑚珀臺 勸勸薑椒香蜜餌.

였고, 〈성우향 창본〉에서는 완전히 제거해 버렸다. 지나치게 합리적인 개작이 판소리적 맛을 훼손시킨 경우라 하겠다.

〈완판 84장본〉은 오히려 ㉠을 합리화하는 쪽으로 개작하여 독특한 면모를 드러내고 있다. 전승 춘향전의 ㉡, ㉢, ㉣을 서술한 다음(기명치레 없음) 이도령이 "금야에 하는 절차 본래 관청이 안이여던 어이 그리 구비한가"라고 묻자 춘향모가 다음과 같이 설명함으로써 ㉠을 합리화하고 있다.

> 춘향모 엿자오듸 늬 쌀 춘향 곱계 길너 요조슉여 군자호귀 가리여서 금실우지 평싱동낙하올 격기 사랑의 노난 손임 영웅호걸 문장들과 즁마고우 벗임늬 쥬야로 길기실 졔 늬당의 하인 불너 밥상 슐상 지촉할 졔 보고 비호지 못하고는 어이 곳 등듸하리 늬자가 불민하면 가장 낫셜 씩기미라 늬 싱젼 심쎠 갈쳐 아모쪼록 본바다 힝하라고 돈 싱기면 사 모와셔 손으로 만드러셔 눈의 익고 손의도 익키랴고 일시 반 쩍 노지 안코 시긴 바라 부죡다 마르시고 구미듸로 잡슈시요(〈완판 84장본〉, 72-73면)

갑자기 차린 주안상을 잘 차릴 수 있었음은 춘향을 훌륭한 여성으로 교육하기 위해 평소에 준비해 두었기 때문이라는 것이다. 이것은 장황하게 확장된 전승 춘향전을 합리화한 것인 동시에 춘향을 열녀화하기 위한 노력과도 관련되어 있다.

그런데 대부분의 이본에서는 이와 같은 합리적인 태도와 달리 상당히 부연되어 있다. 그것은 이 대목이 연출하는 흥겨움이 사실성이나 합리성보다 더 중요하게 인식되었기 때문이다. 〈이선유 창본〉에 이러한 점이 잘 나타나 있다. 전승 춘향전의 지평(기명치레＋안주치레)을 소개하고 나서 "그러나 이거시 읍시면 구절이 맛지 안넌다 하야 하기는 하야스나 춘향의 집이 여간 관청이 아니어든 시각에 그러케 채릴 수는 읍것다"고 개입하고 있다. 불합리한 것을 비판하고 있다는 점에서 〈경판 35장본〉의 수용자, 신재효의 태도와 같지만 이 대목이 없으면 구절이 맞지 않는다는 지적에서 다르다. 이선유는 이 대목이 지니는 야단스러움을 합리성보다 우위에 둔 것이라 할 수 있다.

④ 십장가

십장가는 신관사또의 수청 명령을 거절한 춘향이 곤장을 맞으면서도 변함없는 굳은 절개를 노래한 대목이다. 이 대목은 〈만화본 춘향가〉, 〈경판 16장본〉 등에는 없지만 다른 이본에 두루 존재한다. 십장가는 판소리 전성기에 명창 염계달·조기홍 등이 더늠으로 개발한 후 춘향전의 핵심적인 대목으로 자리 잡은 대목이다.

여러 이본에 나타난 십장가의 第一杖을 비교해 보면,

〈경판 35장본〉: 일편단심 츈향이가 일조 낭군 이별ᄒ고 일심의 밋친 한이 일시만졍 풀닐손가 일각일시 낙미지익으로 일졍지심 먹은 마음 이부을 셤기릿가

〈완판 84장본〉: 일편단심 구든 마음 일부종사 쓰시오니 일기 형별 치옵신들 일연이 다 못 가셔 일각인들 변하릿가

〈이명선본〉: 일편단심 츈향이 일졍지심 먹은 마음 일부종ᄉ ᄒ갓쓴이 일신 난쳐 이 몸인들 일각일신 변ᄒ릿가 닐월갓치 말근 졀긔 일니 곤케 말어시오25)

〈김여란 창본〉: 일조 낭군 이별 후에 일부종사허랴는데 일편단심 먹은 마음 일시일각에 변하리까 가망 없고 못허지요26)

와 같이 상당히 부연되어 있다. 그런데 신재효는 다음과 같이 합리적으로 개작하고 있다.

---

25) 김준형 편, 『이명선 구장 춘향전』, 보고사, 2008.
26) 정병욱, 『한국의 판소리』, 집문당, 1981.

　　㉠ 츈향의 고든 마음 아푸단 말 흐여셔는 열녀가 아니라고 져러케 독흔
형벌 아푸든 말 아니 흐고 졔 심즁의 먹은 마음 낫낫시 발명홀 졔 ㉡<u>십장가</u>
<u>가 질어셔는 집장흐고 치는 믹의 언의 틈이 홀 슈 잇나 한 귀로 몽구리되</u>
<u>안 즉은 졔 글즈요 밧 즉은 육담이라</u> ㉢일칫 낫 짝 붓치니 일졍지심 잇스오
니 이러흐면 변홀 테요 믹우 치라 예이 쪽 이부 아니 셥긴다고 이 거조는
당치안쇼 세칫 늇 쪽 붓치니 삼강이 즁흐기로 슴가이 본바닷쇼 네치 늇 쪽
부치니 스지를 찟드릭도 스쏘의 쳐분이요 오치낫 쪽 부치니 오장을 갈나쥬
면 오쪽키 죳쇼릿가 육칫 낫 쪽 부치니 육방하인 무러보오 육시흐면 될 터
인가 칠치 낫 쪽 부치니 칠스 즁의 업는 공스 칠 듸로만 쳐보시요 팔치 낫
쪽 부치니 팔면부당 못 될 일을 팔작팔작 쒸여보오 구치 낫 쪽 부치니 구즁
분우 관장되야 구진 짓슬 그만 흐오 십치 낫 쪽 부치니 십벌지목 밋지 마오
십은 아니 쥴 터이요(〈남창 춘향가〉, 44면)

　　신재효는 전승 춘향전에서 길게 부연된 십장가가 춘향이 매 맞는 정황
과 어울리지 않는다고 비판하면서, 그것을 '안 짝은 제 글자요 밖 짝은
육담'으로 축약하여 합리적인 방향으로 개작하였다.[27] 그러나 신재효의
개작이 긍정적인 것이 아니라는 점은 대부분의 이본이 확장된 십장가를
그대로 지니고 있다는 사실에서 쉽게 알 수 있다.

　　춘향전에서 십장가가 지향하는 바는, 광대는 정절을 지키기 위해 처절
하게 항거하는 춘향의 모습을 통해 최대한의 비장미를 창출하는 것이고,
향수자는 그것을 통해 최대한의 비장미를 맛보는 것이다. 십장가가 표출
하는 비장미는 창의 지속 정도에 비례하고 창의 지속 정도는 사설의 길이
에 비례한다. 따라서 최대한의 비장미를 표출하기 위해서 십장가 사설을
극대화하였을 것이다. 이런 점에서 신재효의 개작은 십장가가 지녀야 할
예술성을 제대로 인식하지 못한 한계를 드러낸 것이라고 할 수 있다.

---

27) 신재효의 개작도 현실적인 면에서 보면 불합리한 것이다.

2) 구성상의 합리성 지향

판소리 전성기에 여러 명창들이 더늠을 경쟁적으로 개발하면서 특정 대목이 집중적으로 확장되었고, 그 결과 부분과 부분 사이에 구성상의 불합리성, 불통일성이 생기게 되었다. 후대의 수용자들은 전승 춘향전의 이러한 부정적인 면을 발견하고 그것을 합리적인 방향으로 개작하려고 노력했다. 이런 방향에서 서술자의 개입이 이루어진 것으로는 어사와 방자의 수작과 몽중가, 옥중상봉 등이 있다.

① 어사와 방자의 수작

춘향의 편지를 전하러 가는 방자와 남원으로 내려오던 어사가 도중에 만나 춘향의 편지를 두고 수작하는 대목이다. 이 대목은 〈광한루악부〉에도 있는 것으로 보아 19세기 중엽에 이미 존재했던 것이 분명하다. 경판본과 〈남원고사〉에는 없고 나머지 이본에 두루 존재하는데, 대체로 'ⓐ어사와 방자의 수작 → ⓑ춘향의 편지 개봉 → ⓒ방자와 이별(방자가 어사를 알아보지 못함)'이나 'ⓐ → ⓑ → ⓒ방자가 어사를 알아 봄 → ⓓ방자를 운봉 현감에게 보냄(방자를 가두라는 편지 보냄)'으로 되어 있다. 전자는 완판본과 〈이명선본〉, 〈고려대 54장본〉 등에 나타나고 후자는 창본에 두루 나타난다.

〈옥중화〉에는 다음과 같이 전승 춘향전의 지평을 비판한 서술자 개입이 있어 주목된다.

> (전략 : 어사와 볼짝쇠 수작 및 춘향의 편지) 여보 이 兩班 눈물에 편지 젓소 春香 便紙 보고 三大祥 지낼 쩌는 萬一 春香 訃告 보앗드면 머리 풀겟소 그러나 여보 春香이와 엇지 되오 이익 엇지 되여 그리 흠이 아니라 편지 보니 사연도 불샹ᄒ고 血書를 ᄒ엿스니 木石인들 보깃ᄂ냐 <u>이쎅 그 兒孩 볼짝쇠는 南原 冊房 房子로 春香에게 靑鳥되야 오릭 擧行ᄒ엿스니 十年이 되얏기로 御使道를 몰나 볼 리가 잇깃ᄂ냐 이것은 모다 광딕의 弄談이던</u>

것이엇다 房子가 御使道를 路上에셔 뵈옵고 問安ᄒᆞᆫ 後 肩傍에 書簡 늬여 올닌 後에 春香의 前後 事情 낫낫치 告ᄒᆞ거늘 御使道 이를 갈며 말솜을 房子 듯ᄂᆞᆫᄃᆡ 生覺지 아니ᄒᆞ고 흠부루 ᄒᆞ셧것다 이놈을 單拍에 三門出道를 ᄒᆞ야 封庫를 ᄒᆞ깃다(〈옥중화〉, 119-120면)[28]

남원에서 이도령을 모셨던 방자가 어사를 알아보지 못한다는 것을 불합리하다고 판단하여 합리적인 것으로 개작한 것이다. 그러나 이것은 단순한 합리적 개작이 아니라 구성상의 불합리성을 제거하려고 한 것이다. 전승 춘향전과 달리 방자를 운봉에 보냄으로써 신관사또 생일잔치에서 운봉 영장이 어사임을 알아볼 수 있는 복선을 설정한 것이다.

② 몽중가와 옥중상봉

춘향이 옥중에서 기절했을 때 황릉묘에 가서 순임금의 이비(아황, 여영)를 만나 열녀 행위에 대한 칭찬을 받는 대목이다. 대부분의 이본에 존재한다.

그런데 신재효는 개작 개입을 하면서 다음과 같이 개작하고 있다.

[1] 다른 가긱 몽중가는 황능묘의 갓다ᄂᆞᆫᄃᆡ 이 사셜 짓ᄂᆞᆫ 이ᄂᆞᆫ 다른 ᄃᆡ를 갓다 ᄒᆞ니 좌상 쳐분 엇덜넌디 츈향이가 쑴 이악을 자셔이 ᄒᆞᄂᆞᆫ구나 죄 업시 형문 맛기 원통ᄒᆞ고 분ᄒᆞ기의 삼십도 다 맛도록 아푸단 말 아니ᄒᆞ고 늬 심중의 잇ᄂᆞᆫ ᄃᆡ로 낫낫 발명ᄒᆞ엿더니 희박ᄒᆞ라 ᄒᆞᄂᆞᆫ 소릐 정신이 삭막ᄒᆞ야 엇져ᄂᆞᆫ 줄 모르고셔 이 몸이 호졉되야 바름길의 쓰이여셔 편편이 놉피 써셔 우으로만 오르ᄂᆞᆫᄃᆡ - 중략 - 여동과 ᄒᆞᆫ가지로 수십 보 드러가니 화취영롱 죠흔 집의 문 우의 부친 현판 천장전 셰 글ᄌᆞ를 황금으로 크게 쓰고 그 뒤의 ᄯᅩ 잇ᄂᆞᆫ 집 현판의 영광각 운모병풍 둘너치고 옥화졈 퍼여시니 산호구 슈졍렴과 향쥬머니 난ᄉᆞ긔운 졍녕 인간 아닌 고ᄃᆡ 엇더ᄒᆞ신 ᄒᆞᆫ 부인이 - 중략 - 분부ᄒᆞ되 네가 이 집 알건나냐 셰상 사름 ᄒᆞᄂᆞᆫ 말들 져 물이 은하슈요

---

28) 이해조, 『옥중화』, 보급서관, 1914.

늬 별호가 직녀셩 네가 젼의 이곳 잇셔 날과 함긔 지니던 일 망연이 이졋나
냐 - 즁략 - 젼싱의 ᄒ던 일을 ᄌ셰이 드러보라 네가 늬의 시녀로셔 셔왕모
의 반도회의 늬가 잔치 참예갈 졔 네가 나를 ᄯᄅ왓다 퇴을션군 너를 보고
인졍을 못 이긔여 반도 던져 희롱ᄒ니 네가 보고 우슨 죄로 옥황이 진노ᄒ
사 두리 다 젹하인간 너의 낭군 이도령은 퇴을의 젼신이라 젼싱에 연분으로
이싱 부부 도엿시나 고샹을 만이 시켜 우슨 죄를 다사리자 이 익회를 만ᄂ
시니 감심ᄒ고 지니면은 후일의 부귀영화 칙량이 업슬 거슬 약흔 몸의 즁한
형벌 횡사도 가려ᄒ고 죠븐 셩졍 셜운 마음 자결ᄒᆞᆯ가 위태키예 너를 직금
불러다가 이 말을 일으나니 이 거슬 먹어시면 장독이 직차ᄒ고 허다 고생
ᄃᆞ ᄒ여도 아무 탈이 업시리라 - 즁략 - 다시 인간 아니 오고 쳔장젼의
잇지쎠니 셩군 분부ᄒ시기를 ᄒᆞᄂᆞᆯ이 졍ᄒ신 일 임의로 못ᄒᆞᆯ 테오 네의 노모
너 기달여 시각이 밧버시니 어셔어셔 도라가셔 이 고생 겪근 후의 인간 오
복 눌이다가 이 곳스로 도로 와셔 맛날 날이 잇실터니 셥셥이 아지 말고
급급히 도라가라 여동이 부채 들고 두 번을 부치더니 바람결의 몸이 싸여
이 곳으로 나려오니 술과 과실 조혼 향내 입의셔 그져 나니(〈남창 춘향가〉,
48, 50면)

신재효는 밑줄 친 부분에서 개작 개입을 하면서 전승 춘향전의 황릉묘
사설을 천장전사설로 대치하였다. 즉, 직녀성군을 통해 춘향의 고난은 천
상계에서의 得罪 때문임을 밝히고, 고난을 겪고 나면 후일에 부귀영화를
누릴 수 있다는 사실을 알도록 개작한 것이다. 이것은 작품 첫머리에 있는
춘향의 태몽과 유기적 통일성의 맥락 위에서 이루어진 것이다.

[2] 츈향 어무 퇴기로서 ᄉ십이 너문 후에 츈향을 쳐음 빌 졔 ᄭᅮᆷ 가온디
엇던 션녀 도화 이화 두 가지를 두 손의 갈나 쥐고 한울노 나려와셔 도화를
니여 쥬며 이 곳슬 잘 갓구와 이화졉을 부처시면 모년힝낙 조흐리라 이화
갓다 젼흘 디가 시각이 급ᄒ기로 총총이 써나노라 ᄭᅮᆷ 씬 후에 잉티ᄒ야 십
삭 차셔 ᄯᆯ 나으니 도화는 봄힝기라 춘향이라 일홈ᄒ야(〈남창 춘향가〉, 2
면)

도화와 이화로써 춘향과 이도령의 만남이 천상적 질서에 따른, 예정된 것임을 밝히고 '모년행락 좋으리라'고 후일의 영화를 암시하고 있다. 따라서 [1]의 개작은 [2]의 개작(이것도 신재효의 개작임)에 따른 필연적인 것이라 할 수 있다.

[1]의 개작은 또한 옥중상봉사설의 개작으로 이어진다.

[3] <u>다른 가긱 몽중가는 옥중의셔 어ᄉ 보고 산물을 ᄒᆞ다ᄂᆞᄃᆡ 이 ᄉᆞ셜 짓ᄂᆞ 이ᄂᆞ 신힝질을 ᄎᆞ려시니 좌상 쳐분 엇더ᄒᆞᆯ지</u> 츈향이가 죡금 잇다 슈작을 다시 ᄂᆡ여 셔방님 드르셧쇼 ᄂᆡ일이 본관 싱신잔치를 비셜ᄒᆞ야 각읍 슈령 모은다니 노모와 ᄒᆞᆫ가지로 ᄂᆡ 집으로 돌아가겨 두리 덥든 금침 속의 평안이 주무신 후 셔방님ᄭᅴ 드리랴고 일습 의복 ᄉᆡ로 ᄒᆞ야 옥함 속의 너어시니 져 옷 벗고 그 옷 입고 잔치굿 보시다가 ᄃᆡ상으로 올나가셔 못주우신 수령님과 슈작을 ᄒᆞ엿시면 좌상의 모은 관장 ᄃᆡ 모르리 뉘 잇것쇼 쳔쳡의 젼후 ᄂᆡ력 일편을 ᄒᆞ엿시면 ᄉᆞ리 발근 관장님ᄂᆡ 본관을 칙망ᄒᆞ고 쳔쳡 방송ᄒᆞᆯ 거시니 지질ᄒᆞᆫ 남원고을 잠간도 잇기 실의 당일의 치힝ᄒᆞ야 셔울노 올나갈 졔 밉시 잇ᄂᆞ 우리 상단 고은 단장 ᄉᆡ 의복의 젼모 씨고 치마 머여 농바리 시른 말ᄭᅴ 올녀 안쳐 압셰우고 그직차로 ᄂᆡ가 셔되 한림교 완ᄌᆞ영창 젼면의 드린 주렴 고무줄노 쏀분 발ᄃᆡ 홍칠을 곱게 ᄒᆞ야 초록당ᄉᆞ 구문 노코 녹젼 듸림 금ᄌᆞ 슈복 홍젼으로 슷물이고 키 크고 밉시 잇ᄂᆞ 잘 메이ᄂᆞ 교군들을 쳥창옷 병치 씨여 셰 픠로 갈나 메고 유옥교의 노모 틱여 내 뒤의 셰우웁고 그 뒤의ᄂᆞ 셔방님이 걸ᄂᆞ단 유랑달마 가진 안중 덧벅 승모 일등 구죵 경ᄆᆞ 들녀 쳔싱 구셩져 밉시의 도포 입고 풍안 쓰고 사션으로 코 기리고 구정거름 말불 쩰 졔 구붓ᄒᆞ고 억기춤의 호숑ᄒᆞ야 올나가셔 남산 밋 죠용쳐의 긱ᄀᆞᆺᄒᆞᆫ 삼칸 쵸옥 사 가지고 잇삽다가 셔방님이 급졔ᄒᆞ야 한림 ᄃᆡ교 잠간 ᄒᆞ고 의쥬부윤 당상ᄒᆞ면 양국 졉계 막즁변지 솔ᄂᆡ힝을 못ᄒᆞᆯ 터니 두리만 ᄂᆡ려가셔 밤낫 호강ᄒᆞ여 보ᄉᆡ(〈남창 춘향가〉, 76, 78면)

[1]에서 직녀성군을 통해 후일에 부귀영화를 누린다는 것을 암시 받았기 때문에 전승 춘향전의 治喪辭說은 무의미하게 되어 그것을 新行길사설로 개작하였다. 전승 춘향전에 있는 치상사설은 다음과 같다.

셔방님 늬 말삼 드르시요 늬일리 본관사쏘 싱신리라 취중의 주망 나면 날을 올여 칠 거시니 형문 마진 달리 장독이 낫시니 수족인들 놀일손가 만수우환 헌트러진 머리 이렁져렁 거더 언쏘 이리 빗틀 져리 빗틀 드러가셔 장피하여 죽거들난 삭군인 체 달려드러 둘너 업고 우리 두리 쳐음 만나 노던 부용당의 격막하고 요젹한 듸 뉘여 노코 셔방임 손조 염십ᄒ되 늬의 혼빅 위로하여 입은 옷 벽기지 말고 양지 끗틱 무더짜가 셔방임 귀히 되야 쳥운의 올의거던 일시도 둘ᄂ 말고 육진장포 기렴ᄒ야 조촐한 생예 우의 덩글럿케 실은 후의 북망산쳔 차져 갈 졔 압 남산 뒤 남산 다 바리고 한양으로 올여다가 션산 발치의 무더 주고 비문의 싀기기를 수졀원사춘향지묘라 야달 자만 싀겨주오 망부셕이 안니 될가 셔산의 지난 ᄒ는 늬일 다시 오련만는 불상한 춘향이는 한 번 가면 언의 ᄯ 다시 올가 신원이나 하여쥬오 익고익고 늬 신셰야(〈완판 84장본〉, 199-200면)

신재효는 [2]를 개작하면서 그것과 구성상의 불합리한 관계에 있는 황릉묘사설과 치상사설을 제거하고 [1]과 [3]을 개작하여 구성상의 통일성을 꾀하였다.

3) 골계적 요소의 소거 지향

춘향전에는 사또와 낭청의 수작, 신관사또와 군노사령의 수작 등 골계미를 표출하고 있는 대목이 여러 개 있다. 재담 양식으로 이루어진 골계 대목은 춘향전뿐만 아니라 판소리문학 전반에 나타나는 중요한 민중적 미학이다. 비장하기 그지없는 심청전에서조차 심청의 희생으로 인한 숭고성을 여지없이 무너뜨리는 심봉사의 골계적인 행동들이 나타난다. 이것은 판소리문학에서 골계미가 얼마나 중요한 미적 가치를 지니는가를 단적으로 드러내 주는 것이다. 그리고 이런 대목들은 창으로 불려질 때는 주로 아니리로 처리되는데, 그것은 사설의 성격상 창보다는 아니리로 전달하는 것이 골계미를 표출하는 데 효과적이기 때문이다. 또한 골계적인 대목은 이러한 성격 때문에 판소리 춘향가보다 소설 춘향전에서 훨씬 강화되어 있다.

춘향전에 민중적 요소가 강한 골계 대목이 존재하는 것은 당연하다. 왜냐하면 춘향전은 원래 민중의 손에서 태어나 그 품안에서 성장한 민중예술이기 때문이다. 민중들은 춘향전의 이런 대목을 통해 기존의 권위를 부정하고, 그들을 억압하고 있는 기존의 질서를 무너뜨리고자 하는 사회의식을 간접적으로 드러내었고, 그것을 통해 함께 웃으면서 삶의 건강성을 되찾았던 것이다. 이런 점에서 골계적인 대목은 바로 지배세력에 대한 민중의 승리를 함축하고 있는 것이라 할 수 있다.

그런데 춘향전 이본 중에는 민중적 입장에서 매우 유의미한 이러한 골계 대목을 제거한 반동적인 개작이 이루어진 대목이 여러 곳에서 발견된다.

① 사또 염문

사또 염문 대목은 춘향을 만나고 돌아온 이도령이 책방에서 건성으로 책을 읽다가 보고지고 소리를 크게 지르자 사또가 통인에게 무슨 소린지 알아오게 하는 대목으로 대부분의 이본에 두루 존재한다. 그 중에서 〈이명선본〉과 〈고려대 54장본〉이 가장 골계적이다.

[1] 히 지기을 기달일 졔 춘향이 널이 잔득 올라 보고지고 보고지고 칠년 디흔 비발갓치 무월동방 불현 드시 보고지고 전전반측 보고지고 기동을 안고 돌아단이면서 손톱만치 보고지고 소릭을 흔것 질너썬니 동현의셔 스쏘 취침흐셧짜가 쌈짝 놀나 살평승의 쑥 쩌러저 담빗딕의 목을 질너 토인을 그피 불너니 토인이 딕답을 길게 흐니 스쏘 쑤즁흐되 이 놈 급흔 씨는 그 딕답을 두어 도막의 잘너 흐여라 칙방의셔 싱침 만는 소릭가 나니 손아귀 셴 놈니 신달이을 쥐연는야 영쎤 큰 놈이 살랑을 지르는야 문 틈의다 불알을 끼연느냐 밧비 가셔 알아 보아라 토인이 급피 나가며 쇠 무슨 소릭을 그닥지 질너는냐 스쏘게셔 평승의셔 취침흐셧다가 담빗딕의 목을 찔너 유혈이 낭즈하고 탕건은 버셔져셔 호박기가 물고 가고 통슈간 집 우희 곤호박

써러지듯 긔지스경이요 도련님니 깜짝 놀나 이 즈식 쉬란니 늬가 뉵칠월 푸
득스냐 남문 밧 중날인데 슐쥬정군니 칙방 담모통이로 소릭을 질너짠다 도
런님 목소릭을 알고 뭄는 거슬 방식ᄒ여 무엇ᄒ오 이말 져말 할 것 업시 글
일짜가 시젼 팔월편을 보고지고 ᄒ엿다고 엿쥬워라(〈이명선본〉, 27-28면)

[2] 보고지고 쇼릭을 크게 지(른)이 (잇)듸 사도 살평상의 취침ᄒ여 계시
다가 깜작 놀늬여 이리 오너라 (아희) 칙方의셔 글소릭은 안이 나고 웬 보고
지고 소릭 쎅 (나던이) 다시 쇼식 읍신이 밧비 알려 올라 通人이 分付 듯고
칙方으로 건너갈 졔 갈 지쯧 가물 현쯧 츙츙 거러 근너 가셔 퇴(쳥) 우(의)
셥분 셔며 문 쌱드득 밧비 널고 쉬 이놈 늬가 살비암이야 쉬 웃(지)고 웬
쇼리을 지으셔셔 사도 놀늬시고 두 눈 다 쌱여쇼 공사 귀는 어두어도 싴부
치은 장이 박듯 광할누의 나가듯가 경쳐 좃삽기로 풍월 훈 귀하여던니 칙方
의 나려와셔 풍월귀 쌱을 치우랴고 운즛 하나 이진 게 잇셔 속으로 보고지
고 ᄒ다가 잠결의 늬친 줄노 엿쥬어라 통인이 근너가셔 그듸로 고흔이 사도
듸쇼하고 여바라 글을 익지 안이 하여 글즛을 잇언이라 이 칙 갓다 도련임
게 드리고 밤늬이로 일그라 엿쥬어라 - 중략 - 使道 分付 內의 글을 익지
안이하야 글즛을 잇는다고 밤늬이로 다 일그라 하옵시요 그 양반 장늬년
나무 스졍 쇄 모루것듯 그런 일 믜우 살피던가부다 늬게는 큰쇼리할 거 읍
년이라 그게 무삼 말삼이요 당신도 쇼시젹의 남산골 밤길 셰우하시다가 긔
한테 코을 싱물ᄒ고 우리 內죵씨 훈 분이 의슐 못하(엿)더면 통코 팔변ᄒ엿
다 우리 갓튼 아히덜리 동용이 무삼 작난 (졈 ᄒ랴) ᄒ면 별 발가리 만턴고
나 사도 늬으의 듭션년야 글 익나 듯너라(고) 영창의 귀을 듸고 겝시오 네
골의년 王통이도 읍년야 웃잔 (말슴이)요 왕통이가 귀문을 듸고 탁 쏘와스
면 나발을 불기로 더 잇슬손야(〈고려대 54장본〉, 18-21면)

[1]은 〈이명선본〉, [2]는 〈고려대 54장본〉에서 인용한 것으로 다른 이본
보다 골계적 요소가 강화되어 있다. [1]은 사또를 비속어인 '불알' 등을 함
부로 쓰는 경망스럽고 세속적인 인물로 그려 희화화하고, [2]는 이도령의
입을 통해 사또의 好色을 폭로함으로써 희화화하고 있다. 여기서 사또가
지녀야 할 봉건적 위엄은 여지없이 무너진다. [2]는 자식에 의해 희화된다

는 점에서 *房子的 存在*에 의한 희화화보다 훨씬 심각하다.[29] 자식에 의해 희화화된 아버지는 중세적 질서 속에서는 설 자리를 완전히 잃어버리기 때문이다.

사또를 희화화한 골계는 그저 웃자고 한 해학적 골계가 아니라 지배층의 허위를 비판하는 풍자적 골계다. 그것은 중세적 질서를 전면 거부하고 나선 당대의 성장한 민중의식의 일면이라고 할 수 있다. 그런데 대부분의 이본은 [1]의 골계적 요소가 약화된 사설을 지니고 있다. 그리고 "딱한 이리로다 나무집 늘근이는 리롱징도 잇난이라마는 귀 너무 발근 것도 예상 일이 안이로다"(〈박기홍조〉)고 한 이도령의 재담적 불평마저도 "잠시 웃자는 말"(〈박봉술 창본〉), "광대의 망발"(〈옥중화〉), "성악가의 재담"(〈김연수 창본〉)일 뿐이지 그럴 리가 없다고 비판하고 있다. 이러한 점은 골계적 요소를 소거하려는 수용자의 태도를 잘 드러낸 것이라 하겠다.

② 사또와 낭청 문답

사또가 이도령의 거짓 변명을 진실로 알고 낭청을 불러 자식 자랑을 하고, 낭청은 되는대로 건성으로 대답하는 대목이다. 이 대목은 〈광한루악부〉에 있는 것으로 보아 19세기 중반기에는 이미 존재했던 것이 분명하고, 춘향전의 골계미를 창출하는 데 기여하고 있다.

통인이 드러가 그듸로 엿자오니 사또 도련임 승벽 잇스믈 크계 짓거ᄒ야
이리 오너라 칙방으 가 목낭청을 가만이 오시라라 낭청이 드러오난듸 이
양반이 엇지 고리계 싱기던지 만지거름 속한지 근심이 담쑥 드러던 거시엿

---

29) 판소리문학에서 방자적 존재에 의해 상전 또는 양반이 희화화되고 있는 것은 다음 논문에서 자세하게 다룬 바 있다.
  권두환·서종문, 「방자형 인물고」, 한국고전문학연구회 편, 『한국소설문학의 탐구』, 일조각, 1987.
  김홍규, 「방자와 말뚝이―두 전형의 비교―」, 『한국학논집』 5, 계명대 한국학연구소, 1987.

다 사또 그 시 심심호지요 아 계 안소 할 말 잇네 우리 피차 고우로셔 동문 수업하엿건과 아시의 글 익기가치 실은 거시 업건마는 우리 아 시흥 보니 어이 안이 길결손가 인 양반은 지어부지간의 듸답하것다 아히 썩 글 익기갓 치 실은 게 어듸 잇슬이요 익기가 실으면 잠도 오고 쇠가 무수하졔 이 아히 난 글 익기을 시작하면 익고 쓰고 불철쥬야호졔 예 그럽듸다 빈운 바 업셔 도 필직 졀등하졔 그러치요 졈 하나만 툭 찌거도 고봉투셕 갓고 한 일을 쓰어노면 철리지운이요 갓머리난 작두첨이요 필법 논지하면 풍낭뇌젼이요 늬리 그어 치난 획은 노송도괘졀벽이라 창 과로 일를진듼 마른 등넌츌갓치 쌔더갓다 도로 친는 듸는 셩닌 손우 짓 갓고 기운이 부족하면 발길노 툭 차 올여도 획은 획듸로 되나니 글시을 가만니 보면 획은 획듸로 되옵듸다 글시 듯계 져 아히 아홉 살 먹어쓸 졔 셔울집 쓸의 늑근 믹화 잇난 고로 믹화남글 두고 글을 지으라 하여던이 잠시 지어스되 정셩 듸린 것과 용사비 등하니 일남첩귀라 묘당의 당당한 명사 될 거시니 남명이북고하고 부춘추 어일수허엿졔 장늬 정승하오리다 사또 너머 감격하야라고 정승이야 엇지 바릴것나마는 늬 싱견으 급졔 쉬 하리마는 급졔만 쉽계 하면 츌육이야 베면 이 지늬것나 안이요 그리 할 말삼이 안이라 정승을 못하오면 장승이라도 되지요 사쏘이 호령하되 자늬 뉘 말노 알고 듸답을 그리하나 듸답은 하여사 오나 뉘 말린지 몰나요 <u>글런다고 하여스되 그계 쏘 다 거짓마리엿다</u>(〈완판 84장본〉, 55-56면)

위의 인용문은 〈완판 84장본〉의 것이다. 사태를 잘못 파악한 사또의 무지와 어리석음 때문에 골계가 성립된다. 여기서 사또는 두 가지의 사태 를 잘못 파악하고 있다. 이도령의 거짓말과 낭청이 건성으로 한 대답을 진실로 받아들인 점이 그것이다. 자식을 자랑한다고 했지만 그것은 결코 자랑이 될 수 없으며 우스꽝스럽기만하다. 또한 아무런 줏대도 없이 상전 의 비위나 맞춘다는 점에서 역시 희화의 대상인 낭청에 의해 사또가 희화 됨으로써 골계가 강화되고 있다.

그러나 대부분의 이본은 이 대목을 제거하거나 사또가 도령의 문장, 문필을 자랑하는 것으로 간략하게 서술하고 있다. 지나치게 골계적인 것 으로 인식하여 제거한 것이다.

③ 이도령의 꾀배앓이

춘향모가 이도령과 춘향이 만난 첫날밤에 딸 자랑을 하며 밤을 새우려
고 하자 이도령이 춘향모를 쫓아내기 위해 꾀배를 앓는 대목이다. 이 대
목은 〈이명선본〉과 〈박봉술 창본〉에 보이는데, 춘향전의 골계미를 강화
하는 데 일정하게 기여하고 있다.

> 츈향 어미가 노랑머리 비켜 꼿고 곰방듸 빗기 물고 츈향 겻헤 안져 쌀
> 자랑ᄒ여가며 횡셜슈셜 잔쇼리로 밤을 싀오러난고나 니도령이 민망ᄒ여
> 츈향 어미을 싸려흔들 눈치도 모로고 져 원슈을 치우는데 니도령니 의ᄉ
> 닉여 두 숀으로 빅을 잡고 이고 빅야 쇼릭쇼릭을 지르면셔 좌불안셕ᄒ는고
> 나 츈향 어미가 거불 닉여 니거시 웬일인가 광난인가 회츙인가 이질 곰질의
> 청심환을 닉여라 슈환반을 드려라 싱강차을 달여라 급피 흘여 쎠 너흐되
> 일호동정 읍셔고나 츈향 어미가 겁을 닉여 여보 도련님 정신 츠려 말 좀
> ᄒ게 니젼의 알튼 본병인간 각금각금 그어 ᄒ여 무슨 냑을 쓰오릿가 냑 머
> 어 쓸듸업지 그리ᄒ면 엇지 홀가 젼보텀 으즁이 나게 도면 뜻뜻헌 빅을 듸
> 면 돌이는데 여보 그리ᄒ면 관게홀가 늬 빅나 맛듸여 보셰 그만 두게 쓸데
> 업데 늘근이 빅는 쇼함 읍데 츈향 어머 니 눈치 알고 어허 닌졔 알게고나
> 늘거지면 쓸듸 업지 죽는 거시 슬지 안어도 늘는 거시 더욱 슬다 그리ᄒ면
> 나는 간다 너의끼리 ᄒ여보라 썰쩌리고 건너간니 도련님니 그겨야 일어 안
> 져 인져 죠금 난는고나 츈향이 정신 업시 안졋다가 도련님 엇더시요 관겨치
> 안이ᄒ다 닐이 각가이 오너라(〈이명선본〉, 41-42면)

위의 인용문은 〈이명선본〉의 꾀배앓이 대목이다. 이도령이 춘향모를
쫓아내기 위해 꾀배를 앓으며, 약을 먹어도 쓸데없고 뜻뜻한 배를 대야
낳는다고 하자 월매가 물색 모르고 자기 배를 대자고 한다. 민중문학의
해학성이 돋보이는 대목이다. 그러나 이 대목은 지나친 해학성 때문에
비판의 대상이 되어 대부분의 이본에서는 삭제되었다.

신재효는 〈동창 춘향가〉에서 "츈향 어모 눈치 업시 밤 깁도록 안 나간
니 도령임 쐬빅 아라 빅 듸이면 낫것단직 츈향 어모 빅 닉노코 늬 빅 듸즈

흔단 말이 아모리 농담이나 망블리라 할 슈 잇나"라고 지나친 해학성을 비판한 뒤 삭제하였다. 이러한 사정은, 신재효의 시각과는 다소 차이가 있지만, 여러 이본에서 확인된다. 〈이선유 창본〉, 〈장자백 창본〉, 〈옥중화〉 등은 "알심 잇는 츈향모가 그럴 리가 잇나"라고 비판하고 삭제하였다.

④ 신관사또와 군노사령 수작

춘향을 잡으러 간 군노사령이 술대접과 돈을 받고 돌아와 신관사또 앞에서 횡설수설하는 대목이다. 이 역시 춘향전의 골계미를 강화하고 있는데 경판본 등에 보이나 현재 연창되는 창본 중에는 〈박봉술 창본〉에 보인다.

> 츈향이 잡으라 갓던 피두 연지 알외오 스쏘 분부ᄒ되 츈향이 불너 되령 ᄒ다 두 놈이 쏨박쏨박ᄒ며 알외되 츈향이오 죽어오 엇지ᄒ여 죽어오 이놈 엇지ᄒ여 죽엇다고 ᄒ더니 그리 ᄒ리오 뉘가 그리 ᄒ라드니 글셰올시다 츈향이가 슐잔인지 먹이옵고 쏘 돈 닷 냥인지 쥬면셔 그리 ᄒ리오 니피두 겻지르며 쉬 이놈아 그 말은 웨 알외ᄂ니 최피뒤 쏘 알외되 여보옵시오 이놈 보옵시오 그 말을 알외지 말나 ᄒ고 역구리를 콱콱 지르옵ᄂ다 스쏘 분부ᄒ 되 이놈 너ᄂ 무슴 말을 말고 그놈을 지르ᄂ니 니피두 알외되 아니올시다 급히 단녀 드러옵노라고 등의 쌈이 나셔 가렵습기의 긁노라 ᄒ오니 팔노 그놈을 근더려습ᄂ다(〈남원고사〉, 262-263)[30]

예기치 않던 군노사령들의 행동을 통해 신관사또가 희화화되고 있다. 신관은 好色 때문에 풍자의 대상에 오르게 되었고, 상전의 위엄과 권위도 웃음거리가 되었다. 이것은 춘향전을 가꾸어 온 민중들의 성장된 의식의 소산이라 할 수 있다. 이 대목은 고종대의 동편제 장수철의 더늠이었지만 대부분의 이본에서는 골계가 약화되거나 완전히 제거되어 있다. 〈박봉술

---

30) 김동욱·김태준·설성경 공저, 『춘향전비교연구』, 삼영사, 1979.

창본〉에서는 이 대목을 소개하고 "그리하였다 하되 존전에 그럴 리가 있겠느냐"고 비판하고 있다.

4) 중세적 가치의 구현 지향

춘향전의 수용자가 전승 춘향전의 反中世的 要素를 비판하거나 그것을 중세적 가치에 맞도록 개작한 것이 여러 곳에서 발견된다. 춘향전에서 추구되고 있는 중세적 가치는 '烈'이기 때문에 그것은 주로 춘향의 행동방식에 집중되어 있다. 즉 춘향을 烈女의 化身으로 만들기 위해서 전승 춘향전의 장애 요소를 제거하거나 그것을 개작한 것이다. 춘향을 열녀로 형상화하려는 의도는 제목을 〈열녀춘향수절가〉로 붙인 데서도 확인된다. 특히 이해조의 〈獄中花〉가 활자본으로 나온 이후에 쏟아진 활자본 춘향전의 제목 예컨대 〈萬古烈女日鮮文春香傳〉, 〈萬古烈女獄中花〉, 〈萬古烈女春香傳〉, 〈萬古烈女圖像獄中花〉, 〈萬古烈女特別無雙春香傳〉 등을 보면 이런 사실이 더욱 분명해진다.

① 초야사설

초야사설은 이도령과 춘향이 육체적인 사랑을 나누는 대목이다. 이 대목은 〈만화본 춘향가〉[31]에 있으므로 초기 춘향전 시대부터 있었던 것이 분명하고, 특히 일찍이 고수관과 송광록이 더늠으로 개발한 후 춘향전의 '눈'으로 인식되어, 여러 명창들이 다투어 개발하면서 관능적인 방향으로 확장되었다.

그러나 후대에 오면서 지나치게 관능적인 사랑은 열녀 춘향의 행동에 어긋난다는 판단 아래 그것을 완화하거나 제거하기도 하였다. 이러한 개작은, 열녀는 어떤 경우에도 열녀로서의 행동방식[32]에서 벗어나서는 안

---

31) 鴛衾栢枕次第鋪 繡帶花帷雜絲枲 三更釵股撲燈火 楚臺香雲浮夢裏 吾心蝴蝶繞春花 爾意鴛鴦逢綠水

된다는 다분히 관념적이고 硬化된 수용자의 세계관에 기인한 것이다.

초야사설은 이본에 따라 다양한데, 대체로 바리가(A), 德韻歌(B), 批點歌(C), 因字打令(E), 緣字打令(E), 사랑가(F), 死後期約打令(G), 업음질타령(H), 金玉辭說(I), 愛字打令(J), 음식타령(K), 서방타령(L), 情字打令(M), 宮字打令(N), 말농질(乘字)타령(O) 등의 삽입가요 중에서 몇 개를 선택하여 구성하고 있다. 이들 삽입가요는 모두 춘향과 이도령이 벌이는 사랑놀음을 연출하는데, 그 중에는 사랑을 우아하게 하는 것도 있고 관능적이게 하는 것도 있다. 도표로 정리하면 다음과 같다. ①-⑨는 삽입가요가 나타나는 순서이다.

	A	B	C	D	E	F	G	H	I	J	K	L	M	N	O
경판 16장본			①	②			③								
경판 17장본			①	②	③		④								
경판 35장본	①	②	③				④								
완판 30장본						①									
완판 33장본						①	②	③	④		⑤				⑥
완판 84장본						①	②	⑤	⑥		⑦	⑧	③	④	⑨
남 원 고 사	①	②	③	④											
이 명 선 본	①		⑥			③	②	④				⑤			
고려대 54장본	①					③	②								
이선유 창본						①	②				③	⑦	④	⑤	⑥
성우향 창본						①	②				③	④	⑤	⑥	
박봉술 창본						①	②		③		④	⑤	⑥	⑦	⑧
김여란 창본						①	②			③		④			

위의 도표를 살펴보면 경판본과 완판본 그리고 창본이 다르게 구성되어 있음을 알 수 있다. (G)는 경판본과 완판본에 두루 보이지만 (A)-(E)는 경판본에만 있다. (F)는 헌종대에 활약한 고수관과 송광록의 더늠으로 경판본계가, 이를 보유하고 있는 완판본계·창본계보다 앞선 시기에 이루어졌다는 사실을 알려준다. 그리고 (A)-(E), (G)는 (H)-(O)에 비해 상대적

---

32) 조선조 부녀자들에게 강요된 행동방식은 〈三綱行實圖〉, 〈內訓〉, 〈士小節〉 등 참고.

으로 덜 세속적이다. 이는 초야사설이 후대로 내려오면서 훨씬 더 관능적
인 방향으로 변모하였음을 알려준다.

초야사설이 지나치게 관능적인 방향으로 변모하자 그것에 대한 비판이
일어나게 되었다. 비판적인 시각은 다양하게 나타나지만 주로 중세적 가
치인 춘향의 烈節과 관계되는 것이므로 여기서 다룬다.

먼저 초야사설에 대한 신재효의 태도를 살펴보자.

ㄱ도령임 좃와라고 츈향을 ᄌ바달여 허리를 안으면셔 우리 흔번 벗고
노ᄌ 만첩순즁 늘근 범이 살진 기를 물어다 놋코 흐르릉흐르릉 얼우난 듯
오쉭장의 숯비들기 암놈의 셔를 물고 쑬우룩쑬우룩 놀이난 듯 원앙이 샹친
샹진 녹슈의셔 놀이난 듯 봉황이 웅창ᄌ화 됸산의셔 희농ᄂ 듯 촉불을 켠
치 두고 신부를 벡기란이 잘 들을 이가 잇나 ㄴ아모리 긔싱이나 열녀되는
아히로서 첫날 전역 졔ᄀ 벗고 외옹외옹 말농질과 ᄉ랑ᄉ랑 어붐질은 광듸
의 ᄉ셜이ᄂ 참아 엇지 ᄒ건난가 ㄷ도령임은 ᄉ나히라 왼갓 작난 다ᄒ여도
츈향은 북그려워 입의로 말 안ᄒ고 쇽맛스로 지ᄂ것다 – 중략 : 이도령의
행위로만 이루어진 사랑 놀음 – 무슈이 농창치되 열녀될 ᄉ람이라 아무
듸답 안이ᄒ고 북그려워 못견딘다(〈동창 춘향가〉, 132, 134, 138면)

위의 인용문은 신재효의 〈동창 춘향가〉에서 가져온 것이다. ㄱ은 전승
춘향전과 동일한 것이고, ㄴ은 전승 춘향전의 말농질타령과 어붐질타령
이 열녀될 춘향의 행동에 어울리지 않는 매우 외설적인 것이어서 '광대의
사설이나 차마 어찌 하겠는가'라고 비판한 후, 춘향의 행위과 관계되는
것을 제거하고 ㄷ과 같이 이도령의 행위로만 개작하고 거듭 '열녀될 사람
이라 아무 대답 아니 하고 부끄러워 못 견딘다'고 덧붙였다. 〈동창 춘향
가〉가 전승 춘향전의 육담과 골계를 비교적 충실하게 수용한 이본임에
주목할 때, 이런 성격의 이본에서조차 업음질타령과 말농질타령을 제거
한 것은 신재효의 개작 의도가 중세적 가치의 구현에 있었음을 분명하게
알려준다. 신재효의 이러한 의도는 〈남창 춘향가〉에서 극대화되어 초야

사설의 생명을 죽인 결과를 낳아 결국 그것이 전승 중단의 비극을 맞게 되는 원인의 하나로 작용했다.

신재효가 비판하면서 제거해 버린 전승 춘향전의 말농질타령과 업음질 타령을 들어보면 다음과 같다.

(말로) … 그러나 어붐질 좀 ᄒ여보즈 이고 야릇ᄒ여라 어붐질언 엇써켜 ᄒ여요 도련님은 장 ᄒ여본 쥴노 말을 ᄒ것사 쳔ᄒ 쉬은이라 너와 나와 훨신 벗고 비도 디고 문지르고 등도 디고 문지르고 업소도 놀고 바듬소도 놀고 그게 모도 어붐질이로다 - 중략(금옥타령, 음식타령) - 그만 니려라 나도 너를 어버쓴이 너도 날을 어버야졔 - 중략 - 나도 너를 업소 죠혼 말을 ᄒ엿씬이 너도 날을 업고 죠혼 말을 하여야졔 죠혼 말를 ᄒ오리다

(즁즁머리) 둥둥 쫄씨고 부열리럴 어분 듯 여싱이를 어분 듯 흉즁디락을 품어씬이 명만일국 지상되여 쥬셕지신 보국츙신 다 모도 헤아린이 싱육신을 어분 듯 ᄉ육신을 어분 듯 퇴게 ᄉ게를 어분 듯 일두 션싱 율곡 션싱 고은 션싱을 어분 듯 츙무공을 어분 듯 고졔봉을 어분 듯 둥둥둥둥 어둥둥 쫄씨고 진ᄉ 급졔 디밧쵸와 직부쥬셔 할님학ᄉ 외방 이력 드 년후의 우부승지 좌부승지 도승지로 당상ᄒ여 팔쏘감ᄉ를 어분 듯 육죠판셔 삼졍싱 보국디신을 어분 듯 니삼쳔 외팔빅 쥬셕지신 니 셔방이졔 암먼 그럿쳬 이리 보와도 니 셔방 져리 보와도 니 셔방 둥둥둥둥 어허둥둥 니 셔방

(말노) 그만 니리씨요 손슈 농집이 나게 문질너 노왓썻다 도련님 죠와라고 이 이 집 써러지잔ᄒ여 말농질 좀 ᄒ여 보즈 이고 구졉시러라 말농질은 엇썻케 한단 말삼이요 쳔ᄒ 쉬은니라 너와 나와 훨신 버셔씬이 너는 방바닥의 업져 긔여라 나는 네 궁등이여 셔셔 허리를 발싹 지고 싸라가며 네 볼기 싹을 싹싹 치며 이라이라 ᄒ거든 너난 뒤로 퇴금질ᄒ며 오용오용 ᄒ되 너머 거셰게 쥐지 말고 알심잇게 달싹달싹 그 말 아라 듯는야 이고 고약ᄒ여라 고약할까부냐 맛셜 붓쳐 노면 이러날 졍신이 업씨리라 또한 탈 싱즈가 잇난니라 드러보와라

(즁즁머리) 헌원씨 놉푼 지죠 십용간과 심쎠 ᄒ여 능작디모치우금얼 탕노야 사로잡아 승젼고를 울인 후의 지남거 놉피 타고 ᄒ우씨 놉푼 셩덕 니신쵸ᄉ 몃 히련고 구년치슈 ᄒ랴 ᄒ고 육향승거 급피 타고 즁원을 츠ᄌ 드

러 빅치를 듸리온이 도라오기 홈이ㅎ여 쥬공의 덕틱의로 병어오승 급피 타
고 낭원촌 귀경할 졔 안기싱은 기른 타고 강남풍월 화른ㅎ든 이젹션 고릭
타고 노ㅈ는 쳥운 타고 밍호년은 나구 타고 일모장강 어부더런 일업쥬를
흘니져어 도용도용 타고갈 졔 이도령은 탈 것 업써 츈향 비를 타고 놀 졔
홋이불노 돗셜 달고 오역의로 뇌를 져어 오목셤 듸리 달나 죠기셤의로 드러
가셔 슌풍의 음양슈를 시름업시 건너갈 졔 말을 삼아 타량이면 거름거리가
업씨랴 마불낭은 늬가 되야 네 궁둥이를 얼너 잡고 구졍거름을 거러라 덜녕
거름을 거러라 화장거름을 거러라 긔치마 씌덧 씌여라 이라이라 오용오용
(〈장자백 창본〉, 37-43면)33)

위의 인용문은 〈장자백 창본〉의 업음질타령과 말농질타령인데, 춘향의
정절에 욕이 될 정도로 외설적인 내용으로 구성되어 있다. 〈고려대 54장
본〉에도 전승 춘향전에 대한 비판적인 서술자의 태도가 드러나 있다. 바
리가와 사후기약타령 다음에

> 스랑가을 일러케 부루되 도련임이 비록 외입은 하나 스부ㄱ 즈졔요 춘향
> 도 일홈은 기싱이나 규중 쳐즈로셔 아직 슛아희덜리 스랑가을 그리 난ㅎ게
> 할가본야(〈고려대 54장본〉, 36면)

라고 비판하고 그것을 순화하고 있다. 〈고려대 54장본〉의 작자는 어린
아이들이라서 사랑가를 난하게 할 수 없다고 한, 즉 합리성을 지향한 개
작이라는 점에서 신재효의 입장과 다르다.

여기서 우리는 〈옥중화〉의 "近來 스ㄹ歌에 情字노릭 風字노릭가 잇스
되 넘오 亂ㅎ야 風俗에 關係도 되고 春香 烈節에 辱이 되깃스ㄴ 넘우 無
味ㅎ닛가 大綱大綱 ㅎ던 것이엇다(36면)"라는 목소리에 주목할 필요가 있
다. 사랑가 중의 정자타령과 풍자타령34)이 풍속과 춘향의 烈節에 문제가

---

33) 판소리학회, 『춘향가』, 서광학술자료사, 1992.
34) 풍자타령은 현전하는 춘향전 이본 중에는 보이지 않고, 신재효의 〈박타령〉에서
   그 혼적을 찾을 수 있다. 놀보 아내가 박씨를 심지 못하게 하며 '그러면 바람

된다고 비판한 후 삭제한 점에서는 신재효와 입장이 같다. 그러나 모두 빼면 너무 무미하므로 업음질타령을 그대로 둔 점에서 입장 차이를 보이고 있다. 그것은 판소리사설의 개작이 판소리적 맛을 유지하는 범위 내에서 이루어져야 한다는 사실을 웅변하고 있다. 춘향전 향수자들이 사랑가 대목에서 만나고자 한 춘향은 결코 윤리 교과서에서 만날 수 있는 만고열녀 춘향이 아니라 사랑에 겨워 어쩔 줄 모르는, 생동하는 춘향이라는 사실에 주목해야 한다.

② 이도령과 춘향의 이별

이 대목에는 이도령이 사또 승체로 이별할 수밖에 없다고 하자 춘향이 발악하는 등 이별을 온몸으로 거부하는 춘향의 애절한 모습이 잘 드러나 있다. 춘향의 설움을 토로하는 비극적 정서를 극대화한 지평으로서 모흥갑, 박유전, 유공열, 성민주 등 일류명창들이 더늠으로 개발하여 민중들의 심금을 울렸다.

춘향과 이도령의 이별은 춘향집(1차 이별)과 오리정(2차 이별)에서 두 번 이루어진다. 1차 이별은 춘향의 발악, 신물 교환, 춘향모의 발악으로 되어 있고, 2차 이별은 춘향의 신세 자탄과 이도령의 사랑이 변하지 않기를 당부하는 것으로 이루어져 있다. 2차 이별은 이별의 비극적 정서를 강화하는 기능을 하고, 창본에 두루 보이는 춘향모의 발악도 같은 기능을 한다. 이별 장면이 부연, 확장될수록 이별의 슬픔이 더해지기 마련이다.

그러나 비극적 정서를 극대화하기 위해서 부연된 전승 춘향전의 지평

풍자 웬일인가' 하자 놀보가 "바람 풍쪼 더 좃체 티호 복히시 풍셩으로 왕호시고 슌임군의 오현금 남풍시 노리호고 -중략- 풍유낭 죠혼 팔주 밤낫 풍악으로 지닐 적의 네 귀예 풍경 단 집 방안의 병풍 치고 풍노의 추관 언소 풍셕 업난 주늬 비를 션풍도골 늬가 타고 풍편슈셩침을 풍풍 씨여씨면 경슈무풍야주파가 쌀솜 쌀솜 날 거시니 그만호면 풍족호졔 준말 말고 심어보식"(강한영 교주, 앞의 책, 402, 404면). 〈박동진 흥보가〉에도 비슷한 풍자타령이 있다.

을 후대의 수용자들이 전폭적으로 지지하지는 않았다. 김연수는,

> 춘향이가 이 말 듣고 면경 체경을 쳐부쉈다 허나 왼갖 예의를 다 아는
> 춘향으로 그랬을 리도 없으리려니와 사람이란 본래 너무나 엄청난 말을 들
> 으면 기색 몬저 달러지는 법이라 춘향이 이 말을 듣더니마는 대번에 얼굴빛
> 이 확 변하는듸(〈김연수 창본〉, 54면)[35]

라고 전승 춘향전에 있는 춘향의 발악을 비판하고, 춘향이 비교적 점잖은
태도를 유지하며 이별의 부당함을 따지는 것으로 개작하였다. 춘향은 온
갖 예의를 다 알고 있는 열녀이기 때문에 면경과 체경을 부수는 등의 천
박한 행동을 할 리가 없다는 것이다. 춘향을 열녀로 만들기 위해 개입한
것이다.

〈완판 84장본〉의 춘향의 발악 대목을 살펴보면 다음과 같다.

> 춘향이 이 말을 듯더니 고닥기 발연 변식이 되며 요두절목으 불그락푸르
> 락 눈을 간잔조롬하게 쓰고 눈섭이 꼭꼿하여지면서 코가 발심발심ᄒ며 이
> 를 샏도독샏도독 갈며 온 몸을 쑤순입 틀 덧하며 민 씽 차난 듯ᄒ고 안던이
> 허허 이게 웬 말이요 왈칵 쮜여 달여들며 초민자락도 와드득 좌루욱 찌져
> 바리며 머리도 와드득 쥐여 써더 싹싹 비벼 도련임 압푸다 던지면셔 무어시
> 엇져고 엇졔요 이것도 쓸듸 업다 명경 체경 산호죽졀을 두루 쳐 방문 박그
> 탕탕 부듯치며 발도 동동 굴너 손벽 치고 도라 안자 자탄가로 우난 마리
> 셔방 업난 춘향이가 세간사리 무엇하며 단장하여 뉘 눈의 괴일고 몹슬 연의
> 팔자로다 이팔청춘 졀문 거시 이별 될 줄 엇지 알야 부질업신 이뉘 몸을
> 허망하신 말삼으로 젼졍 신셰 바려구나 이고이고 뉘 신셰야 쳔연이 도라
> 안져 여보 도련임 인자 막 하신 말삼 참말이요 농말이요 우리 두리 쳐음
> 만나 빅연언약 민질 젹의 듸부인 사쏘게옵셔 시기시던 일리온잇가 빙자가
> 웬일이요 광한누셔 잠간 보고 뉘 집의 차져와계 침침무인 야삼경의 도련임
> 져기 안쏘 춘향 나는 여기 안져 날다려 하신 말삼 구망부려쳔망이요 신망부

---

35) 김진영 외, 『춘향전전집』(3), 박이정, 1997.

려천망이라고 젼연 오월 단오야의 늬 손질 부어 잡고 우둥퉁퉁 박그 나와
당중의 웃쑥 셔셔 경경이 말근 하날 쳔 번이나 가르치며 만 번이나 밍셰키
로 늬 졍영 미더던니 말경의 가실 씌는 톡 쎼여 바리시니 이팔쳥춘 졀문
거시 낭군 업시 엇지 살고 침침공방 추야장의 실음 상사 어이할고 이고이고
늬 신셰야 모지도 모지도 도련임이 모지도다 독하도다 독하도다 셔울 양반
독하도다 원수로다 원수로다 존비귀쳔 원수로다 쳔하의 다졍한 게 부부졍
유별컨만 이럿텃 독한 양반 이 셰상의 쏘 잇슬가 이고이고 늬 이리야 여보
도련임 춘향 몸이 쳔타고 함부로 바려셔도 그만인 줄 아지 마오 쳡지박명
춘향이가 식불감 밥 못 먹고 침불안 잠 못 자면 몃치리나 살 듯하오 상사로
병이 들러 이통하다 죽거듸면 이원한 늬 혼신 원귀가 될 거신이 존중하신
도련임이 근들 안이 지양이요 사람으 듸졉을 그리 마오 인물 거쳔하는 법이
그런 법 웨 잇슬고 죽고지거 죽고지거 이고이고 셔룬지거(〈완판 84장본〉,
103-104면)

이와 같은 춘향의 행동은, 춘향은 열녀이기 때문에 모든 행동은 열녀다
운 행동으로 일관되어야 한다는 경화된 관념에서 볼 때, 지극히 세속적이
고 포악하여 비난받아 마땅한 것이다. 그러나 춘향전 수용자들은, 이별할
수밖에 없다는 말을 듣자 "고닥기 발연 변식이 되며 요두절목으 불그락푸
르라 눈을 간잔조롬하게 쓰고 눈셥이 꼿꼿하여지면셔 코가 발심발심ㅎ며
이를 샏도독샏도독 갈며 온 몸을 쑤순입 틀 덧하며 미 씽 차난 듯ㅎ고"
앉아서 치맛자락을 쫙쫙 찢어버리고, 머리카락도 와드득 쥐어 뜯어 이도
령 앞에 던지고, 면경 체경도 문 밖으로 내던지며 신제자탄하는 춘향의
모습에 훨씬 더 정다움을 느낄 것이다.
춘향을 열녀의 행동 방식에 충실하도록 개작한 경우는 2차 이별에서도
드러난다.

그 때의 춘향이가 오리정으로 이별을 갔다 허되 그럴 리가 있겠느냐 내
행차 배행시에 육방관속이 오리정에 늘어서 있는디 체면 있는 춘향이가 서
방 이별헌다 허고 오리정 삼로 네거리에 퍼버리고 앉어 울 수 있것느냐 꼼

짝딸삭 못허고 저이 집 담장 안에 은근히 이별을 허는디(〈성우향 창본〉, 272면)

체면 있는 춘향이가 오리정으로 이별을 갔을 리 없다고 하면서 집 안에서 은근하게 이별하는 것으로 개작하고 있다. 이러한 태도는 〈박봉술 창본〉에서도 마찬가지이다. 춘향이 예의염치를 다 알기 때문에 대문간에 엎드러져 도령이 간 곳만 물끄러미 바라본다고 하였다.

③ 춘향과 군노사령의 수작

춘향은 자신을 잡으러 온 군노사령에게 갖은 교태를 부리고 술대접과 돈으로 위기를 벗어나려고 한다. 고종대의 장수철 명창의 더늠으로 알려져 있다. 위기를 모면하려는 춘향의 세속적인 행동방식은 〈이명선본〉에 잘 드러나 있다.

여보 이깃씨 영청 굴노가 나왓쇼 춘향이가 깜작 놀나 앗츠앗츠 이것쏘나 오날이 졔슴일 졍구란던니 무슴 야단니 난나보다 게즈다라 옷거리의 유문 게유소을 머리 아드득 쫄나 미고 번션발노 날여와셔 일번슈네 아직 이번슈 네 오라버지 이번 신영길의 평안이 단여 노독이나 업셔시며 관가의 탈이나 업쇼 흔 번 가셔 보겻던니 우연이 병이 들어 츌입지 못ᄒ기로 못 가보고 닉 집이 안져 보니 졍니의 범년ᄒ오 들어가세 들어가세 닉 방으로 들어가세 손목 줍고 싀는 양은 일쳔간중 다 녹는다 방안의 들어가셔 우션 쥬호 갓다 눗코 여보 즈과는 부지라 ᄒ엿슷니 무신 일리죠 일너 쥬오 모로깃다 스쏘 셔울셔붓터 네 쇼문을 역역히 듯고 오날 졍구 싯헤 셩화갓치 줍아오라 분부 지염즉 아이 가드 못하계다 아모여도 술리나 드잡슈오 야듯 며어 보자 권권 이 잣거이 잔득 먹고 져의깃이 쥬졍하며 횡셜슈셜하는 말리 일번슈야 와야 우리가 츄향과 무슨 혐의가 잇는야 우리게 하ᄂ 거신 금즉하이라 우리가 굿하야 병든 사ᄂ 줍가 것 업다 하놀 치는 벼락을 속기랴 이본 한목 넘겨쥬 자 아모녀며 우리가 그져 들어가셔 미기나 마져든 관겨ᄒ냐 글어치 곤장의 딕갈 박아 친다든야 이이 츈향아 걱정 말아 번슈네 아겨 일만 업시 ᄒ여쥬

오 돈 단 양 뇌여노며 이거시 약소하나 청쥬호나 봇틱시요 술놈 흐는 말이
아셔라 믈러라 고만 두어라 우리터의 최스예가 될 말인나 이번슈 놈 이익
일변슈애 글어치 안이흐다 져도 셥셥흐며 정으로 쥬는 거슬 안니 바드면
피차 셥셥헐 터인즉 입 슈나 올흔가 셰여 보아라 쏭문의 츠고 츈향이 몸
죠졉니나 즐흐여라(〈이명선본〉, 85-87면)

춘향은 군노사령에게 술을 대접하고 돈을 줌으로써 위기를 모면하고
있다. 그것은 지극히 세속적인 방식이지만 당대 민중들이 실생활에서 체
득한 '당대적 진실'을 반영하고 있다.

이러한 춘향의 세속적인 행동은 춘향은 열녀여야만 한다는 관념에서
볼 때 비난받아 마땅한 것이다. 이런 점은 〈김여란 창본〉에 잘 드러나
있는데, 이 대목을 아주 간략하게 보인 후에 "이 대문에 이리 했다 허되
그럴 리가 있으리요 춘향 같은 열녀가 죽으면 영영 죽었지 사령에게 사정
할 리도 없으려니와 사또가 춘향에게 혹한 마음 사령을 보내어 잡아오라
했을 리 있으리요"라고 하면서 뒤에 이어지는 신관사또와 군노사령의 수
작도 제거해 버렸다.

④ 이시와 춘향의 동헌 상봉

춘향은 동헌에 좌기한 어사가 낭군임을 알고 즐거워서 덩실덩실 춤을
춘다. 춘향전에서 줄곧 문제 삼고 있던 갈등이 완전히 해소되고, 춘향의
최종적인 승리가 확인되는 대목이다. 축제적 분위기는 월매가 춤을 추는
장면이 덧붙여짐으로써 더욱 축제다워진다.

㉠(중중머리) 우슘 반 우름 반 얼씨고나 졸씨고 지와즈 졸씨고 목의 큰칼
벅겨 쥰이 목 놀니기가 졸씨고 발의 족식 쓸녀 쥰이 거름거리도 흐여 보고
손의 슈갑 쓸녀 쥰이 활기 쎨쳐 춤을 츄시 얼씨고나 졸씨고 지와즈 졸씨고
여보 스쏘 드러보오 그딕지도 날을 속여 흐로밤 셕은 간장 십년 감소 닉
흐엿소 얼씨고나 졸씨고 지와즈 졸씨고 이운인가 부열린가 지상된이 졸씨

고 남북방 요란할 졔 명장 온이 졸씨고 구년지슈 장마질 졔 볏셜 본이 졸씨
고 칠연듸한 가물 젹의 비가 온이 졸씨고 칠월칠셕 은ᄒ슈의 견우징여 상봉
한 듯 남원 옥즁 츄졀 드러 써러지게 되야던이 동원의 시봄 드러 이화츈풍
이 날 살엿구나 얼씨고나 졸씨고 지화ᄌ 졸씨고 – 중략 – 옛일을 싱각한이
탁군ᄍ 슌님군은 당쵸의 군곤ᄒ여 ᄒ빈의 그릇 굽고 역산의 밧 갈던이 욘님
군의 스외되야 쳔ᄌ될 쥴 게 뉘 알며 – 중략 – 어졔 젼역 옥문 박끄 츄포도
복 헌파립 걸긱의로 왓쓴 낭군 어스될 쥴 어이 알꼬 얼씨고나 졸시고 지와ᄌ
졸씨고 – 중략 – 우리 어먼니 어듸 가겨 날 일런 쥴 모로난가 이런 썩의
게셔씨면 모녀동낙 노라볼 걸

　　ⓒ(즁즁머리) 어듸 가야 여긔 잇짜 스령아 큰 문 잡아라 어스 장모가 드
러간다 칭비야 비 닷칠나 요놈의 문깐이 요시도 그리 억쎈가 모르것다 늬
마음의 미운 연놈 다 모도 죽일난다 스외 스외 어스스외 어졔 젼역의 우리
스우 츄포도복 헌 파립 걸긱의로 오셧씰 졔 늬가 언졔 난 관숔인가 어슨
쥴은 아라씨나 쳔긔누셜을 안이ᄒ랴고 몟쑹이를 ᄒ엿썬이 스외 스외 어스
스외 그 말 부듸 노여 마쇼 노여ᄒ면 어찌여 나 안니면 춘향 나 일언 질검이
또 잇씰가 얼씨고나 졸씨고 지와ᄌ 졸씨고 남원부즁 스람들 아덜 낫키 심
씨지 말고 춘향 갓튼 쌀를 나 셔울스람이 얼는커던 쌍쑨이라도 모도 주쇼
부즁싱남 즁싱여를 날노 두고 이름이라 얼씨고나 졸씨고 지와ᄌ 졸씨고 졀
노 죽은 고목 우의 시졀연화가 되여꾸나 얼시고나 졸씨고 어스 스외 드러보
오 – 중략 – 슐 한 잔을 먹어썬이 궁둥이춤이 졀노 가고 쥬먹춤이 졀노
난다 이 궁둥이를 두웠짜가 논을 살가 밧셜 살가 흔들 듸로 흔드러 보싀
얼시고나 졸씨고 지와ᄌ 졸씨고(〈장자백 창본〉, 130–134면)

위의 인용문은 〈장자백 창본〉에서 가져온 것이다. ㉠은 춘향이 즐거워
하는 모습이고, ㉡은 월매가 좋아하는 모습으로 축제적 분위기를 한껏 연
출하고 있다.

이 대목은 주로 창본에 확장되어 있다. 그것은 소리판의 청중들도 축제
에 동참하여 함께 즐길 수 있도록 배려한 것이라고 할 수 있다. 민중들은
닫힌 공간에서 이루어진 문제 해결을 신뢰하지 않는다. 민중들은 열린

공간에서 이루어진 문제 해결만을 신뢰한다. 그것도 그들이 동참한 공간에서 이루어진 경우라야 미더워한다.36) 이런 점에서 열린 공간인 동헌에서 이루어진 춘향의 승리는 완전한 것이 된다.

ⓛ에서 월매의 등장은 소리판의 민중(남원 부중 사람)들에게 이 축제에 동참할 수 있는 길을 마련해 준다는 점에서 주목해야 한다. 월매의 등장 이전까지는 민중들은 춘향의 승리를 바라보는 것으로 만족했지만 이제 월매와 함께 소리판에 뛰어들어 승리를 함께 체험하게 된다. 여기에 와서야 춘향의 승리가 곧 민중의 승리라는 의미를 획득하게 된다.

〈옥중화〉에는 다음과 같이 전승 춘향전을 비판하면서 개작되어 있다.

> 츈향이 얼골을 드러 딕상 슯혀보니 엇져녁 옥문 밧게 왓든 랑군이 분명 ᄒ고나 춘향이가 대상에 쮜여올나 어스도를 안스고 울며 춤추고 논다 ᄒ되 춘향이가 무슴 그럴 리가 잇ᄂ냐 ᄉ름이 긔막힐 일을 당ᄒ면 마음이 스스로 악ᄒ야지고 됴코 반가온 일 잇스면 자연 셔름이 나것다 딕상을 물그름이 슯혀보며 구슬 갓흔 누물이 두 눈으로 쑥쑥 흘너 옷깃을 젹시며 울음이 소ᄉ나ᄂ딕 이 울름은 오장륙보에서 나ᄂ 우름도 아니오 류쳔 마듸 쎄ᄉ속에셔 나오ᄂ 우름도 아니오 이ᄂ 쏙 쓸기에서 나오ᄂ 우름이라 아이아이아이 으으 우름 울며 모지도다 모지두다 서울 량반 모지도다 엇져녁 옥에 오셔 닉 형상을 보셧스니 나더러만 말슴ᄒ고 마음 눗코 잇스라면 지ᄂ 밤 그 간장을 안 녹이고 안심힛슬 걸 여 년 엇지 아니 죽나 죽ᄂ 쏠을 보랴ᄂ 걸 어리셕은 츈향이ᄂ 이를 갈고 아니 죽고 향여나 살아나셔 랑군을 다시 만나 지닌 고싱 다 바리고 빅년종사ᄒ오리다 단단 밍셔 지닌 년을 불상히ᄂ 아니 알고 죽이기로 드신 마음 닉 몰낫지 몰낫셔 그 마음 알앗드면 닉가 발셔 업슬 걸 아이아이(〈옥중화〉, 179-181면)

---

36) 춘향전뿐만 아니라 다른 판소리문학에서도 갈등의 해결은 열린 공간에서 이루어진다. 심청전은 맹인잔치마당에서, 흥부전은 놀보가 박 타는 마당에서, 배비장전은 동헌 뜰에서 갈등이 해결된다. 이 장소는 모두 열린 공간이자 민중이 참여한 공간이라고 할 수 있다.

춘향은 자신을 철저히 속인 어사를 원망하고 있다. 기막힐 일을 당하면 마음이 악하여지고 좋고 반가운 일이 있으면 오히려 서러워진다는 것은 일면 타당성이 있는 지적이고, 또한 춘향이 대상에 뛰어 올라 어사를 얼싸 안고 춤을 추는 것보다 어사에게 원정을 하는 것이 현실성이 있다. 그리고 신재효가 〈남창 춘향가〉에서 "어스쏘 안 마음의 아무리 귀ᄒ긔로 늬ᄀ 너의 낭군이다 정당으로 불녀 올녀 두리 셔셔 되면ᄒ면 쇼즁하신 봉명힝츠 그 우셰ᄀ 엇쩌컨나 다시 분부ᄒ시기를 네 말노만 가지고셔 준신을 못홀 테니 다시 렴문 작쳐ᄒ게 아직은 방숑ᄒ라"고 한 후에 다음과 같이 개작한 것은 현실성을 지니는 것이 분명하다.

이 쩌의 춘향 어모 어스쏘 츌도 후의 져의 쌀을 올녀시니 혹장을 쏘 마지면 빅활이나 ᄒ야 볼ᄀ 관문의셔 바장이다 다힝이 빅방되니 오쪽이 좃컨ᄂ냐 상단을 단쇽ᄒ야 져의 앗씨 엽풀 쩌셔 져의 집의 가라 ᄒ고 뒤를 쌀라 오노라니 몬져 뇌인 열 죄인이 외슘문 밧 느러셔셔 춤을 츄며 노릭 불너 어스쏘의 명빅덕화 숑덕더를 ᄒᄂ구나 죠흘시고 죠흘시고 우리 인싱 죠흘시고 죽을 목슘 사랏시니 죠흘시고 죠흘시고 업ᄂ 돈을 쒸라 ᄒ니 오쪽키 답답ᄒ며 응식을 쎄시랴니 원통이 엇쩌컨나 보기도 실은 놈을 후듸를 엇지 ᄒ리 무죄흔 이 인싱들 횡액을 함긔 만나 형문 치고 곤장 치니 살과 쎄가 다 상흔다 큰칼 씨고 고치ᄒ니 쏭 오좀을 눌 슈 잇나 이슬 갓튼 이 목슘이 벅큼갓치 쩌질 것슬 일월 갓튼 우리 임금 명견 말리 ᄒ시던가 명빅ᄒ신 어스쏘를 쳬쳔힝명 보늬셧늬 부혜 모혜 장흔 덕튁 지싱지은 입엇시니 셕비 쳘비 다 각ᄒ야 만셰불망 ᄒ야 보싀 흔참 이리 숑덕ᄒ니 춘향 어모 셔셔 보다 팔작 쒸여 달녀들며 여보쇼 이 스람들 ᄌ늬 노릭 그만ᄒ고 늬 노릭 드러보쇼 춤을 츄며 노릭홀 졔 허리ᄂ 죽금 굽고 손질은 좀 거머도 절머실 졔 명긔긔로 춤사위 목구셩이 그져 듯고 볼 만ᄒ야 얼시고나 졀시고나 지와 자 죠흘씨고 불상흔 늬 쌀 춘향 무슨 죄로 장슈흔가 불경이부 죄ᄀ 되면 열녀되리 잇건ᄂᄀ 어스쏘를 못 보드면 장하 원혼 면ᄒ것나 승련어슈 어스쏘가 람비등거 와 겨시늬 오월비상되던 목슘 칠년듸흔 비 만낫네 죠흘시고 죠흘시고 쏠 살니니 죠흘시고 어스쏘ᄀ 졀무시고 얼골이 에쌕다니 우리 스회 낫셰 되고 그 얼골과 갓트신가 어졔 젼역 얼는터니 다시 얼골 볼 슈 업닉 오날 젼역 쏘 오거든 닉 쓸ㅎ고 두리 직쉬 죠흘시고 죠흘시고 이 손목을 악겻쓰ㄱ 금이 나며 옥이 날ㄱ 놀닐 쎠로 놀녀 보쇠 이 궁둥이 두엇다ㄱ 논을 살가 밧슬 살가 혼들 쎠로 혼드러라 이리 흔참 노닐 젹의(〈남창 춘향가〉, 96, 98면)

월매는 어사가 이도령인 줄 모르고 즐거워서 엉덩이춤을 한바탕 신나게 춘다. 월매가 어사가 사위인 줄 알고 즐거워할 때보다 즐거움의 정도가 약하므로 감동의 정도도 약할 수밖에 없다. 그리고 어사는 "츈향의 집 밤의 단여 정담 동포"한다. 이 장면이 춘향의 고난이 해결되는 대목임을 생각할 때, 이러한 개작은 비록 현실성과 합리성을 지닌다고 하더라도 예술성을 확보하지 못했다는 비판을 면하기 어렵다.

5. 맺음말

본고에서는 수용미학적 입장에 서서 서술자 개입을 중심으로 춘향전의 변모 양상을 살펴보았다.

춘향전에는 다양한 서술자들이 존재한다. 서술자 중에는 서사 전달에 충실한 서술자가 있는가 하면 작품 전면에 직접 개입하여 편집자적 목소리를 내는 서술자도 있고, 작자적 입장을 드러낸 서술자도 있다.

춘향전에 드러난 서술자의 개입은 세 가지 양상을 보이고 있다. 전승자적 개입은 전승 춘향전의 지평과 수용자의 기대지평이 일치하는 경우에 나타나는 것으로 원춘향전의 모습을 밝히는 데에 유용하다. 비판자적 개입은 전승 춘향전의 못마땅한 부분을 비판하기 위한 것으로 춘향전의 변모 방향을 예고해 준다는 점에서 의의가 있다. 개작자적 개입은 수용자의 기대지평이 전승 춘향전의 변모 방향을 분명하게 드러낸다.

서술자의 개입을 중심으로 살펴본 춘향전의 변모 방향은 다음과 같은 네 가지로 정리할 수 있다.

첫째, 전승 춘향전이 안고 있는 비현실적이고 불합리한 요소를 비판하거나 그것을 현실성을 지니도록 개작하려는 합리성 지향이다. 이런 점은 이도령의 행장치레, 담배사설, 주효기명사설, 십장가 등에 잘 드러나 있다.

둘째, 명창들의 더늠 개발로 부분과 부분 사이에 발생한 구성상의 불합리, 불통일성을 합리적, 통일성을 지니도록 개작하려 한 구성상의 합리성 지향이다. 어사와 방자의 수작, 몽중가와 옥중 상봉 등에서 이런 점이 분명하게 드러난다.

셋째, 민중적 미학인 골계적 요소를 소거하려는 노력이다. 사또 염문, 사또와 낭청의 문답, 이도령의 꾀배앓이 등이 대표적이다.

넷째, 전승 춘향전의 반중세적 요소를 비판하거나 그것을 중세적 행동 원리에 맞게 개작하려 한 중세적 가치의 구현 지향이다. 이것은 초야사설, 이도령과 춘향의 이별, 춘향과 군노사령 수작, 어사와 춘향의 동헌 상봉 등에 드러나는데 주로 춘향의 열녀화에 초점이 맞춰져 있다.

본고에서 밝혀진 변모의 방향을 서술자의 목소리가 드러나지 않은 채 변모한 부분에 적용하면 춘향전에서 이루어진 변모 양상의 전반적 모습을 살필 수 있을 것이다.

『조선창극사』의
춘향가 더늠 연구

1. 머리말

정노식의 『조선창극사』[1]는 다양하고 풍부한 판소리 관련 정보를 담고 있기 때문에 일찍부터 주목받았고, 이제까지의 판소리 연구는 주로 그것에 의존해 왔다. 그런데 『조선창극사』는 판소리 창자의 口述과 古老의 口傳을 바탕으로 짧은 기간에 저술되었기 때문에 唱者의 列傳과 더늠 등에서 잘못되었거나 자료적 가치가 의심스러운 부분을 적지 않게 안고 있어 문제가 아닐 수 없다. 특히 판소리사에서 절대적인 비중을 차지하고 있는 더늠에 관한 부분이 미심쩍다는 사실은 문제를 더욱 심각하게 만들고 있다. 아울러 그간의 판소리 연구가 『조선창극사』의 자료적 가치 즉 자료적 신뢰성에 대한 객관적인 검증을 거치지 않은 채 거의 전적으로 그것에 의존한 연구 태도도 문제로 지적하지 않을 수 없다.

판소리에 대한 연구는 비교적 늦게 시작된 데 비해 양적·질적인 면에서 괄목할 만한 성과를 축적하여 왔다. 그 중에는 『조선창극사』의 가치를

---

1) 정노식, 『조선창극사』, 조선일보사출판부, 1940.

구명한 연구도 몇 편 있다.[2] 그러나 『조선창극사』가 안고 있는 문제점에 대해서 논의된 적이 없었고, 최근에 비로소 그것의 자료적 가치에 대한 의문이 본격적으로 제기되기 시작하였다.[3] 잘못되었거나 자료적 가치가 회의적인 것을 기초자료로 활용한 연구성과는 적잖은 문제점과 오류를 안고 있기 마련이다. 『조선창극사』만 한 자료가 달리 없으니 판소리 연구가 그것에 매달릴 도리밖에 없었다고 하더라도『조선창극사』의 자료적 가치가 회의적이라면 그것을 기초자료로 하여 이루어진 연구성과 또한 결과에 대한 책임을 면하기 어렵다. 말하자면 그간의 판소리 연구는 정노식이 부정확한 정보를 바탕으로 실상과 다르거나 엉성하게 제작한 '판소리 地圖'만 믿고 길을 나섰다가 목적지를 찾지 못하고 중도에서 길을 잃고 헤매었고, 더러는 전혀 엉뚱한 지점에 도달하여 그곳을 우리가 가고자 했던 목적지로 착각한 경우도 허다했다는 것이다. 필자의 경우도 결코 사정이 다를 수 없었다.

이런 점에서 본격적인 판소리 연구에 앞서『조선창극사』의 문제점을 구체적으로 밝혀내는 일은 절실히 요청되는 과제라고 하겠다. 왜냐하면 앞으로의 판소리 연구도『조선창극사』를 기초자료로 하여 이루어질 것이 분명하기 때문이다. 나아가 제대로 된 판소리사를 기술하기 위해서도 이러한 작업은 반드시 선행되어야 할 과제이기도 하다. 따라서『조선창극사』를 면밀히 검토하여 그것의 자료적 가치에 대해 충분히 따져서 앞으로

---

2) 이동영, 「정노식의 〈조선창극사〉 一瞥」, 『어문교육논집』 13·14합집, 부산대 국어교육과, 1994.
정하영, 「〈조선창극사〉의 성격과 의의」, 『판소리연구』 5, 판소리학회, 1994.
유영대, 「정노식론」, 『구비문학연구』 2, 한국구비문학회, 1995.
3) 김석배, 「〈조선창극사〉 소재 심청가 더늠의 문제점」, 『문학과 언어』 18, 문학과언어연구회, 1997.
장석규, 「〈조선창극사〉 기술 방법의 신빙성 문제」, 『문학과 언어』 18, 문학과언어연구회, 1997.
장석규, 「정노식의 〈조선창극사〉에 대한 의문점」, 『판소리연구』 8, 판소리학회, 1997.

이루어질 연구에서 되풀이될지도 모를 한계를 최소화해야 할 것이다.

필자는 오래전부터『조선창극사』의 자료적 가치에 대해 의문을 가지고 있었고, 그 일부를 검토한 바 있다.[4] 이 자리에서 심청가의 더늠은 전도성의 소리와, 이해조의 〈강상련〉을 저본으로 하여 광동서국·박문서관의 공동 명의로 발행한 〈심청전〉(광동본, 10판)을 텍스트로 하였다는 것을 확인하여『조선창극사』에 소개된 더늠의 사설을 액면 그대로 믿기 어렵다는 사실을 밝혔다. 또한 그렇게 된 까닭도『조선창극사』의 저술 경위를 살피면서 개략적으로 살펴보았다. 본고에서는『조선창극사』의 문제점을 구명하기 위해 진행하고 있는 작업의 일환으로 춘향가 더늠을 살펴보기로 한다.

2.『조선창극사』소재 춘향가 더늠의 문제점

『조선창극사』에는 판소리사를 화려하게 수놓은 역대 명창들의 다양한 더늠이 소개되어 있다. 그 중의 대부분은 권삼득의 제비가와 같이 판소리사에 길이 지워지지 않겠지만, 더러는 황호통의 만복사 불공과 같이 차차 잊혀져 가는 것도 있다. 그리고 이미 김창록의 팔도담배가처럼 화석화된 채 겨우 흔적만 남기고 있는 것도 있고, 아예 판소리사 저 편으로 사라져 버린 것도 다수 있을 것이다.[5] 본장에서는『조선창극사』에 구체적인 사설이 소개되어 있거나 그 편린을 찾을 수 있는 춘향가의 더늠을 정리해 보고, 그것과 관련된 몇 가지 문제점을 짚어 보기로 한다.

『조선창극사』를 찬찬히 들여다 보면 정노식이 자기 나름대로의 방식에

---

4) 김석배, 앞의 논문, 참고.
5) 김석배·서종문·장석규,「판소리 더늠의 역사적 이해」,『국어교육연구』28, 경북대 국어교육연구회, 1996, 참고.

입각하여 더늠을 소개하고 있음을 알 수 있다.

다음은 송광록의 긴 사랑가를 소개한 것으로 정노식이 더늠을 소개하는 가장 전형적인 방식을 보여주고 있다.

> ⓐ春香歌가 長技이였고 더늠으로는 春香歌 사랑歌 中
> ⓑ『萬疊靑山 늙은 범이 살찐 앰개를 물어다 놓고 니는 빠저서 먹든 못하고 호르릉호르릉 굼니는 듯 北海黑龍이 如意珠를 입에다 물고 彩雲間으로 넘노난 듯 丹山鳳凰이 竹實을 물고 梧桐 속으로 넘노난 듯 이리 오느라 오는 태도를 보자 저리 가거라 가는 태도를 보자 아장아장 거러라 걸는 태도를 보자 빵긋 웃어라 웃는 닙 모습을 보자 사랑 사랑 내 사랑이야 내 간간 내 사랑이지 이리 보아도 내 사랑 저리 보아도 내 사랑 사랑이 모두다 내 사랑 같으면 사랑 걸여서 살 수가 있나 어허둥둥 내 사랑 빵긋빵긋 웃는 것은 花中王 모란花가 하로밤 細雨 뒤에 반만 피고자 하는 듯 아무리 보아도 내 사랑 내 간간이로구나』云云 ⓒ金世宗 倣唱 宋萬甲, 全道成 傳唱 ⓓ진양조 羽調(36면)[6]

먼저 ⓐ와 같이 명창의 長技를 밝히고, 그 다음에 ⓑ와 같이 더늠의 사설을 구체적으로 제시하였다. 그리고 그것을 전하여 부르고 있는 창자를 倂記하였고(ⓒ), 이어서 長短과 調를 제시하였다(ⓓ). ⓒ와 ⓓ가 빠진 것도 다수 있지만 『조선창극사』에 사설이 소개된 더늠은 대체로 이와 같은 형식을 취하고 있다.

『조선창극사』에 소개되어 있는 춘향가 더늠을 대체적인 줄거리에 따라 정리하면 다음과 같다. *표한 것은 구체적인 사설이 소개되어 있지 않은 것이다.

> 장자백(동편제) : 광한루경(적성가), 진양조 우조, 105-108면
> 김세종(동편제) : 천자뒤풀이, 송만갑·전도성 방창, 65-69면

---

6) 정노식, 앞의 책, 36면. 앞으로 면수만 밝힌다.

이석순(비계열)7) : 춘향방 사벽도, 김세종·박만순 전창, 전도성·이동백·
　　　　　　　　　김창룡 방창, 전편 진양조 우조 창, 46-47면

김창록(동편제) : *팔도담배가, 99면

송광록(비계열) : 사랑가, 김세종 방창, 송만갑·전도성 전창, 진양 우조, 36면

고수관(비계열) : 자진 사랑가, 송만갑·전도성 방창, 32-33면

박만순(동편제) : *사랑가, 59면

모홍갑(비계열) : 이별가, 강산제, 전도성 방창, 28-29면

박유전(서편제) : 이별가, 이날치 전창, 43-45면

성민주(동편제) : *이별가, 169면

유공렬(동편제) : 이별가, 176-183면

정정렬(서편제) : 신연맞이, 218-224면

채　　선(동편제) : 기생점고, 234-239면

전상국(동편제) : 공방망부사, 115면

장수철(동편제) : 군노사령, 131-136면

조기홍(동편제) : 십장가, 송만갑·전도성·이동백 창, 153-161면

염계달(비계열) : 남원 한량(춘향정절 찬미), 박만순·이날치 전창, 전도성
　　　　　　　　　방창, 27-28면

송흥록(동편제) : *옥중가(귀곡성), 24-25면

이날치(서편제) : 옥중가(동풍가), 전편 진양조 서름제, 김창환·전도성 방
　　　　　　　　　창, 72-74면

한경석(서편제) : 옥중가(천지 삼겨), 193-194면

송재현(동편제) : 옥중가, 129-130면

박만순(동편제) : 옥중가(몽유가), 송만갑·전도성·정정렬 방창, 59-63면

오끗준(동편제) : 봉사 해몽, 이동백·김창룡 談, 123-129면

성창렬(동편제) : 장원급제, 118-120면

송업봉(동편제) : 어사 노정기, 229-233면

---

7) '비계열'이란 특정 유파에 속하지 않는다는 뜻으로 사용하는데, 엄밀하게 보면 유
파 구분이 이루어지기 이전의 명창에만 해당되는 용어지만, 유파를 분명하게 제
시하지 않은 경우도 이에 포함하였다. 따라서 여기서 '비계열'이란 편의적인 구분
에 불과하고 그 이상의 의미를 지니지 않는다. 예컨대 박록주는 동편제 명창이지
만 정노식이 유파를 구분하지 않았으므로 비계열로 분류하였다.

황호통(중고제) : 만복사 불공, 116-117면
송만갑(동편제) : 농부가, 187-192면
강재만(동편제) : 춘향 편지(어사와 방자 상봉), 136-140면
백점택(중고제) : 박석티(어사 춘향집 문전 당도), 진양조 우조, 112-114면
김록주(비계열) : *박석티(어사 춘향집 문전 당도), 246면
허금파(동편제) : 옥중상봉가, 239-245면
임창학(비계열) : 어사출도, 이동백·정정렬 방창, 48-50면

이외에도 비계열의 송수철·강소춘·박록주·김여란 등이 춘향가에 뛰어났고, 동편제 명창 중에서 김찬업·양학천·신학조·박기홍·신명학이, 서편제의 백경순 명창 그리고 중고제 명창 중에서 김충현·김석창 등이 춘향가에 뛰어났다고 한다. 이들도 춘향가의 한 대목 정도는 더늠으로 가졌을 것으로 짐작되므로 판소리 전성기에는 이보다 더 다양한 춘향가 더늠이 존재했을 것이다. 이상에서 정리한 바와 같이 『조선창극사』에는 총 23명의 춘향가 명창과 그들이 남긴 32개의 더늠(비계열 7개, 동편제 19개, 서편제 4개, 중고제 2개)이 소개되어 있다.

그런데 정노식이 소개한 춘향가 명창과 더늠은 여러 가지 문제점을 안고 있다. 여기서는 그 중에서 몇 가지의 두드러진 것을 정리하기로 한다.

첫째, 춘향가 명창에 대한 정보가 정확하지 않은 부분이 있다는 점이다. 이러한 문제점은 비단 춘향가뿐만 아니라 다른 작품에도 두루 보이는 현상으로 판소리 연구에 적지 않은 혼란을 초래하고 있다. 이른 시기에 활동한 창자의 경우는 관련 자료의 부족과 부정확한 증언으로 인한 부득이한 것이라고 하더라도 『조선창극사』의 집필 시점에서 그리 멀지 않은 창자의 경우에도 사정이 다르지 않아 문제가 심각하다. 이 문제를 동편제 명창 劉公烈을 중심으로 살펴보기로 한다.

정노식은 『조선창극사』에서 柳公烈은 77년 전(1863년생)에 출생하여 원각사 광무대 시절에 김창환, 송만갑과 幷肩하여 명성을 떨치다가 10여 년 전(1938년경)에 병사하였고, 박만순의 문하에서 소리공부를 한 후 김

세종, 이날치, 정창업 등의 선배를 추종하여 견문을 확충하여 춘향가와 심청가에 뛰어난 명창으로 춘향가의 이별가를 더늠으로 남겼다고 했다. 그러나 姓과 생몰연대는 물론 사제관계도 잘못 소개하고 있다.

三十餘年 숨어 잇든　名唱 劉公烈 氏 入城

록수청산과 부엇하야 사든 / 명창 유공녈 씨가 올나왓다

노릭 부르는 사람이 사람 대졉을 못 밧는 세상에 머물너 잇는 것은 노릭군의 恥辱이라고 하야 이졔로부터 三十年 前에 표연히 京城의 樂壇을 써나 故鄕이 되는 忠南 洪城郡 古道面 加谷里에 은거하야 홀노 綠水靑山과 노릭 부엇을 삼든 名唱 劉公烈 氏는 七旬을 맛는 금年에 三十年 써나 사든 京城에 낫하낫다

氏는 누고나 아는 바와 갓치 일즉 이홈 놉든 名唱 鄭春風의 수제자로 大院君이며 高宗皇帝의 총애도 깁헛섯다고 한다 그가 부르는 歌詞는 모도가 原文에 充實하야 들는 이로 하야곰 恍惚케 하며 그의 목청은 獨特한 늣김이 잇서 듯는이의 興을 도으니 京城에 名唱이 만타 하나 이만큼 高潔한 기개와 류창한 歌詞와 貞烈과 애수에 잠겨노는 名唱은 업슬 것이다

氏가 이번 上京을 한 것은 世上도 새로워지고 朝鮮音樂에 對한 理解와 待遇도 달나젓다는 말을 듯고 名鼓手 韓成俊 君의 친유에 썰녀 京城에 이르러 목하 鍾路 二丁目 朝鮮蓄音器商會에 두류中인대 同好者間에 시텽회 計劃도 만타더라(『매일신보』, 1928.2.13)

푸로그람

◇第一部◇

一. 蘆花月(短歌)(伽倻琴竝唱) 沈相健, 二. 瀟湘八景(沈淸傳)(伽倻琴竝唱) 沈相健, 三. 白鷗詞(短歌) 姜南中, 四. 江南曲(興甫傳) 姜南中, 五. 江仙樓行(短歌) 劉公烈, 六. 夢中歌(春香傳) 劉公烈, 七. 春塘試科(春香傳) 劉公烈, 八. 御使南行(春香傳) 劉公烈

一. 群翎譜(伽倻琴竝唱) 沈相健, 二. 花牌歌(伽倻琴竝唱) 沈相健, 三. 楚漢歌(短歌) 朴月庭)

四. 江上風月(短歌) 姜南中, 五. 離別歌(春香傳) 姜南中, 六. 달거리(短歌) 劉公烈, 七. 南屛祭風(三國誌) 劉公烈(『매일신보』, 1928.3.6)

위의 『매일신보』 기사가 誤報가 아니라면 劉公烈(柳公烈이 아님)은 1859년생(1928년-70세)으로 30년 전에 서울을 떠났다고 하니 원각사, 광무대 시절의 창극배우로 활동하지 않았음을 알 수 있다. 또한 그는 정춘풍의 수제자로 단가 降仙樓行과 달거리, 춘향가의 몽중가(옥중몽유가), 춘당시과(장원급제), 어사 남행(어사 노정기) 그리고 적벽가의 南屛祭風(동남풍 비는데)을 잘 부른 명창임을 알 수 있다.[8] 그리고 적어도 1931년까지 생존했던 것이 분명하다.[9]

둘째, 더늠의 구체적인 사설이 창자가 부른 실제 더늠과 다른 경우가 대부분이라는 점이다. 이러한 현상은 창자의 실제 더늠이 아니라 특정의 몇몇 이본을 텍스트로 하여 소개했기 때문에 빚어진 결과이다.

한참 이리 할 제 한 農夫 썩 나서며 "담배 먹세. 담배 먹세." 갈멍떡 수겨 쓰고 두던에 나오더니 가죽쌈지 빼여 놓고 담배에 새우침을 뱉어 엄지가락이 잡빠라지게 빗빗 단단히 넣어 집불을 뒤저놓고 火爐에 푹 찔러 담배를

---

8) 유공렬의 독창회에 대한 기사는 『조선일보』(1928.2.15, 3.5, 3.9), 『동아일보』(3.7), 『매일신보』(3.9)에도 있다.

9) 유공렬이 1931년까지 생존했다는 사실은 『정선 조선가요집』 제1집(조선가요연구사편, 1931)에 수록된 창자의 사진에서 확인할 수 있다. 36명의 사진 하단에 기록된 창자의 이름에 작고한 경우는 '故金綠珠', '故文泳洙'와 같이 분명하게 밝히고 있는데, 유공렬의 경우는 '유공렬'로 되어 있어 이때에는 생존했음이 분명하다. 그리고 박동진은 1930년대 조선성악회 시절에 유공렬이 변강쇠타령을 부르는 것을 들었다고 하니 1934년 무렵에도 생존하였음을 알 수 있다.(전경욱, 「탈춤과 판소리의 연행문학적 성격 비교」, 정신문화연구원 석사논문, 1983, 63면, 참고). 조선성악연구회는 1934년 5월에 창립하였다.

먹난듸 농군이라 하는 것이 대가 **빽빽**하면 쥐색기 소리가 나것다. 양 볼택이가 옴옥옴옥 코궁기 발심발심 연기가 홀홀 나게 푸여 물고 나서니 어삿도 반말하기는 공성이 낫제. "저 농부 말 좀 물어보면 좋겠구만." "무삼 말." "이 골 춘향이가 본관 수청들어 뇌물을 많이 받어 먹고 만정의 작펴한단 말이 옳은지." 저 농부 열을 내여 "게가 어디 삽나." "아문 데 사던지." "아무 데 사던지라니. 게난 눈콩알 귀콩알이 없나. 지금 춘향이를 수청 아니 든다 하고 형장 맞고 가쳤으니 娼家의 그런 烈女은 세상에 드문지라. 옥결 같은 춘향 몸에 자네 같은 동냥치가 누설을 찌치다는 비러먹고 굶어 뒤어지라. 올나간 이도령인지 삼도령인지 그놈의 자식은 일거후 무소식하니 인사가 그렇고는 벼살은커니와 내 좃도 못하제." "어 그게 무슨 말일고." "웨 어찌 됨나." "되기야 어찌 될가마는 남의 말로 구십을 너머 고약히 하는고." "재내가 철모르는 말을 하매 그러체."(『조선창극사』 189-190면)

한참 이리 할 제 한 농부 썩 나셔며 담부 먹시 담부 먹시 갈멍덕 숙예 쓰고 두던의 나오더니 <u>곱돌 조듸 넌짓 드러 쏭뭉이 더듬쎠니</u> 가죽쌈지 쎄여 놋코 담븨의 세우침을 밧터 엄지가락이 잡바라지게 비빗비빗 단단이 너허 집 불을 뒤져 노코 화로의 푹 질너 담부를 먹난듸 농군이라 ᄒ난 거시 듸가 쌕쌕ᄒ면 쥐싁기 소리가 나것다 양 볼틱기가 옴옥옴옥 코궁기가 발심발심 연기가 홀홀 나게 푸여 물고 나셔니 어사쏘 반말ᄒ기난 공성이 낫졔 져 농부 말 좀 부러보면 조커쑤만 부삼 말 이골 춘향니가 본관의 수청 드러 뇌물을 만이 바더 묵고 민졍의 작폐한단 말이 올혼지 져 농부 열을 늬여 게가 어듸 삽나 아무 듸 사든지 아무 듸 사든지란이 게난 눈콩알 귀쏭알리 업나 지금 춘향이를 수청 아니 든다 하고 형장 맞고 갓쳐쓰니 창가의 그런 열여 세상의 드문지라 옥결 갓튼 춘향 몸의 자늬 갓턴 동냥치가 누셜을 시치다는 비러먹도 못ᄒ고 굴머 뒤여지리 올나간 이도령인지 삼도령인지 그놈의 자식은 일거후 무소식하니 인사가 그러코는 벼살은컨이와 늬 좃도 못하졔 어 그계 무슨 말인고 웨 엇지 됨나 되기야 엇지 되야마는 남의 말노 구십을 너머 고약키 하난고 자늬가 철 모로난 말을 하믜 그러체(〈완판 84장본〉, 185면)10)

---

10) 이가원 주, 『춘향전』, 태학사, 1995.

위의 인용문은 송만갑의 더늠으로 소개된 농부가의 일부이다. 극히 일부인 밑줄 친 부분에서 차이가 날 뿐 나머지는 동일하다. 이러한 점은 정노식이 춘향가 더늠을 소개할 때 〈완판 84장본〉을 텍스트의 하나로 삼았음을 알려주는 것이다.

셋째, 더늠을 부르는 창자를 거명하고 있지만 실제 그들이 부른 소리와 차이가 있다는 점이다. 다음은 金齊哲, 申萬葉과 동년배로 춘향가로 이름을 날린 李錫順의 더늠인 춘향방 사벽도이다.

東便을 바라보니 商山四皓 네 老人이 松下岩上에 바둑판을 놓고 點點이 버려갈 제, 東園公은 白碁 한 점 손에 들고 黑碁를 다 쳐낼 듯이 요만하고 앉어 있고 夏黃園은 黑碁를 한 점 손에 들고 白碁를 다 쳐낼 듯이 요만하고 앉어 있고 綺里季는 훈수를 하다가 무색을 당한 후 바둑판을 안 보려고 요만하고 돌아앉고 角里先生은 세상사를 모다 잊고 白羽扇으로 낯을 가리고 반만 비껴 요만하고 앉어 있고 靑衣童子는 쌍상투 꽂고 色등거리 입고 葫蘆瓶 차고 琉璃臺 鸚鵡盞에 不老草 가득히 부어 들고 角里先生 前에 술진지 하느라고 요만하고 서서 있고 西便을 바라보니 晉處士 陶淵明이 彭澤원을 마다 하고 秋江上 배를 타고 潯陽으로 가는 양 歷歷히 그려 있고 南便을 바라보니 西山에 지는 해 진 끈으로 매여 두고 鶴髮兩親 不老草를 얻어다가 父母 奉養하는 그림 北便을 바라보니 渭水上 姜太公이 文王을 반기여서 낙수대를 강에 던지고 君臣有義의 본을 받어 따름따름 따러가고 富春山 嚴子陵은 諫議大夫 마다 하고 羊裘를 떨쳐 입고 東江七里灘에 낙수줄 던진 경을 역역히 그렸구나. 김세종 박만순 전창, 전도성 이동백 김창룡 방창 진양조 우조창(『조선창극사』, 46~47면)

(아니리) 춘향방 그림가
(세마치) 동편을 바라보니, 상산사호 네 노인이 바독판을 듸려 놓고, 한 노인 백기를 들고 대마상전 일점을 놓으랴고 이만허고 앉은 그림. 한 노인은 흑기를 들고 축으로 모을 으량을 내이랴고 이만하고 앉은 그림이며, 한 노인은 훈수를 허다가 무료에 지쳐 담배 붙여 입에다 물고 건넌 산만 번히 바라보고 기운이 없이 앉은 모양과, 한 노인은 훈수를 잘 듣는다고 반만

웃고 바둑판을 굽어보고 이만허고 앉은 그림이며, 그 앞의 청의동자 한 쌍
쌍상투를 꽂고 호리병 잡아 불로초 천도를 들고 유리배 앵무잔의 술 한 잔
을 가득히 부어 진지하고 섰는 그림이며, 서편을 바라보니, 유관장 삼 분이
삼고초리 찾는 그림이, 당당헌 유현주는 신장은 팔 척이요 수수과슬이라.
오묘홍포의 쌍고검을 빗기 차고 적려마 상 앉은 그림. 관공 위의 볼작시면,
얼굴은 대추 빛이요, 봉의 눈의 누에 눈썹 삼각수는 일척 오촌이요, 청룡도
를 드러메고 적토마 상의 앉은 그림이며, 장비 위엄 볼작시면, 먹장 얼굴
범의 머리 쌍고리 눈 제비 턱 다박수염 거나리고 장팔사모 장창 눈 우의다
가 번뜻 들고 흑총마 상의 앉은 그림이며, 남편을 바라보니, 청천의 기려기
뚜루루루루 낄룩, 기려기는 울고 간 놈 쏘랴고 철궁에다 왜전을 메겨 흉허
복실하고 비정비팔 법을 채리어 좀통이 터지게 하삼지를 받어 호모뼈 거들
며 중머리 삼동을 맞추어서 대투가 뺏뺏, 귀미 얼풋 씨르르르르르르르 뜨러
(만자가정에) 떼떼리니, 비거 공중 빠른 살이 흐르난 별불같이 공중으로 수
루루루루루루 떠들어가 기려기가 덜컥 맞었는디, 이 사람은 좀뒤가 나는가
좀앞이 나는가 활장을 이 팔에다 걸고 이만하고 (섰는) 그림이며, 북편을
바라보니, 효자 충신 열녀 그림, 곽거라 하난 효자 부모 반찬을 먹는다고
산 자식을 묻으랴다 파는 땅에서 금을 얻어 굴지득금을 하야 있고, 맹종은
읍죽하야 어름 궁기서 잉어 낚아 부모 봉양을 허는 그림이 역력히 붙었는
디.[11]

  위의 인용문을 비교해 보면 동편 벽의 그림(商山四皓)은 유사하지만
다른 벽의 그림은 전혀 다르다는 사실을 쉽게 알 수 있다. 전도성·이동
백·김창룡이 방창한 것이라고 했지만 김창룡의 소리와 다른 것은, 정노
식이 자신에게 가장 많은 판소리 정보를 제공한 전도성의 소리를 소개했
기 때문으로 짐작된다.
  넷째, 널리 알려진 더늠도 누락되어 있다는 점이다. 쉽게 확인할 수 있

---

11) Regal C114-A·B 春香傳 春香房 그림가(上·下) 金昌龍 鼓 韓成俊, 배연형, 「유
    성기 음반 판소리 사설(1)(김창룡 편)」, 『판소리연구』 5, 판소리학회, 1994,
    414-415면.

는 더늠 예컨대 황해천의 농부가, 염계달의 돈타령과 백구타령, 박유전의 사랑가 그리고 이동백의 박석티, 당대에 임방울이 불러 화제를 모았던 쑥대머리 등도 전혀 언급하지 않았다.

다섯째, "李捺致 傳唱", "全道成 倣唱", "李東伯 唱" 등의 표현에서 보이는 '傳唱', '倣唱', '唱'의 개념이 모호하다는 점이다. 정노식은 이러한 용어의 개념을 구분하여 '倣唱'은 모방하여 부른다는 정도의 뜻으로, '傳唱'은 배운 것을 그대로 전하여 부른다는 정도의 뜻으로, 그리고 '唱'은 직접 불렀다는 뜻으로 쓴 것 같은데 일정하지 않아 혼란스럽다.

『조선창극사』의 춘향가 더늠에 드러난 이상과 같은 문제점은 크게 두 가지 원인에서 비롯된 것으로 짐작된다. 먼저, 『조선창극사』의 집필 기간이 매우 짧았다는 사실을 들 수 있다. 정노식은 특별한 준비 없이 판소리에 대한 평소의 견문12)을 바탕으로 『朝光』(제4권 5호, 1938)에 「朝鮮廣大의 史的 發達과 및 그 價値」를 발표하였고, 이 글의 미흡한 점을 보완하기 위해 현지조사 등을 거쳐 『조선창극사』를 상재하였다. 『조선창극사』는 1940년 1월 18일에 발행되었지만, 원고가 완성된 것은 1939년 8월 또는 그 이전이었다.13) 짧고 허술한 글을 『조광』에 발표하고, 불과 1년 3개월여 뒤에 『조선창극사』의 원고를 완성하였으니 방대한 분량의 『조선창극사』를 집필하기에는 시간이 턱없이 부족했을 것이다. 다음으로, 조사의 범위가 극히 제한되어 있었다는 사실을 들 수 있다. 정노식이 『조선창극

---

12) 이러한 사정은 『조광』에 발표한 글의 「광대의 인물과 그 역사」項을 마무리하면서 "이상에서 기술한 것과 같이 男女唱家의 역사와 그 소리에 대한 비평을 하였으니 短見寡聞으로 疎漏한 점이 不無하고 인물의 출생지와 年代를 일일히 擧치 못한 것은 스스로 한 遺憾으로 생각하거니와 말하면 倉猝之間에 조사할 시간이 없다. 독자는 이에 대하야 諒解가 있기를 바라노라."고 밝히고 있는 데서 알 수 있다.
13) 『조선창극사』 서문의 "己卯 小春 下澣"(李勳求), "昭和 十四年 八月"(林 圭, 金明植), "昭和 己卯 大愚節"(李光洙), "己卯年 가을 어느 날"(金若嬰) 등에서 확인할 수 있다. 정노식, 앞의 책, 序 5-16면, 참고.

사』를 집필하기 위해 김창룡 명창을 비롯하여 여러 사람을 만나 면담조사
한 것은 분명하지만 주로 동편제 명창 全道成의 구술에 크게 의존하였다.
전도성이 판소리 이론과 역사에 밝은 인물이라고 하더라도 그의 제보는
부정확하거나 주관적이고 제한적일 수밖에 없다.

3. 『조선창극사』 소재 춘향가 더늠의 실상

『조선창극사』에는 모두 27개의 춘향가 더늠이 구체적인 사설과 함께
소개되어 있는데, 정노식은 그것을 크게 두 가지 방법으로 소개하고 있
다. 하나는 특정 이본을 텍스트로 삼아 소개한 것이고, 다른 하나는 창자
가 부른 실제 소리를 소개한 것이다.

1) 특정 이본을 텍스트로 삼은 경우

정노식이 춘향가의 더늠을 소개하면서 텍스트로 삼았던 것으로 추정되
는 이본은 〈완판 84장본〉(열녀춘향수절가)과 이해조의 〈옥중화〉 그리고
최남선의 〈고본춘향전〉, 이광수의 〈一說春香傳〉 등이다. 특정 이본을 텍
스트로 한 경우는 그 양상이 매우 복잡한데, 크게 보아 특정 이본을 그대
로 옮긴 경우와 몇몇 이본을 적절히 교합한 경우로 나눌 수 있다. 물론
극히 일부분이지만 정노식의 윤색이 가해졌던 부분도 더러 발견된다.
〈완판 84장본〉은 전주지방의 방각업자가 19세기 후기에 불리던 춘향가를
텍스트로 하여 독서물로 간행한 것이고, 〈옥중화〉는 박기홍의 춘향가를
이해조가 산정하여 『매일신보』(1912.1.1-3.16, 48회)에 연재한 후 같은 해
8월 普及書館에서 초판을 발행한 것이다. 그리고 〈고본춘향전〉(新文舘,
1913)은 육당 최남선이 남원고사계 춘향전의 한 이본을 텍스트로 하여

발행한 것으로 특히 〈동양문고본 춘향전〉과 친연성이 매우 크다. 이 이본은 申明均 編·金台俊 校閱, 『朝鮮文學全集 第五卷 小說集(一)』(中央印書舘, 1936)에 〈춘향전〉으로 재수록되었는데, 정노식은 〈고본춘향전〉과 함께 이것도 텍스트로 삼았다.[14] 〈一說春香傳〉은 춘원 이광수가 『동아일보』에 연재(1925.9.30-1926.1.3, 96회)한 후 1929년에 漢城圖書株式會社에서 발행한 것인데, 춘원이 〈옥중화〉와 〈고본춘향전〉을 저본으로 하고 약간의 창작을 가미한 것이다.[15]

이제 특정 이본을 텍스트로 삼아 춘향가 더늠을 소개한 것으로 추정되는 경우를 구체적으로 살펴보기로 한다.

첫째, 〈완판 84장본〉을 텍스트로 삼은 경우이다. 앞에서 송만갑의 농부가가 〈완판 84장본〉을 텍스트로 소개하고 있음을 살펴보았는데, 여기서는 조기홍의 십장가를 통해 확인해 보기로 한다.

> 『열 치고는 짐작할 줄 알았더니 열다섯 채 딱 붙이니 "십오야 밝은 달은 떼구름에 묻혀 있고 서울 계신 우리 랑군 삼청동에 묻혔으니 달아 달아 보느냐 님 계신 곳 나는 어이 못 보는고." 시물 치고 짐작할가 여겼더니 시물다섯 딱 붙이니 "이십오현탄야월의 불숭청원 저 기러기 너 가는 데 어데메냐. 가는 길에 한양성 찾아 들어 삼청동 우리 님께 내 말 부대 전해다고 내의 형상 자세 보고 부대부대 잊지 말라." 삼십도를 맹장하니 옥 같은 춘향 몸에 솟나니 유혈이오 흐르나니 눈물이라. 피 눈물 한 데 흘러 武陵桃源紅流水라. 춘향이 점점 포악하는 말이 "소녀를 이리 말고 살지능지하여 아조 박살하여 주면 사후 원조라는 새가 되어 蜀魂鳥와 함께 울어 적막공산 달 밝은 밤에 우리 이도련님 잠든 후 罷夢이나 하여지다." 말 못하고 기절하니

---

14) 이 책의 해설에 "春香傳은 그 種類가 자못 만하 水山廣寒樓, 漢文春香傳, 古本春香傳, 烈女春香傳, 獄中花 等 數十種이 있는 中 本書는 古本春香傳에 依한 것임을 附言하야 둔다."(2면)고 밝히고 있다. 申泰和는 中央印書舘版을 그대로 『朝鮮文學全集 第三卷 小說集(一)』(三文社, 1948)로 재판하였다.
15) 조윤제, 『교주 춘향전』, 을유문화사, 1973, 253면. 본고에서는 許英肅, 『一說春香傳』(光英社, 1958)을 텍스트로 한다.

업졌던 형방 통인 고개 둘러 눈물 씻고 매질하던 사령도 눈물 씻고 돌아서
며 "사람의 자식은 못하것네." 좌우에 구경하는 사람과 거행하는 관속들이
눈물 씻고 돌아서며 "춘향의 매 맞는 거동 사람의 자식은 못 보것다. 모지도
다 모지도다 춘향 정절이 모지도다." 남녀노소 없이 서로 落淚하며 돌아설
제, 사똔들 좋을 리가 있으랴. "<u>에- 그년 모질기 독사 이상이오. 매웁기 고
초 이상이로고. 어린 년이 장래 크게 일 저지르겠고.</u> 네 이년 관정에 발악하
고 맞으니 좋은 게 무엇이냐. 일후에 또 그런 거욕관장할가." 반생반사 저
춘향이 점점 포악하는 말이 "여보 사또 들으시오. 이런 抱恨 不知生死 어이
그리 모르시오. 게집의 곡한 마음 오유월 서리침네. 魂飛中天 다니다가 우
리 성군 좌정하의 이 원정을 알외오면 사똔들 무사할가. 덕분에 죽여 주오."
사또 기가 막혀 "허허 그년 말 못할 년이로고. 큰 칼 씨워 <u>項鎖 足鎖로 下獄
하라.</u>」 云云 송만갑 전도성 이동백 창(『조선창극사』, 160-161면)

　열 치고는 짐작할 줄 알어던이 열다섯 치 싹 부친이 십오야 발근 달은
씌구름의 무쳐 잇고 셔울 게신 우리 낭군 삼천동으 뭇쳐슨이 다라 다라 보
는야 임 게신 곳 나는 어이 못 보는고 시물 치고 짐작할가 여겨던이 시물다
셕 싹 부친이니 니십오현탄야월으 불승쳥원 져 기륵이 너 가는듸 어더미냐
가는 길으 흔양성 차자 드려 삼천동 우리 임게 늬 말 부듸 젼혀드고 늬의
형상 자시 보고 부듸부듸 잇지 말아 <u>삼십삼쳔 어린 마음 옥황젼의 알와고져</u>
옥 갓탄 준향 봄으 솟난이 유혈이요 흐르난이 눈물리라 피 눈물 한틔 흘너
무릉도원홍유수라 춘향이 졈졈 포악하는 마리 소녀를 이리 말고 살지능지
하여 아조 박살 죽여 주면 사후 원조라는 싀가 되야 초혼조 함기 우러 젹막
공산 달 발근 밤의 우리 이도련임 잠든 후 파몽이나 하여지다 말 못하고
기졀ᄒ니 업졋던 형방 퇴인 고기 드러 눈물 쏫고 미질하든 져 사령도 눈물
숫고 도라셔며 사람으 자식은 못하건네 좌우의 구경하난 사람과 거힝ᄒ는
관속드리 눈물 쏫고 도라셔며 춘향이 민 맞는 거동 사람 자식은 못 보것다
모지도다 모지도다 춘향 정졀리 모지도다 <u>출쳔열여로다</u> 남여노소 업시 셔
로 낙누하며 도라셜 졔 사똔들 조홀 이가 잇스랴 네 이연 관정의 발악ᄒ고
마지니 조혼 계 무어신야 일후의 쏘 그런 거욕관장할가 반싱반사 져 춘향이
졈졈 포악ᄒ는 마리 여보 사쏘 드르시요 일런 포한 부지상사 어이 그리 모
르시요 졔집의 곡한 마음 온유월 셔리침네 혼비즁쳔 단이다가 우리 셩군

좌정하의 이 원정을 알외오면 사쏜들 무사할가 덕쑨의 죽여 쥬오 사쏘 기가 미켜 허허 그연 말 못할 연이로고 큰칼 쓰여 하옥하라(〈완판 84장본〉, 148-151면)

이상은 동편제 명창 趙奇弘의 더늠인 십장가의 후반부를 〈완판 84장본〉과 비교한 것이다. 밑줄 친 부분에서만 다를 뿐 나머지는 완전히 동일하다. 『조선창극사』의 밑줄 친 부분은 〈옥중화〉와 동일하다. 이러한 사실은 정노식이 조기홍의 더늠을 소개한 것이 아니라 〈완판본 84장본〉을 텍스트로 하고 〈옥중화〉를 참고하여 소개하였다는 것을 알려준다.

둘째, 이해조의 〈옥중화〉를 텍스트로 삼은 경우이다. 다음은 춘향이 공방에서 이도령을 그리워하는 공방망부사이다.

歲月이 如流하여 舊官은 올라가고 新官은 到任하여 數朔을 지낼 적에 이 때에 춘향이는 (x) 愁心 病이 나서 門을 닫고 홀로 누어 相思曲 斷腸聲(으로) 님을 그려 울더니라. 玉 같은 님의 얼굴 달 같은 님의 態度 支離相思 보고지고. 東風이 溫和하니 님의 懷抱 불어온가 반가울사 春風이여 春風에 피는 꽃은 웃난 듯 님의 얼굴 저 꽃같이 보고지고. 憂愁를 誰與訴할고 相思知者知라. 老天이 不管人憔悴하니 淚添九曲黃河溢이오 恨壓三峰華岳低로다. 《 x 》寤寐(不忘) 두 눈물이 밤낮 없이 흐르난대 (二)寸肝腸 좁은 곳에 萬斛愁를 넣어 두고 우리 님을 다시 보면 이 서름이 개련만은 어느 때 다시 만나 握手論情(하여 볼까) 그리워 못 보는 님 (잊어) 無妨하것마는 든 정이 病이 되어 사로나니 창자로다. (아마도) 죽지 말고 命대로 保(全)타가 어느 (해) 어느 (때) 낭군 만나거든 細細冤情하오리라(『조선창극사』, 115면)

歲月이 如流ᄒ야 舊官은 올나가고 新官은 到任ᄒ야 數朔을 지낼 격에 이 ᄶᅵ에 春香이ᄂᆞᆫ (失魂) 愁心 病이 나셔 門을 닷고 홀노 누어 相思曲 斷腸聲(x) 任을 그려 울더니라 玉 ᄀᆞ흔 任의 얼골 달 ᄀᆞ흔 任의 態度 支離相思 보고지고 東風이 溫和ᄒ니 任의 懷抱 불어온가 반가울ᄉ 春風이여 春風에 피ᄂᆞᆫ 쏫은 웃ᄂᆞᆫ 듯 任의 얼골 뎌 쏫갓치 보고지고 憂愁을 誰與訴ᄒᆞᆯ고 相思를 知者知라 老天이 不管人憔悴ᄒ니 淚添九曲黃河溢이오 恨壓三峯華岳低

로다 《父母ᄀ치 重ᄒ 몸이 天地間 업건마는 郎君 그려 사는 몸은 ᄎᆞ아 잇
지 못ᄒᆞᆯ너라》瘑寐(中) 두 눈물이 밤낫 업시 흐르ᄂᆞᆫ듸 (一)寸肝腸 좁은 곳에
萬斛愁를 너어두고 우리 님을 다시 보면 이 셜음이 기련마는 언의 ᄯᅢ 다시
맛나 握手論情(ᄒᆞᆯ가 보냐) 그리워 못 보는 任 (업셔) 無妨ᄒ것마은 든 情이
病이 되여 스로ᄂᆞ니 창ᄌᆞ로다 (아모됴록) 죽지 말고 命듸로 保存타가 언의
(年) 언의 (時) 郎君을 맛나거든 細細願情ᄒ오리라(〈옥중화〉, 60면)[16]

앞의 인용문은 『조선창극사』에 동편제 명창 全尙國의 더늠으로 소개되
어 있는 것이고, 뒤의 인용문은 그에 대응하는 것을 〈옥중화〉에서 가져온
것이다. 인용문을 비교해 보면 〈옥중화〉의 ≪　≫안의 “父母ᄀ치 重ᄒ 몸
이 天地間 업건마는 郎君 그려 사는 몸은 ᄎᆞ아 잇지 못ᄒᆞᆯ너라”가 『조선창
극사』의 ≪ x ≫ 자리에 빠진 것을 제외하면 (　) 부분에서 약간의 차이[17]
만 보일 뿐 완전히 동일함을 알 수 있다. 이것은 정노식이 〈옥중화〉를
텍스트로 하여 공방망부사를 소개하였다는 사실을 분명하게 보여주고 있
다. 사설 전체가 〈옥중화〉와 거의 동일한 것은 공방망부사를 비롯하여
군노사령들이 춘향을 잡아들이러 가는 張壽喆의 군노사령, 옥중의 춘향
이 꿈에서 황릉묘에 갔다 오는 宋在鉉의 옥중가,[18] 이어사가 춘향의 편지
를 전하러 가는 방자와 만나 수작을 벌이는 姜仜萬의 춘향 편지 등이다.
　셋째, 육당의 〈고본춘향전〉을 텍스트로 삼은 경우이다. 다음은 이도령
이 방자를 데리고 광한루에 올라 사방의 경치를 완상하는 광한루경이다.

---

16) 이해조, 『옥중화』, 보급서관, 1914.
17) ‘二寸肝腸’은 ‘一寸肝腸’의 誤植이다.
18) 〈옥중화〉와 동일한데, 춘향이 꿈속에서 二妃 등을 만나는 소위 황릉묘사설을
　　아주 간략하게 서술(萬古貞烈 黃陵墓에 二妃 魂께 뵈온 후에 太任 太似 太姜
　　孟姜 次例로 뵈옵고 秦樓明月 玉簫聲에 化仙하던 弄玉이 樓前却似紛紛雪하니
　　正是花飛玉碎時라. 十斛明珠로 石家郎을 따라가던 綠珠를 次例로 인사하고 湘
　　君께 하직하고 一步一步 나올 적에)하고 있는 점에서 다르다. 황릉묘사설의 간
　　략한 서술은 박만순의 옥중몽유가에 〈옥중화〉의 황릉묘사설을 길게 소개하고
　　있기 때문에 중복을 피하기 위한 의도적인 것으로 이해된다.

정노식이 동편제 장자백의 더늠으로 소개하고 있지만 〈장자백 창본〉과는 앞부분의 진양 우조로 부르는 적성가만 같고 나머지 사설은 현저하게 다르다. 다소 장황하지만 논의의 편의를 위해 길게 인용한다.

　ⓐ"赤城의 아침 날은 늦인 안개 띠어 있고 綠樹의 점은 봄은 花柳東風 둘렀는데 紫閣丹樓紛照耀요 碧房金殿生玲瓏은 臨高臺를 일러 있고 瑤軒琦構何崔嵬는 광한루를 이름이라 광한루경 좋거니와 오작교가 더욱 좋다 오작교가 분명하면 牽牛織女 없을소냐 견우성은 내려니와 직녀성은 뉘가 되고 오늘 이곳 화림중에 삼생연분 만나리로다"(진양조 우조)

　ⓑ 李道令"방자야" 房子"예" 李"도원이 어디메니 무릉이 여기로다 岳陽樓 좋다한들 이에서 더하며 충청도 고마수영 보련암을 일렀은들 이곳 경치 당할소냐" 방자놈 엿자오되 "경개 이러하옵기로 日暖風和하여 雲霧 자저질 제 神仙이 나려와 이따감 노나이다" 李"아마도 그러하면 네 말이 적실하다 雲無心而出岫하고 鳥倦飛而知還이라 別有天地非人間이 예를 두고 이름이라" 玉壺에 넣은 술을 引壺觴而自酌하여 數三杯 마신 후에 醉興이 도도하여 담배 푸여 입에다 물고 이리 저리 거닐 제 山川도 살펴보고 吟風詠詩하여 옛 글귀도 생각하니 景槪風物은 本是 無情之物이라 정히 심심할 새 한 곳을 우연히 바라보니 완연한 그림 속에 어떠한 일미인이 春興을 못 이기어 訪花隨柳 찾아갈 제 萬端 嬌態 부리는구나 纖纖玉手를 흩날려서 두 견화 질끈 꺽어 머리에도 꽂아 보고 철죽화도 분질러 입에다 담북 물어 보고 玉手羅衫 반만 걷고 청산유수 맑은 물에 손도 씻고 발도 씻고 물 먹음어 양수하며 綠陰垂楊 버들잎도 주루룩 훑어다가 맑고 맑은 九曲之水에 훨훨 띠어 보고 點點落花淸溪邊에 죄악돌도 쥐어다가 버들가지 꾀꼬리도 우여 풀풀 날려보니 打起黃鶯이 아니냐 靑山影裏 綠陰間에 그리 저리 들어가서 長長彩繩 긴긴 줄을 三色桃花 벋은 가지 휘휘친친 감쳐 맨 데 저 아이 거동 보소 맹낭히도 어여쁘다 백옥 같은 고운 모양 半粉黛를 다스리고 丹脣皓齒 고은 얼굴 三色桃花未開峰이 하루밤 細雨 中의 반만 피인 形狀이라 黑雲 같이 검은 머리 쏼쏼 빗겨 전반 같이 넓게 땋아 玉龍簪 金鳳釵로 사양머리 쪽졌는데 石雄黃 眞珠套心 도토락 珊瑚당기 天臺山 碧梧枝에 鳳凰의 꼬리로다 세모시 까끼적삼 草綠甲紗 곁막이 用紋甲紗 桃紅치마 잔살 잡아 떨처

입고 細柳 같이 가는 허리 집허리띠 눌러 띠고 三升 겹보선에 초록 羽緞 繡雲鞋를 맵시 있게 도도 신고 珊瑚枝 蜜花佛手 玉나비 珍珠月佩 靑剛石 紫介香 翡翠香五色唐絲 끈을 달아 휘늘어지게 넌짓 찼다 <u>아름답고 고운 태 도 아장거려 흐늘거려 가만가만 나오더니 섬섬옥수 넌짓 들어 楸韆줄을 양 손에 갈라 잡고 소소로쳐 뛰어 올라 한 번 굴러 앞이 높고 두 번 굴러 뒤가 높아 앞뒤 점점 높아 갈 제 백능보선 두 발길로 소소 굴러 높이 차니 羅裙玉 腕半空飛라 녹음 속의 紅裳자락이 바람결에 내비취니 九萬長天白雲間에 번개불이 쏘이는 듯 앞에 얼른하는 양은 가벼운 저 제비가 桃花一點 떨어질 제 차려하고 쫓이는 듯〉 뒤로 번듯 하는 양은 狂風에 놀란 나비 짝을 잃고 가다가 돌치는 듯 巫山仙女 구름 타고 陽臺上에 나리는 듯 한참 이리 논일 적에 綠髮은 풀리어서 珊瑚簪 옥비녀가 芳草 中에 번듯 빠저 꽃과 같이 떨 어진다 그 태도 그 형용은 세상인물 아니로다.</u> 이도령이 바라보고 意思 豪 蕩하고 心神이 怳惚하여 얼굴이 달호이고 정신이 散亂하고 眼精이 朦朧한 다.(『조선창극사』, 105-108면)

방즈야 예 도원이 어드미니 무릉이 여긔로다 광한루도 좃커니와 오쟉교 가 더욱 귀타 견우셩은 닉가 되려니와 직녀셩은 뉘가 되리 <u>등왕각</u> 좃타흔들 이에셔 더홀소냐 방즈놈 엿즈오딕 경긔 이러흐옵기로 風和日暖흐여 雲霧 자져질 제 神仙이 나려와 잇다감 노나이다 아마도 그러흐면 네 말이 덕실흐 다 雲無心而出岫흐고 鳥倦飛而知還이라 別有天地非人間이 예를 두고 닐으 미라 玉壺에 너흔 술을 引壺觴而自酌흐여 數三杯를 기우리고 徘徊顧眄흐 여 山川도 삷혀보고 吟風詠詩흐여 녯 글귀도 싱각흐니 景槪風物은 本是 無 情之物이라 정히 無聊 심심흘식 흔 곳을 偶然이 바라보니 완연흔 그림 속에 엇더흔 一美人이 春興을 못 이긔여 白玉 갓흔 고은 樣子 半粉黛를 다스리고 晧齒丹脣 고은 얼골 三色桃花未開峰이 하로밤 細雨 中 반만 퓌인 形狀이라 靑山 갓흔 두 눈섭을 八字春色 다스리고 黑雲 갓흔 검은 머리 반달 갓흔 臥龍梳로 솰솰 빗겨 전반갓치 널게 짜하 玉龍簪 金鳳釵로 스양머리 쪽졋는 딕 石雄黃 眞珠套心 도토락 珊瑚당긔 天台山 碧梧枝에 鳳凰의 쇼리로다 담 모시 쌕기젹삼 草綠甲紗 겻믹기 白杭羅 고장이 花紋月沙 겹바지 粉紅甲紗 너른 바지 細柳갓치 가는 허리 집허리씩 눌너 씌고 龍紋甲紗 桃紅치마 잔살 잡아 썰쳐 닙고 蒙古 三升 겹보션에 草綠羽緞 繡雲鞋를 밉시 잇게 도도 신

고 三千珠 珊瑚樹 蜜花佛手 玉나뷔 珍珠月佩 靑剛石 紫介香 翡翠香 五色唐
絲 싣을 다라 兩國大將의 兵符 차듯 南北兵使 箭筒기 차듯 휘느러지게 넌즛
차고 訪花隨柳 차져 갈 제 萬端嬌態ᄒᆞᄂᆞᆫ고나 纖纖玉手를 헛날녀셔 牧丹花
도 부르질너 머리에도 쇠져 보고 躑躅花도 부르질너 입에도 담박 무러 보고
綠陰垂楊 버들닙도 쥬루룩 홀터다가 맑고 맑은 九曲之水에다가 <u>풍덩실 드
리치며</u> 桃花流水渺然去ᄒᆞ니 點點落花淸溪邊에 죄약돌도 쥐여다가 楊柳上
에 꾀꼬리도 위여 풀풀 날녀 보고 靑山影裏綠陰間에 그리져리 드러가셔 長
長彩繩 긴긴 줄을 三色桃花 버든 가지 휘휘친친 감쳐 믿 듸 뎌 아희 거동
보소 밍랑이도 어엿부다 纖纖玉手 들어다가 楸韆 줄을 골나 잡고 소소로쳐
쒸여 올라 한 번 굴너 압히 놉고 두 번 굴너 뒤가 놉하 羅裙玉腕半空飛라
白綾보션 두 발길로 소소 굴너 놉히 차니 爛漫ᄒᆞᆫ 도화송이 狂風에 落葉쳐로
綠樹溪邊 上 下流에 아죠 풀풀 헛날니니 衣裳은 縹渺ᄒᆞ고 玉聲이 琤璨이라
飛去飛來ᄒᆞᄂᆞᆫ 양이 天上仙官 鸞鳥 타고 玉京으로 向ᄒᆞᄂᆞᆫ 듯 洛浦의 巫山神
女 구름 타고 陽臺上에 나리ᄂᆞᆫ 듯 綠髮雲鬟 풀니여셔 珊瑚簪 玉빈혀가 花叢
中에 번듯 쌔져 꼿과 갓치 쩌러진다 한창 이리 노닐 적에 리도령이 바라보
고 意思 浩蕩ᄒᆞ고 心神이 怳忽ᄒᆞ여 얼골이 달호이고 마음이 취ᄒᆞ인다 精神
이 散亂ᄒᆞ고 眼精이 朦朧ᄒᆞ다(〈고본춘향전〉, 13-16면)[19]

앞의 인용문은 『조선창극사』에서, 뒤의 인용문은 〈고본춘향전〉에서 가
져온 것이다. 지금도 그대로 부르고 있는 적성가(ⓐ)를 제외하고, ⓑ의 밑
줄 친 부분-〈완판 84장본〉과 동일함-에서 얼마간의 차이를 보일 뿐 나머
지는 동일하다. 이것은 광한루경이 〈고본춘향전〉을 텍스트로 삼아 소개
되었다는 사실을 분명하게 알려주고 있다. 그리고 〈고본춘향전〉을 텍스

---

19) 신명균 편, 『小說集 一』의 〈춘향전〉에는 다음과 같이 밑줄 친 부분에서 약간
　　다르다. 『이 "방자야" 방 "예" 이 "도원이 어드매니 무릉이 여기로다 광한루도 조커
　　니와 오작교가 더욱 귀타 견우성은 내가 되려니와 직녀성은 누가 되리 등왕각
　　조타한들 이에서 더할소냐" 방자놈 여짜오되 "경개가 이러하옵기로 풍화일난하
　　여 운무 자저질 제 신선이 나려와 잇다금 노나이다" 이 "아마도 그러하면 네 말이
　　적실하다 <u>무심한 구름은 뫼뿌리로 나아오고 실토록 나든 새는 도라감을 깨닷는다</u>
　　별유천지 비인간이 예를 두고 이름이라"』(10면) 여기서 정노식이 〈고본춘향전〉
　　과 『小說集 一』의 〈춘향전〉을 함께 참고했음을 알 수 있다.

트로 삼았다는 사실은 『조선창극사』에 소개된 더늠의 여기저기에서 찾을 수 있는데, 인용문의 앞부분에 있는 讀書物의 性格을 강하게 드러내는 標識 즉, 이도령과 방자의 對話 標識인 '李', '房'도 그러하고, 특히 "朝鮮唱劇調의 由來와 그 變遷 發達"을 설명하고 난 뒤 "申明均 編 朝鮮文學全集 中 小說 春香傳 解說에 據함"[20]이라고 밝힌 부분은 이를 입증할 수 있는 결정적인 단서로서 손색이 없다. 다만 사설의 짜여진 모습이 〈고본춘향전〉과 다소 다른데, 그것은 〈고본춘향전〉을 따르면서도 부분적으로 사설을 재배치하거나 일부 빼버렸기 때문이다. 이러한 양상은 『조선창극사』의 춘향가 더늠에 두루 보이는 공통적인 현상이다. 그러나 사설 전체를 〈고본춘향전〉에서 가져 온 것은 더 이상 찾을 수 없고, 여러 더늠 사설 속의 곳곳에 파편처럼 흩어져 박혀 있다.

셋째, 춘원의 〈一說春香傳〉을 텍스트로 한 경우이다. 다음은 『조선창극사』에 서편제 명창 丁貞烈의 더늠으로 소개되어 있는 신연맞이의 앞부분의 일부를 인용한 것이다.

> 이때에 이부사가 올라간 후에 김부사라는 이가 남원에【도임하여 한 일년 동안 지내더니 니주목사로 이배하여 가고 다시 신관이 낫시되 자하골 막바지 사는 변학도라는 양반이다. 얼굴이 잘나고 남녀창 우조 계면을 거침없이 잘 부르고 풍류 속이 도저하고 돈 잘 쓰고 술 잘 먹고 일대호걸 남아로되 한 가지 큰 험이 이던가 부더라. 색이라 하면 화약을 질머지고 불조심을 아니 하는 터이겠다.】소년시부터 종년이고 행랑것이고 들어오는 대로 모조리 손을 대이고 남의 유부녀 수절과부까지도 엿보다가 톡톡히 망신을 당하기도 한두 번이 아니다. 이러하므로 좋게 말하면 오입쟁이 좋지 못하게 말하면 망난이라는 이름을 들것다. 편지 한 장 변변히 쓰지 못하되 양반이란 지체가 좋아서 조상의 뼈 덕과 외가 처가 결련 덕으로 南行 初仕로 시작하여 이 골 저 골 조그마한 山邑으로 돌아다니며 계집과 돈 때문에 民擾도 몇 번 겪어서 곡다지의 알 골 틋하고 지내다가 역시 양반 덕에 도리어

---

20) 정노식, 앞의 책, 17면.

승차하여 남원부사 한 자리를 얻어 놓으니 변학도의 의기양양한 모양은 <u>눈이 시어서 볼 수 없다.</u> 더구나 전라도 남원이 색향이란 말과 남원에 춘향이 있단 말을 들으니 일각이 삼추 같고 좌불안석하여 날로 신연하인 오기만 기다리것다.(『조선창극사』, 218-219면)

이부사가 올라간 후에 김부사라는 이가 남원에 좌정하여 한 일년 동안 있다가 라주목사로 이배하여 가고, 새로 난 남원부사가 남촌 사는 변학도라는 양반이다. 얼굴이 <u>뺀뺀이 난 까닭인지</u> 소년시부터 색을 좋아하여, 종년이고 행낭것이고 들어오는 대로 모조리 손을 대이고, 남의 유부녀 수절과부까지도 엿보다가 톡톡히 망신을 당하기도 한두 번이 아니어서 친척과 동류 간에 좋게 말하면 오입쟁이 좋지 못하게 말하면 망난이라는 이름을 들어왔다. 글이라고는 편지 한 장 변변이 쓰지 못하되 양반이란 지체가 좋와서 조상의 <u>뼈</u> 덕과 외가 처가 결련 덕으로 남행 초사로 시작하여 이 골 저 골 조고마한 산읍으로 <u>현령 군수를</u> 돌아다니며 계집과 돈 때문에 민요도 몇 번 겪어 <u>으례면 찬 마루방 잠을 자야만 옳을 사람이언마는</u> 그 역시 양반 덕에 도리어 승차하여 <u>상전에 말망 락점으로나마 천만 의외에</u> 남원부사 한 자리를 얻으니 변학도의 의기양양한 모양은 <u>말할 것도 없다.</u> 더구나 전라도 남원이 색향이란 말과 남원에 명기 춘향이 있단 말을 들으니, 일각이 삼추 같고 좌불안석하여 날로 신연하인 오기만 기다린다.(〈일설춘향전〉 164-165면)

위의 인용문은 정정렬이 고음반에 남긴 신연맞이[21]와 다르다. 【 】한 부분은 〈옥중화〉와 동일하고, 나머지는 밑줄 친 부분과 같이 일부에서 약간의 차이가 있을 뿐 〈일설춘향전〉과 동일하다. 특히 뒷부분의 변학도의 행실은 〈고본춘향전〉을 비롯한 남원고사계 춘향전에도 보이지 않는 대목으로 춘원이 창작한 부분으로 보인다. 춘원의 창작으로 추정되는 독특한 지평이 『조선창극사』와 일치한다면, 그것은 〈일설춘향전〉을 텍스트

---

21) Victor KJ-1119(KRE212) 春香傳 新延마지 春香傳全集(十七) 丁貞烈 鼓 韓成俊, 참고.

로 하였다는 사실을 입증하는 것으로 보아도 무방할 것이다.

사설의 대부분이 〈일설춘향전〉과 일치하는 것으로는 옥중의 춘향이 황릉묘에 가서 舜임금의 二妃 등을 만나는 꿈을 꾸는 朴萬順의 옥중몽유가와 봉사가 춘향의 꿈을 해몽해 주는 오끗준의 봉사 해몽, 이도령이 알성과에서 장원급제하는 成昌烈의 장원급제, 이도령이 전라도 어사로 내려가는 宋業奉의 어사 노정기 및 만복사 중들이 옥에 갇힌 춘향을 위해 불공을 올리는 黃浩通의 만복사 불공 등이다. 물론 〈일설춘향전〉이 〈옥중화〉를 텍스트의 하나로 삼아 이루어졌기 때문에 〈옥중화〉의 사설과 일치하는 경우가 빈번하다. 그렇지만 이 대목들은 친연성에서 〈옥중화〉보다 〈일설춘향전〉에 훨씬 더 가깝다.

이상에서 정노식이 춘향가의 더늠을 〈완판 84장본〉을 비롯하여 〈옥중화〉, 〈고본춘향전〉, 〈일설춘향전〉을 텍스트로 하여 소개한 사실을 확인하였다. 그런데 위에서 보인 것은 텍스트로 삼은 이본을 확연하게 드러내기 위해 특정 이본과 일치하는 일정 부분을 의도적으로 인용하였기 때문에 일견 개별 더늠의 전체가 어느 한 이본을 텍스트로 삼아 소개된 것으로 오해될 소지가 있다. 그러나 앞에서 살핀 예컨대 〈옥중화〉를 그대로 옮긴 공방망부사나 〈고본춘향전〉을 그대로 옮긴 광한무경과 딜리 대부분 두 종류 이상의 이본에 있는 사설을 날실과 씨실로 적절하게 交織하고 있다. 이러한 사실을 許錦波의 더늠인 옥중상봉가를 통해 살펴보자.

【〈옥중화〉罷漏는 뎅뎅 치는데 상단이 일어서서 燈籠에 불을 켜며 "바루 쳤아오니 아기씨전 가사이다." 상단이 등롱 들고 춘향모는 앞을 서고 어사도는 뒤를 따라 옥으로 나려간다. 이 밤은 風雨散亂하여 바람은 우루루루 지동치듯 불고 궂인 비는 훗날리고 천동은 와르르 번개는 번쩍번쩍 귀신의 울음소리는 두런두런 형장 마자 죽은 귀신 곤장 마자 죽은 귀신 — 중략 — 저 형상이 웬일이냐 仙女같이 아름답던 네 모양이 날로 하여 저 꼴이 되었구나 장부이 심장 다 녹는다】【〈고본춘향전〉 나도 家運이 不幸하여 과거도 못하고 家産이 蕩盡하여 이 모양이 되었으니 진시 한 번도 못

와보고 이 곳을 지내다가 네 소문을 들으니 날로 하여 저렇듯 고생한다 하
니 너를 볼 낯이 없건마는 옛 정리를 생각하고 보러오기는 온 모양이다마는
반가운 중 무안도 하고 아니 보니만 못하다. 내 모양이 이리 될 제 너 찾을
겨를 있겠느냐. 우리 둘이 당초 언약이 아모리 중하여도 할일없다. 내 꼴을
본들 모르랴. 나를 바라고 어찌 하리." - 중략 - 춘향이 이 말 듣고 저】
【〈완판 84장본〉 형상을 자세히 보니 어찌 아니 한심하랴. "여보 서방님
이 지경이 웬일이오.】【〈一說春香傳〉 어찌하여 그리 되었오. 무슨 가운이
불행하여 그리 되시었오. 대감께서 높은 벼슬하시다가 참소 받아 그리 되
시었오. 나를 생각하시노라고 공부도 못 하시다가 그리 되었오.】【〈고본
춘향전〉 桑田碧海須臾改라 한들 어찌 저리 변하였오. 貴賤窮達이 수레박퀴
니 설마 어찌하오리까.】【〈일설춘향전〉 나는 고대 죽어도 한이 없오. 생전
에 서방님 한 번 뵈왔으니 고대 죽기로 어떻겠오.】【〈완판 84장본〉 내 몸
하나 죽는 것은 설지 아니 하거니와 서방님 이 지경이 웬일이오.】【〈고본
춘향전〉 저 모양으로 다니시면 남의 천대는 고사하고 飢寒인들 오작 하오
리까."】【〈일설춘향전〉 어사또 춘향이 애쓰는 것을 보고 곧 설파해버려
시원히 알려주고 싶은 마음 불일 듯하것마는 암행하는 봉명사신으로 그리
할 수도 없고 다만 맥맥히 춘향을 나려다보고 섰을 뿐이다.】(『조선창극사』,
239-243면)

위의 예문은 『조선창극사』에서 인용한 옥중상봉가의 일부인데, 분량의
길고 짧은 차이는 있지만 〈옥중화〉, 〈고본춘향전〉, 〈완판 84장본〉, 〈일설
춘향전〉의 사설이 골고루 수용되어 있다. 이와 같이 정노식은 네 종류의
이본 중에서 자신의 판단에 따라 여기저기서 발췌하여 새로운 지평을 창
조한 것이다. 두 종류 이상의 이본을 텍스트로 한 것은 金世宗의 천자뒤
풀이(〈완판 84장본〉+〈옥중화〉), 劉公烈의 이별가(〈일설춘향전〉+〈완판
84장본〉), 朴裕全의 이별가(〈완판 84장본〉+〈일설춘향전〉), 丁貞烈의 신
연맞이(〈일설춘향전〉+〈옥중화〉), 陳彩仙의 기생점고(〈옥중화〉+〈완판
84장본〉), 趙奇弘의 십장가(〈옥중화〉+〈완판 84장본〉), 宋萬甲의 농부가
(〈일설춘향전〉+〈완판 84장본〉), 白占澤의 박석티(〈일설춘향전〉+〈옥중

화〉), 許錦波의 옥중상봉가(〈옥중화〉+〈완판 84장본〉+〈일설춘향전〉+
〈고본춘향전〉) 등이다.

이상에서 알 수 있듯이 『조선창극사』의 춘향가 더늠의 구체적인 사설은
일부를 제외하고는 자료적 가치가 회의적이어서 그대로 믿기 어렵다. 따라
서 『조선창극사』의 춘향가 더늠을 연구의 기초자료로 삼을 때는 신중해야
할 것이다.

2) 창자의 소리를 소개한 경우

『조선창극사』의 춘향가 더늠 중의 일부는 전도성 등 창자가 실제로 부
른 소리를 소개한 것으로 보인다. 다음은 진양조 서름제로 부르는 이날치
의 옥중가인데, 김창환과 전도성이 방창하는 것으로 소개하고 있다.

　　春夏秋冬 四時節을 望夫詞로 보낼 적에 東風이 눈을 녹여 가지가지 꽃이
되고 灼灼한 杜鵑花는 나를 보고 반기는데 나는 뉘를 보고 반기란 말이냐
꽃이 지고 잎이 되니 綠陰芳艸 時節이라 꾀꼬리는 북이 되어 柳上細枝 느러
진 데 九十春光 짜는 소래 먹음이 가득한데 눌과 함끽 듣고 보며 잎이 지고
서리 치니 九秋丹楓 時節이라 落木寒天 찬 바람에 홀로 핀 저 菊花는 凌霜
高節이 거룩하다 北風이 달을 열어 白雪은 펄펄 흩날일 제 雪中의 풀은 솔
은 千古節을 지켜 있고 羅浮의 찬 梅花는 美人態를 띠었는데 풀은 솔은 날
과 같고 찬 매화는 랑군같이 뵈난 것과 듣난 것이 수심 생각뿐이로다 어화
가련 어화 가련 이 무삼 인연인고 인연이 極重하면 이 離別이 있었으랴 前
生 此生 무삼 罪로 이 두 몸이 생겼는가 窓 잡고 門을 여니 滿庭 月色은
무심히 房에 든다 더진 듯이 홀로 앉어 달다려 묻는 말이 저 달아 보느냐
님 계신 데 明氣를 빌여라 날과 함께 보자 // 우리 님이 누웠더냐 앉었더냐
보는 대로만 네가 일러 내의 수심 푸러다고 달이 말이 없으니 自歎으로 하
는 말이 梧宮秋夜 달 밝은데 님의 생각으로 내 홀로 發狂이로다 人非木石
아니어든 님도 응당 느끼련만 胸中에 가득한 수심 나 혼자뿐이로다 밤은
깊어 三更인데 앉었은들 님이 오며 누었은들 잠이 오랴 님도 잠도 아니 온
다 다만 수심 벗이 되고 九曲肝臟 구비 썩어 소사 나니 눈물이라 눈물 모여

바다되고 한숨 지어 청풍되면 一葉舟 무어 타고 漢陽郎君 찾이련만 어이
그리 못하는고 이 일을 어이 하리 아이고아이고 내 신세야 이러틋이 歲月을
보내는데 云云 全篇 진양조 서름제 金昌煥, 全道成 倣唱(72-74면)

위의 인용문은 앞에서 텍스트로 추정한 네 종류의 이본 중에서 동일한
것을 찾을 수 없다. 그렇다면 "김창환, 전도성 방창"이라고 밝히고 있듯이
그들의 실제 소리를 소개한 것으로 볼 수 있다. 그런데 김창환의 옥중가
를 충실하게 계승하고 있는 〈정광수 창본〉[22]과 비교해 보면 //을 경계로
앞부분은 대체로 비슷하지만 뒷부분은 다르고 오히려 밑줄 친 부분은 〈완
판 84장본〉과 거의 같다. 따라서 옥중가는 김창환의 소리를 소개한 것으
로 보기 어려우므로 전도성의 소리를 소개한 것으로 보는 것이 자연스럽
다.[23] 물론 뒷부분은 〈완판 84장본〉을 참고하였을 가능성을 배제할 수
없다.

아래의 강산제로 부르는 모흥갑의 이별가도 창자의 실제 소리를 소개
한 것으로 보인다.

여보 도련님 여보 도련님 날 다려가오 날 다려가오. 나를 어찌고 가랴시
오. 쌍교도 싫고 독교도 싫네, 어리렁충청 거는단 말게 반부담 지여서 날
다려가오. 저 건네 느러진 長松 깁수건을 끌너 내여 한 끝은 낭기 끝끝에
매고 또 한 끝은 내목 매여 그 아래 뚝 떠러저 대롱대롱 내가 도련님 앞에서
자결을 하여 영이별을 하제 살여 두고는 못 가느니. 云云 全道成 倣唱

---

22) 〈정광수 창본〉에는 뒤에 '귀곡성'이 바로 이어져 크게 다르다. 김진영 외, 『춘향
　　전전집』(2), 박이정, 1997, 545-546면, 참고. 한편 〈박봉술 창본〉은 간략하게 축약
　　되어 있는데, 뒤에 '귀곡성'이 이어지지 않은 점에서 『조선창극사』와 동일하다.
　　(김진영 외, 『춘향전전집』(3), 박이정, 1997, 22면, 참고.)
23) 『조선창극사』에 전도성을 소개하는 부분에 "둥덩둥덩 떠나갈 제 사방 풍경을
　　살펴보니 장히 거룩하다 범피중류 떠나가니 망망한 창해 중에 탕탕한 물결이라
　　-중략- 그렁저렁 떠나간 게 인당수를 당도하였구나 全篇 진양조 羽調 己卯 六月
　　十八日 全北 井邑 淸興館 唱"으로 되어 있으니 정노식이 직접 전도성 명창으로
　　부터 범피중류를 들은 것이 분명하다. 기묘년은 1939년이다.

(28-29면)

모흥갑제 이별가는 현재 전승 중단의 위기에 놓여 있는데,[24] 이화중선의 "Regal C385 A 명창제 이별가 이화중선"과 송만갑의 "Victor KJ-1001 -A 宋萬甲", 김초향·김소향의 "Victor 49101-A 離別歌 金楚香 金小香" 등에서 원형에 가까운 것을 확인할 수 있다. 그러나 이들 사이에도 약간의 차이가 있어 어느 것이 더 원형에 가까운지 판단하기 어렵다.[25] 창자간의 사설 차이는 판소리가 구전심수되는 과정에서 흔하게 벌어지는 현상이다. 『조선창극사』의 이별가가 이들의 소리와 다르다면 이 또한 전도성의 소리를 소개한 것으로 보아도 크게 틀리지 않을 것이다.

전도성은 정노식에게 많은 판소리 정보를 알려준 핵심적인 제보자였다. 정노식은 그와 "世誼的 知舊로 四五次나 門內 慶宴時에 오면 몇일이고 계속한 것을 참관"하였고, 『조선창극사』를 집필하기 위해 전도성에게 와서 한 달 정도 머물면서 조사[26]하였으며, 박동실 명창은 전도성의 말만 듣고 『조선창극사』를 썼다고 불평하였다[27]는 사실 등에서 그러한 사정을

---

24) 〈박봉술 창본〉과 〈박동진 창본〉에는 있지만 오늘날 주로 불리고 있는 춘향가에서는 원형과 멀어졌거나 보이지 않는다. 김연수제와 정정렬제에는 없고, 정응민제에는 축소되고 곡조도 계면조로 바뀌었다.
25) 이보형, 「음반에 제시된 판소리 명창제 더늠」, 『한국음반학』 창간호, 한국고음반연구회, 1991, 11-12면.
   성기련, 「판소리 동편제와 서편제의 전승양상 연구-〈춘향가〉 중 이별가 대목을 중심으로-」, 서울대 대학원 석사논문, 1996, 참고.
26) "정노식이 조선성악연구회에서 송만갑, 이동백, 김창룡에게 판소리에 대하여 연구하다가 정읍에 내려 와 전도성이 유식하여 조리가 있는 것을 보고 한 달쯤 머물면서 기록한 것이 조선창극사라 한다." 金源迷 명창은 16세 때 정읍군 북면 한교리에 살던 전도성의 문하에서 1년 6개월 동안 소리를 배웠다. 단가 죽장망혜, 어화 청춘, 진국명산, 백구타령을 배우고 흥부가는 초앞부터 놀부박까지 배웠다. 그리고 춘향가는 이별가 전후의 한 시간 분량정도('점잖으신 도련님이'에서 '어사출도'까지) 배웠지만 지금은 소리를 잊어 버렸고, 적벽가는 군사설움에서 자룡이 활 쏘는데까지 배웠다. 이보형, 「판소리 유파」, 문화재관리국 문화재연구소, 1992, 117-118면, 참고.

알 수 있다. 그러나 전도성의 소리가 제대로 전승되지 않고 있는 지금 그가 부른 춘향가의 구체적인 모습을 확인할 수 없어 단정하기 어렵지만 다음과 같은 사실에서 그의 소리가 동편제의 원형에 비교적 충실했다는 것을 짐작할 수 있다. 전도성은 "宋雨龍 門下로부터 朴萬順 金世宗 手下에서 指導와 鞭撻을 받았으므로 東便 唱法으로 製作이 高尙하며 더욱 歷史와 理論에 照明"이었고, 판소리도 시대적 요구에 순응하는 것이 합리적이라는 이른바 '廣大 布木商論'28)을 들고 나와 家門의 동편제 법통을 벗어나 통속화를 통한 판소리의 대중화에 앞장 섰던 宋萬甲에게 "君의 自家의 法統은 姑舍하고 古制의 高雅한 點을 滅殺하고 너무 通俗的으로 數千의 男女弟子에게 퍼처 놓아서 功罪相半하다"고 혹평했다고 하니 그의 소리는 동편제의 원형에 가까운 고제 소리임이 분명하다.29)

전도성의 소리를 소개한 것으로 보이는 춘향가 더늠들은 공통적으로 다음과 같은 특징을 지니고 있다. 즉 오늘날의 창자가 부르는 소리와 거의 같고, 사설의 길이가 비교적 짧으며, 長短과 唱調가 밝혀져 있는 동시에 "전도성 방창", "전도성 전창", "전도성 창" 등이 附記되어 있다. 앞에서

---

27) "『조선창극사』 씰 때 박동실이가 나헌테 와서 불평얼 해싸. 전도성이 말만 듣고는 썼던 모양이여. 장판개가 『조선창극사』에 없는 것은 전도성이 장판개보다 선배인디 소리로 눌려서 그런 것 같아요." 김명환 구술,『내 북에 앵길 소리가 없어요』, 뿌리깊은나무, 1991, 74면.

28) "劇唱歌는 紬緞布木商과 같아서 비단을 달라는 이에게는 비단을 주고 무명을 달라는 이에게는 무명을 주어야 한다", 정노식, 앞의 책, 184면.

29) 정노식이 전도성의 소리 세계를 다음과 같이 비유하고 있는 데서도 그의 소리가 동편제 원형에 충실하다는 것을 알 수 있다. "그 소리의 範圍를 比하자면 金碧이 燦爛한 高樓巨閣은 못되되 四五間 草堂을 子坐午向으로 꼭 제자리에 精妙하게 앉히어 놓았는데 들어가 보면 灑落한 庭園에 奇岩怪石과 琪花瑤草가 깔려 있고 間間이 靑松綠竹과 雜色樹木이 섞여 있어서 有時乎 蜂蝶이 날아 들고 房안에 들어가 보면 文房四友가 方位를 잃지 아니 하고 놓여 있고 窓壁間에는 縱橫으로 書畵를 失格 아니 하고 붙었다. 氣分이 나물 먹고 물마시고 팔 베고 누었으니 大丈夫 살림사리 이만 하면 넉넉하다는 노래를 불음즉한 調格이라고 말할 수 있다." 전도성에 대해서는 정노식, 앞의 책, 194-196면, 참고.

살핀 동풍가와 이별가를 비롯하여 고수관의 자진 사랑가, 송광록의 사랑가, 이석순의 춘향방 사벽도, 염계달의 남원한량 등이 전도성의 소리를 소개한 것으로 보이고, 창자를 밝히지 않았지만 장자백의 광한루경의 적성가와 한경석의 천지 삼겨도 전도성의 소리일 것으로 짐작된다.[30]

4. 맺음말

본고에서는 『조선창극사』의 문제점을 구명하려는 작업의 일환으로 춘향가 더늠의 문제점과 그것의 구체적 실상을 중점적으로 검토하였다. 그 결과 『조선창극사』의 춘향가 더늠은 일부를 제외하고는 자료적 가치가 회의적이어서 액면 그대로 믿을 수 없다는 사실을 밝혔다. 앞으로 제대로 된 판소리 연구를 위해서는 무엇보다도 『조선창극사』의 자료적 가치에 대한 전면적인 검증이 요청된다고 하겠다.

이제까지 본고에서 검토한 바를 간략하게 정리하면 다음과 같다.

첫째, 『조선창극사』에 소개된 춘향가 더늠은 다음과 같은 문제점을 안고 있다. ①춘향가 창자에 대한 정보가 부정확하고, ②더늠의 구체적인 사설이 창자가 부른 실제 더늠과 다르며, ③더늠을 부른 것으로 거명된 창자와 실제 그들의 소리 사이에 차이가 있다. 그리고 ④'傳唱', '倣唱', '唱'의 개념이 모호하고, ⑤널리 알려진 더늠도 누락되어 있다. 이러한 문제점은 대체로 『조선창극사』의 집필 기간이 매우 짧았다는 사실과 주로 전도성이 제공하는 정보에 의존했다는 사실에 기인된 것이다.

---

30) 동편제인 전도성이 서편제 한경석의 소리를 불렀다고 보는 것에 무리가 있을지 모르지만 전도성이 주로 활동하던 1930년대는 유파의 구분이 더 이상 의미를 가지지 못하던 시대였고, 더늠은 유파를 뛰어 넘어 두루 수용되어 불렸다. 서편제 이날치의 옥중가를 전도성이 불렀다는 사실도 그러한 사정을 알려 준다.

둘째, 정노식은 춘향가 더늠을 특정 이본을 텍스트로 삼아 소개하거나 창자의 실제 소리를 소개하였다. ①〈완판 84장본〉, 〈옥중화〉, 〈고본춘향전〉, 〈일설춘향전〉 등을 텍스트로 삼았는데, 그대로 소개한 것도 있지만 대부분 이들을 적절하게 교합하였다. 송만갑의 농부가와 조기홍의 십장가는 〈완판 84장본〉을 텍스트로 삼았고, 전상국의 공방망부사와 장수철의 군노사령, 송재현의 옥중가, 강재만의 춘향 편지는 〈옥중화〉를 텍스트로 삼았다. 그리고 장자백의 광한루경은 〈고본춘향전〉을 텍스트로 삼았고, 박만순의 옥중몽유가, 오끗준의 봉사 해몽, 성창렬의 장원급제, 송업봉의 어사 노정기, 황호통의 만복사 불공 등은 〈일설춘향전〉을 텍스트로 삼았다. 그 외의 더늠은 네 종류의 이본을 텍스트로 적절하게 교합하였고 일부 다듬은 부분도 발견된다. ②창자의 실제 소리는 주로 전도성의 소리를 소개한 것으로 짐작되는데, 고수관의 자진 사랑가, 송광록의 긴 사랑가, 이날치의 동풍가, 모흥갑의 이별가, 이석순의 춘향방 사벽도, 염계달의 남원 한량, 한경석의 옥중가(천지 삼겨), 장자백의 적성가 등이 그것이다.

<h1 style="text-align:center">신재효본 〈여창 춘향가〉의
존재 가능성 검토</h1>

1. 머리말

19세기 후기의 판소리창단에 절대적인 영향력을 행사한 신재효가 자신의 기대지평 위에 서서 전승되던 춘향가, 심청가 등 여섯 마당의 판소리 사설을 개작 정리하였다는 사실은 일찍부터 알려져 왔다. 그의 이러한 노력은 물론 자신의 신념에 찬 판소리관을 실현하기 위한 방편의 하나로 판소리꾼에게 이상적인 창본을 제공하려는 의도에서 비롯된 것이었다. 특히 춘향가는 〈동창 춘향가〉와 〈남창 춘향가〉 그리고 〈여창 춘향가〉 등 세 종류로 판의 분화를 시도하였는데, 그것은 그의 판소리관을 실현하기 위한 실험무대이자 완성무대였다.

신재효가 판소리사에 끼친 영향은 일찍부터 주목의 대상이 되어 연구사적 검토[1]가 필요할 정도로 그 성과가 축적되어 왔다. 그러나 지속적으로 거듭되고 있는 논쟁이 잘 보여주고 있듯이 아직까지 어느 문제 하나 만족할 만한 결론에 이르지 못하고 있다. 핵심적인 문제의 하나인, 신재

---

1) 김대행, 「신재효에 대한 평가」, 장덕순 외, 『한국문학사의 쟁점』, 집문당, 1986.

효가 춘향가의 판을 분화시킨 동인에 대한 논의만 해도 서로 다른 견해가 첨예하게 맞서 있다. 특히 가장 초보적인 것이라고 할 수 있는 〈여창 춘향가〉의 존재 여부를 둘러싸고도 서로 다른 입장을 보이고 있다.

본고는 신재효가 판소리사에서 차지하는 위상을 구명하는 작업의 작은 몫으로 〈여창 춘향가〉의 존재 가능성을 검토하기 위해서 마련된다. 따라서 선행연구의 성과를 다시 검토하는 한편 새로운 단서를 찾아내는 작업을 병행하여 〈여창 춘향가〉의 존재 가능성을 입증하는 방향으로 조심스럽게 논의를 진행할 것이다. 이러한 작업은 신재효가 춘향가를 분화한 의도를 분명하게 읽어낼 수 있게 하는 바탕을 마련한다는 점에서도 일정한 의의를 지닐 것이다. 그러나 본고에서 얻어진 결론의 타당성은 〈여창 춘향가〉의 실물이 발견되거나 〈여창 춘향가〉의 존재를 확증할 만한 문헌이 발견되기 전까지는 잠정적일 수밖에 없다는 한계를 지니고 있음을 미리 밝혀둔다.

2. 선행연구에 대한 반성적 검토

일찍이 曹雲이 「近代歌謠 大方家 申五衛將」[2]에서 〈여창 춘향가〉의 존재를 밝힌 이래 그것의 존재 여부를 둘러 싼 논쟁은 최근까지 간헐적으로 이어져 왔다. 이 초보적인 논쟁의 불씨는 거의 전적으로, 〈동창 춘향가〉나 〈남창 춘향가〉와 달리 아직까지 〈여창 춘향가〉의 실물이 확인되지 않고 있다는 사실이다.

〈여창 춘향가〉의 존재 여부를 둘러 싼 시비는 〈여창 춘향가〉의 존재를 인정하는 삼분설과 그것을 부정하는 이분설로 맞서 있다. 즉 조운, 정노

---

2) 조운, 「近代歌謠 大方家 申五衛將」, 『新生』 2권 2호, 1929, 28면.

식,3) 강한영4)은 삼분설의 입장을 취하고 있고, 김태준5)과 성현경6)은 이 분설의 입장을 취하고 있다. 한편 이병기는 삼분설과 이분설의 어중간한 입장을 취하는 한편 〈동창 춘향가〉와 〈여창 춘향가〉를 동일한 것으로 간 주하는 듯한 인상을 주어 이분설 쪽에 기울어 있다.7) 이들 외의 대부분의 연구자들도 묵시적으로 이분설의 입장에 동조하고 있어 현재 학계의 입 장은 〈여창 춘향가〉의 존재를 부정하는 이분설로 정리되어 가는 듯하다.

　그러나 〈여창 춘향가〉가 전하지 않는다는 사실에 초점을 맞추어 〈여창 춘향가〉의 존재에 대해 강한 의문을 제기하고 있는 이분설의 입장은 다음 과 같은 점에서 재고의 여지가 없지 않다. 이분설은 〈여창 춘향가〉의 실 물이 전하지 않는다는 사실 이외에 그것을 뒷받침할 수 있는 분명한 논거 를 제시하지 못하였고, 또한 〈여창 춘향가〉가 존재하지 않았을 것이라는 주관적인 판단 위에서 선행설을 비판하고 있기 때문이다. 그리고 실물이 발견되지 않은 점을 들어 그것의 존재 자체나 존재 가능성마저 부정하는 단정적인 태도를 취하고 있다는 점에서도 그러하다. 우리는 문헌에 이름 으로만 전해오던 작품들 중의 일부가 후대에 발견된 경우를 더러 보아 왔다. 그러므로 실물이 현재 전하지 않는다는 이유만으로 그것의 존재 가능성을 전면 부정하는 것은 성급한 판단이 아닐 수 없다. 더구나 판소 리 열두 마당 중에서 실전된 것으로 믿었던 무숙이타령(왈자타령)과 강릉 매화타령이 최근에 〈게우사〉, 〈매화가라〉와 〈골생원전〉을 통해 그 실체 가 밝혀진 사실8)을 상기할 때 〈여창 춘향가〉가 발견될 가능성 역시 배제

---

3) 정노식, 『조선창극사』, 조선일보사출판부, 1940, 256면.
4) 강한영 교주, 『신재효판소리사설집(전)』, 민중서관, 1974, 9면, 13면.
5) 김태준, 「신재효의 춘향가 연구」, 『동악어문논집』 1, 동악어문학회, 1965, 133-134면.
6) 성현경, 「신재효의 춘향가 연구 Ⅱ」, 『동리연구』 창간호, 동리연구회, 1993, 182면.
7) "申五衛將은 春香歌를 童唱 春香, 女唱 春香, 男唱 春香 세 가지로 지었다. -중략-
　　一說에는 童唱, 女唱은 辭緣이 똑 같아 童唱 唱詞를 女唱 唱詞로 쓴다고도 한다."
　　이병기, 『국문학개론』, 일지사, 1961, 154면.
8) 김종철, 「무숙이타령(왈자타령) 연구」, 『한국학보』 68, 일지사, 1992.

할 수 없기 때문에 더욱 그러하다.

이런 점에서 〈여창 춘향가〉의 존재 여부는 원점에서 다시 논의할 필요가 있다. 즉, 신재효가 춘향가를 정리하면서 과연 〈동창 춘향가〉, 〈남창 춘향가〉와 함께 〈여창 춘향가〉도 남겼던가, 그렇지 않으면 〈동창 춘향가〉와 〈남창 춘향가〉만 남겼던가를 처음부터 다시 따져 보는 작업이 요청된다고 하겠다. 왜냐하면 〈여창 춘향가〉의 존재를 입증할 만한 단서가 발견되면 그것의 존재를 부정하는 입장은 마땅히 재고되어야 할 것이기 때문이다. 그러기 위해서는 우선 〈여창 춘향가〉의 실물을 확인할 수 없다는 사실만 내세워 그것이 존재하지 않았을 것이라는 선입견에서 벗어나야 한다. 그리고 〈여창 춘향가〉의 존재를 인정하는 쪽의 견해를 면밀하게 검토해 보고, 그것의 존재 여부를 입증할 수 있는 다른 단서도 찾아내어야 할 것이다. 이러한 작업이 선행되고 난 뒤에 내려진 결론이라야 신뢰성을 확보할 수 있을 것이다.

먼저 〈여창 춘향가〉의 존재를 인정하고 있는 조운과 정노식의 견해에 주목하며 논의를 진행하기로 한다. 그들의 견해는, 비록 확실하고 구체적인 근거를 제시하지 않았다는 점에서 비판 받을 소지를 안고 있다고 하더라도 귀 기울일 만한 충분한 가치가 있다. 왜냐하면 조운이나 정노식이 직접 소리한 판소리꾼은 아니지만 판소리 고장 출신으로서, 판소리에 대한 특별한 애정을 가졌고, 판소리에 정통했던 인물이므로 그들의 견해나 증언은 충분한 신뢰성을 확보하고 있는 것으로 보이기 때문이다. 즉 靈光 출신의 조운은 신재효의 후손들을 통해 신재효에 대해 직접 조사하였고, 金堤 萬頃 출신의 정노식 또한 소리판의 참여와 현지조사, 명창들과의 면담 등을 통해 판소리광대에 관한 정보를 수집하였으므로 신재효에 관한 정보도 신뢰할 만하다는 것이다.

김헌선, 「〈강릉매화타령〉 발견의 의의」, 『국어국문학』 109, 국어국문학회, 1993.
김석배, 「〈골생원전〉 연구」, 『고소설연구』 14, 한국고소설학회, 2002.

소리 여섯 마당은 全部가 先生의 別作이라고 해도 過言이 아널리 만치 깍고 새기고 깁고 더한 것입니다. 그 作品을 들면

一, 소리 여섯 마당
<u>春香歌 男唱 女唱 童唱</u>
박타령
톡끼타령
赤壁歌
沈淸歌
卞강쇠타령

春香歌는 男·女·童唱 三種이 있으니 男唱은 文章이 雄健하고 簡潔하여 男性的이요, <u>女唱은 流麗하고 纖細하여 女性的임이 特色이요</u>, 童唱은 童妓나 아이광대에게 適當하도록 製作한 것입니다.[9]

이 글에서 조운은, 신재효가 판소리 여섯 마당을 깎고 새기고 깁고 더하면서 웅건하고 간결한 문장의 남성적인 〈남창 춘향가〉와 유려한 문장의 여성적인 〈여창 춘향가〉 그리고 童妓나 아이광대에게 적당한 〈동창 춘향가〉를 제작하였다고 밝히고 있다. 특히 밑줄 그은 〈여창 춘향가〉의 문체적 특성을 지적한 부분에 주목할 필요가 있다. "女唱은 流麗하고 纖細하여 女性的임이 特色이요"라고 한 것은 〈여창 춘향가〉의 존재를 분명하게 알려주고 있다. 물론 어느 특정 대목 예컨대 이별대목, 초야대목 등을 들어 세 춘향가의 내용적 차이를 구체적으로 제시했더라면 〈여창 춘향가〉의 존재를 확실하게 입증할 수 있었을 것이라는 아쉬움이 있지만 그것만으로도 〈여창 춘향가〉의 존재를 어느 정도 입증하고 있는 셈이다. 문체적 특성만 든, 간략한 것이라고 해서 근거가 될 수 없다는 논리는 성립되지 않는다.

---

9) 조운, 앞의 글, 28면. 밑줄은 필자, 앞으로도 이와 같다.

그리고 조운의 견해는 그것을 비판하는 쪽의 견해보다 오히려 더 신뢰할 만한 것이라는 사실도 소홀히 할 수 없다. 앞에서 언급하였듯이 그는 판소리 고장 출신이어서 이 글을 쓰기 이전에 이미 신재효에 대한 정보를 어느 정도 파악하고 있었을 것이 분명하고, 또한 이 글의 마지막 부분에 "끝으로 材料를 애써 얻어 보이어 주신 後孫 申泰煥 氏와 申松學 氏의 厚意를 感謝합니다"[10]라고 밝힌 곳에서 확인할 수 있듯이 신재효의 후손이 제공한 자료를 바탕으로 이 글을 썼기 때문이다.

다음으로 『朝鮮唱劇史』에 실린 「申五衛將 小傳」을 통해 정노식의 견해를 살펴보기로 하자.

> 또 音律歌曲=絃樂, 聲樂 내지 俗謠에 無不精通하여 그 造詣 —— 玄妙不可思議의 域에 達하매 이에 洋琴을 譜하고 古今 唱劇調=沈淸歌 興甫歌 兎鱉歌 赤壁歌 春香歌 等을 改纂潤色하여(春香歌는 男唱, 女唱, 童唱의 三類에 分함) 羽調 界面 各得其正 樂而不滛 哀而不傷 鄭衛의 亂俗으로 하여금 二南의 正風에 返케 하여 藝術文化上 一大維新의 機運을 作하였으니 이는 다 漢學의 修養으로부터 가장 三百篇에 그 得力處를 發揮한 것이라.[11]

정노식은, 音律 歌曲과 俗謠에 無不精通한 신재효가 古今 唱劇調 즉 판소리를 윤색 개찬하면서 춘향가는 〈동창 춘향가〉, 〈남창 춘향가〉, 〈여창 춘향가〉의 세 가지로 분화하였다고 밝히고 있다. 그가 근거를 제시하지 않은 채 춘향가의 삼분설을 들고 있는 것은 사실이지만 그것을 일방적으로 무시할 수는 없다. 왜냐하면 적어도 『조선창극사』를 집필할 당시에는 〈여창 춘향가〉가 존재하고 있었으므로 굳이 근거를 제시할 필요성이 없었기 때문일 수 있고, 그리고 그보다 중요한 것은 다음에서 알 수 있는

---

10) 조운, 앞의 글, 9면. 신태환은 신재효의 장손이고, 신송환은 신태환의 동생이라고 한다. 강한영, 「인간 신재효의 재조명」, 이기우·최동현 엮음, 『판소리의 지평』, 신아, 1990, 276면.
11) 정노식, 앞의 책, 256면.

바와 같이 그의 견해가 상당한 신뢰성을 확보하고 있기 때문이다.

> 내 朝鮮唱劇調 광대소리에 對한 趣味를 남달리 가졌으므로 들을 機會가
> 있을 때마다 꼭 빠지지 아니하고 들었고 광대와 面對할 機會만 있으면 언제
> 던지 붙잡고 縱으로 橫으로 이에 對한 이야기를 들었다. 이 多少의 見聞을
> 綜合하여서 그 湮沒을 들추워내고 訛傳을 矯正하고 支離滅裂에서 考究하
> 여 傳統을 세워서 歷代名唱에 限하여서 그들의 略傳과 및 그 藝術과 史的
> 發達을 槪述코자 하나 그러나 唱劇調가 어느 時代부터 生起었으며 누가 광
> 대의 嚆矢인지 文獻의 記錄이 없는 만큼 材料를 얻을 憑據가 全혀 없고 傳
> 說로는 證左가 模糊하므로 따라서 記述하기가 퍽 困難하고 疑問이 많다.
> 그러므로 父老의 口傳과 老광대들의 口述에 依憑參酌할 밖에 다른 道理가
> 없다.12)

정노식이 판소리에 남다른 취미를 가지고 기회가 있을 때마다 소리판
에 참여하였으므로13) 판소리 전반에 걸친 식견은 상당한 수준에 있었다.
또한 그가 『조선창극사』를 저술하기 위해 여러 해에 걸쳐 古老와 老광대
를 만나 판소리광대에 관한 자료를 조사하였다는 사실도 알려 주고 있다.
『조선창극사』에 실린 그의 친구들이 쓴 序文에서도 이러한 사실이 거듭
확인되는데, 林圭는 "數三年間 京鄕을 踏涉하여 苟히 一言이라도 들을 만
하고 一證이라도 얻을 만한 이는 無遺歷訪"14)하였다고 했고, 李光洙도
"드른 즉 象谷은 此著의 材料를 蒐集하기 위하여 여러 地方으로 旅行도
하였고 古老를 만나는 대로 生存한 광대를 만나는 대로 그 한 機會도 놓
짐이 없었다고 한다."15)고 했다. 정노식은 철저한 현지조사를 통해 수집

---

12) 정노식, 앞의 책, 5-6면.
13) 정노식이 판소리판에 자주 참여할 수 있었던 것은 그가 歲時로 판소리 공연이
　　 끊이지 않던 全北 金提郡 萬頃面 萬頃里에서 生長하였기 때문일 것이다. 이보형,
　　 「정노식의 '조선광대의 사적 발달과 그 가치'에 대하여」, 『판소리연구』 1, 판소리
　　 학회, 1989, 48면.
14) 정노식, 앞의 책, 7면.

한 자료를 바탕으로 『朝光』에 「朝鮮廣大의 史的 發達과 그 價値」[16]를 발표하였고, 2년 후 미흡한 점을 수정 보완하여 『조선창극사』를 간행하였던 것이다. 따라서 판소리와 판소리광대에 대해 누구보다도 정통하였던 정노식의 견해를 "조운의 所說을 踏襲 내지 敷衍한 것", 또는 "막연한 추정"으로 비판하는 것은 바람직하지 않다.

한편 강한영도 구체적인 근거를 제시하지 않은 채 〈여창 춘향가〉의 존재를 인정하고 있다. 그는, 신재효가 춘향가를 작품 성격에 따라서 세 형으로 썼다고 하면서 〈여창 춘향가〉는 〈남창 춘향가〉와 〈동창 춘향가〉의 작품 경향으로 미루어 보아 '庶民 婦女의 文學'이요, '신재효의 婦人論'이었을 것으로 추정하고 있다.[17]

이상에서 〈여창 춘향가〉의 존재를 인정하는 견해를 살피면서 그것의 타당성을 조심스럽게 언급해 왔다. 이제는 〈여창 춘향가〉의 존재를 부정하는 대표적인 견해를 살펴 볼 차례가 되었다.

桐里가 改作한 '春香歌'는 '男唱'과 '童唱'으로 되어 있다는 데에 特色이 있다. 그의 門下에 彩仙이 女廣大로 있었던 것을 보면 '女唱'도 있은 듯하다는 說도 있으나, 이는 모두 '新生'誌(1929)에 발표된 曺 雲의 所說을 踏襲한 데에서 오는 敷衍이고, 實際 '女唱'을 본 이는 없는 것이다. 그리고 이것은 '童唱'을 '兒童의 唱'이라고 보는 槪念에 선 때문일 것이고, '童唱'을 '童妓의 唱'이라는 槪念에 서서 이를 '女唱'으로 보는 것이 옳을 것이다.[18]

신재효가 춘향가의 판을 남창 여창 동창으로 삼분화해서 개작한 것으로 맨 처음 이야기한 이는 정노식인데, 그는 거기서 아무 근거도 제시하지 않았다. 아마도 그는 신재효가 '남창'이라는 명칭을 사용한 것으로 보아 그것

---

15) 정노식, 앞의 책, 10면.
16) 정노식, 「朝鮮廣大의 史的 發達과 그 價値」, 『朝光』 제4권 5호, 1938.
17) 강한영 교주, 앞의 책, 9면. 13면.
18) 김태준, 앞의 논문, 133-134면.

에 대(짝)가 되는 '여창'이란 것도 존재했을 것으로 짐작하고, 또 믿었던 것 같다. 그는 또한 신재효가 이 명칭들을 창자 중심으로 붙인 것으로 이해했던 것으로 보인다. 그러나 근거가 제시되지 않은 이와 같은 신재효의 춘향가에 대한 '판의 삼분화설', '여창 제작설'은 정노식의 막연한 추정일 따름으로 신빙성이 전혀 없다.[19]

위의 글은 각각 김태준과 성현경의 견해를 인용한 것이다. 이들은 조운과 정노식의 견해를 비판하면서 〈여창 춘향가〉의 존재를 부정하고 신재효가 〈남창 춘향가〉와 〈동창 춘향가〉만 남겼다는 단정적인 입장을 취하고 있다. 그러나 매우 단호한 입장에도 불구하고 이들의 결론은 매우 주관적인 판단에 의해 내려진 것이라는 점에서 충분한 설득력을 확보하지 못하고 있다.

김태준은 〈여창 춘향가〉의 존재를 부정하는 논거로 실물을 본 자가 아무도 없다는 점을 내세웠고, "'女唱'도 있은 듯하다는 說도 있으나 이는 모두 曹雲의 所說을 踏襲한 데에서 오는 敷衍"이라고 비판하고 있다. 그리고 〈동창 춘향가〉가 곧 〈여창 춘향가〉일 것으로 추정하여 〈여창 춘향가〉의 존재 가능성을 배제하고 있다. 이 논의는 다음과 같은 몇 가지 문제점을 드러내고 있나. 우선 앞에서도 언급한 바와 같이 실불이 확인되지 않았다고 해서 그것의 존재를 부정하는 논리는 성립되지 않는다는 점이다. 즉 실제 본 사람이 없다는 사실 하나만으로 그것의 존재 자체를 부정하는 단정적인 판단은 성급한 태도라는 것이다. 그리고 정노식이 〈여창 춘향가〉의 존재를 밝힌 조운의 견해를 따랐다고 해서 그것을 두고 선행설을 "踏襲한 데에서 오는 敷衍"이라고 한 것도 문제가 아닐 수 없다. 물론 선행설을 수용하기 위해서는 그것의 옳고 그름을 면밀하게 검토하는 작업이 선행되어야 한다. 그러나 선행연구의 성과에서 명백하게 검증된 사실을 굳이 재론할 필요까지는 없을 것이다. 또한 〈동창 춘향가〉를 '童妓

---

19) 성현경, 앞의 논문, 182면.

의 唱'이라는 개념으로 보고 〈동창 춘향가〉를 〈여창 춘향가〉로 추정하고 있는 것도 이해하기 어렵다. 오히려 조운의 견해와 같이 '童唱'의 '童'은 판소리를 배우려는 '소녀(童妓)'는 물론 '소년' 지망생도 함께 아우르는 '아이광대'라는 개념으로 보는 것이 타당할 것이다.

성현경은 김태준보다 더 단호하게 〈여창 춘향가〉의 존재를 부정하고 있다. 정노식이 아무런 근거를 제시하지 않고 '춘향가 삼분화설'을 밝혔다는 사실을 문제 삼고 있다. 그리고 '남창'에 대가 되는 '여창'이 존재했으리라는 믿음에 기인된 '여창 제작설'은 "정노식의 막연한 추정일 따름으로 신빙성이 전혀 없다"고 단언하고 있다. 그러나 이러한 견해도 가볍다고 할 수 없는 문제점을 안고 있는 것이 사실이다. 근거를 제시하지 않은 것이 사실이라고 하더라도 판소리에 정통했던 정노식의 견해를 "막연한 추정일 따름으로 신빙성이 전혀 없다"는 식으로 비판하는 것은 바람직스럽지 않다. 그리고 정노식이 '남창'에 대(짝)가 되는 '여창'의 존재를 믿고서 '여창 제작설'을 제시한 것으로 이해하고 있는 것 역시 "막연한 추정"이라는 점에서 다르지 않다.

따라서 확실한 논거를 마련하지 않은 상태에서 주관적인 판단에 의해 내려진 이러한 결론에 동의하기 어렵다. 실물이 전하지 않는다는 사실 이외에 〈여창 춘향가〉의 존재를 부정할 수 있는 확실한 논거가 마련되기 전에는 조운과 정노식의 견해는 존중되어야 마땅할 것이다.

3. 〈여창 춘향가〉의 존재 가능성 검토

앞에서 〈여창 춘향가〉의 존재 여부에 대한 객관적인 판단은, 물증이 없으니 그것이 존재하지 않았으리라는 선입견에서 벗어나 논의를 처음부터 다시 시작할 때 가능하다고 했다. 여기서는 〈여창 춘향가〉의 존재 가능성을 조심스럽게 입증해 보고자 한다. 그러기 위해서 우리는 〈여창 춘향가〉의 존재를 알려주는 작은 흔적이라도 알뜰하게 찾아 마치 찢어진 보물지도를 맞추듯이 그 흔적의 작은 조각들을 맞추어 나갈 것이다. 이러한 노력을 기울일 때 〈여창 춘향가〉는 비로소 희미하나마 그 모습을 드러낼 것이다.

이런 점에서 다음 글은 비록 충분한 것이라고 할 수 없지만 〈여창 춘향가〉의 존재를 입증할 수 있는 중요한 단서를 제공하고 있다는 점에서 주목할 만하다.

신재효의 판소리 대본 창작 사업은 춘향가를 남창, 녀창, 동창의 세 종류로 갈라서 세 개의 이본으로 이것을 발전시킨 사실에서 또 하나의 다른 업적을 남기었다. 이것은 문학적으로는 하나의 작품을 남성과 여성 그리고 소년에게 읽힐 세 종류의 작품으로 만드는 비상한 창작적 재능을 보여주는 것이며, 판소리의 발전과정에서는 남성뿐 아니라 녀성과 소년(소년, 소녀)들도 능히 판소리 가수가 될 수 있으며 또 녀성 배우, 소년 배우를 필요로 하는 시대적 요구에 대답할 때가 이미 왔다는 것을 그가 기민하게 포착하여 이를 실천에 옮긴 것이다. ‑ 중략 ‑ 리별의 장면을 례를 들어 세 종류의 춘향가의 차이를 보면 다음과 같다. 남창에서는 리몽룡이 춘향을 찾아와서 리부사의 전임 소식을 전하고 부용당에서 비통한 리별의 장면을 보이며, 춘향은 몽룡을 대문 밖에서 전송하는 데 대해서, 녀창에서는 리도령이 인사도 없이 서울로 떠난다는 소식을 듣고 사람을 보내어 불러다가 방안에서 주렴을 반만 걷고 점잖게 리별하며, 동창에서는 먼저 대문 밖에서 일단 리별한 다음 리도령이 서울로 가는 길목에 나와 기다리다가 다시 정열적인 리별을 한다.[20]

위의 인용문은 월북한 高晶玉의 「동리 신재효에 대하여」에서 가져온

---

20) 고정옥, 「동리 신재효에 대하여」, 『고전작가론』 2, 조선작가동맹출판사, 1959, 397‑398면.

것이다. 고정옥이 신재효의 업적을 기리기 위해서 의도적으로 사실을 왜
곡하지 않았다면,[21] 이 글은 〈여창 춘향가〉의 존재를 입증할 수 있는 보
다 분명한 단서를 제공하고 있다. 조운이 세 춘향가의 차이를 "女唱은 流
麗하고 纖細하여 女性的임이 特色이요"와 같이 문체적 특성만 다소 추상
적으로 제시하고 있는 데 비하여 고정옥은 이별대목을 예로 들어 "녀창에
서는 리도령이 인사도 없이 서울로 떠난다는 소식을 듣고 사람을 보내어
불러다가 방안에서 주렴을 반만 걷고 점잖게 리별하며"와 같이 세 춘향가
의 변별적 차이를 구체적으로 예시하고 있다. 이러한 예시는 〈여창 춘향
가〉의 내용을 구체적으로 검토하지 않고는 제시할 수 없는 것이다. 또한
그의 다른 글에서도 〈여창 춘향가〉를 거듭 언급하고 있는 것[22]으로 보아
일단 신재효가 〈여창 춘향가〉를 남긴 것은 사실이라고 볼 수 있을 것이다.

　　그러나 고정옥의 견해를 바탕으로 〈여창 춘향가〉의 존재를 확정하기에
는 여전히 해결하기 쉽지 않은 문제가 가로 막고 있다. 왜냐하면 그가
제시한 이별대목의 내용을 현재 우리가 확인할 수 있는 〈동창 춘향가〉와
〈남창 춘향가〉와 비교해 볼 때 〈동창 춘향가〉는 일치하지만 〈남창 춘향
가〉는 일치하지 않기 때문이다. 그는 〈남창 춘향가〉의 이별대목의 내용
을 '이몽룡이 춘향을 찾아와 부용당에서 비통하게 이별하고, 춘향은 이몽
룡을 대문 밖에서 전송하고 있다.'고 소개하고 있는데 현재 우리가 확인할
수 있는 〈남창 춘향가〉의 그것과 다를 뿐만 아니라 춘향가 이본 중에서도

---

21) 북한에서 이루어진 그의 연구성과를 살펴보면 그것이 마르크스주의 내지 유물론
　　에 이론적 바탕을 두고 있다는 점이 두드러질 뿐 자료를 왜곡한 특별한 흔적은
　　발견되지 않는다. 따라서 신재효에 관한 부분도 왜곡되었을 가능성이 없을 것으
　　로 판단된다. 고정옥, 『조선구전문학연구』, 과학원출판사, 1962, 참고.
22) "그는 가사 〈광대가〉와 <u>남녀 동창 세 종류의 춘향가의 창작을 통하여</u> -중략- 그리
　　고 이러한 가수-시인-배우인 판소리 예술가는 하필 성인 남성으로 국한될 것이
　　아니라, 녀성도, 아동도 이에 참여함으로써 인물 형상의 창조에서 더욱 높은 성
　　과가 이루어질 것이라는 자기의 주장의 일단을 피력하고 있다." 고정옥, 앞의
　　책, 278면.

그와 같은 내용을 찾을 수가 없다.

다음은 〈남창 춘향가〉로 널리 알려져 있는 이본의 이별대목이다. 논의의 편의를 위해 다소 길게 인용하였다.

춘향 어무 방ᄌ편의 이 소식을 자셰 듯고 춘향다러 ᄒᄂ 마리 집안의 안져다가 우리 사회 가는 길의 하직ᄒ기 고사ᄒ고 얼골 다시 못 보것다 오리경 젼숑가자 한쇼쥬 병의 넛코 유지의 싼 모른 안쥬 상단 들려 압세우고 져의 노모 후비ᄒ야 춘향을 다리고셔 오리경 몬져 가셔 장림 속의 은신ᄒ고 상단은 길에 셔셔 도령님을 듸후터니 쌍교 몬져 지닌 후의 도령님이 상단 보고 나구 등의 션듯 나려 너의 앗시 예 왓나냐 발셔 와셔 지달이오 상단의 뒤를 쏠라 장림 속의 드러가니 춘향이 반겨라고 도령님의 손을 잡고 도령님의 낫슬 듸며 이거시 원일이오 장부 힝ᄉ 그러ᄒ오 일장표셔 밍길 젹의 빅년ᄒ로 ᄒ자더니 맛ᄂ 지가 언제기예 빅년이 그리 쉽쇼 표셔가 예 잇시니 먹이 아젹 안 말ᄂ늬 ᄉ쏘 숭소ᄒ여시니 우리의 큰 경ᄉ요 부부 이별ᄒ 터이니 우리의 큰일이라 셔로 웃고 치하ᄒ고 셔로 잡고 안 놀 턴듸 ᄒ가 지고 날이 싀도 ᄌ최 소리 고사하고 이러튼 말 업셔시니 이거시 사나의 힝실이요 계집의 듸졉이요 ᄉ쏘끠 ᄭ즁 듯고 골방의 갓쳐기로 나오지 못ᄒ엿다 핑게ᄂ ᄒ려니와 나를 만일 아니 잇고 손틈만씀 생각ᄒ면 나 어린 통인의게 긔별도 못ᄒᆯ넌가 단이든 방자의게 편지도 못ᄒᆯ넌가 죠흔 핑게 어두 짐의 젼역 진디 잘 잡습고 종용ᄒ 골방의셔 ᄒ 쓰도록 쥬무시고 셔산나구 가진 안장ᄒ긔 잇게 나오시니 도령님 마음 속의 춘향 싱각 어듸 잇쇼 나도 만일 임 갓틔여 여기를 안 왓드면 이 숀 다시 잡아보며 이 ᄂ 다시 듸여 볼가 ᄒ 일을 보왓시면 열 일을 알 터이니 신정이 미흡ᄒ고 지쳑의 잇실 젹의 마음이 그러ᄒ고 쳐ᄉ를 이러ᄒᆯ 졔 십리 가고 빅리 가고 일년 되고 이년 되면 그 마음이 엇디 되고 그 쳐ᄉ가 엇더ᄒᆯ가 가련ᄒ다 이늬 신셰 이 쇼식 곳 드르며 오장의 붓ᄂ 불은 아방궁도 살을 터오 두 눈의셔 나ᄂ 눈물 상림비가 당ᄒᆯ숀가 어져 젼역 잠 안 자고 오늘 아젹 밥 못 먹어 빅번이나 싱각ᄒ고 쳔 가지로 요량ᄒᄂ늬 용쳔보검 드게 가라 낭군 압페 자결ᄒ니 노모 봉양 뉘가 ᄒ며 나구 밀치 겸쳐 잡고 셔울 ᄯ라가자 ᄒ니 ᄉ쏘 우셰 엇더컷나 이리 져리 생각ᄒ니 오날날 이 리별은 당연이 ᄒᆯ 터이니 죠금도 셜잔ᄒ되 구곡간

장 기푼 걱정 이질 망즈쏀이로쇠 일장분슈 가신 후의 팔즈 조흔 도령님은
동방화쵹 졍실 엇고 낙교쳥운 급졔ᄒ야 금마옥당 죠흔 벼슬 부귀힝낙ᄒ실
격의 보ᄂᆞᆫ 거시 미식이요 듯ᄂᆞᆫ 거시 풍악이라 쳔리 남원 쳔쳡 츈향 손틉만
씀 생각ᄒᆞᆯ가 금일 송군 이별 후의 의복단장 젼폐ᄒ고 독슈공방 지닐 젹의
일년 ᄉᆞ철 오ᄂᆞᆫ 듸로 보ᄂᆞᆫ 거시 슈심이라 – 중략 : 독수공방에서 사무치게
임을 그리워하는 자신의 모습을 자탄 – 도령님 한삼으로 츈향 눈물 식기면
셔 우지 마라 우지 마라 네 셜움이 그러ᄒᆞᆯ 졔 늬 마음은 엇더컨나 우리 졍지
의론ᄒᆞ면 결발의 부부로셔 이질 길이 잇것ᄂᆞᆫ냐 네 의심 그러ᄒᆞ면 후일 가고
신물 쥬마 금낭을 션듯 풀너 명경을 늬여 쥬며 듸장부 평생 마음 명경 빗과
갓튼지라 몃 히가 지늬도록 변티 아니ᄒᆞᆯ 거시니 집피집피 굴마두고 늬 싱각
이 날 졔마다 날 본 듯시 열어 보라 츈향이가 명경 밧고 져 셧든 옥지환을
ᄒᆞᆫ 쪽 버셔 듸리면셔 여즈의 졍졀힝이 빅옥무하 갓ᄉᆞ오니 쳔쳡의 일편단심
일노 신물 슴으시요 츈향 어무 안져 우다 슐병 드러 츈향 주며 이 슐은 네가
부어 이별빈로 권ᄒᆞ여라 츈향이 쳐 드리니 도령님 울며 먹고 ᄶᅡᆼ교 멀니 갓
슬 터니 총총이 작별ᄒᆞᆫ다 익통을 과히ᄒᆞ면 옥안이 샹ᄒᆞ나니 부듸 부듸 죠히
잇셔 ᄎᆞ질 늘을 지들리라 장모도 잘 지늬고 상단도 죄 잇시라 나구 등의
급피 올나 쥬마가편 가ᄂᆞᆫ구나[23]

위의 인용문은 월매가 방자편에 이도령이 떠난다는 소식을 듣고 주안
상을 차려 춘향과 함께 오리정 장림 속에 기다리다가 이도령을 만나 이별
하는 대목이다.[24] 춘향은 소식도 전하지 않고 떠나는 이도령을 원망하다
가 버리지 않기를 애원하고, 이도령은 춘향을 버리지 않겠다는 다짐으로

23) 강한영 교주, 앞의 책, 26, 28, 30, 32면.
24) 사또가 이도령을 불러서 "내가 원이 갈렸기로 치부하고 갈 터이니 너는 내행
    배행하여 먼저 발행하라"고 분부하자 이도령은 잔기침 버썩하며 춘향의 일을
    어렵게 아뢴다. 사또는 "관장질로 외읍 오면 자식을 버린단 말 이야기로 들었더
    니 너를 두고 한 말이라. 아비 고을 따라와서 글공부는 아니 하고 밤낮으로 몹쓸
    장난 이 소문이 서울 가면 급제하기 고사하고 혼로부터 막힐 테니 가라 하면
    갈 것이지 네 할 말이 웬 말인고. 에라 이 놈 보기 싫다."고 꾸짖고 통인에게
    골방에 가두게 한다. 이도령은 골방에 갇혀 있다가 이튿날 平明에 軍令으로 雙
    轎를 陪行하여 간다. 강한영 교주, 앞의 책, 24, 26면.

춘향에게 면경을 신물로 주고 춘향도 정절을 지키겠다는 뜻으로 이도령에게 옥지환을 주며 이별을 안타까워하고 있다. 이러한 내용은 분명 고정옥이 제시한 〈남창 춘향가〉의 그것과 전혀 다르고, 이도령이 인사도 없이 서울로 떠난다는 〈여창 춘향가〉의 내용은 오히려 〈남창 춘향가〉의 그것과 일치하고 있어 문제 해결을 어렵게 한다.

그러나 현재로서는 고정옥이 확인하였을 것으로 보이는 〈여창 춘향가〉의 실물을 통한 구체적인 내용 확인이 불가능하므로 이런 차이가 생긴 이유를 밝히기는 어렵다. 다만 고정옥이, 현재 확인 가능한 신재효의 판소리사설 寫本과는 다른 사본을 보았을 가능성을 지적할 수 있을 뿐이다. 그는 같은 글에서 "신재효의 문학적 업적은 후일 리처삼에 의해서 편집된 사본 『신오위장 가본』으로 전해왔다."[25]고 밝히고 있다. 그렇다면 이제까지 확인된 신재효의 판소리사설 사본과는 다른 리처삼이 편집한 『신오위장 가본』이 따로 존재하고 있는 셈이다. 신재효의 친필사본은 전하지 않지만 20세기 초에 柳寵錫이 그것을 빌려 轉寫한 『星斗本』(申氏家藏本)을 비롯하여 『성두본』을 전사한 『가람본』, 『새터본』, 『古水本』 등 여러 이본[26]이 전하고 있다. 그러나 『신오위장 가본』에 대해서는 전혀 알려진 바가 없다. 혹시 『신오위장 가본』이 소위 『성두본』을 지칭하는 것이 아닐까 하는 생각도 들지만 『성두본』이 신재효의 친필본을 빌려 전사한 것이라고 하니 그럴 가능성도 없다. 따라서 〈동창 춘향가〉, 〈남창 춘향가〉, 〈여창 춘향가〉가 모두 실려 있는 『신오위장 가본』이라는 또 다른 사본이 있었고, 고정옥이 바로 그것을 보고 이 글을 썼기 때문에 그러한 차이가 생겼을 것으로 추정할 수 있다.[27]

---

25) 고정옥, 앞의 글, 377면.
26) 신재효의 판소리사설 사본에 대해서는 강한영 교주, 앞의 책에 소상하게 정리되어 있다.
27) 〈여창 춘향가〉가 현재의 〈남창 춘향가〉로 잘못 알려졌고, 제삼의 〈남창 춘향가〉가 따로 존재했을 개연성도 전혀 배제할 수는 없다.

『신오위장 가본』의 행방에 대해서는 李起華의 증언[28]을 귀담아 들을 필요가 있다. 그에 의하면 신재효 연구의 선구자인 金三不이 신재효의 판소리사설 사본을 구하기 위해 고창으로 내려와 1948년 말부터 월북하기 직전(6.25 직전)까지 고창여자중학교에 근무하였고, 그때 申基業의 주선으로 신재효의 판소리사설 사본을 구하였다고 한다. 그렇다면 김삼불이 고창에서 구한 것이 리처삼이 편집한 『신오위장 가본』일 가능성이 매우 크다.[29] 그리고 김삼불은 월북하면서 그것을 가지고 갔을 것이고, 고정옥이 그것을 살펴보았을 것으로 추정된다. 현재 이 사본은 북한지역에 소장되어 있을 가능성이 있다.

이와는 다른 측면에서도 신재효가 〈여창 춘향가〉를 남겼을 가능성을 추정해 볼 수 있다. 신재효가 판소리창단 지원에 신명을 바쳤다는 사실은 여러 차례 이루어진 검토를 통해 거듭 확인된 바 있다.[30] 그는 판소리 수련과정에 있는 창자들에게 판소리 창과 이론을 집중적으로 교육시키기 위해 숙식을 제공하였을 뿐만 아니라 그들을 중심으로 공동생활권을 형성[31]하였고, 나아가 판소리는 남성창자만이 할 수 있다는 당시의 고정관념의 틀을 깨고 진채선과 허금파 등 여성창자를 과감히 소리판에 내세워 19세기 후기의 판소리창단에 신선한 바람을 불러 일으켰다. 따라서 신재효가 깊은 애정을 가지고 여성창자를 지도하여 판소리판에 세웠다는 사실과 이상적인 창본을 정립하기 위해 작은 부분에까지 세심한 배려를 아

---

28) 1995년 2월 22일, 고창문화원에서 면담조사하였다.
29) 이기화 문화원장은 김삼불이 구한 사본을 『신씨가장본』이라고 했는데, 그것이 리처삼이 편집한 『신오위장 가본』인지, 아닌지에 대해서는 기억이 분명하지 않다고 하였다.
30) 서종문, 『판소리사설 연구』, 형설출판사, 1984.
　　정병헌, 『신재효 판소리사설의 연구』, 평민사, 1986.
　　김석배, 「신재효의 판소리 지원활동과 그 한계」, 국어국문학회 편, 『판소리연구』, 태학사, 1998.
31) 서종문, 앞의 책, 29-31면, 참고.

끼지 않았다는 사실에 주목하면 그가 여성창자의 소리에 알맞은 '여성창
자용 춘향가'인 〈여창 춘향가〉를 만들었을 것으로 추정할 수 있을 것이다.

4. 맺음말

이제까지 신재효 연구자들 사이에 의견이 맞서있는 문제 중의 하나인
〈여창 춘향가〉의 존재 여부를 해명하는 작업을 진행하여 왔다. 논의의
목적을 달성하기 위해 선행연구의 성과를 재검토하는 한편 다른 자료도
함께 살피면서 신재효가 자신의 기대지평 위에 서서 춘향가를 개작, 정리
하면서 〈남창 춘향가〉와 〈동창 춘향가〉뿐만 아니라 〈여창 춘향가〉도 함
께 남겼다는 사실을 조심스럽게 입증하고자 하였다.

〈여창 춘향가〉의 존재 가능성을 입증하기 위해서 실물의 현전 여부에
대한 집착에서 벗어나 논의를 원점으로 돌려놓고 처음부터 다시 출발하
였다. 이상에서 논의한 바를 요약 정리하면 다음과 같다.

〈여창 춘향가〉의 존재 여부를 둘러싼 논쟁은 그것의 존재를 인정하는
쪽과 그렇지 않은 쪽이 맞서 있는데, 이른 시기의 견해는 그것의 존재를
인정하는 삼분설의 입장을 취하고 있고, 뒤에 나온 견해는 실물이 전하지
않는다는 점을 들어 그것의 존재를 부정하고 있는 이분설의 입장을 취하
고 있다. 그러나 전자가 여러 모로 신뢰성을 확보하고 있고, 또한 조운의
글에서 〈여창 춘향가〉의 존재를 확인할 수 있기 때문에 〈여창 춘향가〉의
실물이 전하지 않는다는 점 이외에 그것의 존재를 부정할 수 있는 다른
논거를 제시하지 못하는 한 전자가 후자보다 신빙성에서 앞선다.

리처삼이 편집한 『신오위장 가본』을 살펴보고 쓴 것으로 추정되는 고
정옥의 글에서 〈여창 춘향가〉의 존재를 보다 구체적으로 확인할 수 있었

다. 그가 제시한 〈남창 춘향가〉의 내용이 현재 전하고 있는 것과 달라서 다른 각도에서의 깊이 있는 검토가 요구되지만 적어도 〈여창 춘향가〉의 존재를 확인하는 데에는 손색이 없다. 또한 신재효가 여성창자를 발굴하여 판소리 무대에 처음으로 세운 사람이라는 사실과 이상적인 창본 정립을 위해 세심한 부분에까지 배려했다는 사실도 여성창자용 춘향가를 만든 것으로 추정할 수 있게 하는 유력한 방증이 된다.

이러한 여러 가지 정황은 신재효가 여성창자용 〈여창 춘향가〉를 남겼을 것이라는 결론 도출을 가능하게 한다. 물론 이러한 결론은 〈여창 춘향가〉의 실물이 발견되거나 〈여창 춘향가〉의 존재를 확정할 수 있는 더욱 분명하고 구체적인 자료가 발견되기 전까지는 잠정적이라는 한계를 지니고 있다. 이러한 추정이 크게 틀리지 않았다면 이제 우리 앞에 남아 있는 과제는 〈여창 춘향가〉의 실물을 찾아내거나, 그것의 존재를 확정할 수 있는 다른 증거들을 찾아내려는 노력일 것이다.

춘향전의 옥중대목 연구

1. 머리말

판소리는 성장과정에서 다양한 담당층의 손을 거쳐 변모하였다. 그리고 19세기에 들어와서 여러 명창들이 나타나 더늠을 집중적으로 개발함으로써 사설이 다채로워지고 변모의 정도가 가속화되었으며, 그 결과 다양한 이본이 형성되게 되었다.

판소리의 변모는 주로 지평의 전환에 따른 결과이다. 판소리문학은 선행이본을 저본으로 하여 여러 담당층의 지속적인 참여 위에 이루어진 공동작의 문학이요 적층문학이다. 선행이본을 저본으로 하여 새로운 이본 생산자로 나선 이본 생산자들은 선행이본의 지평 중에서 자신의 기대지평과 일치하는 부분은 수용하고, 자신의 기대지평과 어긋나는 부분에 대해서는 비판을 가하거나 그것을 자신의 기대지평 쪽으로 개작하게 된다. 이러한 지평 전환이 지속적으로 이루어진 결과 지금과 같은 다양한 이본군을 형성하게 된 것이다.[1] 따라서 판소리의 지평 전환을 알려주는 더늠

---

1) 김석배, 「춘향전의 지평전환과 후대적 변모」, 『문학과 언어』 10, 문학과언어연구

은 판소리사를 밝혀주고 있을 뿐만 아니라 판소리문학의 질적 발전을 보여주고 있기 때문에 판소리의 다양한 요소 중에서 가장 중요한 것이라고 할 수 있다. 이러한 점에서 더늠 연구는 요청되는 과제라고 할 수 있다. 그러나 판소리의 진면목을 이해하기 위해서는 더늠에 대한 연구가 선행되어야 하지만 그 동안 판소리 연구에서 관심 밖에 머물러 있었다가 근래에 주목받기 시작했다.[2]

춘향전에도 다양한 더늠이 존재하고 있다. 춘향전의 다양한 더늠들을 제대로 이해하지 않고는 춘향전을 온전하게 이해할 수 없다. 이 글에서는 이러한 점에 유의하면서 춘향전의 중요 대목인 옥중대목의 의미와 변모 양상을 살펴보고자 한다.

2. 옥중망부사의 의미와 변모 양상

獄中望夫詞는 춘향이 옥에 갇혀 있을 때 자신의 비참한 신세를 한탄하고 이도령에 대한 그리움을 노래한 것으로 대부분의 이본에 있다. 〈만화

회, 1989, 참고.
2) 서종문, 「흥보가 박사설의 생성과 그 기능」, 『정병욱 선생 환갑기념 논문집』, 신구문화사, 1982.
인권환, 「토끼화상의 전개와 변이 양상」, 『어문론집』 27, 고려대 국어국문학연구회, 1986.
인권환, 「판소리사설 약성가 고찰-수궁가를 중심으로-」, 『문학한글』 1, 한글학회, 1987.
정 양, 「쑥대머리와 절망의 미학」, 정양·최동현 편, 『판소리의 바탕과 아름다움』, 인동, 1986,
유영대, 『심청전 연구』, 문학아카데미, 1989.
유영대, 「19세기 판소리에서의 더늠 첨가 방향 -'회동성참판' 대목의 기능과 관련하여-」, 『이우성 선생 정년퇴직 기념 국어국문학논총』, 논총간행위원회, 1990.

본 춘향가〉 시대인 18세기 중기에는 존재하지 않았던 대목인데, 후대에 이도령에 대한 춘향의 애절한 그리움을 강화하기 위해 첨가한 것이다. 이 대목은 〈완판 29장본〉에 나오므로 늦어도 19세기 중기에는 생성되었고, 그 후 춘향전 담당층의 주목을 받아 이도령에 대한 그리움을 강화하는 쪽으로 지속적인 변모를 거듭하였다. 宋興祿·李捺致·韓景錫·宋在鉉·林芳蔚 등 당대 최고의 명창들이 옥중망부사를 자신의 더늠으로 개발한 사실이나 장기로 불렀다는 사실은 이러한 사정을 잘 보여준다.

옥중망부사는 초기 형태인 〈완판 29장본〉의 초기 옥중망부사와 송흥록·이날치의 더늠인 東風歌, 한경석의 더늠인 천지 삼겨 그리고 쑥대머리 등 크게 네 유형으로 나눌 수 있다.

이본 사이에 다양하게 나타나는 옥중망부사의 양상을 정리하면 다음과 같다.

① 초기 옥중망부사 : 〈완판 29장본〉, 〈완판 33장본〉, 〈신학균본〉, 〈정문연본〉, 〈박순호 48장본〉, 〈박순호 59장본〉
② 동풍가(이날치 더늠) : 〈장자백 창본〉, 〈박순호 91장본〉, 〈박순호 99장본〉, 〈이선유 창본〉
③ 천지 삼겨(한경석 더늠) : 〈김여란 창본〉, 〈김연수 창본〉
④ 쑥대머리 : 〈남창 춘향가〉, 〈성우향 창본〉, 〈정광수 창본〉

먼저 19세기 중기 이전에 존재한 것이 분명한 초기 형태의 옥중망부사부터 살펴보기로 한다. 다음은 〈완판 29장본〉의 옥중망부사이다.

ⓐ옥방 형상 볼작시면 무너진 헌 벽이며 부셔진 죽창 문의 살 소는 이 발암이요 헌 즈리 베록 빈듸 만신을 침노ᄒ고 헛튼 머리 쥴인 이는 여긔져 긔 훗터지고 슈절 졍졀 졀듸가인 춤혹히 되야고나 문치 죠흔 형산빅옥 씌글 속의 뭇쳐는 듯 향긔로온 삼간초가 잡플 속의 셕겻는 듯 오동 속의 노는 봉황 형극 속의 길드린 듯 이려트시 운을 격의 ⓑ자고로 셩현네도 무죄ᄒ

고 국겻스니 요슌우탕 인군네도 결쥬의 포악으로 하듸옥의 갓쳣던니 도로
뇌여 셩군되고 명덕치면 쥬문왕도 상쥬의 음학으로 유리옥의 갓쳣던니 도
로 뇌여 셩군되고 만고셩인 공부즈도 양호의 얼을 넙어 광야의 갓쳣던니
도로 뇌여 듸셩되시고 정츙듸졀 즁낭장도 흉노국 욕을 보고 도로 뇌야 고국
의 살아오니 일현 일노 볼작시면 무죄흔 나의 목슘 힝여나 살아나셔 셰상
구경 다시 볼가 쌱갑흐고 원통흐다 날 살이리 뉘 잇스리 ⓒ우리 셔방 이도
령님 쳐엄 언약 미질 젹긔 날 쥬던 셕경 빗츤 변치 안니흐여 잇견만은 수오
년 지늬가도 소식이 돈졀흐니 보고지거 보고지거 엇지 그리 못 보난가 아죠
잇고 몰로난가 츈슈는 만스틱흐니 물이 집퍼 못 오던가 하운이 다긔봉흐니
뫼가 놉파 못 오던가 일모창산이 며렷스리 날리 져무려 못 오던가 독죠한강
셜흐니 눈이 막켜 못 오던가 만경의 인종멸흐니 길을 몰나 못 오던가 노즁
듸로 노무궁흐니 길이 막켜 못 오너가 금강산 상상봉이 평지 되거든 오랴신
가 평풍의 그린 황계 두 날릐를 둥둥 치며 즈룬 목 질게 쌔어 수경일졈의
날 싀릐고 쇼고요 울거든 오랴신가 오날리나 소식 올가 늬일이나 소식 올가
그린 계도 오릐거다 이렷타시 죽어갈 졔 볘슬길노 날려오면 죽을 날을 슬너
녹코 나이 셜치흐련만은 쇼식이 돈졀흐고 종젹이 씃쳐시니 죽을 박긔 흘릴
업늬(〈완판 29장본〉, 239-241면)3)

  인용문의 ⓐ는 춘향이 갇힌 옥방 형상과 옥에 갇힌 춘향의 모습을 묘사
한 것이다. 춘향의 비극을 강조하기 위해 비참한 상황을 제시하고 있다.
ⓑ는 죄 없이 옥에 갇히는 고난을 겪은 뒤 풀려난 周文王이나 孔子 등
성현들의 옛일을 일일이 들며 자신도 그들처럼 옥에서 풀려나 다시 세상
구경할 수 있기를 바라는 춘향의 심정이 잘 드러나 있다. ⓒ는 이도령의
소식 돈절을 안타까워하며 애타게 기다리고 있는 심정을 형상화한 것이
다. 또한 이도령이 벼슬길로 내려와 자신의 고난을 구해주고 怨恨을 雪恥
할 수 있기를 바라는 춘향의 기대를 드러낸 것이다. 따라서 초기 옥중망
부사(옥방 형상)는 사랑하는 이도령을 그리워하는 춘향의 모습을 형상화

---

3) 김진영 외, 『춘향전 전집』(4), 박이정, 1997.

한 것이라기보다는 목숨을 구하고 원한을 풀 수 있기를 바라는 모습에 무게 중심이 놓여있는 自嘆歌的 성격이 강한 것이라고 할 수 있다. 이런 점에서 초기 옥중망부사는 열녀 춘향이 부를 망부사에 어울린다고 할 수 없다. 왜냐하면 인간이 죽음이라는 극한 상황에 놓이면 그 어떤 가치보다도 삶에 대한 강렬한 욕구가 우선하는 것이 당연하다고 하더라도 열녀인 춘향은 자신의 목숨에 연연하는 자탄가는 불러서는 안 되고, 또한 춘향전 담당층도 변학도에게 목숨을 걸고 항거할 때 보여준 것과 같은 단호한 자세를 춘향에게 거듭 요구하고 있기 때문이다. 후대에 와서 옥중망부사가 이도령에 대한 사무치는 그리움을 형상화하는 쪽으로 변모되고 있다는 사실은 이러한 사정을 입증한다. 〈남원고사〉는 초기 옥중망부사를 바탕으로 하면서도 당대의 다양한 市井 雜歌를 수용하여 크게 확장하였다.

　다음의 東風歌는 헌철고종대의 서편제 명창 이날치가 잘 부른 것이다.[4]

　　春夏秋冬 四時節을 望夫詞로 보낼 적에 東風이 눈을 녹여 가지가지 꽃이 되고 灼灼한 杜鵑花는 나를 보고 반기는데, 나는 뉘를 보고 반기랸 말이냐. 꽃이 지고 잎이 되니 綠陰芳艸 時節이라, 꾀꼬리는 북이 되어 柳上細枝 느러진 데 九十春光 짜는 소래 먹음이 가득한데 눌과 함끠 듣고 보며 잎이 지고 서리치니 九秋丹楓 時節이라. 落木寒天 찬 바람에 홀로 핀 저 菊花는 凌霜高節이 거록하다. 北風이 달을 열어 白雪은 펄펄 흩날일 제 雪中의 풀은 솔은 千古節을 지켜 있고 羅浮의 찬 梅花는 美人態를 띠었는데 풀은 솔은 날과 같고 찬 매화는 랑군같이 뵈난 것과 듣난 것이 수심 생각뿐이로다. 어화 가련 어화 가련 이 무삼 인연인고. 인연이 極重하면 이 離別이 있었으랴. 前生 此生 무삼 罪로 이 두 몸이 생겼는가. 窓 잡고 門을 여니 滿庭月色은 무심히 房에 든다. 더진 듯이 홀로 앉어 달다려 묻는 말이 저 달아 보느냐. 님 계신 데 明氣를 빌여라. 날과 함께 보자. 우리 님이 누웠더냐 앉었더

---

4) 이보형, 「판소리제(派)에 대한 연구」, 『한국음악학논문집』, 정신문화연구원, 1982, 63면, 참고.

냐. 보는 대로만 네가 일러 내의 수심 푸러다고. 달이 말이 없으니 自歎으로
하는 말이 梧宮秋夜 달 밝은데 님의 생각으로 내 홀로 發狂이로다. 人非木
石 아니어든 님도 응당 느끼련만 胸中에 가득한 수심 나 혼자뿐이로다. 밤
은 깊어 三更인데 앉었은들 님이 오며 누었은들 잠이 오랴. 님도 잠도 아니
온다. 다만 수심 벗이 되고 九曲肝臟 구비 썩어 소사 나니 눈물이라. 눈물
모여 바다되고 한숨 지어 청풍되면 一葉舟 무어 타고 漢陽郎君 찾이련만
어이 그리 못하는고 이 일을 어이하리. 아이고 아이고 내 신세야. 이러툿이
歲月을 보내는데. 云云 全篇 진양조 서름제 金昌煥, 全道成 倣唱(『조선창극
사』, 72-74면)

앞에서 살펴 본 초기 옥중망부사와 비교해 보면 춘향의 태도가 확연히
다르다는 사실을 쉽게 알 수 있을 것이다. 초기 옥중망부사와 달리 어디
에도 목숨에 연연하는 춘향의 모습을 발견할 수 없다. 춘향은 계절이 바
뀔 때마다 일어나는 사무치는 그리움을 노래하고 있을 뿐이다. 이러한
춘향의 모습은 절창으로 알려진 정철의 사미인곡과 속미인곡의 여성화자
의 모습과 너무나 닮아있다는 사실은 시사하는 바가 매우 크다. 이별을
당한 여인은 버리고 떠난 님을 원망하거나 자신의 불쌍한 신세를 탄식하
지 않고 그것을 오히려 님에 대한 무한한 그리움으로 승화하여 자신의
설움을 극복하는 양식이 민족 정서에 더 어울린다는 사실을 생각할 때
이날치의 더늠이 초기의 것보다 춘향이 불렀을 법한 옥중망부사에 훨씬
어울린다는 사실은 자명하다.[5]

다음은 고종대에 활약한 서편제 명창 한경석의 더늠인 천지 삼겨
이다.

---

5) 〈박헌봉 창본〉에는 동풍가를 이별 후 공방에서 이도령을 그리워하는 공방망부사
   로 이행시키고, 옥중망부사로 천지 삼겨와 쑥대머리를 수용하고 있다. 동풍가는
   옥에 갇힌 춘향이 부르기보다는 이별한 후 빈 방에서 이도령을 사무치게 그리워
   하면서 부르는 공방망부사에 더 어울린다고 생각했기 때문이다. 동풍가의 내용이
   공방망부사에 더 잘 어울리는 것은 사실이다.

天地 삼겨 사람 낳고 사람 생겨 글 만들 제 뜻 情字 이별 別字 어이하여 내었던고. 뜻 정자 내었거던 이별 별자 없새거나. 이 두 글짜 내인 사람 날로 두고 이름인가. 도련님 떠나실 제 지어 주고 가신 글귀 검은고 올려 타니 탈 제마다 한이 맺혀 눈물 먼저 떨어진다. 恨唱하니 歌聲咽은 동창의 슬픔이오, 愁多하니 夢不成은 征婦詞의 설음이라. 秋月春風 獄中에서 눈물 겨워 지낼 적에 보이는 게 하늘이오, 들리는 게 새소리이로구나. 낮이면 꾀꼬리 밤이면 두견이 서루 불러 잠을 깨우니 꿈도 빌어 볼 수 없네. 天陰雨濕 깊은 밤에 모진 광풍 불러 닥쳐 번개는 번쩍번쩍 우뢰는 우루루루 바람은 지동치듯 구진비는 퍼붓는데 밤새소리 북북 문풍지는 펄렁펄렁 獄이라 하는 데가 험지로구나. 刑杖 마저 죽은 귀신 태장 마저 죽은 귀신 난장 마저 죽은 귀신 횡사 즉사 급사 오사 죽은 귀신 사면에서 우는데 방 안이며 추녀 끝이며 마루 아래에서도 히히 해해. 행주치마 산발한 여자 둘씩 셋씩 짝을 지어 훌쩍훌쩍 울음을 우니 춘향이가 기가 막혀 "네 이 몹슬 귀신들아, 나를 잡아 가려거던 졸르지나 말려무나. 내 무슨 죄 있느냐 내가 만일 이 옥문 밖을 못 나가고 죽게 되면 저것들이 모두 내 동무로구나." 唵急急如律令여 파詞 眞言치고 앉었 울 제. 云云(『조선창극사』, 193-194면)

한경석의 천지 삼겨의 분위기는 초기 옥중망부사나 동풍가가 연출하는 분위기와 사뭇 다르다. 특히 죽음에 임박한 처절한 춘향의 모습을 여러 귀신들의 음산한 울음소리 즉 鬼哭聲을 효과적으로 사용하여 극적 효과를 살리고 있어 돋보인다. 춘향의 내면적 심리를 형상화하여 비극성을 강화한 앞의 두 가지의 옥중망부사와 달리 춘향이 처한 음울한 외면적 상황을 제시함으로써 비극성을 강화하고 있는 것이다.

마지막으로 신재효의 〈남창 춘향가〉에 보이는 쑥대머리를 살펴보기로 한다. 쑥대머리는 특히 임방울(1905-1961)이 빼어나게 잘 불러 sp음반이 무려 일백만 장 이상 팔려나가 소위 '쑥대머리 신화'를 창조한 대목으로 유명하다.[6]

---

6) 정양, 앞의 글, 267면.

써 무든 남누의상 쑥씌머리 귀신 얼골 격막 옥방 혼즈 안져 싱각나니
임쑨이라 보고지고 보고지고 우리 낭군 보고지고 오리정 이별 후의 일자셔
업셔시니 부모 봉양 글공부의 결을 업셔 그러흔가 연이신혼 금슬우지 날을
잇고 그러흔디 무산신녀 구름되야 나라가셔 보고지고 계궁항아 츄월갓티
번듯 도다 비최고져 막왕막닉 막켜시니 잉무셔를 엇지 보며 젼젼반칙 잠
못 드니 호졉몽을 쐴 슈 잇나 손가락의 피를 닉여 닉 사졍을 편지홀가 간장
의 셕은 물노 님의 화상 기려 볼가 이화일지 츈디우의 닉 눈물을 쑤려시면
야우문령단장셩의 임도 날을 싱각홀가 녹슈부용의 연 키는 졍부덜과 졔롱
망치 엽쏭 뜻는 줌부덜은 낭군 싱각 일반이나 날보단 죠흔 팔즈 옥문 밧글
못 나가니 연 키고 쏭 짜것나 님을 다시 못 뵈옵고 옥즁 장혼 죽거드면 무덤
압페 돗는 나무 상사슈가 될 거시요 무덤 근쳐 잇는 돌은 망부셕이 될 거시
니 싱젼사후 이 원통을 알아주리 뉘 잇스리 익고익고 셜운지고(〈남창 춘향
가〉, 52, 54면)[7]

위의 인용문은 〈남창 춘향가〉의 쑥대머리로 옥중망부사의 壓卷이라고
할 수 있다. 옥에 갇힌 춘향이 이도령을 애타게 그리워하지만 일자 소식
이 없고, 그립다 못한 춘향은 구름이 되고 秋月이 되어 님의 곁에 가고자
하고, 꿈에서나마 님을 보고자 하나 그리움에 사무쳐 꿈조차 이룰 수 없
는 형편이다. 마침내 춘향에게는 연밥 따는 여인(採蓮女)이나 뽕 따는 아
낙네(蠶婦)도 부러움의 대상이 된다. 연을 캐고 뽕을 따는 행위는 남녀간
의 성행위를 상징하는 것이다. 정읍지방의 민요[8]에서 알 수 있듯이 연밥
이나 뽕을 따는 여인은 情夫와 밀회하는 부도덕한 여인들이다. 지탄 받아
마땅한 여인마저 부러움의 대상이 된다는 사실은 애끊는 그리움이 얼마
나 심각한지 잘 보여주는 것이다. 물론 춘향이 부러워한 것은 常道를 벗
어난 그들의 문란한 성행위가 아니라 사랑하는 님과 사랑을 나눌 수 있는

---

7) 강한영 교주, 『신재효 판소리사설집(전)』, 민중서관, 1974.
8) "연무꼭지 연당 안에 연밥 따는 저 처자야 / 연밥일랑 내 따주께 내 품 안에 잠들어
　라 / 잠들기는 어렵잖소 연밥 따기 늦어가오", 정양, 앞의 글, 재인용.

자유이다. 춘향의 哀怨悽絶한 그리움을 이처럼 간결한 사설로 이보다 더 잘 형상화하기는 어려울 것이다.

위에서 살핀 바와 같이 옥중망부사는 사설의 구체적인 내용이 다르지만 각각 옥에 갇힌 춘향의 처참한 신세와 이도령을 사무치게 그리워하는 애절한 모습을 그 나름대로 잘 형상화하고 있고, 그것은 '초기 옥중망부사 → 동풍가 → 천지 삼겨 → 쑥대머리'로 세련되면서 신세자탄은 약화되고 이도령에 대한 그리움이 강화되는 경향을 보인다. 춘향전의 주제는 연구자의 시각에 따라 다양하게 파악되고 있지만 보통의 춘향전 감상층이 공감하는 주제가 '春香의 貞節'9)이라고 할 때, 이러한 변모는 바로 그 주제

---

9) 춘향전 담당층이 춘향전 주제를 貞節로 여겼다는 것은 다음과 같은 사실에서 확인할 수 있다.

첫째, 춘향전의 말미에 붙어 있는 다음과 같은 춘향전 생산자들의 발언에서 확인할 수 있다. "아미도 츙렬지인은 후록이 잇스오니 이 타령을 늭옵기는 후싱의 여러 사람 본밧고져 ㅎ심인져 덩지덩"(〈남창 춘향가〉, 96, 98면), "男子 싱기그든 忠孝료 심을 세 女子 싱기그든 貞烈노 쏀을 바다 이른 힝즉 일치 말면 기위 금슈하련마는 이 답답하고 밀련한 인싱들라 忠孝 貞烈 모로그든 슈신계가 어이 하랴 -중략- 힝단 春風 말근 증신 글귀 속의 잇근마는 오회라 져 슨비야 싱이지지 못할 글을 학이지지 비와 늭여 도득광츈 못할망증 불호뷰졔 먼이 한이 뮤식한 우망안이 삼강듸도 어이 알리"(〈경북대본〉, 118-119면)

둘째, 춘향전 향수자들의 발언에서도 정절을 주제로 보고 있음을 확인할 수 있다. "春香歌爲李郞守節此勸烈也"(정현석, 『교방가요』) 그리고 윤달선의 〈廣寒樓樂府〉의 "聽香娘歌者 當知有三件奇事 始與李郞君爲劉阮之遇一奇也 中間閱歷風霜 鎖鸚打鴨無所不至而終守栢舟之節一奇也 末乃藥砧仗繡斧南來樂昌之鏡旣分而復合亦奇也 此雖出於一時稗官俚語而其庶乎 國風之好色而不淫與桑 之音有間矣 -중략- 子試於櫻桃花下 飛一盞酒酹其神便復引觴痛飮 以此詩借朱脣歌之則一生胸中磈礧不平之氣亦可以盡澆也"(玉田山人 序), "有會必散而雜珮以贈 難忘易思而首疾甘心 使君誘羅敷之節則靡他失死 直指仗繡斧之威 則見此良人蘊保貞玉 夫榮婦貴 才子佳人悲觀離合之情 歌場優戱勸善懲惡 委曲宛轉於百八唾珠一篇之中"(兼山序), 世傳南原妓生春香與李夢龍相約誓死不改 -중략- 春香歌主其烈 沈淸歌主其孝 興夫歌主其友愛 使世人有感發之情 -중략- 一箇紅樓 婉身 珠明玉潔剩精神 如何秀世風流性 醉柳狂花狼藉春(崔永年, 『海東竹枝』).

셋째, 〈완판 84장본〉의 제목이 '열녀춘향수절가'이고, 1910-20년대에 쏟아진 구활자본 춘향전이 〈萬古烈女 獄中花〉처럼 제목에 '만고열녀'를 내세우고 있는 점도 출판업자나 독자가 정절을 주제로 인식하고 있다는 사실을 잘 보여준다.

를 효과적으로 제시하는 데 이바지하고 있다.

3. 옥중몽유가의 의미와 변모 양상

獄中夢遊歌는 춘향이 매를 맞은 뒤 옥에 갇혀 애절한 망부사를 부르다가 홀연히 잠이 들어 꿈속에서 황릉묘에 가서 二妃 등을 만나는 것이다. 이 대목은 〈완판 33장본〉에 있는 것으로 보아 19세기 중기에 생성된 된 것이 분명하다. 그리고 헌철고종대에 송흥록의 衣鉢을 받은 동편제의 거장 박만순과 고종 때 동편제의 송재현이 잘 불렀다는 사실과 여러 이본 특히 창본에 두루 수용되어 있는 사실로 보아 소리판에서 대단한 인기를 누렸던 대목임을 알 수 있다.

옥중몽유가의 황릉묘사설은 19세기 중엽 이후에 이루어진 대부분의 이본에 존재하지만 그 이전 시기에 형성된 이본의 영향을 크게 받은 이본에는 존재하지 않는다. 그러나 신재효는 〈남창 춘향가〉를 개작하면서 황릉묘사설을 天章殿辭說로 대치하여 구성상의 합리성을 추구하였고, 〈백성환 창본〉에는 천장전사설과 황릉묘사설이 함께 수용되어 있다.

옥중몽유가의 양상은 다음과 같이 세 유형으로 정리할 수 있다.

① 無황릉묘행 이본 : 〈남원고사〉, 〈고대본〉, 〈완판 29장본〉, 〈박순호 48장본〉, 〈박순호 49장본〉, 〈박순호 55장본〉, 〈박순호 68장본〉, 〈박순호 84장본〉, 〈계명대본〉, 〈신학균본〉, 〈경북대본〉, 〈박봉술 창본〉, 〈정광수 창본〉

② 황릉묘행 이본 : 〈완판 33장본〉, 〈완판 84장본〉, 〈박순호 69장본〉, 〈박순호 91장본〉, 〈박순호 99장본〉, 〈옥중화〉, 〈장자백 창본〉, 〈이선유 창본〉, 〈김여란 창본〉, 〈백성환 창본〉, 〈성우향 창본〉

③ 천장전행 이본 : 〈남창 춘향가〉, 〈백성환 창본〉

다음에 인용한 것은 『조선창극사』에 박만순의 더늠으로 소개된 옥중몽유가이다.

"네가 춘향인가. 기특하고 얌전하도다. 조선이 자고로 례의지방이라 충의와 열행이 갸륵한 줄을 알거니와 네가 저대도록 갸륵하니 瀟湘萬里에 꿈길도 멀거니와 한 번 보고 싶어 어진 사람으로 수고를 시켰으니 심히 불안하도다. 춘향이 엿자오되 "첩이 비록 배운 바 없사오나 일즉 古書를 보아 부인의 사적을 오매 사모하옵더니 오늘날 이렇듯 대하오니 餘恨이 없나이다." 두 부인은 춘향을 보며 "네가 나를 안다 하니 내의 말을 드러봐라 우리 성군 大舜氏 南巡하시다가 蒼梧山에 崩하시니 속절없는 이 두 몸이 소상 죽엽의 피눈물을 뿌려노니 소상강 대수풀이 가지마다 아롱아롱 잎잎마다 원혼이라. 蒼梧山崩湘水絶이라야 竹上之淚乃可滅을 천추의 깊은 한을 호소할 곳 없었더니 네 절행이 기특키로 너를 보고 말이로다. 송건기천년의 청백은 어느 때며 五絃琴南風詩를 이제까지 전하더냐." - 중략 : 弄玉, 綠珠, 王昭君 - "여보아라 춘향아 네가 나를 모로리라. 나는 뉜고 하니 漢高祖의 안해 戚夫人이로다. 우리 皇帝 龍飛後의 呂后의 독한 손이 趙王如意 鴆殺하고 내의 手足 끊은 후에 두 귀에다 불지르고 두 눈 빼고 瘖藥 먹여 人彘라 이름하여 측간 속에 잡아넣었으니 천추의 깊은 한을 어느 때나 풀어보랴. 호소할 곳 없었더니 너를 보고 이말이라." 하는 말이 끊지매 음풍이 일고 우는 소리 멀어가며 촛불이 밝아진다. 이리할 제 상군부인 말씀하되 "이곳이라 하는 데가 幽明이 路殊하고 항오재별하니 오래 유치 못할지라." 할새 춘향이 하직하고 일보일보 나올 적의 東方 蟋蟀聲은 시르르 一雙蝴蝶은 펄펄 깜짝 놀라 잠을 깨니 遠村에 닭이 울고 종각에 파루난 뎅뎅 전신에 땀이 쪽 흘녔다. "꿈도 이상하도다."(『조선창극사』, 60-63면)

춘향이 꿈속에서 황릉묘에 가서 二妃, 綠珠, 弄玉, 王昭君, 戚夫人 등을 만나 열녀 행위에 대해 칭찬을 받고 그들의 怨情을 듣는다. 꿈은 우리 고소설에서 구조단위나 서사 기능의 한 항목이나 문법으로서 일반화되어 있는 현상이다. 주인공이 위기에 빠졌을 때 꿈에 초월적인 존재자가 나타나서 운명을 알려주고 위기를 벗어날 수 있는 방법을 직·간접으로 계시하여 위기에서 벗어나게 한다. 특히 여주인공이 정절을 지키기 위해서 물에 뛰어들어 자결하려는 위급한 상황에서, 꿈속에서 황릉묘의 이비를 만나 자신의 운명을 알고 위기를 극복할 수 있는 길을 알게 되는 황릉묘행 화소는 고소설 예컨대 사씨남정기, 장백전 등에서 발견되는 낯익은 지평이다. 사씨남정기의 사씨와 장백전의 장소저는 이비의 현몽으로 물에 빠져 죽으려던 당초의 생각을 바꾸고 뒷날을 기다려 결국 영화를 누리게 된다. 그리고 꿈은 아니지만 심청전과 토끼전에서 심청과 토끼가 소상강을 지나던 도중에 이비, 오자서, 굴원 등을 만나 원정을 듣는 범피중류 대목도 황릉묘행 화소를 변용한 것이라고 할 수 있다. 김만중은 사씨남정기에서 '소상강은 아황과 여영이 피눈물을 흘린 곳이요, 충신 굴원이 빠져 죽은 곳이라서 지나는 손들로 하여금 가장 강개한 회포를 자아내게 하는 곳이요, 비록 슬프지 아니한 사람이라도 자연 눈물을 뿌리지 않을 수 없는 곳이다.'고 했다.

춘향전의 황릉묘사설은 문학적 관습으로 낯익은 지평을 춘향전의 문맥에 맞게 변용한 것이다. 당대의 소설 담당층이 여성주인공이 죽을 위기에 처했을 때 그를 구출하는 문학적 장치로 황릉묘행 화소를 떠올렸듯이 춘향전 담당층도 춘향을 위기에서 구하기 위해 자연스럽게 황릉묘행 화소를 떠올렸던 것이다. 춘향이 옥에 갇혀 있기 때문에 소상강으로 가는 것이 불가능하므로 "비몽사몽간에 장주가 호접되고 호접이 장주되어 실같이 남은 혼이 바람인 듯 구름인 듯 한 곳을 당도하니"라고 『莊子』「齊物篇」의 胡蝶夢을 빌려 황릉묘에 가는 것으로 변용하였다.

가장 절망적인 상황에서 춘향을 '萬古貞烈 黃陵廟'에 가도록 한 것은 문학적 관습의 수용으로 이해하고 말 성질의 것이 아니다. 우리는 '만고정렬'이라는 말에 주목하여야 한다. 춘향이 황릉묘에서 만난 인물은 범피중류 대목에서 심청이나 토끼가 만나는 오자서나 굴원 등 충신의 화신이 아니다. 춘향이 만난 인물들은 이비, 녹주, 농옥, 왕소군, 척부인 등이다.

이들은 열녀의 화신이자 정절의 귀감이 된 인물들이다. 따라서 열녀의 화신들로부터 칭찬을 받도록 한 것은 춘향의 정절의 정당성을 보증하려는 문학적 장치로 이해해야 한다. 춘향이 '出天 烈女'라는 사실은 모진 매를 맞을 때 주위의 인물들 예컨대 남녀노소, 한량, 기생 그리고 심지어 형방, 집장사령 등의 관속이나 어사가 만난 농부들에 의해 거듭 공인된 바 있다. 그러나 이러한 공인은 불완전한 것에 지나지 않는다. 모든 사람들이 열녀의 화신으로 공인하고 있는 인물로부터 공인받을 때 춘향은 비로소 완전한 열녀가 될 수 있다. 이러한 점에서 황릉묘행은 춘향의 열녀적 성격을 강화하기 위하여 후대에 첨가된 것이고, 춘향을 완전한 열녀로 형상화하기 위한 문학적 장치로서의 의미를 지닌다.

그런데 일부 선행연구에서는 춘향의 꿈을 祭儀學派的 관심인 再生的 原型으로 파악하고 황릉묘행을 계기로 춘향의 성격이 변한다고 하였다. 즉 황릉묘행은 모든 과거적인 가치로부터 초월된 새로운 가치로의 변화를 상징하는 것이고, 그를 통해 춘향의 성격이 무저항적인 것에서 저항적인 것으로 바뀌고 의도적, 조건적, 세속적인 사랑이 헌신적, 정신적 사랑으로 바뀌게 된다는 논의[10]나 황릉묘에 등장하는 인물은 신분상승의 모방 대상이 되고 그를 통해 춘향의 신분이 상승된다는 논의[11]가 그것이다. 그러나 춘향의 신분상승 욕구가 이도령을 사랑하게 된 동기 중의 하나였던 것이 틀림없다고 하더라도 그것을 사랑의 동기 이상으로 확대 강조하여 춘향의 사랑을 "춘향이 추구하는 궁극적인 가치는 이도령과의 결합을 통한 신분상승에 있다."[12]고 해석할 정도는 아니다. 춘향전은 어디까지나 이도령에 대한 춘향의 순수한 사랑 위에 전개되고 있다. 굳이 재생을 전제로 한 죽음 모티프를 찾자면 오히려 변학도에 대한 항거와 태형이라고

---

10) 오세영, 「춘향의 성격 변화」, 『국어국문학』 70, 국어국문학회, 1976, 119면.
11) 정병헌, 앞의 책, 68-69면.
12) 이상택, 「춘향전 연구사 반성」, 『한국학보』 5, 일지사, 1976.

할 수 있다. 춘향은 변학도와의 대결과 태형을 통해 연약한 여인에서 강한 여인이 되고, 의식하지 못했던 사랑을 더욱 절실하게 의식하는 계기가 되기 때문이다.[13]

그리고 황릉묘에서 만난 여인 특히 기생 출신인 논개와 월선이 나라를 위해 절의를 지켰기 때문에 사당에 모셔지는 지위로 격상되었다고 보고 이들이 신분상승의 모방 대상이 된다고 본 경우도 있다. 그러나 결과적으로 그들의 신분이 상승되었다고 하더라도 참배의 대상이 된 것은 절개와 충절 때문이므로 결코 신분상승의 모방이 된다고 할 수 없다. 따라서 황릉묘행은 어디까지나 춘향을 완벽한 열녀로 형상화하기 위한 문학적 장치 이상의 의미를 지닌다고 할 수 없다.

그런데 신재효는 〈남창 춘향가〉에서 선행이본의 황릉묘사설을 '다른 가객 몽중가는 황릉묘에 갔다는데 이 사설 짓는 이는 다른 데를 갔다 하니 좌상 처분 어떨는지' 하고 개작자적 개입을 한 뒤 천장전사설로 개작하였다. 그리고 황릉묘사설은 대부분의 이본에서 옥중자탄가 뒤에 이어지는 데 비해 〈남창 춘향가〉에서는 매를 맞은 뒤 혼절한 상태에서 천장전에 간 것으로 이행시키고 있다. 천장전에 간 사실도 월매가 '손바닥의 진주같이 밤낮 사랑 길렀더니 새종지 같은 다리 삼모장이 웬일인가 아무리 생각하되 죽을 밖에 수 없으니 너 죽는 데 보지 말고 내가 먼저 죽을란다'며 가슴을 탕탕 뚜드리자 춘향이 '내가 기절하였을 제 이상한 일이 있어 정녕 아니 죽을 테니 이야기나 들어보소'라며 월매의 걱정을 위로하기 위해 이야기하는 형식을 취하고 있는 것이 특징적이다. 이러한 개작은 선행이본의 황릉묘사설보다 구성상 훨씬 더 합리적이다.

이 몸이 호졉되야 바룸길의 쓰이여셔 편편이 놉피 써셔 우으로만 오르는
듸 가마니 요량ᄒ니 팔구만리 올으더니 찬 긔운이 쎄쎠리고 말근 빗시 눈부

---

13) 황패강, 『조선왕조소설연구』, 단국대출판부, 1978, 193면.

신다 옥 갓튼 죠흔 밧틔 기화요쵸 만발ᄒ고 은 갓튼 말근 바듸 이슈신어
써셔 논다 스면 빅유 숩풀 속의 가막간틔 우는구나 한참 구경ᄒ노라니 구름
옷 안기 치마 나 어린 여동 ᄒ나 옥환여의 손의 쥐고 고이 거러 나오더니
나를 보고 반기면셔 셩군쯰셔 부릅시니 어셔 드러가자기예 마음의 괴이ᄒ
야 공슌이 듸답ᄒ되 인간의 쳔흔 몸이 우연이 여긔 와셔 지명도 모라난듸
엇더ᄒ신 셩군쎄셔 엇디 알고 부르릿가 여동이 듸답ᄒ되 가보면 알거시니
늬의 뒤을 ᄯᆞ르오라 여동과 흔가지로 수십보 드러가니 화치영롱 죠흔 집의
문 우의 부친 현판 쳔장젼 셰 글ᄌ를 황금으로 크게 쓰고 그 뒤의 ᄯᅩ 잇는
집 현판의 영광각 운모병풍 둘너치고 옥화졈 펴여시니 산호구 슈졍렴과 향
쥬머니 난ᄉ긔운 졍녕 인간 아닌 고듸 엇더ᄒ신 흔 부인이 빙쵸의상 환피의
취봉보요 관을 씨고 빅옥벼틀 황금북의 칠양금을 ᄯᆞ시거늘 계하의 사뵈ᄒ
니 여동을 분부ᄒ야 듸상으로 인도ᄒ야 별실 일탑 안친 후의 셩군이 분부ᄒ
되 네가 이집 알건나냐 셰상 사람 ᄒ는 말들 져 물이 은하슈요 늬 별호가
직녀셩 네가 젼의 이곳 잇셔 날과 함쯰 지늬던 일 망연이 이졋나냐 다졍이
뭇쥽기예 다시 쑬어 엿ᄌ오듸 인간의 쳔흔 몸이 창녀의 ᄌ식으로 여염싱장
ᄒ여시니 이곳 엇디 아오릿가 셩군이 우스시며 젼싱의 ᄒ던 일을 ᄌ셰이
드러보라 네가 늬의 시녀로셔 셔왕모의 반도회의 늬가 잔치 참예갈 졔 네가
나를 ᄯᆞ르왓다 틔을션군 너를 보고 익졍을 못 이긔여 반도 던져 희롱ᄒ니
네가 보고 우슨 죄로 옥황이 진노ᄒ사 두리 다 젹하인간 너의 낭군 이도령
은 틔을의 젼신이라 젼싱에 연분으로 이싱 부부 도엿시나 고샹을 만이 시켜
우슨 죄를 다사리자 이 익회를 만늬시니 감심ᄒ고 지늬면은 후일의 부귀영
화 칙량이 업슬 거슬 약흔 몸의 즁한 형벌 횡사도 가려ᄒ고 죠분 셩졍 셜운
마음 자결홀가 위태키예 너를 직금 불러다가 이 말을 일으나니 이거슬 먹어
시면 장독이 직차ᄒ고 허다 고생 다 ᄒ여도 아무 탈이 업시리라 경장옥익
죠흔 슐과 교리화죠 과슬 안쥬 여동 식여 주시거늘 도라안져 먹어 보니 졍
신이 샹쾌ᄒ야 직녀셩군 뫼시고 셕반도회 갓던 일니 어졔가티 황연키예 다
시 인간 아니 오고 쳔장젼의 잇지써니 셩군 분부ᄒ시기를 ᄒ늘이 졍ᄒ신
일 임의로 못홀 톄요 네의 노모 너 기달여 시각이 밧버시니 어셔어셔 도라
가셔 이 고생 격근 후의 인간오복 눌이다가 이곳으로 도로 와셔 맛날 날이
잇실터니 셥셥이 아지 말고 급급히 도라가라 여동이 부채 들고 두 번을 부
치더니 바람결의 몸이 싸여 이곳으로 나려오니 술과 과실 조흔 향내 입의셔

그져 나늬(〈남창 춘향가〉, 48, 50면)

춘향은 매를 맞고 혼절한 상태에서 천장전에 가서 織女星君을 만나서
이도령과의 만남이나 그로 인한 모진 고난이 우연한 것이 아니라 천상계
의 질서에 따른 운명적인 것임을 알게 된다. 즉 춘향의 前身은 직녀성군
의 侍女이고, 모진 고난을 겪는 것은 서왕모의 반도회에 侍從하다가 이도
령의 前身인 太乙星君을 만나 相戱한 죄를 지었기 때문이며, 이 고난만
겪고 나면 부귀영화를 누리다가 다시 천상계로 돌아오는 것으로 예정되
어 있다는 것이다.

그러면 신재효가 황릉묘사설을 천장전사설로 대치한 이유는 무엇일까?
그것은 좁은 성정과 설운 마음 때문에 춘향이 자결할 가능성이 크다는
점과 성천총의 서녀인 춘향이 지극히 당연한 守節行爲로 모진 고통을 받
는 것이 이면[14]에 합당하지 않다고 판단했기 때문이다. 즉 춘향이 사랑
때문에 모진 고난을 겪을 수밖에 없는 필연적인 이유가 있어야 마땅하다
고 판단한 것이다. 사정이 이렇다고 할 때 황릉묘에 가서 열녀의 화신에
게 칭찬을 받아 열녀로 공인된다는 것은 아무런 의미를 지닐 수 없다.
그것으로는 고난의 당위성을 해명할 수 없기 때문이다. 따라서 다른 방법
을 모색할 수밖에 없게 된다. 신재효는 천상계에서 죄를 지은 인물이 지
상계로 적강하여 온갖 고난을 겪은 뒤 다시 천상계로 돌아간다는 소위
謫降話素[15]에서 춘향이 모진 고통을 겪을 수밖에 없는 이유를 찾았다.
적강화소는 숙향전, 김진옥전, 구운몽, 유문성전 등 고소설에서 흔히 사용
되던 고소설의 문법으로 당대의 문학담당층에게 매우 친숙한 지평이었
고, 그것은 또한 춘향이 모진 고난을 겪을 수밖에 없는 이유를 충분하게
해명할 수 있는 매우 효과적인 장치이기도 하다. 그리고 같은 판소리계인

---

14) 서종문, 「판소리 이면의 역사적 이해」, 『국어교육연구』 19, 국어교육연구회,
    1987, 참고.
15) 성현경, 『한국소설의 구조와 실상』, 영남대학교출판부, 1981, 참고.

심청전에 적강화소가 수용되어 있어 그 가능성을 열어놓았던 것도 이 화소를 비교적 쉽게 수용할 수 있게 한 한 요인으로 볼 수 있다. 직녀성군의 시녀로 춘향을 설정한 것은 춘향의 고난이 이도령과의 사랑에서 비롯된 것이기 때문이다. 직녀성은 남녀간의 애절한 사랑을 상징하는 별이라는 사실을 생각하면 쉽게 이해할 수 있을 것이다.

이러한 변모는 桃花와 李花로써 춘향과 이도령의 만남이 천상계의 질서에 따른 운명적인 것임을 암시한 춘향의 태몽16)에서 이미 예정되어 있었던 것이다. 또한 춘향이 천장전행을 통해 앞날을 알게 되었기 때문에 어사가 걸인 행색으로 옥에 찾아오지만 선행이본의 산물사설을 신행길사설로 개작하게 된 것이다.

4. 옥중상봉가의 의미와 변모 양상

獄中相逢歌는 신분을 속인 채 걸인 행색으로 옥에 찾아온 어사를 보고 절망한 춘향이 월매와 어사에게 자신의 死後를 부탁하는 비장한 대목이다. 신재효의 지도를 받은 여류명창 허금파가 잘 불렀다고 한다.17) 춘향의 입장에서는 이어사가 걸인으로 찾아 온 것이 변학도에게 모진 고초를 당하던 것보다 더 절망적인 것이다. 기대했던 유일한 희망마저 사라진 상황이므로 위기의 절정이라고 할 수 있다. 죽음만 기다릴 수밖에 없는 상황과 죽을 날이 변학도의 생일잔치인 내일이라는 임박한 시간적 상황

---

16) "츈향 어무 퇴기로서 스십이 너문 후에 츈향을 처음 빌 졔 쑴 가온듸 엇던 션녀 도화 이화 두 가지를 두 손의 갈나 쥐고 한울노 나려와셔 도화를 늬여 쥬며 이 꼿슬 잘 갓구와 이화졉을 부처시면 모년 힝낙 조흐리라 이화 갓다 견홀 듸가 시각이 급흐기로 총총이 쩌나노라"(〈남창 춘향가〉, 2면)
17) 정노식, 앞의 책, 239면.

은 최대한의 비장미를 연출하기에 안성맞춤이다. 춘향의 위기가 고조될수록 춘향의 승리는 그만큼 값진 것이 되고, 춘향의 열녀 행위도 더욱 빛나게 된다. 이 대목이 이른 시기부터 주목의 대상이 되었다는 사실은 〈만화본 춘향가〉에서 확인할 수 있다.[18)

옥중상봉가는 대부분의 이본에 두루 수용되어 있지만 사설의 구체적인 내용은 다소 다르다. 대체로 춘향이 월매에게 이어사를 부탁하는 장면과 이어사에게 자신의 사후를 부탁하는 장면으로 이루어져 있다. 그리고 이어사에게 월매를 부탁하는 장면이 덧붙여진 이본도 있다.

〈완판 84장본〉의 옥중상봉가를 예로 들어 논의를 진행하기로 한다.

　ⓐ춘향이 져의 모친 불너 한양성 셔방임을 칠연듸한 가문 날의 갈민듸우 기두린들 날과 갓치 자진턴가 신근 남기 썩거지고 공든 탑이 문어졋네 가련하다 이닉 신세 하릴업시 되야꾸나 어만임 나 죽은 후의라도 원이나 업게 하여 주옵소셔 나 입던 비단 장옷 봉장 안의 드러쓰니 그 옷 닉여 파라다가 한산셰져 박구워셔 물식 곱게 도포 짓고 빅방사주 진 초민를 되는듸로 파라다가 관망 신발 사드리고 졀병 쳔은비닉 밀화장도 옥지환이 함 속의 드러쓰니 그것도 파라다가 한삼 고의 볼초찬케 하여 주오 금명간 죽을 연이 세간 두어 무엇할가 용장 봉장 쌔다지를 되는듸로 팔러다가 별찬진지 듸졉하오나 죽은 후의라도 나 업다 말으시고 날 본 다시 셤기소셔 ⓑ셔방님 닉 말삼 드르시요 닉일리 본관사또 싱신리라 취중의 주망 나면 날을 올여 칠 거시니 형문 마진 달리 장독이 낫시니 수족인들 놀일손가 만수우환 헌트러진 머리 이렁져렁 거더 언쏘 이리 빗틀 져리 빗틀 드러가셔 장피하여 죽거들난 삭군 인 쳬 달려드러 둘너 업고 우리 두리 쳐음 만나 노던 부용당의 격막하고 요격한 듸 뉘여 노코 셔방임 손조 염십ᄒ되 닉의 혼빅 위로하여 입은 옷 벽기지 말고 양지 쏫틱 무더짜가 셔방임 귀히 되야 청운의 올의거던 일시도

---

18) 浮雲千里遠外郎 不意今來逢尺咫 間關行路得無飢 且留吾家歸莫駛 輕花寶裙置諸
　　篋 蘇合香囊藏在甌 呼吾老母向市賣 一飯宜炊廚下錡 明朝本府壽宴開 醉後狂心
　　應不罷 如將瘡上復加杖 此身分明塵土委 須從拿路護我械 一番生前頭角椅 初終
　　斂襲以郎手 埋骨荒原爲作誅.

둘느 말고 육진장포 기렴ㅎ야 조츌한 생예 우의 덩글럿케 실은 후의 북망산
천 차져 갈 졔 압 남산 뒤 남산 다 바리고 한양으로 올여다가 선산 발치의
무더 주고 비문의 싀기기를 수졀원사춘향지묘라 야달 자만 싀겨 주오 망부
석이 안니 될가 셔산의 지난 희는 늬일 다시 오련만는 불상한 춘향이는 한
번 가면 언의 쩍 다시 올가 신원이나 하여 주오 읶고 읶고 늬 신세야 ⓒ불
상한 늬의 모친 날를 일코 가산을 탕진하면 하릴업시 거린되야 이집 져집
걸식다가 어덕 밋틔 조속조속 조울면셔 자진하야 죽거드면 지리산 갈가무
기 두 날기을 쩍 벌이고 두덩실 나라드러 까옥까옥 두 눈을 다 파먹근들
언는 자식 잇셔 후여 ㅎ고 날려주리(〈완판 84장본〉, 199-200면)[19]

ⓐ에서는 춘향이 옥으로 찾아 온 이어사의 걸인 행색을 보고 기절한
후 월매를 불러 죽은 후 원한이나 없게 세간기물, 의복 등을 팔아 이어사
에게 의복 관망을 해 주고 별찬 진지 대접을 부탁하고 있다. ⓑ에서는
춘향이 이어사에게 내일 본관 생일에 杖斃하여 죽게 되면 손수 殮襲하여
양지쪽에 묻었다가 출세한 후 선산발치에 묻어주고 비문에 '守節寃死春
香之墓'를 새겨 달라고 부탁하고 있다. ⓐ는 죽음을 눈앞에 둔 춘향이 이
어사에 바치는 마지막 정성이다. 여기에는 이도령에 대한 춘향의 지고한
사랑 이외의 어떤 불순한 동기 예컨대 신분상승도 개입할 여지가 없다.
ⓑ는 이어사와의 사랑을 영원히 간직하고자 하는 춘향의 소원을 드러낸
것이다. 즉 이어사와 누렸던 지난날의 사랑을 죽은 뒤까지도 간직하고
싶은 심정을 말한 것이다. 그리고 ⓒ는 춘향이 죽은 후 월매의 비참한
사정을 말한 것으로 비극성을 강화하고 있다.

입은 옷을 벗기지 말고 부용당에서 염을 해달라는 것은 지난날의 사랑
을 영원히 간직하겠다는 뜻이다. 이어사가 출세한 후 선산발치에 묻고
'수절원사춘향지묘'라고 새긴 비문을 세워주면 望夫石이 되겠다는 것도
이도령을 향한 영원한 사랑을 다짐하는 것이다. 그런데 선산발치에 碑를

---

19) 이가원 주, 『춘향전』, 태학사, 1995.

세워달라고 한 춘향의 말은 종종 是非거리가 되었다. 즉 "죽음에 직면해서는 양반집 귀신이라도 되겠다는 명확한 의도적 행위"[20]라는 부정적 의미로 해석하기도 하고, 不變·不屈의 意志的인 사랑, 사랑의 강인한 정신을 상징하는 것[21]이라는 긍정적인 의미로 해석하기도 했다.

이 부분을 제대로 이해하기 위해서는 먼저 망부석 즉 돌이 지니는 이미지에 주목할 필요가 있다. 엘리아데에 의하면 돌은 인간 조건의 불완전성을 초월한 절대적 존재양식을 계시한다고 한다. 장엄한 바위나 우뚝 선 화강암은 강인함을 직접적으로 드러내고, 또한 그것은 가장 孤高하고 장엄함을 의미한다. 돌의 이미지가 이렇다고 할 때 춘향이 바란 망부석의 의미는 분명하게 드러난다. 이도령을 향한 춘향의 영원한 사랑이 망부석으로 표상된 것이라고 할 수 있다. 죽음의 공포를 초월한 영원한 사랑의 의지는 不敗性, 恒久性을 지니는 돌의 이미지로 형상화될 수 있는 충분한 가치를 지닌다. 망부석은 죽음 속에서 단단히 여문 사랑의 완성과 그 사랑의 絶對性과 孤高함을 아울러 환기시킬 수 있기 때문이다.[22]

한편 신재효는 〈남창 춘향가〉를 정리하면서 '다른 가객 몽중가는 옥중에서 어사 보고 산물을 한다는데 이 사설 짓는 이는 신행길을 차렸으니 좌상 처분 어쩌할지'라고 개입한 후 선행이본의 산물사설을 신행길사설로 대치하였다. 이러한 개작은 앞에서 살펴 본 황릉묘사설을 천장전사설로 개작한 것의 연장선 상에서 이루어진 것이다.

> 셔방님 드르셧쇼 닉일이 본관 싱신잔치를 비셜ᄒ야 각읍 슈령 모은다니
> 노모와 혼가지로 닉 집으로 돌아가져 두리 덥든 금침 속의 평안이 주무신
> 후 셔방님끽 드리랴고 일습 의복 식로 ᄒ야 옥함 속의 너어시니 져 옷 벗고

---

20) 윤성근, 「완판본 열여춘향수절가 연구」, 『어문학』 16, 한국어문학회, 1967, 126면.
21) 김복희, 「춘향전의 다층적 주제」, 『이화어문논집』 7, 이화여대 한국어문연구소, 1984, 151면.
22) 김복희, 앞의 글, 151면.

그 옷 입고 잔치굿 보시다가 뒤상으로 올나가서 못주우신 수령님과 슈작을
ᄒ엿시면 좌상의 모은 관장 뒥 모르리 뉘 잇것쇼 쳔쳡의 젼후 늬력 일편을
ᄒ엿시면 스리 발근 관장님늬 본관을 칙망ᄒ고 쳔쳡 방숑홀 거시니 지질ᄒ
남원고을 잠간도 잇기 실의 당일의 치ᄒᆼᄒ야 셔울노 올나갈 졔 뮙시 잇ᄂ
우리 상단 고은 단장 식 의복의 젼모 씨고 치마 머여 농바리 시른 말긔 올녀
안쳐 압셰우고 그직차로 늬가 셔되 한림교 완ᄌᆞ영창 젼면의 드린 주렴 고무
쥴노 쐇분 발뒥 홍칠을 곱게 ᄒ야 초록당스 구문 노코 녹젼 듸림 금ᄌᆞ슈복
홍젼으로 슷 물이고 키 크고 뮙시 잇ᄂ 잘 메이ᄂ 교군들을 쳥창옷 벙치
씨여 셰 픠로 갈나 메고 유옥교의 노모 틔여 내 뒤의 셰우옵고 그 뒤의ᄂ
셔방님이 걸ᄂ단 유랑달마 가진 안즁 덧벅 승모 일등 구죵 경모 들녀 쳔싱
구셩 져 뮙시의 도포 입고 풍안 쓰고 사션으로 코 기리고 구졍거름 말 블
셀 졔 구붓ᄒ고 억기츔의 호숑ᄒ야 올나가셔 남산 밋 죠용쳐의 긔슷ᄒ 삼칸
쵸옥 사 가지고 잇삽다가 셔방님이 급졔ᄒ야 한림 듸교 잠간 ᄒ고 의쥬부윤
당상ᄒ면 양국 졉계 막즁변지 솔늬ᄒᆼ을 못홀 터니 두리만 늬려가셔 밤낫
호강ᄒ여 보식(〈남창 춘향가〉, 76, 78면)

이어사가 춘향에게 거짓으로 落魄한 사연을 말하지만 춘향은 '其妻不
識한단 말이 『史記』에는 있거니와 나조차 그러할까 飛禽 中에 鳳凰이며
起獸 中에 麒麟은 상서될 줄 다 아느니 어찌하여 저 기상에 不勝飢寒할
터인가' 한다. 그리고 천장전에서 직녀성군이 '네 전신은 내 시녀요 네 낭
군은 태을선관 이 고생을 겪은 후에 부귀영화하리라'고 한 말을 들어 믿지
않고, '오늘 저녁 임 오시니 이번 나는 아니 죽네 좋을씨고 좋을씨고'라고
좋아한 후 이어사에게 집에 가서 준비해 둔 衣服 一襲을 입고 내일 본관
생일잔치에 나와 전후 사실을 말하면 사리에 밝은 관장들이 본관을 책망
하고 放送할 것이니, 곧 바로 治行하여 서울로 가서 호강하여 보자고 한
다. 죽지 않을 것으로 확신하고 있는 춘향이 옥에서 풀려난 뒤의 일을
말하는 것은 당연하다. 산물사설이 신행질사설로 개작된 것은 황릉묘사
설이 천장전사설로 개작된 연장선 상에서 이루어진 것이므로 구성상의
합리성을 지향한 것이라고 할 수 있다.

5. 맺음말

판소리문학은 다양한 이본이 존재하는데 그것은 선행이본을 저본으로
새로운 이본을 생산한 수용자들의 기대지평이 전환된 결과이다. 지평의
전환은 주로 명창들이 소리판에 살아남기 위해 경쟁적으로 더늠을 개발
하는 과정에서 이루어졌다. 춘향전에도 다양한 더늠이 존재하는데, 이 더
늠은 바로 지평의 전환을 알려 주는 것으로 춘향전의 역사를 알려주는
단서가 될 뿐만 아니라 질적 변모 양상을 알려주는 것이다. 그런데 더늠
의 중요성에도 불구하고 그 동안 더늠에 관한 연구는 관심 밖에 머물러
있었다. 본고에서는 춘향전의 중요한 대목인 옥중대목을 대상으로 그것
의 의미와 변모 양상을 밝혀 보고자 하였다.

앞에서 논의한 바를 요약 정리하면 다음과 같다.

첫째, 옥중망부사는 19세기 중기 무렵에 형성된 후 지속적인 관심의
대상이 되어 여러 이본에 두루 존재한다. 그리고 후대로 내려오면서 다양
한 더늠이 개발되어 〈완판 29장본〉의 것과 같은 초기 옥중망부사, 이날치
의 더늠인 동풍가와 한경석의 더늠인 천지 삼겨, 그리고 신재효의 쑥대머
리 등 네 종류가 전하고 있다. 옥중망부사는 '초기 옥중망부사 → 동풍가
→ 천지 삼겨 → 쑥대머리'로 세련되면서 춘향의 신세자탄은 약화되고
이도령에 대한 그리움을 강화하는 쪽으로 변모하였으며, 이러한 변모는
춘향전의 주제인 춘향의 정절을 효과적으로 형상화하는 데 이바지하고
있다.

둘째, 옥중몽유가는 19세기 중기에 형성된 대목이다. 옥중몽유가는 대
부분의 창본에 존재하지만 초기 이본의 영향을 크게 받은 이본에는 존재
하지 않는다. 옥중몽유가는 고소설의 낯익은 지평인 황릉묘행 화소를 춘
향전의 문맥에 맞게 변용한 것으로 춘향의 신분 상승을 위한 문학적 장치
가 아니라 춘향을 열녀의 화신으로 형상화하기 위한 장치이다. 한편 신재

효는 황릉묘사설을 천장전사설로 대치하였는데, 그것은 춘향의 고난을
합리적으로 설명하기 위하여 낯익은 지평인 적강화소를 수용하여 개작한
것이다.

셋째, 옥중몽유가는 옥에 찾아온 이어사에게 자신의 사후를 부탁하는
것으로 비장미를 드러내는 데 효과적이다. 그런데 신재효는 그것을 신행
길사설로 대치하고 있다. 신행길사설로의 개작은 구성상의 합리성을 지
향한 것으로 앞의 옥중몽유가에서 황릉묘사설 대신 천장전사설로 개작하
여 춘향이 자신의 미래를 알도록 하였기 때문에 산물사설을 신행길사설
로 개작한 것이다.

김창환제 춘향가 연구

1. 머리말

김창환은 전남 나주 출신으로 1855년에 태어나 1937년까지 살았던 근대오명창 가운데 한 사람이다. 서편제 명창 정창업에게 판소리의 기본을 익힌 김창환은 신재효의 만년에 그의 문하에서 판소리 이론과 실기 지도를 받아 서편제 판소리의 대명창으로 이름을 날렸으며, 특히 20세기 초 전환기의 판소리창단의 지도자로서 판소리 발전에 크게 기여하였다.

정노식은 『조선창극사』에서 김창환을 다음과 같이 소개하고 있다.

金昌煥은 全羅南道 羅州人이니 名唱 李捺致 朴基洪과 姨從間이다. 李朝 高純 兩代間에 在하여 李捺致 後로 西派 法統을 獨奉하다싶이 一世를 振動한 名唱이다. 製作도 能하거니와 '제스추워'가 唱보다 더욱 能하다. 잘난 風采로 右往左來 一擧手 一投足이 모다 美妙치 아니한 것이 없다. 美人의 一嚬 一笑가 사람의 精神을 恍惚케 함과 恰似하여 唱과 劇이 마조 떠러지는 데에는 感歎을 發치 아니할 수 없다. 各種 古典歌에 精通한 것과 前人의 法制에 見聞이 많은 것은 또한 드물리 보는 바이다. 近代 斯界에 一大家로 許함에 넉넉하다.[1]

김창환은 서편제 법통을 홀로 받들다시피 일세를 진동한 명창일 뿐만 아니라 발림에도 뛰어났던 명창임을 알 수 있다. 김창환의 제자들은, 그의 발림이 "많이 꾸미지 않아도 신명이 나며 익살스러우면서도 되바라지지 않고 가벼운 몸짓에도 무거운 맛이 있고 손 하나를 들어도 깊은 맛이 있었다"고 한다.[2] 김창환의 뛰어난 소리와 절제된 멋을 지닌 발림은 모두 신재효의 가르침을 받았기 때문일 것으로 짐작된다.

본고의 목적은 김창환제 춘향가의 성격을 살펴보는 데에 있다. 그러기 위해서 먼저 김창환제 판소리의 정립과 전승에 대해 살펴보고, 다음으로 김창환이 일제시대의 고음반에 남겨놓은 춘향가를 살펴보고, 마지막으로 김창환제 춘향가의 형성에 결정적인 영향을 끼친 신재효의 영향을 살펴보기로 한다.

2. 김창환제 판소리의 정립과 전승

1) 김창환제 판소리의 정립

김창환제 판소리가 정립되는 과정은 크게 세 시기로 구분할 수 있다. 첫째 시기는 이날치 명창에게 가문소리를 익혀 판소리의 기초가 닦여진 입문기이고, 둘째 시기는 정창업 명창에게 본격적인 판소리 수업을 받아 김창환제 판소리가 자리 잡힌 형성기이고, 셋째 시기는 신재효의 문하에서 판소리 이론과 실기에 대한 지침을 받아 김창환제 판소리가 확립된 완성기이다.

---

1) 정노식, 『조선창극사』, 조선일보사, 1940, 147-148면.
2) 노재명, 「서편제 판소리 김창환·정정렬」, 『LG미디어 음반해설서』, 1996, 16면.

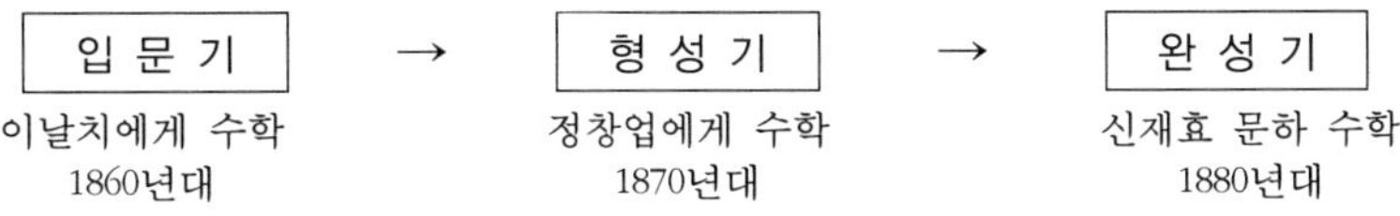

① 김창환의 판소리 입문과 이날치

김창환의 가문은 판소리가문이고, 김창환제 판소리의 바탕은 가문소리이다. 西派의 首領이라는 서편제 명창 이날치, 東派의 宗匠이라는 동편제 명창 박기홍은 姨從이고,[3] 전남 영광 출신의 서편제 金宗吉은 再從,[4] 광산군 송정 출신의 임방울은 甥姪이다.

〈김창환 명창의 가계도〉

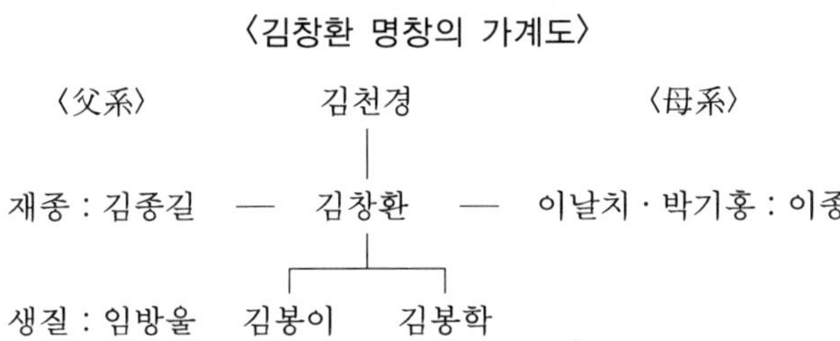

김창환은 옛날 나주읍 성북동에 있던 神廳에 소속되어 있었고,[5] 생질인 임방울의 집안이 巫業에 종사한 것[6]으로 미루어 보아 김창환의 가계가 巫系임을 짐작할 수 있다.[7] 김창환은 집안 내력으로 보아 어린 시절부

---

3) 정노식, 앞의 책, 147면.

4) "김종길은 전남 영광 사람으로, 서편제 소리의 명창이다. 그는 명창 김창환의 육촌 형제이며, 이날치에게도 소리를 배운 바 있다.", 강한영 교주, 『신재효 판소리사설 여섯마당집』, 형설출판사, 1982, 4면.

5) 나주군지편찬위원회, 『나주군지』, 나주군, 1980, 701면.

6) 표인주 외, 『국창 임방울의 생애와 예술』, 사단법인 임방울국악진흥재단, 2004, 31-32면.

7) "과거 명창 중에 결성 최선달, 권삼득, 정춘풍 기타 數人의 비가비(한량으로 劇歌에 능하여 광대로 行世하는 자를 才人階級의 광대와 구별하기 위한 명칭)를 除한 外에는 광대가 모두 거의 才人 巫人 階級에 限하여서만 출생"(정노식, 앞의 책,

터 자연스럽게 판소리 수업에 나서게 되었을 것이고, 그의 예술적 재능은 무계집안의 판소리의 전통을 이어 온 모계로부터 물려받은 피내림이라고 할 수 있다.

김창환은 가문소리를 이종형인 이날치 명창에게 배웠다.[8] 이날치는 본래 줄타기 명수였으나 수년간 박유전의 문하에서 수련하여 일가를 이루었는데, 그의 소리는 "有時乎 哀怨恨歎으로써 청중의 嘘唏涕淚를 자허내이다가도 다시 詼諧滑稽로써 포복절도케 하는 그 광경과 그 창극의 제스추워(형용동작)를 아울러 보면 실로 천하장관이었"고, "朴萬順의 소리는 識者에 한하여 稱譽를 받지만 이날치의 소리는 男女老少 詩人墨客 樵童牧豎 할 것 없이 讚美 아니하는 이가 없었다 한다."[9] 그리고 이날치판 심청가는 교훈적 윤색이 제거되어 있고, 설화의 초기적 단계가 드러나고 있으며, 일상적 세계에서 사는 사람들의 평범한 생활과 무속적 세계관이 표명되어 있다.[10] 이러한 점은 김창환의 가문소리가 무속적 세계관을 바탕으로 한, 서민적 성격이 강한 소리라는 사실을 알려주고 있다. 요컨대 김창환이 어린 시절 익혔던 판소리는 이날치에게 배운 고제 서편소리로 가문소리였던 것이다.[11]

14면)하였고, 무계의 통혼권은 매우 폐쇄적이었다. 박정진, 「우리시대 재인의 계보학(2)」, 『문화예술』, 1993년 10월호, 24-38면, 참고.

8) "내가 말여. 이 법얼 자서히 배우기럴 말이여 — 영광의 김종길 씨라고 있어요. 그이가 지금 살아 있으면 백스물몇 살 되었습니다. 근디 그이가 김창환 씨 육촌 동생이요, 재종간. 근디 창환 씨하고 노상 얘기히여. 거기는 순전 우조 바닥인디 소리는 이날치한테 배웠대. 대선생님이여. 음성, 양성 그 법얼 잘 알아.", 김명환 구술, 『내 북에 앵길 소리가 없어요』, 뿌리깊은나무, 1991, 65면.

9) 정노식, 앞의 책, 70면.

10) 정병헌, 『판소리문학론』, 새문사, 1993, 145면.

11) 이날치제 판소리는 김창환, 김종길과 손자 이기중(1913-1977) 등의 혈연집단과 김채만 등의 제자를 통해 전남권을 중심으로 전승되었다. 이일주의 부친 이기중은 가문소리를 이어 흥보가의 박타는 대목, 심청가의 심청이 밥 빌러 가는 대목, 춘향가의 이별 대목, 숙영낭자전을 잘 불렀으며, 서편제 소리꾼답게 맑고도 구성 있는 목으로 다양한 기교를 구사하였다고 한다. 최동현, 『판소리명창과 고수 연

② 김창환제 판소리의 형성과 정창업

김창환은 가문소리를 익힌 후 서편제 명창 丁昌業에게 판소리를 배웠다.[12] 정창업은 철종과 고종 시대에 활동한 전남 함평 출신으로 박만순, 김세종, 이날치의 후배로 高邁하기 박만순에게 비견할 수 없고 雄渾하기 이날치에게 미치지 못했지만, 서편제 창시자 박유전의 문하에서 5년간의 각고의 노력 끝에 일가를 이루었다. 그러나 전주대사습에 참가하여 춘향가의 나귀 안장 짓는 대목을 부르다가 막혀 一時落名한 바 있고, 춘향가의 문을 열고 사면을 둘러보니라는 대목과 심청가의 중타령을 부르다가 김찬업으로부터 이면을 잘못 그렸다는 지적을 받은 것[13] 등에서 알 수 있듯이 박유전의 문하에서 소리공부를 마친 후 곧바로 명창으로서 이름을 떨쳤던 것은 아니었다. 정창업은 전주대사습에서 낙명한 후 고향으로 돌아와 두문불출하고 1년 동안 독공하였고, 그 후 신재효의 문하에서 2년 동안 신재효의 지침을 받아서[14] 판소리에 대한 원리와 이론에 투철하였고, 열두 마당의 고전에 정통하였으며, 상중하 성음을 어긋남이 없이 상하청을 자유자재로 구사하면서 희노애락을 소리로 표현하는 데 神接하게 되었다. 25세 때인 1872년 전주대사습에 재도전하여 심청가의 부녀영결 대목과 타루비 대목을 애원성으로 불러 청중을 울림으로써 마침내 명창의 반열에 오르게 되었다[15]고 하니 김창환이 정창업에게 본격적인 지도

구』, 신아출판사, 1997, 261-262면.

12) 박　황, 『판소리소사』, 신구문화사, 1974, 66면.

13) 정노식, 앞의 책, 93-94면.

14) 그런데 정창업의 손자 정광수는 정창업의 소리제가 박유전의 소리제와 다르다고 하고, 심지어 박유전에게 배운 사실조차 부인(이보형, 「판소리 제(派)에 대한 연구」, 『한국음악학논문집』, 한국정신문화연구원, 1982, 75면)하고 있는 것은 정창업이 신재효의 지침을 받은 후의 소리가 박유전에게 배웠던 소리와 상당히 다른 바디가 되었기 때문으로 추정된다. 또한 박유전이 말년에 보성의 강산리에 은거하면서 강산제를 새로 짰기 때문에 정창업이 전수한 소리와 달랐을 것이다.

15) 박　황, 『판소리 이백년사』, 사사연, 1987, 133면.

를 받은 것은 1872년 이후였을 것이다.

③ 김창환제 판소리의 완성과 신재효

김창환은 정창업 명창에게 여러 해 동안 판소리를 배워서 상당한 수준에 이르자 신재효 문하로 가서 이론과 실기에 대한 지침을 받아 자신의 소리제를 완성하였다.

> 그런데 〈춘향가〉 처음에 안의리가 '절대가인 태어날 제 강산정기 타서 난다. 저라산 약야게에 서시가 종출하고 군산만학부형문에 왕소군이 생장하고 …'처럼 되어 있어서 다른 사람들이 하는 '숙종대왕 즉위초에 …' 등과 달라서 선생님한테 물어 봤어요. 그런데 그 김의관 영감님이 그래요. 고창 신오위장 가사가 많이 들어간다 그래요, 당신은, 그때 당시 고창에를 가 가주고, 고창 신오위장이라믄 그때 당시에 아주 대문장이신데, - 중략 - 그런디 그 가사가 옳고 좋아서 옇었다고 그래서 그랬는가 부다 했더니[16]

정광수의 증언에 의하면 김창환이 신재효에게 소리 지침을 받은 것이 분명하다. 김창환은 20대 중반인 1880년대 초 2-3년 정도 신재효의 지도를 받았을 것으로 짐작된다. 김창환이 당대 제일의 판소리 이론가인 신재효의 문하에서 이론과 실기를 지도 받았기 때문에 김창환제 판소리는 신재효의 결정적인 영향을 입을 수밖에 없었다. 따라서 김창환제 판소리의 정립에 문학적 층위는 말할 것도 없고 음악적 층위와 연극적 층위에까지 신재효의 영향을 두루 입었을 것이 분명하다. 김창환제 춘향가, 심청가, 홍보가에 신재효 판소리사설의 상당 부분이 그대로 수용되어 있고, 김창환의 절제된 멋을 지닌 발림은 그러한 사실을 뒷받침하고 있다. 그 결과 김창환제 판소리는 정창업제 판소리와 상당 부분 달라지게 되었을 것이다.

---

16) 이보형, 「판소리 인간문화재 증언자료(정광수 편)」, 『판소리연구』 2, 판소리학회, 1991, 214면.

2) 김창환제 판소리의 전승

정창업에게 판소리의 기틀을 닦고, 신재효의 문하에서 치침을 받아 정립된 김창환의 판소리 세계는 김봉학·박지홍·백성환으로 이어졌으며, 김봉학의 소리는 오수암·정광수로 이어졌고, 박지홍의 소리는 박동진으로 이어졌다. 그러나 지금은 거의 소멸될 위기에 직면해 있다.

김봉학은 김창환의 차남으로 그의 庶兄인 김봉이와는 달리 부친의 사랑을 받아 부친의 법통과 더늠을 그대로 전수하였고, 또한 부친의 발림과 너름새 사체구성을 그대로 익혀 일가를 이루었다. 그는 부친을 따라 원각사 공연에 참가하였고, 단성사에서도 소리를 하였다.[17) 그의 소리는 정광수와 오수암에게 전해졌다.

정광수는 17세 때 羅州郡 三道面 楊化里에 있는 김창환의 집에서 소리를 배웠는데, 당시 김창환은 노망기가 있어서 직접 배우지 못하고 김봉학에게 5년간 춘향가, 홍보가, 심청가를 배웠다.[18) 정광수는 김봉학에게 배웠고 김창환의 지침도 받았기 때문에 김창환제 판소리를 비교적 원형대로 보존하고 있다.

오수암은 전남 나주군 반남면 출신으로 김봉학에게 2년간 소리를 배웠는데, 목근성이 좋아서 선생이 가르치는 소리를 잘 받았다. 그러나 오수암이 20세 무렵부터 통속적인 소리를 하는 김봉이의 협률사를 따라다녔기 때문에 그의 소리는 계면소리를 위주로 하는 대중적이고 통속적인 성격을 지니게 되어 김창환제 홍보가의 원형에서 상당히 멀어진 것으로 보인다.[19)

박지홍은 전남 나주 출신으로 12세에 김창환 문하에서 소리공부를 시

---

17) 이보형, 「판소리유파」, 문화재관리국 문화재연구소, 1992, 73-75면. 박황, 『판소리 소사』, 신구문화사, 1974, 129-131면.
18) 이보형, 『판소리유파』, 문화재관리국 문화재연구소, 1992, 73면.
19) 최난경, 「오수암의 생애와 예술」, 『판소리연구』 12, 판소리학회, 2001, 참조.

작하였고, 22세에서 25세까지 3년간 김창환과 함께 원각사에서 활동하였다. 그 후 여러 곳의 권번 선생을 하였고, 46세 때 대구로 와서 달성권번과 大同券番의 소리선생을 하면서 대구의 전통예술 발전에 크게 기여하였다.[20]

박동진은 해방 전에 박지홍에게 김창환제 홍보가를 배웠고, 해방 후에도 박지홍 밑에서 대동권번 소리사범으로 있었으니 김창환제를 제대로 배웠을 것이다. 그러나 박동진은 그 후 자기식으로 많이 바꾸었기 때문에 김창환제 원형에서 상당히 멀어졌다.[21]

백성환은 20여세 때에 이웃의 정씨 회갑연에서 김창환이 부르는 '제비 노정기'에 감동하여 거금 500원을 주고 소리를 배웠다고 한다. 백성환은 홍보가를 잘 불렀고 수궁가·춘향가·심청가도 불렀는데 적벽가는 부르지 않았다고 한다. 벼 석 섬을 주고 김창환에게 배운 소리를 필사시켜 만든 소리책을 아들 백남희가 보관하고 있었는데 현재는 춘향가만 전하고 있다.[22]

3. 김창환제 춘향가

김창환제 춘향가는 정광수와 백성환에게 전수되었으니 전반적인 성격은 정광수의 춘향가와 백성환의 춘향가를 통해 살펴볼 수 있다. 그러나 더 직접적이고 구체적인 것은 김창환이 일제시대의 고음반에 남겨놓은

---

20) 김석배, 「판소리 명창의 생몰연대 검토」, 『선주논총』 5, 금오공과대학교 선주문화연구소, 2002.
21) 김기형, 「판소리 명창 박동진의 예술세계와 현대 판소리사적 위치」, 『어문논집』 37, 안암어문학회, 1998, 참조.
22) 이보형, 『판소리 유파』, 문화재관리국 문화재연구소, 1992, 55-56면.

춘향가를 통해 확인할 수 있다. 고음반에 남아 있는 김창환의 춘향가 대목은 다음과 같다.

㉠ VICTOR 42988-A · B 츈향가 가긱 김창환 상편 하편
㉡ Nt.B 120 춘향전(과거보는데)
㉢ Columbia 40148-B(21238) 춘향전 이별가 김창환
㉣ Columbia 40133-B(21338) 남도잡가 농부가 김창환 박록주 하농주 재비반주
㉤ Victor 49061-A · B 남도잡가 농부가(上 · 下) 독창 김창환 장고 한성준
㉥ Victor 49092 춘향전 춘당시과 김창환 고 한성준

이 중에서 ㉠(옥중가), ㉢(이별가), ㉣(농부가)은 "판소리 5명창 김창환"(유영대 해설 및 채록, (주)킹레코드, 1996)에 복각되었고, ㉤은 가사지가 남아 있어 구체적인 내용을 알 수 있다. ㉡과 ㉥은 음반이 발견되지 않아 자세한 것은 알 수 없지만 이몽룡이 과거보는 대목으로서 두 음반의 내용은 동일할 것으로 짐작된다.

김창환이 부른 위의 녹음들은 김창환제 춘향가의 특징을 잘 보여주고 있으므로 특히 주목할 필요가 있다.

(진양조) 춘향이 기가 맥혀 도련님 앞으 꺼꾸러저 만보장으 기절을 허니 도련님이 기가 막혀 춘향 허리 후리쳐 안고, "마라, 우지 마라. 목왕은 천자로되 요지어 연랑하고, 항우난 천하장사로되 만여추월에 인지비 비가강패허고, 명황은 성주로되 화안 이별을 헐 적으 마우바우 울었나니, 허물며 후세의 날 같은 소장부야 일러 무삼하랴. 내가 오늘 간다 하면 너난 천연히 앉어서 잘 가라고 말을 허면 대장부 일촌간장이 봄눈켜로 다 녹는디, 니가 나를 부여잡고 앉어서 못 가나니 하니 니가 어디 속 있다는 사램이냐. 우질 마라." 춘향이가 기가 막혀
(중모리) "여보 도련님, 여보 도련님, 여보 도련님 날 데려가오. 나를 데려가오. 여보 도련님 날 데려가오. 쌍교도 말고 독교도 말고 워리렁 출렁덩 걷는 단 말끄 반부담하야 날 데려가오."[23]

위의 인용문은 김창환이 부른 이별가이다. 진양조로 부르는 앞부분은 〈정광수 춘향가〉와 〈백성환 춘향가〉는 물론 여타의 춘향가에도 보이지 않는 독특한 대목이다. 중모리로 부른 뒷부분은 모홍갑의 더늠으로 지금은 잘 불리지 않고 고음반에 더러 남아 있다.[24]

다음에 인용한 것은 춘향이 옥에 갇힌 장면인 옥중가(동풍가)이다.

(아니리) 그때에 향단이가 춘향을 업고 춘향모 칼머리 들고 옥으로 내려가 옥 문설주에 기웃거리니(?) 두름박에 달 떨어지듯 이 방에 걸리는디 숙당(?)에 걸리는디 춘향을 잡아 옥에다 넣으니 춘향 어머니 기가 막혀 (진양) 옥문을 부여 잡더니 아이고 이게 웬일이냐 내 자식 무신 죄로 옥에 와서 갇히느냐 이루는데 -(불명)-허고 -(불명)-가 웬일이며 옥 같은 두 다리에 가부좌이 웬일이냐 아이고 어쩌끄나 덥뻑 제쳐서 내뜨리니 치둥글고 내리둥글며 옥문에다가 머리를 툭툭 진쩌부딛치며 울며 -(불명)- 살려느냐 옥 형방 사정이 달려들어 춘향 어미를 위로허며 옥으로 내려가니 그때여 춘향이는 내가 -(불명)- 북풍에서 두고 // 춘하추동 사시절으 허송세월 다 보낸다 동풍이 눈을 녹이여 가지 가지에 꽃이 피니 쌍쌍이 범나부는 꽃을 보고 웃는 모냥 반갑고 -(불명)-워라 눌과 함께 보잔 말가 꽃이 지고 잎이 피니 녹음방초 시절인가 꾀꼬리는 북이 되야 류상세지 늘어진디 구십춘광 짜는 소리는 아름답고 서러워라 눌과 함께 보잔 말가 잎이 지고 서리 치니 구추 단풍 시절인가 낙목한천 찬 바람에 홀로 피는 저 국화는 오상고절이 그 아니냐 북풍이 달을 열어 백설을 펄펄 흩날릴 제 설상에 푸른 솔은 천고절을 지켜 있고 아미에 한매화는 미인 태도를 띠웠난 듯[25]

// 표시한 앞부분은 다른 춘향가에 보이지 않는 사설이고, 뒷부분은 〈정광수 춘향가〉를 비롯한 여러 춘향가에 두루 있는 사설이다. 이별가와

---

23) Columbia 40148-B(21238) 춘향전 이별가 김창환.
24) Victor KJ-1001-B 송만갑 이별가, Victor 1242-A 김초향 김소향 이별가.
25) Victor 42988-A · B 츈향가 가긱 김창환 상편 하편. 유영대, 「판소리 5명창 김창환」 음반해설지, (주)킹레코드, 1996, 28-29면.

옥중가의 이러한 모습은 김창환제 춘향가가 고제 소리를 기둥으로 하고 있다는 것을 알려준다. 김창환이 기둥으로 삼았던 고제 춘향가는 정창업제 춘향가일 것이다.

다음은 김창환이 부른 농부가이다.

두리둥- 퉁-퉁-퉁퉁 쾌-쾡쾡쾡 쾡쾡쾡쾡-쾡 얼럴럴 상사듸요 천리건곤 틱평시에 도-덕 놉흔 우리 성상 강구미복 동요 듯든 요님군의 성덕이로구나 여-여 여-여루 상사듸요 늬렷다지 늬렷-다네 젼라어사가 늬렷다더라 어-사 성씨는 리씨라 하더라 얼럴럴 상사듸요 이이 농부야 말 드러라 아-라 농부야 말 드러라 저 건-너 갈미봉에 비가 모러 들어온다 우장을 허리에 두르고 삿갓을 써라 얼럴럴 상사듸요 여-여-여-여루 상사듸요 술잔이나 먹은 김에 새 픠랭이 쏙지에다 가화를 곳고 마구릐기춤이니 추어보쟈 얼럴럴 상사듸요 이 논 빔에다가 모를 심어서 쟝납이 펄펄 영화로구나 여-여-여-여루 상사듸요 두리퉁퉁퉁 랭믹쾡쾡 얼럴럴 상사듸요 에-어여루 상사듸요 진나라 젼믿법 진부가 싱겻나 조흔 논은 일 심으고 나진 논은 늣 심은다 얼럴럴 상사되요 에-에에루 상사듸요 어럴럴럴 상사듸요 먼-데 사람은 보기도 좃코 가가운데 사람은 말하기도 좃타네 에-어에-루 상사듸요 얼럴럴 상사듸요 사방 십리 넓은 곳에 방화수류하야 전천으로 나려간다 어럴럴 상사듸요 어럴럴럴 상사듸요 충청도 복숭아는 주절리주절리히 열이고 강남짜 감 듸초는 아긔 다그듸 열넛네 어럴럴 상사듸여 쑥쑥 힘 써 담은 밥 썩썩한 보리탁주 김치 안주하올 적- 주인님도 조아한다 얼럴럴 상사듸여 어럴럴럴 상사듸여 팔구월 추슈를 하야 우걱지걱에 시러를 들여 골커니 말 이거니 기싱질을 탕탕 쑤듸려 물 조흔 수양수침 썰그덩셩 방아를 찟네 얼럴럴 상사듸여 천사창 만사창 등화불이 켜질 제 얼럴럴 두리둥둥 랭믹쾡쾡 얼럴럴 상사듸여 에-에-루 상사듸여 어럴럴 상사듸여 서산에 힌 쩌러지고 동령에 달 돗는다 얼럴럴 상사듸여 각기 제 집을 차자 가서 얼럴럴 상사듸여 보리밥을 한 그릇 치고 얼럴럴 상사듸여 거적자리를 둘너 깔고 얼럴럴 상사듸여 우리 옥상을 겻혜다 뉘니 얼럴럴 상사듸여 에-에루 상사듸여[26]

---

26) Victor 49061-A 南道雜歌 農夫歌(上) 독창 김창환 장고 한성준, Victor 49061-B 南道雜歌 農夫歌(下) 독창 김창환 장고 한성준. 한국고음반연구회 편, 『유성기음

그런데 이 농부가는 다음과 같이 〈남창 춘향가〉의 직접적인 영향을 받고 있어 주목된다.

> 어여루 상사두여 션리건곤 틴평시졀 도덕 노푼 우리 셩상 강구미북 동요 듯든 욧님금의 버금이라 두둥둥 상ᄉ두여 슘딕젹 셩졔 명왕 졍젼법이 죠흘시고 우아공젼 수급아사 각기 빅무 지어 먹닉 어여루 상사두여 진나라 쳔빅 법의 빈부가 싱겨나셔 죠흔 논은 일 슘무고 나진 논은 늣 슘문다 어여루 상사두여 큰 들의ᄂᆞ 만벼모요 구렁바미 달긔 올레 놉푼 논의 슌두모요 텃논 의ᄂᆞ 찰벼로다 어여라 상사두여 기럭이졔 늘업씌여 게거름이 죠흘시고 투구 쎤 듯 다문 밥과 썍썍흔 보리탁쥬 엽피남묘흐올 젹의 젼쥰 와셔 죠와흔 다 어여라 상사두여 쵸두 벌 만두리에 지심을 미여갈 졔 유월염쳔 더운 날의 흔젹화하 엇디흘고 어여라 상사두여 이 농ᄉ를 다 짓거든 구구만구 오야 만거 오곡양양 풍년 들쇼 어여라 상ᄉ두여 우걱찌걱 스러드러 쳔사창 만ᄉ 상의 동아부즈 질젹의 어여라 상ᄉ두여 경복궁 싀 딕궐의 요슌 갓튼 우리 님금 칭피시굉 가득 부어 남슌헌슈흐여 보싀 어여라 상사두여(〈남창 춘향 가〉, 60, 62면)[27]

밑줄 친 부분이 김창환이 부른 창과 일치하는 것으로 그 영향 관계가 분명하다. 김창환의 농부가는 남도민요 잦은 농부가[28] 사설에 〈남창 춘향가〉의 농부가를 적절하게 수용하고 있다. 김창환이 박록주, 하농주와 함께 부른 ㉣에서도 김창환은 "진나래 쳔맥법 빈부가 생겨나서 좋은 논은 일 심으고 낮은 논은 늦 심은다."를 불렀다.

〈백성환 춘향가〉의 농부가에는 〈남창 춘향가〉의 영향이 더욱 뚜렷하게 드러난다.

반가사집』(1), 민속원, 1990, 235-238면.
27) 강한영 교주, 『신재효판소리사설집(전)』, 민중서관, 1974.
28) 이창배 편저, 『가요집성』(홍인문화사, 1983, 361면) 및 Columbia 40030-A · B, 남도잡가 농부가 이화중선 대금 박종기 장고 이홍원.

두리둥퉁 쟁믹꽹 <u>여이여로 상스뒤요 서리건곤 틱평시에 도덕 놉혼 우리
성군 강구미복 동유 들로 욘님금이 버금이라 두리둥둥 두리둥둥 꽹믹쟁 여
이여로 상스뒤요 석직 성군 명왕법도 조흘시고 여여로 상스뒤요 우화 공전
수급하사 각기 빅묘 심어 먹네 어여로 상스뒤요 진나라 쳔빅법은 빈부가
싱젼</u>는딕 조혼 논의 일 심으고 나진 논에 늦 심는다 어이여로 상사뒤요 큰
들리 만베모요 구렁밤이 달기 오레 턴논의 쳘베로다 어여로 상사뒤요 투구
씬 듯 담은 밥 쌕쌕주 보리술 엽피낭묘하올 적의 젼준도 조화흔드 어여로
상사뒤요 초두벌 만두레 기음을 믜여갈 제 유월넘쳔 더운 날이 흔적하와
어이할고 어여루 상스뒤요 이 농사 다 지을 씬 구추만거 오야만거 오곡양양
풍연 들소 어여루 상사뒤요 <u>우격지격 실어 들려 쳔사창 만사창 등흔 부자
질길 적의 어여루 상사뒤요 정복궁 식 딕궐의 요순 갓튼 우리 님군 성피신
공 남산헌수하여 보식 어여루 상스뒤요</u>(〈백성환 춘향가〉, 232면)[29]

고음반의 농부가와는 달리 〈남창 춘향가〉의 농부가가 거의 그대로 수
용되어 있다. 이와 같은 신재효의 영향은 김창환제 춘향가에 적지 않게
발견된다.

이상에서 김창환이 고음반에 남겨놓은 춘향가 대목에서 김창환은 적어
도 제법 다른 두 벌 이상의 춘향가를 불렀음을 짐작할 수 있다. 김창환제
춘향가를 전수한 정광수와 백성환의 춘향가가 상당히 다르다는 사실도
이를 입증하고 있다.

4. 김창환제 춘향가에 끼친 신재효의 영향

앞에서 살펴본 농부가에서 드러났듯이 김창환제 춘향가는 신재효 춘향
가의 직접적인 영향을 적지 않게 입고 있다. 주지하듯이 신재효는 사실주

---

29) 김진영 외, 『춘향전전집』(1), 박이정, 1997.

의 내지 합리주의적 입장에 서서 〈동창 춘향가〉와 〈남창 춘향가〉를 개작
하였다.[30] 춘향가의 사설 전체를 새로 짠 것이라고 할 수는 없지만 세세
한 부분까지 그의 손길이 닿지 않은 곳이 없다고 해도 과언이 아닐 정도
이다. 본고에서는 신재효의 개작이 분명하거나 그럴 가능성이 높은 대목
을 중심으로 김창환제 춘향가에 끼친 신재효의 영향을 살펴보기로 한다.

1) 〈동창 춘향가〉의 영향

신재효는 전승되어 오던 춘향가를 바탕으로 〈동창 춘향가〉를 사실적,
합리적인 방향으로 개작하였다. 그 중에는 주안상 대목의 "상단이 나가던
이 드담갓치 찰인단 말 이면이 당찻컷다"(132면),[31] 월매 수작 대목의 "츈
향 어모 눈치 업시 밤 깁도록 안 나간니 도령임 쇠빅 아라 빅 되이면 낫것
단직 츈향 어모 빅 늬노코 늬 빅 되즈 흔단 말이 아모리 농담이나 망블리
라 할 슈 잇나 일어셔며 흐난 말이 우리 스회 오날 견역 되스나 잘 지늬고
늬일 아츰 장모의게 일즉 와셔 결흐렷다 문 닷고 나가거날"(132면), 사랑
가 대목의 "아모리 긔싱이나 열녀되는 아히로셔 첫날 견역 졔ㄱ 벗고 외
옹외옹 말농질과 스랑스랑 어붐질은 광딕의 스셜이ㄴ 참아 엇지 흐건난
가 도령임은 스나히라 왼갓 작난 다 흐여도 츈향은 북그려워 입의로 말
안흐고 쇽맛스로 지늬것다"(134면), "무슈이 농창치되 열녀될 스람이라 아
무 딕답 안이 흐고 북그려워 못 견된다"(183면)와 같이 작품 前面에 개작
의도를 명백하게 드러낸 경우도 있다. 그러나 대부분은 이도령의 행장치

---

30) 신재효가 개작한 춘향가의 성격에 대해서는 서로 다른 견해를 보이고 있다. 김흥
규, 「신재효 개작 춘향가의 판소리사적 위치」(『한국학보』 10, 일지사, 1978), 서종
문, 『판소리사설연구』(형설출판사, 1984), 정병헌, 『신재효 판소리사설의 연구』
(평민사, 1986), 성현경, 『한국옛소설론』(새문사, 1995), 김석배, 「신재효의 판소
리 지원활동과 그 한계」(국어국문학회 편, 『판소리연구』, 태학사, 1998), 최동현,
「신재효 개작 춘향가 연구」(위재 김중렬 교수 회갑기념 논문집, 『한국인의 고전
연구』, 태학사, 1998), 정양, 『판소리 더늠의 시학』(문학동네, 2001) 참고.
31) 강한영 교주, 『신재효판소리사설집(전)』, 민중서관, 1974.

레 대목이나 천자뒤풀이처럼 개작의도를 드러내지 않은 채 개작이 이루
어졌다.

먼저 개작의도를 명백히 밝히고 있는 주안상 대목을 살펴보자.

> 츈향 어모 상단 불너 귀흔 숀임 오셔슨이 잡슈실 상 츠리오라 <u>상단이
> 나가던이 드담갓치 찰인단 말 이면이 당찻컷다</u> 금치 노은 왜칠반의 갈분의
> 의 쑬죵즈며 쳥칙졉시 다문 슈란 초쟝죵즈 겻틱 놋코 어란 젼복 약포쏘각
> 빅졉시의 것듸리고 싱율 참비 임실 쥰시 쳥칙졉시 흔틱 담고 맛 죠혼 나박
> 침치 화보익의 담아 놋코 숑슌쥬 잉무비와 은슈져 씨셔 노와 술상을 듸려
> 노코 흔 잔 몬져 가득 부어 도령임게 올이온이(〈동창 춘향가〉, 132면)

이도령을 대접하기 위해 갑자기 차린 주안상이 다담상같이 진수성찬으
로 차린다는 것은 이면에 당치 않다고 비판하고 간단한 술상을 차리는
것으로 개작하여 현실성을 지니도록 했다.

> 원앙금침 펼쳐 노코 훨훨 볏고 잘 슉 양각 번듯 츄여든이 스양 말고 버릴
> 열 등쑹덩 입 마츈이 왼갓 정담 베풀 쟝 달 가운딕 잇난 집 남원의 와 닷시
> 본이 광한루란 참 흔 츄쳔흐듯 우리 춘향 방즈 짜러 올 닉 옥얼골의 구실쌈
> 원 좀 익쎳나 더울 셔 황혼으로 긔약흐고 츈향 몬져 갈 왕 어셔 다시 보고
> 시퍼 일각숨츄 가을 츄 무엇스로 우훙흐고 만권셔칙 거들 슈 노루글 흐로
> 공부 삼동죡의 겨으 동 듸문듸문 다 보아도 모도 츈향 감츌 장 오날 힌 그리
> 진이 윤시든가 불을 윤 뭇고 뭇고 쏘 무러도 히가 그져 나무 려 이셩지합
> 죠흘씨고 츈향 셩즈 이릴 셩 드졍흔 우리 부부 빅셰히노 힛 셰 금슬죵고
> 질길 격의 오음육률 법즁 율 츈향 입이 닉 입흐고 두 입 흔틱 붓터씨면 법즁
> 여 즈 이 안이야(〈동창 춘향가〉, 118면)

위의 천자뒤풀이도 개작의사를 직접 드러내지는 않았지만 신재효가 춘
향가의 문맥에 맞게 개작한 것이 분명하다. 이와 같이 〈동창 춘향가〉에도
신재효의 손길이 두루 닿아 있다.

하여튼 신재효가 개작한 〈동창 춘향가〉 역시 김창환제 춘향가에 부분적인 영향을 끼치고 있는데, 그 중에서 대표적인 것을 들면 다음과 같다.

잇찌 亽쏘임이 틱쳥의셔 거리시다 엇덕케 놀닉신지 뒷군뒤를 亽셧구나 이로너라 통인덜아 예 여바라 칙방의셔 엇써흔 게집연이 히산을 쌔치난야 어써흔 미친놈이 슐쥬졍을 亽다난야 어 그 쇼리가 웬 쇼린지 밧비 아라 오라 통인이 예 亽고 칙방으로 급피 가셔 도령임은 엇지亽여 큰 쇼릭를 지르신지 亽쏘가 놀닉시고 알아 오라 亽옵씨요 도령임이 쌈작 놀나 이 아야 일낫쑤나 급흔 판을 당亽면은 거짓말이 당직인라 네 거진말 닉 거진말 두 거진말 흔틔 틔셔 고지듯게 엿쥬아라 칙방의 가 아라 본직 도령임이 혼즈 안져 론어을 일거가다 욕호기풍호무우영이귀 그 틱문의 홍치가 왈칵 나셔 부지불각 지른 쇼릭 노팟다 亽더라고 가긔그방 엿쥬어라 통인이 올나와셔 그 틱로 엿즈온이 亽쏘 듯고 죠와亽셔 허허 이 즈식이 어늬싀의 이 속 들어 칙방의 박싱원 엿쥬와라 이 양반이 션싱으로 회계 겸 와 잇난듸 모양이 고박亽여 셩즈와 똑갓것다 두 눈의 찌인 눈쏩 목화씨 쏟이 나고 왼낫시 푸른 심쥴 박년츌 쌔더난 듯 코군역의 진 터력이 비암 셔 나오듯시 웃입슈알 건짐 덥고 슝곳 모즈 들 너룬 갓 즈근 亽날 무름씨고 그 중의 죠쎅노라 갓씬은 턱 풀어셔 두 손의 갈나 잡고 먹격골 흑다리목 노싱원임 거름으로 올라오던 이 亽쏘 코 닷치게 압페 밧작 꿀안져졔(〈동창 춘향가〉, 118, 120면)

(안의리) 상방에 사또 엊이 놀랬던지 이리 오느라 통인이 예이 책방에서 글 읽는 소리는 아니 나고 어떤 놈이 와 생침을 맞느냐 어떤 놈이 까마구총을 당하느냐 계집이 해산을 빠치는 소리 같아서 그 소리가 웬 소린지 바삐 알아 오라 통인이 예이 통인이 책방으로 급히 가서 쉬쉬 도령님은 무슨 소리를 그리 크게 질러 겨셨관디 사또게옵서 놀라시고 급히 사실하여 올리라 하옵시니 어찌 하오릿까 도령님이 깜짝 놀라 사또께서 알으셨단 말이냐 - 중략 - 큰일났구나 이 애야 급한 때는 거짓말이 당재니라 거짓말로 여쭈어라 책방에가 알아본즉 도령님이 논어를 읽어가다 욕호기하고 풍호무우하며 영이귀하리라 그 대문에 홍치가 왈칵 나서 부지불각 놀랐다 하더라고 가기기방 여쭈어라 통인이 사또 전에 그대로 여쭈웠것다 사또 듣고 좋아하셔 허허 이 자식 어느새 속이 들어 글 읽는 데 자미를 꼭 부친 모양이라

자랑을 허시려고 책방에 목랑청을 청하였지 목랑청이 들어오는듸 먹적골
흙다리 골생원 채림으로 이 분 모양이 우숩것다 콧궁기 긴 터럭이 뱀 혀
나오듯이 온 입술을 거의 덮고 송곳 모자 둘레 넓은 갓 작은 얼굴을 무릎쓰
고 사또 턱밑에 가 바싹 꿀어앉으니(〈정광수 춘향가〉, 497면)[32]

　　삿쏘 듸쳥으 기무시다가 엇지 놀늬쎤지 뒤군두 흔 손 치고 이로너라 통
인 나션니 칙방으셔 엇썬 게집연니 희산을 ᄒ는야 엇던 놈이 슐쥬졍을 ᄒ난
야 밧비 아라 드리라 통인 예 ᄒ고 착방으로 급피 나와 도련임은 엇던 소릐
을 질너관듸 스쏘임이 기무시ᄃ 놀늬시고 아라 오라 ᄒ심늬ᄃ 도련임 깜짝
놀여 야 일낫ᄃ 가셔 엿쥬옵기을 도련임니 논어을 익ᄃ 몽불견구위치외쇼
와라 ᄒ는 그 듸문 닉ᄃ 나도 쥬공을 보면 그리할가 홍치로 소릐가 그리
되얏ᄃ 엿쥬워라 통인 드려ᄀ 그듸로 엿쥰직 삿쏘 듯고 죠와라고 혀혀 니
ᄌ식 속 드렷ᄃ ᄒ며 칙방의 몽낭쳥 엿쥬워라 이 양반니 드로난듸 모양니
교픽ᄒ여 시쇽과 달컷다 힝당골레 낫시 심쥴노 살벌니고 되박니마 쥬격픽
으 빈듸코 코 끚션 입을 덥고 우렁눈으 눈쏩짜긔 목화슝니 씻듯ᄒ고 진 손
톱 거문 째와 위쌘오즈 들너룬 갓 그 즁으 죠쎄것ᄃ 쓴 턱 풀러 양숀으 갈너
잡어 ᄌ근ᄒ난임 무룸씨고 벽젹골 흑다림목 노싱원으 거름쑈로 어긋어긋
드러와 삿쏘 코 찰 듯긔 밧작 선춍 마진 황시 안 듯ᄒ며(〈백성환 춘향가〉,
189면)

이도령이 책방에서 해 지기를 기다리며 온갖 서책을 노루글로 읽는 대
목의 한 부분이다. 이도령의 고함소리에 놀란 사또가 무슨 소리인지 알아
오라고 하자 이도령은 거짓으로 둘러대고, 사또는 이에 속아 아들을 자랑
하기 위해서 부른 책방 박생원/목낭청이 등장하는 골계적인 장면이다.
정광수의 춘향가와 백성환의 춘향가에 수용된 부분 중에 다소 차이가 있
지만 둘 다 〈동창 춘향가〉의 영향을 일정하게 받고 있는 것은 분명하다.
그러나 〈동창 춘향가〉의 약 10%가 〈정광수 춘향가〉와 〈백성환 춘향가〉
에 수용되어 있어 그 정도가 매우 미미하다. 그리고 그것은 각각 두 이본

---

32) 김진영 외, 『춘향전 전집』(2), 박이정, 1997.

의 해당 부분 즉 오리정 이별 대목까지의 약 10%에 해당한다.[33]

2) 〈남창 춘향가〉의 영향

신재효는 자신의 판소리관을 바탕으로 〈동창 춘향가〉를 개작하였고, 이어서 〈남창 춘향가〉도 개작 정리하였다. 〈남창 춘향가〉는 김창환제 춘향가에 〈동창 춘향가〉보다 더 광범위한 영향을 끼쳤다.

① 〈정광수 춘향가〉에 수용된 부분

정광수는 김창환의 아들인 김봉학에게 김창환제 춘향가를 배웠고, 더러 김창환을 찾아가 판소리에 대한 견문을 넓히기도 했다. 따라서 〈정광수 춘향가〉의 도처에서 〈남창 춘향가〉의 직접적인 영향을 입은 부분이 발견되는 것은 당연한 일이다.

---

33) 그런데 여기서 한 가지 더 고려해야 할 문제는, 신재효의 개작 춘향가 중에 아직까지 실물이 확인되지 않았지만 〈여창 춘향가〉가 존재했을 가능성이 있다는 점이다. 〈여창 춘향가〉가 존재했다면 그것 역시 어떤 형태로든 김창환제 춘향가에 영향을 끼쳤을 것으로 보아야 할 것이다.

우리 학계에서는 〈여창 춘향가〉의 존재에 대해 회의적이지만 북한 학계에서는 〈여창 춘향가〉의 존재를 인정하고 있다. "그런데 이 때에 신재효는 이들 가수의 성 및 년령적 특성에 의하여 그 작품 세계를 체험하며 진실한 감정으로 체현할 수 있게 하기 위하여 각각 그들의 립장에서 전래하는 『춘향전』을 개작하였다. 가령 갑자기 내직으로 승차하게 된 아버지를 따라 서울로 떠나는 리도령이 춘향과 리별하는 장면을 묘사함에 있어서 이 세 작품은 다음과 같이 되여 있다. 남창에 있어서는 전주 토판 『렬녀춘향수절가』에서와 같이 도령이 찾아와 전말을 말하고 부용당에서 리별의 설음을 나눈 다음 대문 밖에서 눈물로 헤여지며, 녀창에서는 리도령이 인사도 없이 서울로 떠난다는 소식을 듣고 사람을 보내여 불러다 만난 후에 안방에서 주렴을 반쯤 걷고 례절 있게 리별하며, 동창에서는 대문 밖에서 리별하고 또다시 춘향이가 먼저 서울 가는 길목에 나와 기다리다가 다시 한번 열정적으로 리별의 설음을 나눈다."(김하명, 「신재효와 조선문학」, 『조선문학』, 1957년 12월호, 조선작가동맹출판사, 138면). 『고전작가론(2)』(조선작가동맹출판사, 1959, 397-398면)에 수록된 고정옥의 「동리 신재효에 대하여」도 동일한 내용으로 되어 있다.

〈정광수 춘향가〉는 특정 대목 예컨대 천자뒤풀이, 춘향방치레, 사랑가, 신연맞이, 몽중가 등에 김창환제·정응민제·정정렬제가 함께 실려 있고, 더러는 1951년에 자신이 작창한 〈대춘향전〉 사설도 함께 실려 있으며, 심지어 특정 대목에 대한 자신의 견해를 담은 해설 및 논평까지 실려 있어 매우 복잡하고 혼란스럽다. 본고에서는 이러한 부분은 논의 대상에서 제외한다.[34]

먼저 춘향의 집을 찾아온 이도령에게 주안상을 올리는 대목부터 살펴보기로 하자. 이 대목은 이미 〈동창 춘향가〉에서 사실성을 띠는 방향으로 일차적인 지평 전환이 이루어진 바 있는데, 신재효는 이에 만족하지 못하고 〈남창 춘향가〉에서 더욱 사실적인 방향으로 이차적인 지평 전환을 시도하였다.

> 상단이를 다리고셔 잡술상을 차리ᄂᆞᆫ듸 졍결ᄒᆞ고 맛이 잇다 나쥬칠 팔모
> 반의 힝자질 졍이 치고 쇄금흔 왜믈 져붐 상하 아ᄅᆞ 씨셔 노코 계란 다ᄉᆞᆺ
> 수란ᄒᆞ야 쳥칙긔의 밧쳐 노코 가진 약염 만이 너어 초지령을 졋듸리고 문채
> 조흔 금ᄉᆞ화기 봉슨 문빈 임실 곳감 호도 빅ᄌᆞ 졋듸리고 문어 젼복 약포
> 쏘각 빅치 졉시 다ᄆᆞ 노코 상단을 급피 시켜셔 돈엇치 약쥬 바다 춘향 어무
> 상드리며 야간이라 셤셔ᄒᆞ오 쳔만의외 말이로쇠 슐 흔 잔 가득 부어 노령님
> ᄭᅴ 드리면서 옛소 약쥬 잡슈시오 도령님 나 어리나 슐 경계가 환ᄒᆞ야 쥬쥬
> 긱반이라 ᄒᆞ니 자ᄂᆡ가 먼자 먹쇼 춘향 어무 먹은 후에 다시 부어 쏘 드리니
> 도령님이 반만 먹고 츈향 어무 도로 쥬며 이거시 합환쥬니 자ᄂᆡ 쏠이 먹으
> 라쇼 츈향 어무 잔을 바다 춘향 쥬며 ᄒᆞᄂᆞᆫ 마리 빅년히로ᄒᆞ자 ᄒᆞ고 일비

반분ᄒ엿시니 ᄉ양 말고 다 먹어라 츈향이 붓그러워 입만 되고 ᄂ여 노니
츈향 어무 다시 부어 도령님ᄭᅵ 권홀 젹의 일ᄇᆡ일ᄇᆡ부일ᄇᆡ로 난무슌이 되야
ᄶ나 슐상을 물인 후의 츈향 어무 ᄒ젹ᄒ여 봄밤이 지잔ᄒ니 평안이 주무시
요 이불자리 펴여 노코 문을 닷고 나가가늘 도령님이 심이 츄어 장모 잔속
장이 안다(〈남창 춘향가〉, 20, 22면)

　(안의리) 향단이 데리고 잠깐 잡술상을 정결하게 차리는데 (자진머리) 나
주칠판 팔모반에 행주질 정히 하고 쇄금한 천은수저 상하 알아 씻어놓고
계란 다섯 수란하여 청채기에 밧처 놓고 갖은 양념 많이 넣어 초지령을 곁들
이고 문채 좋은 금쇄화기 봉산 품배 임실 곶감 호도 백자 곁들이고 문어
전복 약포 조각 백채접시 담아놓고 향단이 급히 시켜 서 돈어치 약주 받아
춘향모 상들이며 (안의리) 야간이라 섬서하오 도령님이 천만의외 말이로세
술 한 잔 가득 부어 옛소 도령님 약주 한 잔 잡수시오 도령님이 나이 어리나
술경계가 환하여 주주객반이라 하니 자네가 먼저 먹소 춘향모 먹은 후에
다시 부어 또 드리니 도령님 반만 먹고 이것이 합환주니 자네 딸 먹으라소
춘향 어미 잔을 받아 춘향 주며 하는 말이 백년해로하자 하고 일배반분하였
으니 사양 말고 다 먹어라 춘향이 부끄러워 입만 대고 내어노니 일배일배부
일배 이삼 배를 나눈 후에 알심 있는 춘향모 술상 물리고 봄밤이 길잖으니
평안이 주무시오 향단이 시켜 이부자리 분별허고 건넌방으로 건너가니 도
령님이 심이 추어 장모 잔속 장히 안다(〈정광수 춘향가〉, 507-508면)

월매는 진수성찬의 ‘다담상’을 차리는 것이 아니라 정결하고 맛있는 ‘잡
술상’을 차리는 한편 향단에게 서 돈어치 술을 받아오게 하는 것으로 개작
하여 〈동창 춘향가〉보다 훨씬 더 현실성을 지니도록 하였다. 그리고 월매
의 수작을 빼버림으로써 〈동창 춘향가〉에서 보인 군더더기도 삭제하였
다. 위에서 보는 바와 같이 정광수의 춘향가는 〈남창 춘향가〉를 그대로
수용하고 있다.
　다음은 이도령이 부친의 상경 소식을 듣고 춘향을 데리고 갈 일을 아뢰
기 위해 어렵게 말문을 여는 대목이다. 이 역시 〈동창 춘향가〉에서 일차
적인 지평 전환을 겪었고, 〈남창 춘향가〉에서 이차적인 지평 전환이 이루

어진 것이다.

　　도령님을 불너 셰고 ᄉ쏘 분부ᄒ시기를 늬가 원을 갈여기로 치부ᄒ고
갈 터이니 너ᄂ 늬행 비힝ᄒ야 늬일 몬져 발힝ᄒ라 도령님이 쳔만의외 이
분부를 드러노니 가심이 심작 놀나 쥐덧시 늬려진 듯 두 눈이 캄캄ᄒ야 흑
빅 분별 홀 슈업다 사셰가 위급ᄒ니 되던지 못 되던지 사졍이나 ᄒ여볼가
잔지침 벗썩하며 어린양 쏜말을 늬여 쇼ᄌ가 키 남원 와셔 키 츈졍을 키
못 이기여 키 이 말을 츼 못ᄒ야 지자ᄂ 막여부라 ᄉ쏘 발셔 아르시고 말
못ᄒ게 호령ᄒ다 관장질 외읍 오면 ᄌ식을 버린단 말 이악이로 드럿더니
너를 두고 ᄒ 말이라 아비 고을 ᄯᆞ라 와셔 글공부는 아니ᄒ고 밤낫스르 못슬
작난 이 쇼문이 셔울 가면 급계하기 고사ᄒ고 혼로봇틈 막킬터니 가라ᄒ면
갈거시졔 너 홀 말이 원 말인고 예라 이놈 보기 슬타(〈남창 춘향가〉, 24,
26면)

〈동창 춘향가〉의 어린아이가 민망해서 '히히'거리는 웃음소리가 〈남창
춘향가〉에서는 성인이 민망해서 '키'라는 잔기침 소리로 바뀌었다.[35] 16
세 소년인 이도령에게 '히히'거리는 어린아이의 웃음소리는 어울리지 않
는다고 여겨 잔기침소리 '키'로 바꾼 것이다.
　　이 대목 역시 정광수의 춘향가에 그대로 수용되어 있어 그 영향 관계를
확인할 수 있다.

---

35) 이에 대해서는 서종문, 『판소리사설연구』(형설출판사, 1984, 71-73면)에서 자세
　　하게 다루었다. 〈동창 춘향가〉에는 "도령임을 불너 셰고 ᄉ쏘 분부ᄒ시기를 쳔
　　은이 감축ᄒᄉ 당상승소ᄒ셧쓴이 나난 즁기 닥근 후의 곳 써나갈 터인이 너난
　　늬힝 후비ᄒ여 늬일 몬져 올나가라 도령임 부지불각 이 분부를 드러논이 흉당이
　　멍멍 졍신이 캄캄 아물헐 쥴 모르고셔 ᄉ경을 ᄒ여 볼가 잔지침 벗썩 ᄒ고 말
　　시작ᄒ여 보와 히히 쇼ᄌ의 히히 민망 사졍 히히 엿쥬올 히히 말삼 히히 잇쇼
　　지ᄌ난 막여부라 ᄉ쏘 발셔 알으시고 호령이 틱난ᄒ다 양반의 ᄌ식으로 익비
　　고을 ᄯ라와셔 글공부나 할 써시졔 밤낫스로 못쓸 작난 이 쇼문이 셔울 가면
　　늬 우셰난 고ᄉᄒ고 네 젼졍이 엇지 되리 가라 ᄒ면 갈 써시졔 엿쥴 말은 무신
　　말 에라 이것 보기 실타"(140면)로 되어 있다.

　　(안의리) … 도령님이 천만의외에 분부를 들어 놓으니 가슴이 답답하고 두 눈이 캄캄하여 사세가 위급하니 되든지 못 되든지 사정이나 하여볼까 어린양 뿐으로 잔기침을 버썩하는듸 소자가 남원을 와서 깩깩 춘정을 못 이기어 깩깩 이 말을 채 못하여 지자는 막여부라 사또 벌써 아시고 말 못하게 호령하여 관장질로 외옵 오면 자식을 버린다 한 말이 이야기로 들었더니 너를 두고 한 말이라 아비고을 따라와서 글공부 아니하고 밤낮으로 몹쓸 장난 이 소문이 서울 가면 급제하기 고사하고 혼로부터 막힐 테니 가라 하면 갈 것이지 네 할 말이 웬 말인고 에라 이놈 보기 싫다(〈정광수 춘향가〉, 515면)

옥중가는 여러 번의 지평 전환을 겪으면서 다양한 모습을 보이고 있는데, 다음은 신재효가 창작한 것으로 짐작되는 쑥대머리이다.

　　썩 무든 남누의상 쑥썩머리 귀신 얼골 젹막옥방 혼즈 안져 싱각나니 임 쑨이라 보고지고 보고지고 우리 낭군 보고지고 오리졍 이별 후의 일자셔 업셔시니 부모봉양 글공부의 결을 업셔 그러흔가 연이신혼 금슬우지 날을 잇고 그러흔디 무산신녀 구름되야 나라가셔 보고지고 계궁항아 츄월갓티 번듯 도다 비최고져 막왕막늬 막켜시니 잉무셔를 엇지 보며 젼젼반칙 잠 못 드니 호졉몽을 쐴 슈 잇나 손가락의 피를 늬여 늬 사졍을 편지흘가 간장의 셕은 물노 님의 화상 기려볼가 이화일지 츈듸우의 늬 눈물을 쌕려시면 야우문령단장셩의 임도 날을 싱각흘가 녹슈부용의 연 키는 졍부덜과 졔롱 망치 엽쏭 쓰는 줌부덜은 낭군 싱각 일반이나 날보단 죠흔 팔즈 옥문 밧글 못 나가니 연 키고 쏭 짜졋나 님을 다시 못 뵈옵고 옥즁장혼 죽거드면 무덤 압폐 돗는 나무 상사슈가 될 거시요 무덤 근쳐 잇는 돌은 망부셕이 될 거시니 싱젼 사후 이 원통을 알아 주리 뉘 잇스리 익고익고 셜운지고(〈남창 춘향가〉, 52, 54면)

이 대목은 다음과 같이 몇 구절의 넘나듦이 보이지만 〈정광수 춘향가〉에 거의 그대로 수용되어 있다.

(중머리) 쑥대머리 귀신 형용 적막옥방 찬 자리에 생각난 것이 임뿐이라
보고지고 보고지고 한양낭군을 보고 못 보아서 병이 되고 못 잊어 한숨이라
한 번 이별한 연후로 일장수서를 내가 못 봤으니 부모봉양 글공부에 겨를이
없어서 이러는가 여인신혼 금실우지 나를 잊고 이러는가 계궁항아 추월같
이 번뜻 솟아서 비치고저 막왕막래 막혔으니 앵무서를 내가 어찌 보며 전전
반칙의 잠 못 이루니 호접몽을 내가 꿀 수 있나 손가락에 피를 내어 사정으
로 편지헐까 간장의 섞은 눈물로 임의 화상을 그려볼까 이화일지춘대우는
내 눈물을 뿌렸어라 야우문령단장성이라 빗소리 들어도 임의 생각 추우오
동엽락시에 잎만 떨어져도 임의 생각 춘풍도리화개일에 꽃만 피여도 임의
생각 녹수부용 연 캐는 채련녀와 제롱망채협에 뽕 따는 여인네도 낭군 생각
은 일반이라 날보다는 좋은 팔자 뽕을 따고 연 캐것나 내가 만일에 임을
못 보고서 옥문 밖을 못 나가고 옥중원혼이 되거드면 무덤 근처 있는 나무
상사목이 될 것이요 무덤 앞에 섰는 돌은 망부석이 될 것이니 생전사후 이
원통을 알아줄 이 누 있을꺼나 아무도 모르게 우름을 운다(〈정광수 춘향
가〉, 546-547면)

엇모리로 부르는 춘향가의 마지막 대목도 〈정광수 춘향가〉에 거의 그
대로 수용되어 있다.

이 쩌의 어스쏘는 본관을 봉고ᄒ고 문부 스실 민장 제스 삼일 유련ᄒ실
격의 츈향의 집 밤의 단여 정담 동포ᄒ신 후의 부지거쳐 잠힝ᄒ야 좌우도를
단이시며 출두 로문하난 공사 오십삼주 송덕한다 요스ᄒ고 환죠ᄒ야 셔계
별단 올이오니 어스쏘ᄀ 부모님 젼 츈향 늬력 고ᄒ신 후 호긔 잇게 다려다
ᄀ 아들 나코 쫄을 나코 오복 겸비 빅년희로 뉘ᄀ 아니 부러ᄒ리 셩상이
듸회ᄒ야 이죠참의 듸사셩을 불츠용지ᄒ옵시니 아미도 츙렬지인은 후록이
잇스오니 이 타령을 늬옵기는 후싱의 여러 사람 본밧고져 ᄒ심인져 덩지덩
(〈남창 춘향가〉, 98면)

(엇머리) … 그때 어사또님 본관을 봉고하고 문부 사실 민장 제사 삼일유
련하실 적에 그때 운봉영장 좌수사로 제수하게 하고 전라도 오십삼주 출두
노문 다가 후에 서울로 환조하여 서계 별단 올린 끝에 부모님 전 내력을

고하신 후 호기 있게 춘향을 데려다가 아들 낳고 딸을 낳고 오복겸비 백년 해로 뉘 아니 부뤄하리 성상이 대희하여 이조참의 대사성을 불차용지하옵 시니 아마도 충열지인 후록이 있사오니 이 가사 내옵기는 후생 여러 사람 본받고저 하심인저 그만 이만 더질더질(⟨정광수 춘향가⟩, 589면)

이상에서 신재효의 ⟨남창 춘향가⟩가 김창환제 춘향가에 직접적인 영향을 끼치고 있음을 확인하였다. 이 외에도 ⟨남창 춘향가⟩의 특정 부분 예컨대 변학도와 춘향의 수작, 어사출도 등이 집중적으로 수용되어 있다. ⟨남창 춘향가⟩의 약 35%가 ⟨정광수 춘향가⟩에 수용되어 있는데, 그것은 ⟨정광수 춘향가⟩의 약 18%에 해당한다. 그리고 ⟨남창 춘향가⟩와 ⟨정광수 춘향가⟩가 일치하는 부분 중에서 아니리가 차지하는 비중은 대략 ⟨정광수 춘향가⟩의 50%에 달한다.[36] 여기서 우리는 김창환이 신재효의 문하에서 소리대목은 물론이고 아니리 대목을 배우는 데에 적잖은 공을 들였음을 알 수 있다.

② ⟨백성환 춘향가⟩에 수용된 부분

김창환제 춘향가는 백성환에게도 전해졌다. ⟨백성환 춘향가⟩를 통해 김창환제 춘향가에 끼친 ⟨남창 춘향가⟩의 영향을 살펴보면 다음과 같다. 먼저 사랑가부터 살펴보기로 한다.

　사랑 사랑 사랑이야 연분이라 ᄒᆞ는 거슨 숨싱의 경흠이요 사랑이라 ᄒᆞ는 거슨 칠졍의 즁흠이라 월노의 경혼 비필 홍승으로 미자시며 요지의 죠혼 즁미 쳥죠가 나라쑤나 사랑 사랑 사랑이야 빅곡진쥬 사 와시니 부ᄌᆞ의 흥졍이오 쳔금쥰마 박쑤우면 문장의 취흥이라 무슨신녀 ᄒᆡᆼ실 업셔 양ᄃᆡ운우 차자 가고 탁문군은 과부로셔 긔가 장경 붓구렵다 사랑 사랑 사랑이야 만고졀

<hr>

36) 실제 소리에 있어서는 창과 아니리의 비중이 동일하지 않기 때문에 이 비율은 절대적인 의미를 지닐 수 없다. 그러나 문학적 충위에서의 영향 관계를 분명하게 드러내는 데는 이 방법이 편리하고 유용하다.

싀 다 세여도 우리 연분 갓거는가 타도 타관 타성으로 동년 동월 동일싱이 엇디 그리 신통ᄒ며 엇디 그리 공교ᄒ고 사랑 사랑 사랑이야 가군이 작직ᄒ니 용성관을 ᄲᆞᄅᆞ와서 증졈의 츈복으로 광한루의 바름 쐴 제 추쳔ᄒᄂᆞᆫ 져 원광을 선녀로만 알아더니 졍듸ᄒᆞᆫ 그 답장이 의리가 발가ᄭᅮ나 사랑 사랑 사랑이야 쳔션호지 츠자 오니 동방화쵹 죠흘시고 옥빈홍안 고은 틱도 보고 보니 졀싴이라 사랑 사랑 사랑이야 진슈아미미목반혜 옛 글노만 보와쩌니 슈여유져요여쇽쇼 뉘가 너고 쌍이 될고 단슌호치 말을 ᄒ면 ᄒᆡ어화가 네 아니며 향진보말 거러가면 싱련화를 하거ᄭᅮ나 사랑 사랑 사랑이야 이리 보고 져리 보되 셰상 인물 아니로다 빅옥루 션녀로셔 황졍경 그릇 일고 옥황씌 득죄ᄒᆞ야 인간 ᄒᆞ강ᄒ여ᄭᅮ나 사랑 사랑 사랑이야 너는 쳐녀 나는 총각 결발부부 그 아니며 불망긔와 합환쥬가 납치힝례 그 아니냐 이셩지합 우리 연분 빅년히로ᄒ여 보자 사랑 사랑 사랑이야(〈남창 춘향가〉, 22, 24면)

춘향가의 문맥에 잘 어울리는 쪽으로 되어 있는 것으로 미루어 볼 때 위의 사랑가는 신재효의 개작으로 보아도 무방할 것이다. 이 사랑가는 〈백성환 춘향가〉에 거의 그대로 수용되어 있다.

ᄉᆞ랑 ᄉᆞ랑 ᄂᆡ ᄉᆞ랑아 ᄉᆞ랑이라 ᄒ난 거시 이상ᄒ고 연분니라 연분니라 ᄒ난 거시 삼싱의 졍흠니요 ᄉᆞ랑니라 ᄒ난 기선 츈졍으 졍흠이라 월노의 졍흔 비필 홍셩을 믜졋쓰며 요지으 지은 쥼미 쳥죠ᄀᆞ 나려ᄀᆞ고 ᄉᆞ랑 ᄉᆞ랑 ᄂᆡ ᄉᆞ랑아 빅옥쥰쥬 ᄉᆞ왓쓰니 부즈으 홍셩이요 천금쥰마 박구오면 문장으 취흥니라 ᄉᆞ랑 ᄉᆞ랑 ᄉᆞ랑니야 무산실여 힝실 업셔 양듸운의 졔 ᄀᆞ고 탕문군언 과부로셔 긔가장경 북구렵ᄃᆞ ᄉᆞ랑 ᄉᆞ랑 ᄂᆡ 사랑아 만고졀싴 ᄃᆞ 셰여도 우리 연분 갓것난야 타도 타관 타셩으로 동연 동월 동닐싱으 엇지 그리 신통흔 엇지 그리 공교ᄒ며 가군의 작빅ᄒ니 용셩관을 닉려와서 경졀으 츈복로 광흔누 바람 쌀 졔 츄쳔ᄒ던 네 원광을 션여로만 보왓든니 졍당흔 그 답장으 으리가 발갓고나 ᄉᆞ랑 ᄉᆞ랑 ᄉᆞ랑니야 쳔션호지 차져온니 동방화쵹 죠흘씨고 옥빈홍안 고은 틱도 보고 본니 졀싴니라 ᄉᆞ랑 ᄉᆞ랑 ᄂᆡ 사랑아 지슈암미 미목변에 예 글로만 보왓듯니 슈여유이 쵹셩누을 뉘가 너고 쌍니 되리 ᄃᆞᆫ슌홋치 말를 ᄒ면 힝연화가 네 안니며 힝군보말 거러오면 싱연화를

ᄒ겻고나 이리 보고 져리 보되 세상 인물 안이로ᄃ 빅옥누 션여로셔 황경
그릇 닐코 옥황으게 득죄ᄒ야 인간으 젹ᄒᄒ엿고나 너난 쳔여 나난 총각
진진합 부부 그 안니며 불망긔 합환쥬가 납치함미 그 안인야 스량 스량 스
량니야(〈백성환 춘향가〉, 196~197면)

신재효가 개작한 천장전사설도 김창환제 춘향가에 끼친 신재효의 영향
을 분명하게 보여주고 있다.

　　다른 가긱 몽중가는 황능묘의 갓다ᄂ듸 이 사셜 짓ᄂ 이ᄂ 다른 듸를
갓다 ᄒ니 좌상 쳐분 엇덜넌디 츈향이가 쑴 이약을 자셔이 ᄒᄂ구나 죄 업
시 형문 맛기 원통ᄒ고 분ᄒ기의 삼십도 다 믓도록 아푸단 말 아니ᄒ고 늬
심중의 잇ᄂ 듸로 낫낫 발명ᄒ엿더니 희박ᄒ라 ᄒᄂ 소리 정신이 삭막ᄒ야
엇져ᄂ 줄 모르고셔 이 몸이 호졉되야 바름길의 쓰이여셔 편편이 놉피 써셔
우으로만 오르ᄂ듸 가마니 요량ᄒ니 팔구만리 올으더니 찬 긔운이 쎄져리
고 말근 빗시 눈부신다 옥 갓튼 죠흔 밧틔 기화요쵸 만발ᄒ고 은 갓튼 말근
바듸 이슈신어 써셔 논다 ᄉ면 빅유 숨풀 속의 가막간티 우ᄂ구나 한참 구
경ᄒ노라니 구름옷 안기치마 나 어린 여동 ᄒ나 옥환여의 손의 쥐고 고이
거러 나오더니 나를 보고 반기면셔 셩군쯰셔 부릅시니 어셔 드러가자기예
마음의 괴이ᄒ야 공슌이 듸답ᄒ되 인간의 쳔흔 몸이 우연이 여긔 와셔 지명
도 모른난듸 엇더ᄒ신 셩군쎄셔 엇디 알고 부르릿가 여동이 듸답ᄒ되 가
보면 알 거시니 늬의 뒤를 ᄯᄅ오라 여동과 ᄒ가지로 수십보 드러가니 화치
영롱 죠흔 집의 문 우의 부친 현판 천장전 셰 글ᄌ를 황금으로 크게 쓰고
그 뒤의 ᄯᄂ 잇ᄂ 집 현판의 영광각 운모병풍 둘너 치고 옥화졈 펴여시니
산호구 슈졍렴과 향쥬머니 난ᄉ귀운 졍녕 인간 아닌 고듸 엇더ᄒ신 ᄒ 부인
이 빙쵸의상 환피의 췌봉 보요 관을 씨고 빅옥 벼틀 황금 북의 칠양금을
ᄯ시거늘 계하의 사비ᄒ니 여동을 분부하야 듸상으로 인도ᄒ야 별셜일탑
안친 후의 셩군이 분부ᄒ되 네가 이 집 알건나냐 세상 사름 ᄒᄂ 말들 져
물이 은하슈요 늬 별호가 직녀셩 네가 젼의 이 곳 잇셔 날과 함끠 지늬던
일 망연이 이졋나냐 다졍이 뭇쫍기예 다시 쓸어 엿ᄌ오듸 인간의 쳔흔 몸이
창녀의 ᄌ식으로 여염 싱장ᄒ여시니 이 곳 엇디 아오릿가 셩군이 우스시며
젼싱의 ᄒ던 일을 ᄌ셰이 드러 보라 네가 늬의 시녀로셔 셔왕모의 반도회의

니가 잔치 참예갈 졔 네가 나를 쓰른왓다 틱을션군 너를 보고 익졍을 못
이긔여 반도 던져 희롱ᄒ니 네가 보고 우슨 죄로 옥황이 진노ᄒ사 두리 다
젹하 인간 너의 낭군 이도령은 틱을의 젼신이라 젼싱에 연분으로 이싱부부
도엿시나 고샹을 만이 시켜 우슨 죄를 다사리자 이 익회를 만ᄂ시니 감심ᄒ
고 지ᄂ면은 후일의 부귀영화 칙량이 업슬 거슬 약흔 몸의 즁한 형벌 횡사
도 가려ᄒ고 죠분 셩졍 셜운 마음 자결홀가 위태키예 너를 직금 불러다가
이 말을 일으나니 이거슬 먹어시면 장독이 직차ᄒ고 허다 고생 듯 ᄒ여도
아무 탈이 업시리라(〈남창 춘향가〉, 48, 50면)

〈남창 춘향가〉와 〈백성환 춘향가〉를 제외한 다른 춘향가에서는 춘향
이 모진 매를 맞고 옥중에 갇혀서 잠시 기절한 사이에 황능묘에 가서 순
임금의 二妃인 娥皇과 女英을 만나고 현실로 돌아오는 것으로 되어 있다.
춘향을 이비 쪽에 연결시킨 황릉묘사설은 춘향을 열녀의 화신으로 그리
는 데는 도움이 되지만 그것으로는 貞節을 지키기 위해서 춘향이 겪는
고난의 당위성을 해명할 수 없다. 그래서 금지된 사랑을 나누었다가 처벌
을 받았다는 견우와 직녀의 화소를 가져오고, 춘향의 전신을 직녀성의
시비로서 태을선군과 희롱한 죄를 짓고 적강한 인물로 설정함으로써 춘
향의 고난이 천상계에서 이미 결정된 운명적인 것으로 개작하였다.[37]

아이고 어먼이 내 흔 말 드러보오 악가 맛참 졍신이 혼비빅산ᄒ여 영
이별리 원통흔이 급쥬도 그만두고 ᄂ의 말 드러보오 졍신이 혼비빅산 바람
결의 몸니 날려 비입공즁의로 한 곳셜 당도ᄒ니 찬 기운이 쇼삽ᄒ고 흑운
즁으 쎄가 져러 졍신 화락턴니 너룬 천변 은갓치 말근 무리 갈 발 몰나 쥬유
흔직 운으치단 옥픠 차고 나리여 여동 ᄒ나 옥환을 숀으 쥐고 치운 즁으
나오던니 날 보고 반기면셔 셩쇼졔난 나을 짜으쇼셔 셩군계셔 부음ᄂ다 인
간으 쳔한 몸니 지명도 모으난듸 엇쪄흔 셩군계셔 부으라 ᄒ오닛가 여동

---

37) 이에 대해서는 김석배, 「춘향전 이본의 생성과 변모 양상 연구」(경북대 박사학위
논문, 1992, 125-128면)과 서종문, 「판소리의 이론과 실제」(서종문·정병헌 편, 『신
재효 연구』, 태학사, 1997, 72-74면)를 참고할 것.

인도ᄒᆞ여 오작교 ᄃᆞ리 건너 홧치영농 죠혼 집의 문 우으 붓친 션판 천상옥
경누라 황금듸즈로 두렷시 붓턴난듸 그 안으 웅장한 집 운무병풍 둘너 치고
옥난요을 펠쳔난듸 산산오구 슈졍염과 향쥬면이 나ᄂᆞ 향ᄂᆡ 졍영 인간 안인
고듸 그 안으 안진 부인 션관을 놉피 씨고 빅옥 베틀 황금 북으 칠향금을
짜시ᄃᆞᆨ 계ᄒᆞ으 여동으계 분부ᄒᆞ여 올나가 지비한니 별셜 닐탑 안진 후으
셩군계셔 분부ᄒᆞ되 셩쇼계난 이 곳셜 모로리라 져 물런 은하슈요 나언 징여
셩인듸 네가 젼의 ᄂᆡ의 신여로 이 곳셜 망연이 잇쪈난야 ᄃᆞ졍이 못쌉기에
공슌니 엿줍기을 인간으 싱장흔 쳔흔 몸니 이 곳셜 엇지 아르닉가 셩군 우
시시고 젼싱으 ᄒᆞ던 이럴 즈셰이 드러보라 네가 ᄂᆡ으 신여로셔 셔왕모의
반도회의 ᄂᆡ가 잔체 참에할 졔 네가 나을 쌀러와 틱을션관 너을 보고 반도
회의 충동ᄒᆞ여 네가 보고 우슨 죄로 옥황젼의 득죄되야 인간젹ᄒᆞ신니 네의
낭군 이몽용은 틱을 젼싱이라 쳔상의 칙이 되야 우슨 죄를 다사리자 인간의
젹ᄒᆞᄒᆞ야 그 익을 당ᄒᆞ신니 감슈ᄒᆞ고 지ᄂᆡ면은 후일 영화 소원듸로 질길
날리 잇스리라 약흔 몸의 즁흔 형벌 자결ᄒᆞ기 슈것기예 네을 불너 일른 말
인니 이거슬 머거스면 창독이 즉회되고 총명이 졀등ᄒᆞ여 젼날 일도 알 거시
오 아무 탈리 업스리라(〈백성환 춘향가〉, 223-224면)

〈남창 춘향가〉와 비교해 보면 앞부분 일부를 제외하면 사설이 일치하
고 있음을 쉽게 확인할 수 있다. 이상에서 살핀 바와 같이 〈남창 춘향가〉
는 〈백성환 춘향가〉에 직접적인 영향을 끼치고 있다. 이 밖에도 상당한
부분에서 〈남창 춘향가〉와 〈백성환 춘향가〉의 사설이 일치하고 있다.
〈백성환 춘향가〉에는 〈남창 춘향가〉의 약 30%가 수용되어 있는데, 그것
은 〈백성환 춘향가〉의 약 20%에 해당한다.

③ 〈정광수 춘향가〉와 〈백성환 춘향가〉에 함께 수용된 부분

앞에서는 〈남창 춘향가〉가 〈정광수 춘향가〉와 〈백성환 춘향가〉에 각
각 다르게 수용된 부분을 중심으로 그 영향관계를 살펴보았다. 이제 〈남
창 춘향가〉가 두 이본에 함께 수용된 경우를 살펴보기로 한다.

다음은 〈남창 춘향가〉의 초앞 대목으로 신재효가 개작한 것으로 여겨
진다.[38]

절되가인 싱길 젹의 강순졍긔 타셔 난다 져라슨 약야계에 셔시ㄱ 죵츌ㅎ
고 군슨만학부형문에 왕쇼군이 싱쟝ㅎ고 쌍각슨 슈려ㅎ야 녹쥬가 싱겨시
며 금강활이아미수에 셜도 환츌ㅎ여더니 호남좌도 남원부는 동으로 지리
슨 셔으로 젹셩강 슨슈졍긔 어리여셔 츈향이가 싱겨구나 츈향 어무 퇴기로
셔 슨십이 너문 후에 츈향을 쳐음 빌 졔 쑴 가온듸 엇던 션녀 도화 이화
두 가지를 두 손의 갈나 쥐고 한울노 나려와셔 도화를 닉여 쥬며 이 꼿슬
잘 갓구와 이화졉을 부쳐시면 모년 힝낙 조흐리라 이화 갓다 전ㅎ 듸가 시
각이 급ㅎ기로 총총이 쩌나노라 쑴 씬 후에 잉틱ㅎ야 십삭 차셔 쓸 나으니
도화는 봄 힝기라 츈향이라 일홈ㅎ야 칠셰부터 글 가르텨 일취월쟝ㅎ는 지
죠 측량홀 슈 업셔쑤나 녀공의 침션이며 심지의 풍류 속을 모를 거시 업셔
시니 듸비 너어 속신ㅎ고 집의 잇셔 공부ㅎ여 외인상통 아니ㅎ니 양직심규
인미식에 얼골 알 이 혼츤쑤나(〈남창 춘향가〉, 2면)

(안의리) 절대가인 태어날 제 강산정기 타서 난다 저라산 약야계에 서시
가 종출하고 군산만학부형문에 왕소군이 생장하고 쌍각산이 수려하여 녹
쥬가 생겼으며 금강이활아미수에 섣두 환츌하였더니 호남좌도 남원부는
동으로 지리산 서으로 적성강 산수정기 어리어서 춘향이가 생겼구나 춘향
모 퇴기로서 춘향을 처음 밸 때 (평중머리) 꿈 가운데 어떤 선녀 도화 이화
두 가지를 양손에 갈라 쥐고 하늘에서 내려와서 도화를 내어주며 이 이 꽃
을 잘 가꾸어 이화접을 붙이며는 오는 행락 좋으리라 이화 갓다 전할 데가
시각이 급하기로 총총이 떠나노라 꿈 깬 후에 잉태하여 십삭 차서 딸 낳으
니 도화는 봄 향기라 이름을 봄 춘자 향기 향자 춘향이라 지었것다 일취월
장 자라날 제 칠세부터 글 가르쳐 사서삼경이며 심지어 풍류 속 모를 것이

---

38) 〈동창 춘향가〉의 사랑가 중의 "ㅅ랑 ㅅ랑 ㅅ랑이야 만고결싁 싱길 젹의 강산
    졍긔 타셔 난다 군슨문학부형문의 왕소군이 싱쟝ㅎ고 금강니활이ㅇ미슈의 셜도
    문군 환츌ㅎ니 ㅅ랑 ㅅ랑 ㅅ랑이야 지이슨 노푼 봉과 요쳔슈 말근 물이 슨수졍신
    흔틔 모와 우리 츈향 싱겨쑤나 ㅅ랑 ㅅ랑 ㅅ랑이야(136면)"라는 부분을 개작의
    유력한 증거로 볼 수 있다.

바이 없고 침선방적이며 인물이 비범허여 천상선녀 하강한 듯 절대가인이
생겼구나 (안의리) 대비 넣어 속신허고 외인통상 아니하니 양재심규인미식
이 얼굴 알이 흔찮구나(〈정광수 춘향가〉, 479-480면)

절듸가인 삼겨날 적의 강순정기 타낫것다 절라산야야 셧씨가 종출ᄒ엿
고 군산만학부형문의 왕소군니 싱ᄒ시고 삼각산 수여ᄒ여 록주가 싱ᄒ씨
며 젼나좌도 남원부난 동으로 지리산 셔으로 젹셩강 산수정기 어리어셔 츈
향이가 삼거겻듸 츈향모 퇴겨로셔 스십니 넘문 후으 츈향을 처음 볼 제 꿈
가온 엇던 선여 니화 도화 두 가지을 양손의 갈너 쥐고 ᄒ날로셔 닉려와셔
도화를 닉여쥬며 니 씆셜 잘 각구워 니화으 졉을 붓쳐씨면 모연 향낙 독ᄒ
리듸 쑴 긴 후으 잉틱ᄒ여 십식 치워 쌀 나은니 도화ᄂ 봄 향긔라 이름을
츈향니라 ᄒ엿것듸(〈백성환 춘향가〉, 179면)

〈백성환 춘향가〉는 다소 축소되어 있지만 〈정광수 춘향가〉는 〈남창 춘
향가〉와 거의 일치하고 있다. 춘향을 부르러 간 방자가 춘향에게 수작을
하는 다음 대목도 〈남창 춘향가〉의 영향을 확인할 수 있는 부분이다.

나 뫼신 도령님이 천상의 젹하선관 반악의 고은 풍치 이두의 발월문장
음율 알고 손슈 잇셔 빅미 구젼ᄒ신 중의 양반이 연안리씨 쳔하의 듸셩이요
삼한의 갑죡이라 장안의 명공거경 닉외죡쳑 벌열ᄒ니 가셰가 일어ᄒ고 인
긔가 츌즁ᄒ니 미구의 장원급졔 한림학ᄉ 규장각과 이죠참의 듸ᄉ셩의 외
직으로 의론ᄒ면 셩쳔부ᄉ 의주부윤 젼라감ᄉ 평안감ᄉ 불ᄎ용지ᄒ 터이
니 팔ᄌ 죠흔 절듸가인 풍류명ᄉ 총쳡되야 입난 거시 능나금슈 먹ᄂ 거시
고량진미 마마님 아닉씨임 도쳐의 독교 힝차 그 아니 죠흘손가(〈남창 춘향
가〉, 10면)

(단중머리) 내 모신 도령님이 천상의 적하선관 이두의 발월문장 음률 알
고 손수 있어 백미구전 하신 중에 양반이 연안이씨 천하에 대성이요 삼한의
갑족이라 장안의 명공거경 내외족척 벌열허니 가세가 이러하고 인기가 출
중하니 미구에 장원급제 한림학사 규장각과 이조참의 대사성에 불차지용
할 터이니 팔자 좋은 네의 팔자 풍류명사 총첩되여 마마님 아내씨님 도처에

독교 행차 그 아니 좋을쏜가(〈정광수 춘향가〉, 488-489면)

나가 모신 도련님이 천상의 적화션관 반후의 고혼 풍채 이두의 반월이요 문장 음율 알고 숀슈 있서 알심이 북창문이요 량반이 연안리씨 천하의 대성이요 삼한갑쪽이라 장안의 명공거경 내오쪽척이 변연하야 인기가 죵츌한 이 미구의 장원급제 할림학사 주장곽과 이죠참의 대사성을 불차용지할 거쏜이 팔자 조혼 절대가인 풍유량 죵쳡되야 입난 거시 룽나금슈 먹는 것시 고량진미 인졔 네가 마마님되면 도쳐의 독교 행차 그 안이 죠컷넌야(〈백성환 춘향가〉, 185면)

이와 같이 세 이본이 일치하는 대목은 〈남창 춘향가〉 중에서 두 이본과 일치하는 부분의 약 10%정도에 불과하다. 이것은 앞에서 지적한 바와 같이 김창환이 적어도 제법 다른 두 벌 이상의 춘향가를 가지고 있었음을 알려주고 있다.

5. 맺음말

이제까지 김창환제 판소리의 형성과 전승, 김창환이 일제시대에 고음반에 남겨놓은 춘향가, 김창환제 춘향가에 끼친 신재효의 영향 등을 살펴보았다. 이를 간략하게 정리하면 다음과 같다.

첫째, 김창환은 어린 시절에는 이날치에게 가문소리를 익혔고, 1872년 이후에 정창업에게 본격적인 판소리 수업을 하여 판소리의 기틀을 닦았으며, 1880년 이후 2-3년 동안 신재효의 지침을 받아 자신의 판소리 세계를 이룩하였다. 그리고 김창환제 판소리는 김봉학·박지홍·백성환에게 전수되었고, 김봉학의 소리는 오수암·정광수로 이어졌고, 박지홍의 소리는 박동진으로 이어졌다.

둘째, 고음반에 남아있는 김창환의 춘향가는 그의 소리가 정창업의 소리를 기둥으로 하고 있고, 신재효의 영향을 강하게 받았음을 알려주고 있다. 또한 김창환은 적어도 사설이 제법 다른 두 벌 이상의 춘향가를 불렀다는 사실이 확인되었다.

셋째, 신재효가 개작한 춘향가는 김창환제 춘향가에 직접적인 영향을 끼치고 있음을 확인하였다. (1)〈남창 춘향가〉의 약 35%가 〈정광수 춘향가〉에 수용되어 있는데, 그것은 〈정광수 춘향가〉의 약 18%에 해당한다. (2)〈백성환 춘향가〉에는 〈남창 춘향가〉의 약 30%가 수용되어 있는데, 그것은 〈백성환 춘향가〉의 약 20%에 해당한다. (3)세 이본이 일치하는 대목은 〈남창 춘향가〉 중에서 두 이본과 일치하는 부분의 약 10% 정도이다. 그리고 〈동창 춘향가〉도 김창환제 춘향가에 영향을 끼쳤는데, 약 10%가 〈정광수 춘향가〉와 〈백성환 춘향가〉에 수용되어 있다.

완판본 〈별춘향전〉의 성격

1. 머리말

최근에 김종철 교수에 의해 이제까지 알려진 완판본 춘향전과 다른 임형택 교수 소장의 26장본 〈별츈향젼이라〉(〈임26장본〉)[1]가 소개됨으로써 완판본 춘향전 연구는 새로운 국면을 맞게 되었다.[2] 주지하다시피 춘향전에 관한 선구적인 업적은 김동욱 선생의 『증보 춘향전연구』[3]에 집대성되어 있다. 그 곳에서 羅孫 선생은 한창기 선생 소장의 〈완판 29장본〉(〈별츈향전이라〉)을 소개하면서 '한창기 소장 〈완판 29장본〉(〈별츈향젼이라〉) → 〈완판 33장본〉(〈열녀츈향슈절가라〉) → 〈완판 84장본〉(〈열여춘향

---

* 이 자리를 빌려 귀중한 자료를 제공해주신 류탁일, 임형택, 박순호 교수님께 깊이 감사드립니다.

1) 앞으로 〈별츈향전이라〉는 원제명을 굳이 밝혀야 할 필요가 있을 경우 외에는 〈임26장본〉으로 약칭한다. 그리고 면수도 제1장 앞면을 1면, 뒷면을 2면 식으로 한다. 다른 이본도 이와 같다.

2) 김종철, 「完西新刊本 〈별춘향전〉에 대하여」, 『판소리연구』 7, 판소리학회, 1996.

3) 김동욱, 『증보 춘향전연구』, 연세대학교 출판부, 1976.

슈절가라)'으로 발전한 것으로 보았다.[4] 그 후 그 견해는 별다른 의심 없이 받아들여졌고, 완판본 춘향전 연구도 자연스럽게 그것을 구체화하는 방향으로 진행되어 왔다.[5] 그러나 〈임26장본〉이 발굴되고, 진전된 연구성과[6]가 발표됨으로써 완판본 춘향전의 성격에 대한 전면적인 재검토 작업이 필요하게 되었다. 요컨대 이제까지 이루어진 완판본 춘향전의 성격에 대한 수정, 보완 작업이 불가피하게 되었다는 것이다.

본고에서는 이러한 점에 주목하며 우선 '별춘향전'이라는 이름으로 출판된 〈임26장본〉과 〈한29장본〉, 그리고 〈한29장본〉과 동종이판본인 박순호 교수 소장의 29장본 〈별츈향젼이라 극상〉(〈박29장본〉)의 성격에 대해 검토해 보고자 한다. 그리고 본고를 통해 필자의 선행연구가 안고 있는 일부 오류도 바로잡는다.

2. 임형택 소장본 〈별츈향젼이라〉의 성격

1) 〈임26장본〉의 서지적 특징

〈임26장본〉의 자세한 서지 사항은 선행연구로 미루고 본고에 필요한

---

4) 김동욱, 앞의 책, 437-451면, 참고. 이 자료들은 모두 김동욱 외 공편, 『영인고소설 판각본전집』(羅孫書屋, 1982, 941-956면)에 영인되어 있다.
5) 설성경, 『춘향전의 형성과 계통』, 정음사, 1986.
   최정락, 「기록적-판소리문학의 성장·변이 양상 고찰-완판 춘향전 3이본을 중심으로-」, 『서강 이정탁 교수 화갑기념 국어국문학 논총』, 동간행위원회, 1987.
   설성경, 『춘향전의 통시적 연구』, 서광학술자료사, 1994.
   김석배, 「완판방각본 춘향전의 이본 연구-계통과 변모양상을 중심으로-」, 『논문집』 15, 금오공대, 1994.
6) 김종철, 「별춘향전 복원-박순호, 한창기본을 중심으로-」, 『아주어문연구』 2, 아주대 국문과, 1995)와 김종철, 「完西新刊本 〈별춘향전〉에 대하여」(『판소리연구』 7, 판소리학회, 1996). 본고는 이 연구성과에 크게 도움 받았다.

사항을 중심으로 간략하게 정리하기로 한다.[7] 卷首題(內題)는 "별춘향전이라"이고, 마지막 장인 제26장 뒷면(52면) 끝에 "戊申季秋完西新刊"이라는 刊記가 있다. 총 26장 중에서 제6장 뒷면(12면)과 제7장(13, 14면)은 낙장되었고, 제14장(27, 28면)은 극히 일부만 남아 있는 缺本이다. 四周單邊, 半葉匡郭 가로 17.5㎝ 세로 20.2㎝에 한 면의 行數와 한 行의 字數는 일정하지 않다. 그리고 글자체도 行書體와 楷書體가 섞여 있고, 版心題도 "春香", "春香傳", "춘향" 등이 섞여 있다. 이러한 不整한 모습은 〈임26장본〉이 적어도 두 차례 이상의 보판 과정을 거친 뒤에 출판된 판본임을 알려준다. 완판본의 경우 해서체가 행서체보다 뒤에 등장했고,[8] 후대로 내려올수록 생산비 절감을 위해 장수를 줄이면서 한 면의 行數와 한 行의 字數를 늘리는 경향이었다는 점[9]을 고려하면 〈임26장본〉 중에서 한 면 12行의 행서체로 된 제1장-제9장(또는 제16장-제20장)이 초간본의 것이고, 해서체로 되어 있는 張들은 후대에 보판된 것으로 볼 수 있다. 따라서 앞으로 동종이판본이 발견될 가능성이 있다.

현재와 같은 모습의 〈임26장본〉이 출판된 것은 해서체로 보판된 마지막 장의 "戊申季秋完西新刊"이란 刊記로 보아 1908년일 것이다. 그러나 〈임26장본〉의 초간본은, 현재의 實物本이 누 차례 이상 보각을 거친 뒤에 출판된 것이므로 이보다 제법 앞선 19세기 후반에 나왔을 것이다. 〈임26장본〉의 초간본이 〈박29장본〉과 거의 비슷한 시기거나 조금 늦게 등장하

---

7) 김종철(1996), 앞의 논문, 26-31면, 참고.
8) 류탁일, 『완판방각소설의 문헌학적 연구』, 학문사, 1981, 75-78면, 참고.
9) 경판본도 후대로 내려올수록 한 면의 行數가 늘어난다. 1780년 이전은 12行, 1780-1840년대는 13行, 1847-1858년경은 14行, 1859부터는 15行, 1887년부터는 16行의 판식이 주로 사용되었다.(이창헌, 「경판방각소설 판본 연구」, 서울대 박사논문, 1995, 294면). 이러한 판식의 변모는 생산비 절감을 위해 장수를 줄이는 과정에서 일어난 것인데, 완판본의 경우 경판본에 비해 한 면에 字數를 적게 새길 수 있었던 것은 무엇보다도 전주지역이 서울에 비해 면당 생산단가가 저렴했기 때문일 것이다.

였고,[10] 〈한29장본〉의 초간본이 1850년대 전후에서 1890년대 사이에 나왔다[11]고 한다면 〈임26장본〉의 초간본은 1850년대 전후에서 1890년대 사이에 출판되었다고 할 수 있다.

한편 여기서 류탁일 교수 소장본『통감』의 뒷표지 안쪽에 褙接되어 있는 춘향전의 낱장에 대해 살펴볼 필요가 있다. 이 낱장은 최근에 주목받았는데,[12] 정확하게 알려지지 못한 면이 있으므로 이 기회에 그 실상을 제대로 정리하기로 한다. 이 낱장은 四周單邊, 半葉匡郭 가로 16.3㎝ 세로 19.4㎝ 가량이다. 그리고 너비 1㎝ 가량의 版心에 上下內向黑魚尾, "춘향"이라는 판심제, 장수를 표시한 "二十"이라는 張次가 뚜렷하게 남아 있다. 판심을 중심으로 그 오른쪽에는 〈임26장본〉의 제20장 앞면에 해당하는 내용이 第1行부터 第12行까지 거의 온전한 상태로 남아 있고, 왼쪽에는 뒷면에 해당하는 第1行 전체가 배접 과정에서 글자가 반 정도 잘려져 나간 상태로 남아 있다.

원문의 行 구분대로 옮겨보면 다음과 같다. 단, ( ) 안은 희미하거나 잘려진 부분을 〈임26장본〉에서 복원한 것이다.

〈제20장 앞면〉
(쳐 입)고 헌 집석키 들메 신고 쳘쎡 업는 헌 파(리을)
버례줄을 총々 (믹)여 눌너쓰고 (금)강을 얼는 지
닉 여산의 슉소ᄒ고 젼쥬의 드러와셔 잠힝을
헌 연후의 노구바우 얼는 지닉 오수역의 슉소ᄒ
고 박셕틔을 당도ᄒᄒ이 잇쎠는 방농시라 농부
들리 슐을 취케 먹고 농부가로 논일 져긔 어여

---

10) 〈임26장본〉의 내용 특히 이도령과 결연한 뒤 대비정속한 춘향의 신분과 춘향의 해몽 단락의 위치 등을 면밀히 고찰한 후 내린 결론이다. 김종철(1996), 앞의 논문, 37-42면, 참고.
11) 류탁일, 앞의 책, 176면.
12) 설성경(1994), 앞의 책, 181-185면. 김종철(1996), 앞의 논문, 28-29면.

루 상ᄉ뒤요 네 다리 쎄라 늬 다리 박즈 어여루
상ᄉ뒤요 이 농ᄉ을 어셔 지여 부모 봉양ᄒ여
보싀 어여루 상ᄉ뒤요 투두룽퉁ᄉ 쌍믹(쌍) 여
바라 동무더라 죽어가는 춘향이을 살여볼
가 어ᄉ가 ᄉ만이 셔ᄉ 귀경ᄒ다가 여보소 농부임
늬 글늬 춘향이 잘 (지닌요) 헌듸 농부 허(ᄉ) 웃

〈제20장 뒷면〉
(고 춘향이 말은 물러 무엇ᄒ계요 춘향이 어제 죽어 그격긔)

이 낱장은 〈임26장본〉의 해당 부분과 행문은 물론 판식, 글자체 등 모든 면에서 완전히 동일하므로 같은 판목에서 인행된 것이라고 할 수 있다. 그런데 〈임26장본〉에 비해 판의 크기와 글자의 크기가 조금 작아서 이러한 판단에 약간의 문제가 있어 보인다. 그러나 그것은 판목의 收縮에 따른 매우 자연스러운 현상이므로 그리 문제될 것이 없다. 목판본의 경우 이런 현상은 매우 흔하다.[13] 요컨대 〈임26장본〉은 개판시의 원상태대로 인행된 初印本이고, 낱장은 시간이 흘러 책판이 약간 수축된 상태에서 인행된 後印本인 것이다.

그리고 '별춘향전'이란 제명으로 출판된 이유 특히 '별'자를 내세운 이유도 살펴볼 필요가 있다. 이에 대해 김동욱 교수는 〈한29장본〉을 소개하면서, 1840년대에서 50년대에 간행되었다가 뒤에 보판된 것으로 애초 開板時의 원명은 〈春香傳〉 또는 〈春香歌〉였는데 독자를 〈烈女春香守節歌〉에 빼앗겨 〈別春香傳〉으로 보각한 것으로 보았다.[14] 그러나 그것은 완판본 춘향전의 간행시기[15]로 미루어 볼 때 사실과 다른 것 같다.

---

13) 이 외에 판목의 膨脹, 뒤틀림, 破損, 虫蝕, 磨滅, 燒失 그리고 인행시 및 인행 후의 종이의 상태 등 여러 가지 원인에 의해 차이가 발생한다. 류탁일, 『한국문헌학연구』, 아세아문화사, 1990, 27면, 참고.
14) 김동욱, 앞의 책, 438-439면.
15) 류탁일(1981), 앞의 책, 158-177면, 참고.

여하튼 '별'자를 내세우고 있으니 '별춘향전' 이전에 '춘향전'이란 제명의 판본이 있었던 것이 분명하다. 그렇지 않다면 군이 '별'자를 붙이지 않았을 것이다. 그러면 '별춘향전'보다 선행한 춘향전은 어떤 것일까? 그것은 〈임26장본〉의 간행시기(1850년대 전후에서 1890년대 사이)로 보아 경판본 춘향전 중에서 이른 시기에 출판된 〈경판 35장본〉(춘향전단, 1844-1854년 사이 추정)과 〈경판 30장본〉(츈향전권지단, 1852-1863년 사이 추정)[16]일 가능성이 크다. 〈경판 35장본〉과 〈경판 30장본〉이 호남지역에 진출[17]하여 독자들의 인기를 끌자 영리에 밝은 전주의 방각업자들도 그에 편승하여 춘향전을 출판하였을 것이다. 방각본은 영리를 목적으로 출판된 것이므로 우선 독자들의 관심을 끌어 책을 구매하도록 하여야 한다. 그러자면 경판본 춘향전과 다른 '새로운 춘향전'이라는 점을 부각시켜야 할 것이고, 그 전략으로 '별'자를 붙였을 것이다. 그리고 그것은 차별화를 꾀할 수 있는 가장 손쉽고도 효과적인 방법이라고 할 수 있다. 물론 보판 과정에서 '별'자를 붙였을 개연성을 전혀 배제할 수는 없다.

2) 〈임26장본〉과 다른 춘향전의 관계

① 〈박29장본〉과의 친연성

〈임26장본〉과 〈박29장본〉[18] 사이에는 상당한 차이가 있지만 친연성이 큰 부분도 적지 않다. 암행어사 출도 대목을 통해 친연성을 확인해 보기로 한다.

　　〈임26장본〉 : 어스 보고 글을 보고 ○글을 보고 어스 보니 ◑엄동설한

---

16) 이창헌, 앞의 논문, 321면.

17) 경판본 춘향전은 주로 서울지역에서 판매되었겠지만 호남지역에서도 판매되었을 것으로 보는 것이 자연스럽다.

18) 〈박29장본〉과 〈한29장본〉은 동종이판본이므로 앞으로 다른 이본과 비교할 때는 특별한 경우가 아니면 〈박29장본〉을 대상으로 한다.

믄난 드시 별々 써일면셔 하관은 오날이 학질 직츠려로 가느니다 <u>젼쥬판관</u>
눈치 치고 하관은 긔민 쥬려 가나니다 이령져령 훗터질 졔 예셔 쑥운 졔셔
쑥운 셔리난 눈을 씀젹 쳥비역놈 거동 보쇼 달 갓턴 마픽을 희갓치 들어메
며 쇼릭을 놉피 ᄒ여 암힝어사 츌도야 ᄒ난 쇼릭 반공의 진동ᄒ야 일부가
뒤눕난 듯 당상의 모든 슈령 쳔방지방 다라날 졔 겁닌 거동 긔구ᄒ다 잡바
지며 업퍼진다 본관의 거동 보쇼 칼집 쥐고 오쥼 누며 언어슈작 둘너 홀
졔 문 들어온다 발람 다더라 물 말으다 목 드려라 곡셩현감 거동 보쇼 말을
걱구려 (타고 일아々々) 치 치들 동헌으로 가난고나 좌우 나졸 훗터(질 졔
둥구)난니 거문고요 씩지난이 복통이라(49-50면)

　〈박29장본〉 : 어스 보고 글을 보고 ○글을 보고 어스 보고 엄동셜한 믄느
듯시 별々 썬일면셔 하관은 오날리 학질 즉츠려로 가느이다 <u>구례현감</u> 눈치
치이고 하관은 긔민 쥬려 가난이다 이령져령 훗터질 졔 <u>칙방의셔 쑥운々々</u>
<u>삼반 하인 쑥운々々</u> 예셔 쑥운 졔셔 쑥운 셔리는 눈을 씀젹 쳥픽역놈 거동
보아라 달 갓턴 마픽을 희갓치 들어메고 소릭을 놉피 ᄒ여 암힝어스 츌도야
ᄒ는 쇼릭 반공 진동ᄒ야 일부가 뒤눕는 듯 당상의 모든 슈령 쳔방지츅 드
라날 졔 겁는 거동 긔구ᄒ다 잡바지며 업퍼지며 본관의 거동 보쇼 칼집 쥐
고 오쥼 누며 <u>갓모즈 쎄여 쓰고 두 눈을 뒷디 쓰고</u> 언어슈쥭 둘너 홀 씬
문 들어온다 발람 다더라 물 말으다 목 들려라 곡셩현감 거동 보쇼 말을
걱구려 타고 일아々々 치 친들 동헌으로 가는고나 <u>본관은 긔궁긔 씽기어서</u>
<u>얼쳥이가 되얏구나</u> 좌우 나졸 <u>미싁들리</u> 훗터질 졔 둥구나니 거문고요 씩지
난 북통이라(56-57면)

　인용문에서 보는 바와 같이 〈임26장본〉은 〈박29장본〉의 밑줄 그은 부
분을 제외하면 완전히 일치한다.[19] 이러한 친연성은 양본이 판소리 춘향
가를 바탕으로 출판된 데서 말미암은 매우 자연스러운 현상이다. 이 외에

---

19) 〈남원고사〉와 정명기 소장의 필사 42장본 〈별춘양가〉에도 전주판관으로 되어
　　있다. 그러나 일부 이본 예컨대 〈경판 23장본〉, 〈안성판 20장본〉 등에는 암행어
　　사 출도 후에 "젼쥬판관은 분요 즁의 말을 걱구로 타며 ᄒ인다려 말 목이 어듸로
　　갓느냐 근본 업더냐 아뫼커느 밧비 가즈"로 되어 있다.

도 상당한 부분에서 친연성을 보이고 있다.

② 〈경판 30장본〉과의 친연성

〈임26장본〉은 〈경판 30장본〉(〈츈향전권지단〉)과도 강한 친연성을 지니고 있다. 특히 新官到任 대목은 놀라울 정도로 일치하고, 작품 끝에 붙어 있는 교훈적인 후기는 완전히 같다.[20] 그리고 〈경판 30장본〉에 비해 다소 축약되어 있지만 이어사와 월매가 수작하는 장면도 친연성이 크다.

〈임26장본〉: 츈향집 츠즈 가니 츈향 어미 거동 보소 탕관의 죽을 쑤며 눈믈 힐여 탄식하난 마리 나의 팔즈 긔박ㅎ여 조상부모ㅎ고 즁연의 상부ㅎ고 말연의 쌀 한나 ㅅ아더니 원슈 니도령만 밋고 져 지경을 당ㅎ니 이을 엇지 ㅎ잔 말가 ㅎ거날 니도령이 ㅅ 말을 드로믹 그 경상이 가련ㅎ다 츈향 어미을 부르니 츈향 어미 딕답ㅎ난 마리 뉘라셔 이 심난 즁의 와 부르난고 나와 익이 보다가 하난 말리 거어지난 눈도 업난가 늬 집 모양 보다 몰을소가 동양 쥴 것 업난지라 밧비 도라가라 니도령이 어이업셔 쏘 부르되 전칙 방 도령님이로라 ㅎ니 츈향 어미 그계야 아라듯고 두 눈을 이리 쓰고 져리 쓰고 즈셔이 보다가 깜작 놀닉 ㅎ난 말이(41-42면)

〈경판 30장본〉: 츈향의 집을 급히 츠져 간니 장게의 푸른 풀은 니한을 씌여 잇고 동졍의 셧눈 오동은 별루를 먹음엇눈딕 밧장원은 잣바지고 밧치눈 쓰려지고 안치눈 기우러져 셕가릭 고의 벗고 마당은 기똥밧치 되엿스니 엇지 한심치 아니리오 마당의셔 뿔펴보니 츈향 어미 탕관의 죽을 쑤며 눈물로 힐난ㅎ여 탄식ㅎ는 말이 늬의 팔직 긔박ㅎ여 죠상부모ㅎ고 즁년의 상부ㅎ고 말년의 쌀 흐아 바라더니 원슈 니도령만 밋고 져 지경을 당ㅎ니 이를 엇지 ㅎ잔 말고 바라눈이 ㅎ눈님 뿔피소셔 ㅎ거날 니도령이 ㅅ 말를 드르믹 그 경상이 가장 가련ㅎ지라 탄식 왈 츄역 일시 익회니 네 죠흘 날이 셜마 업스랴 ㅎ고 츈향 어미을 부르니 츈향 어미 딕답ㅎ는 말이 뉘라셔 이 심난 즁의 와셔 불르는고 ㅎ고 늬와 닉이 보다가 거지눈 눈도 업눈가 늬 집 모앙

---

20) 김종철(1996), 앞의 논문, 42-45면, 참고.

을 보다가 모를손가 망늬쌀 ᄒᆞᄂ 두엇다가 옥즁의 갓쳐 두고 옥발라지 ᄒᆞ노
라 가슨을 탕진ᄒᆞ엿스니 동냥 줄 것 업ᄂ지라 밧비 도라가라 ᄒᆞ거을 니도령
이 심즁의 우으며 ᄯᅩ 부르니 츈향 어미 그리ᄒᆞ여도 몰ᄂ보고 그 뉘시오 김
권롱인지 환샹 지촉ᄒᆞ라 왓ᄂ보되 이 즁의 헐 슈 업스니 죽이거ᄂ 살우거ᄂ
ᄒᆞ라 ᄒᆞ거을 니도령이 어이업셔 ᄯᅩ 부루되 전칙방 도련님이로라 ᄒᆞ니 츈향
어미 그계야 아라듯고 두 눈을 이리 싯고 져리 싯고 ᄌᆞ셔히 보다가 쌈작
놀ᄂ ᄒᆞᄂ 말이(44-45면)

〈임26장본〉은 〈경판 30장본〉의 밑줄 그은 부분과 같다. 이것만 두고
보면 〈임26장본〉은 〈경판 30장본〉을 축약한 것이라고 해도 과언이 아닐
정도이다. 옥중의 춘향을 만나고 돌아오는 곳에서부터 신관 생일잔치에
서 어사가 술상 받고 심술부리는 장면까지, 암행어사 출도 후 어사와 춘
향이 상봉하는 장면도 이와 같다. 그러나 〈임26장본〉이 〈경판 30장본〉을
저본으로 축약되었거나, 역으로 〈경판 30장본〉이 〈임26장본〉을 저본으로
부연되었을 가능성은 없다. 필사본 중에 〈임26장본〉과 부분적으로 친연
성이 있는 박순호 소장 48장본 〈츈양가라〉,[21] 정명기 소장 42장본 〈별춘
양가〉 등의 寫本이 존재하는 것으로 미루어 〈임26장본〉의 底本은 따로
있었을 것이다.[22]

3) 〈임26장본〉의 축약 양상

〈임26장본〉은 생산비 절감을 위해 상당 부분이 축약된 판본이라는 점
은 선행연구에서 밝혀진 바 있다.[23] 어사출도 후 어사와 춘향이 상봉하는
장면을 통해 축약 양상을 살펴보기로 한다.

---

21) 월촌문헌연구소 편, 『한글 필사본 고소설 자료 총서』 5(오성사, 1986, 39-133면)
　　에 영인되어 있다.
22) 謄梓本을 만드는 과정에서 〈경판 30장본〉을 참고했을 가능성도 배제할 수 없을
　　것이다.
23) 김종철(1996), 앞의 논문, 31-34면, 참고.

〈임26장본〉: 슈의어스 거동 보쇼 본관를 봉고파츌ᄒ고 됴졍의 장계ᄒ
후의 젼후 공스을 쳐결ᄒ 졔 위션 죄슈 츈향을 올이라 옥스졍이 츈향을 압
영ᄒ여 드로올 졔 츈향이 울며 ᄒ난 말이 우리 도령님더러 오날 칼머리ᄂ
드러 달나 쳔만당부ᄒ엿더니 그더지 날을 닛고 구복을 치우라고 어드를 가
이 경상을 아니 보난고 ᄒ며 방셩듸곡ᄒ더라 나졸이 츈향을 올닌듸 형방이
이르되 어스쏘 분부 닉여 오늘붓터 너을 슈쳥 드리라 ᄒ시니 그듸로 거힝ᄒ
라 츈향이 엿ᄌ오듸 젼등스쏘 ᄌ졔와 빅연결약ᄒ엿기로 분부 시힝 못ᄒ거
습늬다 어스쏘 이로듸 노류장화의 슈졀이 불가ᄒ니 밧비 슈쳥 들나 ᄒ고
기싱을 분부ᄒ여 츈향의 쁜 칼을 니로 무러쓰더 벗기라 므든 기싱이 다라드
러 무러쓰더 벗겨늬니 어시 츈향더러 분부ᄒ되 네 얼골 들어 날을 보라 츈
향이 눈을 들어 쑬펴본즉 이곳 니도령이라 불문곡직ᄒ고 쑤여 올나가며 얼
스졀스 죠흘시고 이런 일 쏘 잇난가 엇그졔 걸인으로 오날 암힝어스될 쥴
긔 뉘 알며 옥즁의셔 고상ᄒ다가 어스셔방 만나 셰샹 구경 다시 ᄒ 쥴 뉘
알손야 니거시 쑴인가 상신가 졍말인가 거즛말인가 죠흘시고 어스셔방 조
흘시고 이리 츔츄며 져리 츔츄어 만 가지 즐길식(50-51면)

〈경판 30장본〉: 어시 남원부스를 위션 <u>봉고파츌ᄒ고 됴졍의 장계ᄒ 후
의</u> 동헌의 좌긔를 찰이고 <u>젼후공스를 쳐결ᄒ고</u> 관속의 죄상은 듸분부ᄒ라
ᄒ고 <u>위션 죄슈 츈향을 올나라</u> ᄒ니 옥스장이 츈향을 압녕ᄒ여 들어올 졔
<u>츈향이 칼머리를 잡고 울며 ᄒᄂ 말이 우리 도련님더러 오날 칼머리ᄂ 드러
달나 쳔만당부ᄒ여더니</u> 긔한을 못 이긔여 어듸 갓도다 오날은 필경 스싱결
싼이 날 거시여늘 우리 도련님 <u>어듸를 가고 이 경상을 아니 보는고</u> ᄒ며
<u>방셩듸곡ᄒ더라 나졸이 츈향을 올인듸 형방</u>아젼이 ᄼ르되 어스쏘 분부 닉
<u>의 오날붓터 너를 슈쳥 드리라 ᄒ시니 그듸로 거힝ᄒ라 츈향이 엿ᄌ오듸</u>
<u>쇼녜 젼등스쏘 ᄌ졔</u> 도련님과 <u>빅여결약ᄒ엿기로 분부 시힝 못ᄒ기습늬다</u>
<u>어시 이르듸 노류장화</u>는 인긔가졀이라 넛 갓혼 쳔기로 엇지 니도령를 밋고
<u>슈졀ᄒ리오 밧비 슈쳥 들ᄂ</u> ᄒ니 츈향이 엿ᄌ오듸 아모리 쳔기온들 이믜
밍약ᄒ 후의 엇지 일구이언ᄒ리오 샤쏘계셔 쇼녀를 만단의 닉실지라도 마
음을 변혁지 못ᄒ리로쇼이다 어시 갈오듸 너 갓혼 졀긔 구드미 엇지 아람답
지 아니리오 <u>ᄒ고 기싱</u>들를 <u>분부ᄒ여 츈향의 쁜 칼를 니로 무러쓰더 벗기라</u>
ᄒ니 뉘 영이라 거역ᄒ리오 <u>모든 기싱이 다라드러 무로쓰더 벗겨늬니 어시</u>

츈향더러 이르되 <u>네 얼골 들어 날을 보라</u> ᄒ거늘 츈향이 엿ᄌ오듸 보기도
슬슙고 말슴 듸쳑ᄒ기도 어렵ᄉ오니 밧비 쥭녀 쇼녀의 원을 이루게 ᄒ쇼셔
어ᄉ 이 말를 듯고 도로혀 가련이 여겨 갈오듸 아모리 실러도 잠간 눈를
들어 ᄌ셔히 보라 ᄒ니 츈향이 그 말를 듯고 의아ᄒ여 <u>눈를 들어 ᄲᆞ펴본즉
의심업슨 니도령이라</u> 불문곡직ᄒ고 ᄲᅮ여 올ᄂᆞ가며 얼ᄉ졀ᄉ 죠흘시고 이
런 일도 고금의 <u>또 잇ᄂᆞᆫ가</u> 녯날 흔신도 표모의게 긔식ᄒ고 쇼년의 욕을 보
다가 흔ᄂ라 듸장되 쥴 뉘 알며 강틱공도 션팔십 궁곤ᄒ여 위슈변의 낙듸를
드리오고 잇다가 듀나라 정승될 쥴 뉘 알며 <u>엇그졔 걸인으로 단니다가 오날
암ᄒᆡᆼ어ᄉ될 쥴</u> 그 뉘 알며 옥즁의셔 고상ᄒ다가 어ᄉ셔방 맛ᄂᆞ 셰상 구경할
쥴 뉘 알손야 얼시고 죠흘ᄉ 어ᄉ셔방 죠흘시고 <u>이거시 ᄭᅮᆷ인가 싱신가 졍말
인가 거즛말인가</u> 즐겁기도 그지업늬 <u>어ᄉ셔방</u> 즐겁도다 어졔 걸인으로 날
를 와 볼 졔 오날 슈의어ᄉ될 쥴 ᄂᆞ는 몰낫네 ᄒ며 <u>이리 츔츄며 져리 츔츄어
만가지로 즐길시</u>(55-57면)

인용문을 비교해 보면 〈임26장본〉은 〈경판 30장본〉의 밑줄 그은 부분과
일치한다. 이와 같이 〈임26장본〉은 생산비를 절감하려는 의도에서 축약된
것이다. 그 이유는 방각소설의 독자층의 성격을 살펴보면 쉽게 알 수 있
다. 호남지역에서는 어느 정도 경제적 안정을 이루고, 한글 해독 능력이
있는 일부 농민층이 농한기에 소일거리로 방각본 소설을 읽었다.[24] 그러
나 그들이 비록 다소의 경제적 여유가 있었다고 하더라도 어디까지나 파
적거리에 불과한 방각소설을 高價를 지불하고 사 보려고 하지는 않을 것
이다. 따라서 방각업자들도 많은 부수를 판매하기 위해서 독자들이 큰 부
담을 느끼지 않고 비교적 쉽게 구매할 수 있는 염가의 보급판을 공급하고
자 했을 것이다. 또한 염가 보급판의 생산은 투자비도 적게 들어 그만큼
경제적인 위험 부담도 적어져 영세한 방각업자에게도 유리한 것이었다.
요컨대 방각업자들은 독자들의 구매력에 맞는 염가의 보급판을 공급하기
위해서 장수를 줄였고, 그 과정에서 대폭적인 축약이 불가피했다는 것이다.

---

24) 유탁일(1981), 앞의 책, 29-34면, 참고.

3. 박순호 소장본 〈별츈향젼이라 극상〉과
   한창기 소장본 〈별츈향젼이라〉의 성격

1) 〈박29장본〉과 〈한29장본〉의 서지적 특징

〈임26장본〉 외에 '별춘향전'이라는 제명으로 출판된 완판본 춘향전에는
박순호 소장 29장본 〈별츈향젼이라 극상〉과 한창기 소장 29장본 〈별츈향
젼이라〉도 있다. 이들은 同種異板本인데, 전자는 일찍이 발굴되어 오래
전부터 주목받았고,[25] 후자는 근래에 발굴되어 주목받기 시작했다.[26] 자
세한 서지 사항은 역시 선행연구로 미루고 여기서는 본고에 필요한 사항
을 중심으로 간단하게 정리한다.

먼저 〈박29장본〉의 서지적 특징부터 살펴보기로 한다. 〈박29장본〉은
원래 29장인데 제12장(23, 24면)과 제16장(31, 32면)이 누락된 결본이다.
판의 크기와 한 면의 行數 및 한 行의 글자 수도 일정하지 않고, 글자체도
行書體, 草書指向的 行書體, 縱厚橫薄의 楷書體 등으로 다양하고, 판심제
도 '春香傳', '츈향젼', '春香', '別春香傳' 등이 섞여 있다. 그리고 장수 표시
도 제27장까지는 'ㅡ'-'二十七'로 整然하다가 제28장은 '三十九', 제29장은
'四十'으로 되어 있다. 이러한 不整한 모습은 〈박29장본〉이 여러 차례 보
판 과정을 거친 후 출판되었음을 알려주고 있다. 한편 장수 표시의 비약
은 〈한29장본〉에서도 같은 현상이 보이므로 단순히 보판 과정에서 일어
난 誤刻으로 볼 수 없게 한다. 그렇다면 그것은 〈박29장본〉보다 선행하는
완판본 중에 40장본 '(별)춘향전'이 있었음을 시사하는 것으로 볼 수 있다.
그리고 제29장 끝에 "광듸 목도 쉬니 쿵ㅅㅅㅅㅅ"이 있으므로 〈박29장본〉
은 창본 그대로는 아니라고 하더라도 창본을 저본으로 출판된 것이 분명

---

25) 김동욱, 「별춘향전에 대하여」, 『증보 춘향전연구』, 연세대학교출판부, 1976.
26) 김석배, 「완판방각본 춘향전의 이본 연구」, 『논문집』 15, 금오공대, 1994.
   김종철, 「〈별춘향전〉의 복원」, 『아주어문연구』 2, 아주대 국문과, 1995.

하다고 하겠다.[27]

〈한29장본〉의 서지적 특징을 간단히 정리해 본다. 이 판본 역시 제9장 앞면(17면), 제11장 뒷면(22면), 제12장 앞뒷면(23, 24면), 제17장 앞면(33면)이 떨어져 나간 결본이다. 그리고 제20장 뒷면(40면) 끝에 '完山新刊'이 있다. 판의 크기와 한 면의 行數 및 한 行의 글자 수도 일정하지 않으며, 글자체도 楷書體와 草書指向的 楷書體로 다르고, 판심제 역시 '春香傳', '츈향젼', '춘항젼', '別春香' 등이 뒤섞여 있다.[28] 이러한 모습 역시 〈한29장본〉이 보판을 거친 뒤에 출판되었음을 보여주는 것이라고 하겠다. 나손은 1840년대에서 1850년대에 판각되어 간행되어 오다가 판이 완결되자 보판한 것이라고 했다.[29]

2) 〈박29장본〉과 〈한29장본〉의 관계

〈박29장본〉과 〈한29장본〉은 각각 몇 차례의 보판을 거친 뒤에 출판된 판본이기 때문에 양본의 관계를 제대로 파악하기 위해서는 적어도 처음에 출판되었을 초간본과 현재와 같은 實物本의 경우로 나누어 살펴야 할 것이다. 그러나 실물본의 경우 〈한29장본〉이 〈박29장본〉보다 먼저 출판된 것이 분명하므로[30] 여기서는 초간본의 관계를 중심으로 살펴보기로 한다.

兩本의 체제와 행문은 대부분 일치하지만 동종이판본이기 때문에 부분

---

27) 김삼불에 의하면 이병기 소장본 〈別春香傳〉 끝에도 "어스쏘 힝장 찰려 츈향이을 거늘려 경성으로 가다 광대 목도 쉬니 쿵쿵쿵쿵쿵쿵"이 있었다고 한다.(김삼불, 「烈女春香守節歌 解題」, 오한근, 『烈女春香守節歌』, 朝鮮珍書刊行會, 1949, 2면). 이로 보면 이병기 소장본은 〈박29장본〉과 동일한 판본일 것으로 짐작된다.

28) 동일본을 박순호 교수도 소장하고 있다.

29) 김동욱, 앞의 책, 438면.

30) 〈박29장본〉의 보판된 부분의 글자체가 행서체보다 후대에 등장한 종후횡박의 해서체이므로 全面이 행서체로 되어 있는 〈한29장본〉보다 뒤에 출판된 것이 분명하다. 김종철(1995), 앞의 논문, 94면.

적인 차이가 있는 것도 사실이다.[31] 비록 부분적인 차이에 불과하지만
그것은 초간본의 관계를 밝히는 단서가 되기 때문에 소중하다. 다음의
예를 중심으로 살펴보면 다음과 같다.

㉮ 서두 부분(1면)
　〈박29장본〉 : ⊗별츈향젼이랴 극상
　　　　　　　 숙종딕왕 즉위 쵸의 시화연풍ᄒ고 국틱민안ᄒ야

　〈한29장본〉 : 별츈향젼이라
　　　　　　　 숙종딕왕 즉위 쵸의 시화연풍ᄒ고 국틱민안ᄒ야

㉯ 출판 사항 부분(40면)
　〈박29장본〉 : ◐하우씨 어진 임굼 구연지슈 만나쏘다 ✚어니여ᄼ루 상
　　　　　　　 사뒤오

　〈한29장본〉 : ◐하우씨 어진 님굼 구연지슈 만나쏘다 ○完西新刊

㉰ 마지막 부분(58면)
　〈박29장본〉 : 츈향 엄무 거동 보쇼 궁둥이을 혼들면셔 이 궁둥이 두엇다
　　　　　　　 가 논을 살가 밧을 슬가 혼들 딕로 혼들어보시 남원읍닉
　　　　　　　 스롬더라 아들 낫나 조와 말고 쌀 낫키만 힘을 쓰쇼 어ᄼᄼ
　　　　　　　 우가 조홀시고 지아ᄌ 조홀시고 어ᄼ쏘 힝장 찰려 츈향이
　　　　　　　 을 거늘려 경셩으로 가다 광딕 목도 쉬니 쿵ᄼᄼᄼ

---

31) 행문 표기 및 어구의 차이를 한두 가지 들면 다음과 같다. 앞의 것은 〈박29장본〉,
뒤의 것은 〈한29장본〉의 것이다. "청운 갓튼 고혼 멀이 반달 갓튼 용얼레로 어
셜ᄼ 흘녀 비셔 젼반갓치 넌짓 다아 뒤단장 민죽졀과" : "청운 갓튼 고혼 머리
반달 갓튼 용어리로 셜ᄼ 흘녀 비기 젼반갓치 넙기 쌍아 뒤예난 근죽졀과"(5면),
"이 농ᄉ을 지여닉여 보리밥 찰밥 만이 짓고 ◐호박국 만이 쓸리고" : "이 농ᄉ을
지여닐 ᄽ 벼리밥 찰밥 만니 짓고 도미국 만니 쓸리고"(41-42면), "명직경각ᄒ여
쓴니 글러헌 션졍지관은 아국의 어니 이시라" : "명직경각하엿쓴니 셰상의 그럭
키 원통ᄒ고 불상흔 니리 잇시이요"(42-43면).

<한29장본> : 츈향 엄무 거동 보소 궁둥이을 혼들면셔 니 궁둥이 두엇다
가 근을 살마 밧홀 슬가 혼들 듸로 혼들어보시 남원읍닉
스름더라 아들 느키 심셔 말고 쌀 낫키만 힘을 쓰소 늬 을
시곤나 조을시고 지아즈 조을시고 어스사휘 조홀시고 지
아즈 조홀시고 어스쏘 힝장 찰려 츈향이을 거늘려 경셩으
로 가다

서두 부분인 ㉠의 차이는 <박29장본>이 후대에 보판된 장의 것이기 때문에 초간본의 관계를 밝힐 수 있는 단서와는 무관하지만 內題와 본문의 初頭 부분에 관심을 가질 필요가 있다. 보판하면서 앞부분에 "⊗" 紋樣을 붙이는 한편 "극상"을 덧붙이고, 본문의 초두를 "슉죵듸왕"으로 음각한 것은 시각적인 효과를 노린 것이라고 할 수 있다.[32] 특히 최상을 뜻하는 '極上'으로 짐작되는 '극상'은 당시의 流布本 예컨대 <임26장본>이나 <한29장본> 등 경쟁관계에 있던 '별춘향전'에 비해 최고의 善本임을 강조하기 위해 덧붙인 것이라고 할 수 있다.

㉡와 ㉢는 초간본의 관계를 선명하게 보여주어 주목된다. <한29장본>은 <박29장본>의 "어니여ㅅ루 상사뒤오" 자리에 간기(完西新刊)를 넣어 新刊임을 강조하였다. 그것은 또한 分券을 염두에 두었던 흔적이기도 하다.[33] 그리고 <한29장본>에서 "광듸 목도 쉬니 쿵ㅅㅅㅅㅅ"이 빠진 것은 "늬 을시곤나 조을시고 지아즈 조을시고"가 추가되는 과정에서 판이 다 차버렸기 때문이다. 그렇지만 "늬 을시곤나 조을시고 지아즈 조을시고"를 굳이 넣을 특별한 이유가 있을 것 같지 않다는 점에서 보면 <박29장본>과의 차별성을 드러내기 위해 의도적으로 삭제했을 가능성도 있다. 어쨌든

---

32) 물론 이와 같이 문양을 붙이고 초두를 음각한 양식은 후기 완판본의 전형적인
　　모습이기도 하다. 그런데 제29장의 판심제 '別春香傳'-<한29장본>은 '別春香'-에
　　주목하면 <별춘향전이라 극상>은 해서체로 보판하면서 그 전의 명칭을 그대로
　　답습한 것으로 볼 수도 있다. 김종철(1995), 앞의 논문, 93면.
33) 김종철(1995), 앞의 논문, 89면.

이러한 양상은 초간본의 경우 〈한29장본〉이 〈박29장본〉보다 뒤에 출판되었다는 사실을 입증하는 것이라고 하겠다.

3) 〈박29장본〉의 축약 양상

〈박29장본〉이 축약본이라는 사실도 선행연구에서 밝혀진 바 있으므로[34] 여기서는 그것을 확인하는 의미에서 간략하게 살펴본다.

다음은 십장가인데, 〈박29장본〉의 축약된 모습을 잘 보여준다.

〈박29장본〉: 집장ᄒᄂᆞᆫ 져 ᄉ영놈 나ᄂᆞᆫ 드시 달녀들어 형틀 압피 변득셔며 에후리쳐 ᄶᆞᆨ 부치니 뇌셩벽녁 별락치듯 듬에놈의 장젹 픠듯 각별리 미오 치니 츈향의 약ᄒᆞᆫ 달리 식골ᄒᆞ야 부셔지니 옥 갓턴 두 귀 밋틔 홀르난니 눈물이오 소ᄉ난니 유혈이라 한나 치고 짐작ᄒᆞᆯ가 둘 치고 짐작ᄒᆞᆯ가 이부종ᄉᆞ ᄯᆺ시 업소 솃넷슬 ᄶᆞᆨ 부친니 ᄉ지을 갈너닉여 ᄉ듸문의 회시ᄒᆞ여도 분부 시ᄒᆡᆼ 못ᄒ것소 다셧 여셧 일곱치 낫슬 ᄶᆞᆨ 부치니 칠거지악 안니여든 이 형벌니 어인 일니요 열 치고 희박ᄒᆞᆯ가 삼십도을 밍중ᄒ야 착갈엄슈 영니 난니 연약ᄒᆞᆫ ᄌᆞ로셔 호홉니 막킨 즁의 졍신을 찰릴손야(34면)

〈박48장본〉: <u>집장ᄒᄂᆞᆫ 져 ᄉ령놈</u> 거동 보소 나난 다시 달여들려 동틀 압페 변듯 시며 홀리쳐 ᄶᆞᆨ 부치이 뇌셩벽역 베락치듯 듬의놈 장작 픠듯 객별이 미우 치친이 춘양의 약ᄒᆞᆫ 달리 좌골 되고 옥 갓탄 두 귀 밋틔 흐려ᄂ이 눈물이요 살쏘ᄂᆞᆫ이 유혈이라 하나 치고 짐작할가 둘치고 짐작할가 일평상이 너 마음 <u>이부종ᄉᆞ ᄯᆺ지 업소 셔이 너이 ᄶᆞᆨ 부친니</u> 슘신의 타고 나온 <u>ᄉ지을 갈나닉야 ᄉ듸문예 외시ᄒᆞ여도 분부 시ᄒᆡᆼ 못하겻소 다셧 여셧 일곱 ᄶᆞᆨ 부치이 오륜이 분명ᄒ고 육예을 비와 칠거지악이 업건마난 형벌이 웬 일이요 여덜 아홉 미우 친이 팔자 기박ᄒ와 구쳔 드려간들 엇지 회심하일요 열 치고 희박할가</u> 십연을 지닉간들 빙셜 갓탄 졀기 변할 쩌 잇실소야 시물 치고 짐작할가 이십젼 열여을 이가치 쳔듸ᄒᆞᆫ이 쳔도 엇지 무심할ᄒ리요 <u>슘십도을 밍장ᄒ고 쏘 착가엄수 령이 나리이</u> 연약ᄒᆞᆫ 여자로셔 호홉이 막킨 중의

---

34) 김종철(1995), 앞의 논문, 99-102면, 참고.

<u>정신을 차릴손가</u>(46~47면)

〈박29장본〉은 〈박48장본〉의 밑줄 그은 부분과 일치하므로 〈박29장본〉은 〈박48장본〉과 같은 행문을 지닌 이본을 바탕으로 축약된 것이 분명하다.[35] 삽입가요인 십장가는 춘향을 열녀로 형상화하는 데 크게 기여하는 핵심적인 대목이다. 십장가의 고유한 기능은 비장미를 통해 청중에게 진한 감동을 주는 것이라 할 수 있다. 그러기에 춘향가 소리꾼과 춘향전 작가들은 저마다 비장미를 극대화하는 방향으로 십장가를 만들었고, 결과적으로 매우 확장되고 유동적인 모습을 지니게 되었다.[36]

그런데 〈박29장본〉의 십장가는 지나치게 축약되어 십장가라고 할 수 없을 정도가 되어버렸다. 물론 〈박48장본〉의 십장가도 "다섯 여섯 일곱 싹 부치이 오륜이 분명ᄒ고 육예을 비와 칠거지악이 업건마난 형벌이 웬일이요" 등에서 보는 바와 같이 성장 과정에 있던 것이다. 19세기 후기의 성장한 십장가의 모습을 잘 보여주는 〈완판 33장본〉을 살펴보면 그러한 점을 분명하게 확인할 수 있다.

> 쳐치 낫슬 싹 붓치니 부러진 형장 가지난 공즁의 빙빙 소사 상방 듸뜰 밋틔 써러지고 츈향이는 아모쪼록 압푼 거실 차무랴고 고기만 빙빙 두르면서 익고 이 지경이 웬일이요 기기이 고찰ᄒ는 게 십장가가 되야곤나 일부종사ᄒ올 년이 일심으로 구더쓰니 일역으로 ᄒ오릿가 ◑두치 낫슬 싹 부치니 불경이부 이니 심사 이 민 맞고 죽인듸도 이도령은 못 잇것소 ◑셰치 낫슬 싹 부치니 삼종지도 지즁ᄒ 법 삼강오륜 알어쓰니 삼치형문 정비ᄒ여도 분부 시힝 못ᄒ것소 ◐네치 낫슬 싹 부치니 사듸부 사쏘님은 사긔스를 모로시요 스지를 갈너니여 스듸문의 회시ᄒ여도 사부집 도령임은 못 잇것소 ◑다

---

35) 〈박29장본〉에서 생략되거나 축약된 부분을 제외하면, 〈박29장본〉과 〈박48장본〉은 처음부터 어사와 옥중의 춘향이 상봉하는 데까지는 일치하고, 신관의 생일잔치 장면부터 끝까지는 제법 다르다.

36) 십장가에 대해서는 김석배, 「신재효의 판소리 지원활동과 그 한계」(국어국문학회 편, 『판소리 연구』, 태학사, 1998, 337~339면, 참고.

셧치 낫 싹 부치니 오미불망 우리 사랑 오날이나 소식 올가 늬일이나 기별 올가 ●여섯 일곱 싹 부치니 육시호야 쓸듸 잇소 칠척검 드난 칼노 동〃 장글르제 형장으로 칠 것 잇소 ●야달치 낫 싹 부치니 팔도방빅 수령임네 치민호러 늬려왓제 학정호러 늬려왓소 ●아홉치 낫 싹 부치니 구곡간장 흐르난 눈물 구천의 사못츠니 주긴듸도 쎨듸 업소 ●열치 낫 싹 부치니 십실부로도 츙여리 잇삽거든 고금 허다 창기 즁의 열녀 흐나 업스릿가 ●열 치고 짐작홀가 ●열다섯 싹 부치니 십오야 발근 달은 쎼구름의 뭇쳐난 듯 ●시물 치고 짐작홀가 ●시물다섯 싹 부치니 이십오현탄야월의 불승청원긱비리라 ●삼십도의 밍장호니 츈향이 졈〃 포학호되 소녀를 이리 말고 살지능지호여 아조 박살 시겨주면 초혼조 넉시되야 적막공산 달 발근 밤의 도련님 게신 고듸 나어가 파몽이나 호여이다 말 못호고 기절호니(32-34면)

위의 인용문은 〈완판 33장본〉의 십장가인데, 밑줄 그은 부분에서 일부 불완전한 모습이 보이지만 거의 완성된 형태를 갖추고 있다. 한편 〈완판 84장본〉에서는 19세기 후기의 완성된 십장가의 모습을 뚜렷하게 보여준다. 〈완판 84장본〉에서는 불완전한 모습을 보이고 있던 여섯째와 일곱째 매의 경우가

여섯 낫치 싹 부친이 육〃은 삼십육으로 낫〃치 고찰하여 육만 번 죽인 듸도 육천 마듸 얼인 사랑 믜친 마음 변할 수 젼이 업소 일곱 나셜 싹 부치니 칠거지악 범하엿소 칠거지악 안이여든 칠기 형문 웬일이요 칠척금 드는 칼노 동〃이 장글너셔 이졔 밧비 죽여 주오 치라하는 져 형방아 칠 쩌마닥 고찰 마소 칠보홍안 나 죽건네(115면)

처럼 장황하게 부연되어 있다. 그리고 다음의 사랑가에서는 더 큰 폭의 생략과 축약이 이루어졌다.

【●권쥬가 한 곡조의 ●일빅〃〃부일비 반춰호게 먹은 후의 ○분벽스창 깁푼 밤의 ○두리 안고 마조 누어 귀비〃〃 집푼 스릉 ○시닛가 슈양갓치 ●척 쳐지고 느려진 스릉 ○황우동산 목단화갓치 ○평펴지고 〃온 스릉 ○포도 드릐 넌츌갓치 휘〃친〃 감친 스릉 ○연평바다 그물갓치 ●얼키고

밋친 ᄉᆞᄅᆞᆼ ○은하즉녀 직금갓치 ◐올〻이 〻은 ᄉᆞᄅᆞᆼ ◐청누미녀 침금갓치 혼츨마당 감친 ᄉᆞᄅᆞᆼ ○은장 옥장 〻식갓치 모〻니 잠긴 ᄉᆞᄅᆞᆼ ◐남창 북창 노젹갓치 담물〻〻 씨닌 ᄉᆞᄅᆞᆼ】 ○이 ᄂᆡ 눈의 다든 ᄉᆞᄅᆞᆼ ◐이 ᄂᆡ 몸의 다친 ᄉᆞᄅᆞᆼ ○너는 쥭여 ᄭᅩᆺ치 되고 ◐나ᄂᆞᆫ 쥭어 나부되야 ○삼츈니 다 진토록 써나지 마ᄌᆞ ᄒᆞ고 ○만쳡청산 늘근 볌니 살진 암ᄏᆡ 물어녹코 ◐홍치며 논닐 젹의 ○츈즁츈유야젼야 ○청누의 혼침ᄒᆞ야 쥬야을 분별치 못ᄒᆞ던니 (18-19면)

위에서 인용한 것은 〈박29장본〉의 사랑가로 제18면 11行부터 제19면 10行까지 총 14行(한 行 22자 내외) 약 300자 분량이다.[37] 이에 비해 〈완판 33장본〉의 사랑가는 제15면 1行부터 20면 13行까지 총 88行(한 行 25자 내외) 약 2,200자 분량으로 되어 있다. 〈박29장본〉의 사랑가는 대략 〈완판 33장본〉의 1/7정도에 불과한 분량인 셈이다. 【 】한 부분까지는 〈완판 33장본〉과 일치하지만 그 뒤로는 대폭적인 생략과 축약이 일어나서 사랑가로서의 기능을 거의 잃어버리게 되었다.

주지하듯이 사랑가는 19세기 전기에 활동한 고수관과 송광록의 더늠인데,[38] 그 후 역대 명창들에 의해 새로운 것이 더해지면서 큰 폭으로 확장되었다. 따라서 〈박29장본〉의 사랑가는 그것이 출판되었을 당시의 소리판에서 불리던 사랑가를 그대로 수용한 것이라고 할 수 없다. 이외에 이도령과 춘향의 이별, 어사와 월매의 수작, 춘향 下獄, 신관사또 도임, 군노사령 출동, 어사 노정기, 춘향 편지 등에서도 생략과 축약의 정도가 심하다.[39] 이상에서 알 수 있듯이 〈박29장본〉 역시 생산비를 절감하기 위해 무리할 정도로 생략하고 축약한 염가의 보급판인 것이다.

---

37) 〈박48장본〉은 〈박29장본〉과 동일하다.

38) 고수관의 더늠은 자진사랑가이고, 송광록의 더늠은 긴사랑가이다. 정노식, 『조선창극사』, 조선일보사, 1940, 32-33면 및 36면.

39) 김종철(1995), 앞의 논문, 99-102면, 참고.

4. 맺음말

이제까지 19세기 후기에 '별춘향전'이란 동일한 제명으로 출판된 완판 방각본 춘향전인 〈임26장본〉, 〈박29장본〉, 〈한29장본〉의 성격에 대해 검토하였다. 이상의 논의를 간단하게 정리하면 다음과 같다.

첫째, 〈임26장본〉의 초간본은 1850년대 전후에서 1890년대 사이에 출판되었고, 현재와 같은 〈임26장본〉(실물본)은 적어도 두 차례 이상의 보판을 거쳐 1908년에 출판된 것이다. 그리고 부분적이지만 〈박29장본〉, 〈경판 30장본〉과 강한 친연성을 지니고 있고, 농민 독자층의 구매력에 맞추기 위해 생산비를 절감하는 과정에서 대폭적인 축약이 이루어진 염가의 보급판이다. 류탁일 교수 소장의『통감』뒷표지 안쪽에 붙어 있는 춘향전의 낱장은 〈임26장본〉과 동일한 판목에서 인행된 것인데, 〈임26장본〉이 초인본이고 낱장이 후인본이다. 그리고 제명에 '별'자를 내세운 것은 경쟁 관계에 있던 〈경판 30장본〉, 〈경판 35장본〉과는 다른 '새로운 춘향전'이라는 점을 부각시키기 위한 것이다.

둘째, 〈박29장본〉은 춘향가 창본을 바탕으로 축약한 것으로 몇 차례의 보판 과정을 거쳤고, 그 과정에서 다른 춘향전과 차별화하기 위해 내제 앞부분에 문양과 '극상'을 붙이고, 본문 초두를 음각하였다. 〈한29장본〉도 몇 차례 보판을 거듭한 판본인데, 新刊임을 강조하고 분권을 목적으로 '완서신간'이란 刊記를 넣었다. 그리고 실물본의 경우는 〈한29장본〉이 〈박29장본〉보다 먼저 출판되었지만 초간본의 경우는 오히려 〈박29장본〉이 〈한29장본〉보다 먼저 출판되었다. 이들 역시 생산비를 낮추기 위해 대폭적으로 축약된 염가의 보급판이다.

【자료】

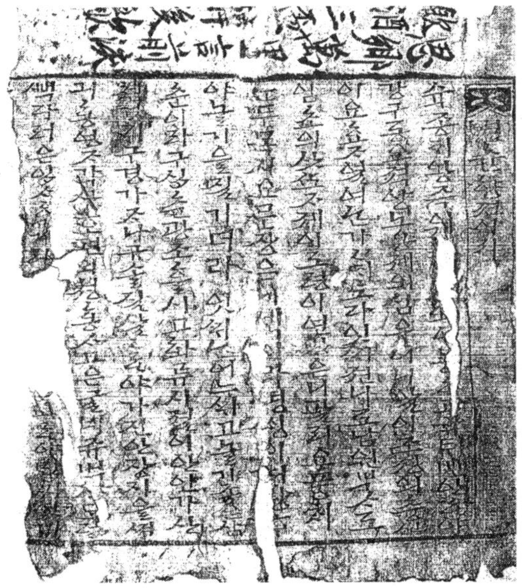

[임26장본 1면]

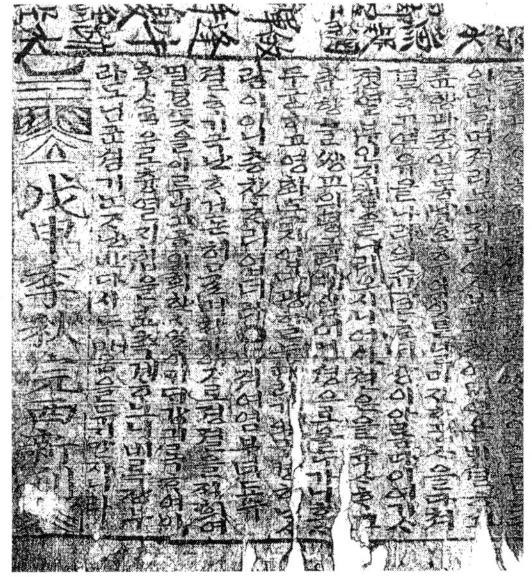

[임26장본 52면]

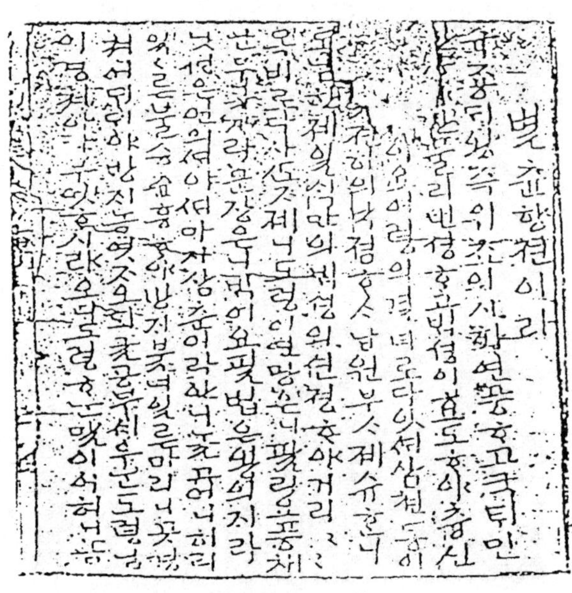

[박29장본 1면]

[한29장본 1면]

[박29장본 40면]

[한29장본 40면]

[박29장본 58면]

[한29장본 58면]

〈고본춘향전〉의 성격

1. 머리말

육당 최남선은 1913년 10월 자신이 경영하는 신문관에서 〈고본춘향전〉을 간행하였다. 활자본 춘향전은 1912년 이해조가 명창 박기홍의 춘향가를 바탕으로 〈옥중화〉를 개산·발행한 후 우후죽순처럼 쏟아졌다. 〈고본춘향전〉은 〈옥중화〉와 더불어 1910년대에 간행된 활자본 춘향전을 대표하는 이본이다. 그런데 〈고본춘향전〉은 연구할 만한 이본적 가치를 지니고 있음에도 불구하고 〈옥중화〉와 달리 아직까지 이렇다 할 깊이 있는 연구가 이루어지지 않았다. 이러한 사정은 〈고본춘향전〉이 별다른 이본적 가치를 지니지 않은 이본일 것이라는 선입견 때문으로 보인다. 그러나 이본적 가치에 대한 판단은 구체적인 검토를 통해 내리는 것이 마땅하다.

〈고본춘향전〉에 대한 초기의 논의로는 조윤제와 이재수의 연구를 들 수 있다.[1] 그러나 이 연구는 〈고본춘향전〉의 저본 확정이 이루어지지 않

---

1) 조윤제, 『교주 춘향전』, 을유문화사, 1957.
　　이재수, 『한국소설연구』, 형설출판사, 1973.

은 상황에서 진행되었기 때문에 일정한 한계를 안고 있을 수밖에 없었다. 최근에 동양문고에 소장되어 있는 〈춘향전〉(동양문고본)이 소개됨으로써 저본 확정이 가능하게 되어 선행연구가 안고 있던 한계를 극복할 수 있는 길이 열렸고, 〈고본춘향전〉에 대한 전면적인 재검토도 이루어질 수 있게 되었다. 그러나 〈동양문고본〉이 소개된 뒤에 이루어진 연구에서도 사정이 크게 달라진 것은 아니었다. 근래에 이루어진 『춘향전비교연구』도 높이 평가받을 만한 성실성에도 불구하고 〈동양문고본〉 대신 〈남원고사〉를 〈고본춘향전〉과 비교함으로써 일정한 한계를 보이고 있다.[2] 육당이 〈동양문고본〉을 저본으로 하여 〈고본춘향전〉을 간행했다는 사실은 박갑수(1991)와 김석배(1991)에 의해 밝혀졌다.[3] 그러나 이 연구도 〈고본춘향전〉의 성격에 대한 충분한 논의에 이르지 못한 채 부분적인 성과에 머물러 있다. 따라서 〈고본춘향전〉의 이본적 가치를 이해하기 위해서는 전면적인 재검토가 이루어져야 한다.

이 글은 〈고본춘향전〉의 전반적인 성격을 이해하는 데에 목적이 있다. 이를 위해 다음과 같은 문제 즉 〈고본춘향전〉을 간행한 목적이 무엇인가,

---

2) 김동욱·김태준·설성경, 『춘향전비교연구』, 삼영사, 1979. 이 연구에는 〈남원고사〉와 〈고본춘향전〉을 비교함으로써 〈동양문고본〉과 〈고본춘향전〉을 비교했더라면 결코 육당의 개작이라고 판단할 수 없는 부분까지 육당의 개작으로 판단한 부분이 적지 않다. "〈고본춘향전〉은 〈남원고사〉를 대부분 행문 그대로를 따르면서도 〈남원고사〉의 '… 백태가 구비하여 … 동군이 신필되여'는 상당한 부연을 가져와 … 이처럼 엄청난 확대는 〈고본춘향전〉에 투영된 춘향의 태도를 구체적으로 보여주고 있다."(209-210면)고 한 것 등이 그러하다. 그러나 〈고본춘향전〉의 이 부분은 〈동양문고본〉과 동일하고, 오히려 〈동양문고본〉의 뒷부분인 춘향의 잠자리 행실 부분이 〈고본춘향전〉에서 삭제되었다. 이와 같이 육당이 개작한 것이 아닌 부분까지 육당이 개작한 것으로 오해를 불러일으킬 만한 판단들이 여기저기에 산재해 있다.
3) 박갑수, 「〈고본춘향전〉의 위상과 표현(상) -이본간의 문장표현 비교-」, 『도곡 정기호 박사 화갑기념논총』, 동간행위원회, 1991.
   김석배, 「〈남원고사〉계 춘향전의 이본 연구」, 『금오공대 논문집』 12, 금오공대, 1991.

어떤 이본을 저본으로 삼았는가, 〈고본춘향전〉을 간행하면서 의도적으로
개작된 구체적인 양상은 어떠하며 그 의미는 무엇인가 등을 고찰할 것이
다. 이러한 문제들이 유기적으로 고찰될 때 비로소 〈고본춘향전〉의 성격
이 분명하게 드러날 것이고, 그 결과도 신뢰성을 확보할 수 있을 것이다.

2. 〈고본춘향전〉의 간행 목적

당대의 최고 지식인이요 개화운동가였던 최남선이 두 번째의 일본 유
학을 포기하고 귀국한 것은 1906년이었다.[4] 와세다대학 학생들이 모의국
회에서 조선국왕을 모욕하려는 의도로 조선국왕의 일본 방문시 예우문제
를 다루려는 사실에 분개하여 자퇴한 것이다. 민족주의자였던 육당은 이
사건을 통해 주권을 잃어버린 나라의 백성이 겪어야 하는 설움과 좌절감
을 뼈저리게 느꼈을 것이다.[5] 그는 이러한 민족적 치욕을 극복하기 위해

---

4) 최남선에 대해서는 송건호,『한국근대인물사론』(한길사, 1984)과 조용만,『일제하
  한국신문화운동사』(정음사, 1975), 참고.
5) 1905년 러일전쟁에서 승리한 일본은 미국을 사이에 넣어 억지조약(을사보호조약)
  을 체결하여 우리나라의 외교권을 빼앗아버렸다. 이에 일본의 침략정책을 공격하
  는 논설이『황성신문』과『대한매일신보』에 발표되었고, 이 글을 읽은 육당은 비
  분강개를 이기지 못해『황성신문』에 투고하여 일본통감부 헌병대에 체포되었다.
  그러나 육당은 이에 굽히지 않고 또다시 격렬한 논조로 일본의 야망을 공격하는
  논설을 써서 다른 신문에 투고하여 문제가 되기도 했다. 이러한 사실은 육당이
  어릴 때부터 민족주의 정신이 투철했던 인물이었음을 알려준다. 이러한 민족주의
  정신은 일제강점기에 비록 타협적으로 방향 전환을 하지만 육당의 일생을 지탱하
  였던 중심사상이었음은 부인할 수 없다. 홍명희가 쓴『백팔번뇌』의 후기도 육당
  의 민족주의를 이해하는 데 좋은 자료가 된다. "근일 육당의 사람에 대하야 세간
  의 毁譽가 不一하야 어느 째는 우상으로 녀기어 숭배하랴든 자가 어느 째는 害物
  로 녀기어 배제하랴고 한다. … 육당이 자기 자신에 대한 훼예는 猶然히 우서버리
  지 못할 사람이 아니나 한번 그의 님 '조선'에 대하여 해를 씨치는 것이라 생각하
  면 水火를 혜아리지 아니하도록 情이 격하야 언동이 과한 지경에까지 미치고 뉘

서는 나라를 부강하게 만들어야 한다고 생각했고, 교육을 통한 국민의 근대화가 그러한 길임을 굳게 믿고 이를 위해 문화사업을 크게 일으키고자 했다. 육당의 이러한 생각은 관상감 기사로 근무하면서 한약방을 경영하였던 부친 崔獻圭의 적극적인 재정적 후원 하에 신문관을 설치[6]하고 1908년 11월 우리나라 최초의 잡지인 『소년』을 발행함으로써 구체화된다. 1913년 신문관에서 〈심청전〉, 〈홍길동전〉, 〈흥부전〉 등의 '육전소설'과 〈고본춘향전〉 등을 간행한 것도 모두 민족주의 정신에 입각한 국민교육용 문화사업의 일환이었다.[7]

위에서 〈고본춘향전〉의 간행 목적이 어느 정도 드러났지만 좀더 구체적으로 밝혀보기로 한다. 〈고본춘향전〉의 간행 목적은 육당 스스로 이 책의 서문에 다음과 같이 밝히고 있어 분명하게 파악할 수 있다.

진흙물에도 련곷이 나니 챵류엔들 츈향이 업슬소냐 지여낸 사람이라 ᄒ지 마라 것과 속과 말과 일이 참으로 어름가치 맑고 옥가치 쌔끗홀진듸 나는 그 우상 압헤 졀홀 것이오 업ᄂ 일이라 ᄒ지 마라 놈과 년과 압서와 뒤서가 한갈가치 산악처럼 굿고 금셕처럼 밋블진듸 나는 그 가작 속에서 큰 교훈을 기러낼지니 츈향의 눈물은 만고졍녀의 만흔 셜흠을 도춰혼 것이오 리도령의 한숨은 텬하 졍남의 긴 흔을 총합혼 것이오 쳔리 산하에 리랑 츈낭이 애가 마르고 속이 탐은 곳 텬하만고 가인직주의 격고 늣기ᄂ 일과 생각을 듸포ᄒᄂ 것이라 어린 산아희와 어린 계집아희가 문벌은 귀쳔이 틀니고 거쥬ᄂ 경향이 다른듸 온갓 어려움을 격그면서도 서로 흔ᄒ고 의심ᄒᄂ 일

우치지도 아니한다. 이것이 육당이 그의 님 '조선'을 남달리 사랑하는 까닭이다."
6) 육당이 동경에서 가장 큰 인쇄공장인 秀英社에 의뢰하여 인쇄기, 주조기, 자모기 등 일체의 인쇄시설은 물론 일본의 인쇄기술자 두 명을 대동하고 돌아와 신문관을 연 것은 1906년 가을이었다.
7) 한편 육당은 1910년에 조선광문회를 발족하여 『삼국유사』, 『택리지』, 『동국세시기』 등의 고전복각사업을 일으켜 일제에 의해 파괴되는 우리 문화를 보존하고 우리 문화에 대한 재인식의 계기를 마련하였다. 張志淵, 柳瑾, 李寅承, 金敎黙 등이 육당과 더불어 광문회를 끌어갔는데, 이들은 하나같이 당대를 대표할 수 있는 지식인이자 민족주의자였다.

업시 째긋으로 비롯흔 관계를 째긋으로 결국흐는 일편 졍수에 뉘 능히 감흥
차탄흠을 금흐리오 렬녀의 거울은 내 셩츈향에 보고 졍랑의 본은 내 리몽룡
에 보앗도다 <u>슯흐다 왼 세샹이 밋븜이 업고 고듬이 업서 직힐 것을 직힐
줄 모르고 벗설 것을 벗서지 못흐는 이 째에 가만히 츈향의 마음과 일을
싱각흐니 왼 텬하 슈염 잇는 즈층 대쟝부를 위흐야 쓰거운 눈물이 왕연히
쏘다짐을 억제치 못흘지라</u> 이 째에 이 칙을 냄이 더욱 도이치 아니흠을 늣
기리로다 남악쥬인 적다

육당은 "압서와 뒤서가 한갈가치 산악처럼 굿고 금셕처럼 밋블진듸 나
는 그 假作 속에서 큰 교훈을 기러낼지니"라고 하여 춘향전에서 큰 교훈
을 찾고자 했다. 밑줄 친 부분에서 알 수 있듯이 믿음이 없고 곧음이 없어
서 지킬 것을 지키지 못하고 대항할 것에 대항하지 못하는 시대를 살아가
는 대장부에게 '烈女의 거울'인 춘향과 '情郎의 본'인 이도령의 한결같은
행동을 통해 어떻게 살아야 하는가를 가르치고자 〈고본춘향전〉을 간행했
던 것이다. 이러한 육당의 발언은 일제강점기에 정신적 가치를 상실한
채 맹목적으로 살아가는 대다수의 조선 남성을 향한 것이요, 동시에 민족
의식 또는 주체의식 없이 친일 행위를 일삼는 일부 지식인에 대한 탄식이
요 강도 높은 질타의 목소리였다.

3. 〈고본춘향전〉의 개작 양상

1) 〈고본춘향전〉의 저본

선행이본을 바탕으로 새로운 이본이 생산되었을 때 개작자가 저본으로
삼은 이본을 밝히는 작업은 그것이 비록 문학 외적인 것이라고 하더라도
중요하지 않을 수 없다. 왜냐하면 저본으로 삼은 선행이본을 밝히고, 그

것과의 성실한 비교를 통해 이본적 가치 내지 작품적 가치가 구명될 때 비로소 그 이본에 대한 정당한 평가가 이루어질 수 있기 때문이다. 또한 저본이 밝혀지지 않은 상황에서 이본이 가지는 독자적 가치를 구명하려는 작업은 오류를 범할 소지가 그만큼 크기 때문에 저본의 탐색은 선행되어야 할 작업이다. 그러므로 저본에 대한 성실한 탐색이 미비한 상태에서 이루어진 연구가 오류를 안고 있는 것은 당연한 결과라고 할 수 있다. 특히 〈고본춘향전〉과 같이 개작자가 분명한 이본을 대상으로 개작 의도나 작품적 가치를 연구할 때 본의 아니게 오류를 범할 소지가 많으므로 저본을 밝히는 작업은 더욱 중요하다. 〈고본춘향전〉의 저본을 확정하는 작업은 논의의 방향을 제대로 잡을 수 있게 하고, 확정된 저본을 바탕으로 논의를 진행해야 결과 또한 신뢰성을 획득할 수 있으므로 〈고본춘향전〉의 개작 양상을 살피기 위해서는 무엇보다도 저본 확정이 선행되어야 한다.

〈고본춘향전〉의 저본에 대해서는 일찍이 조윤제가 "완판본과는 별로 연관이 없고, 경판본과 이명선 씨 본에서 많은 영향을 받았으리라는 것만은 의심할 수 없으니"라고 하였고, 이재수는 자신의 소장본 〈춘향전〉(〈常山本〉)과 〈고본춘향전〉을 비교하면서 "〈고본춘향전〉은 상산본이 저본이며 그 외 李古本·其他本에서 부분적으로 영향을 받았다"[8]고 하였다. 그러나 이러한 논의는 〈고본춘향전〉과 동일 계통의 이본이 발견되지 않은 시점에서 이루어진 것이어서 오류를 범하고 있다.

최근에 〈고본춘향전〉과 동일 계통의 이본인 〈남원고사〉, 〈동양문고본〉, 동경대 소장 〈춘향전〉(〈동경대본〉), 영남대 도남문고 소장 〈춘향전〉(〈도남문고본〉) 등이 소개되면서 〈고본춘향전〉의 저본에 대한 전면적인 재검토가 이루어질 수밖에 없게 되었다. 〈남원고사〉계 이본으로 묶을 수 있는 이들 네 이본 상호간에는 약간의 행문 출입과 장면의 차이가 존

---

8) 이재수, 앞의 책, 413면.

재하고 있고, 〈고본춘향전〉과도 차이가 발견된다. 〈고본춘향전〉에서 발
견되는 상이한 부분은 육당이 개작한 결과이다. 따라서 현재로서는 이들
네 이본 중에서 어느 하나를 〈고본춘향전〉의 저본으로 잡을 수밖에 없다.
그것이 비록 새로운 이본이 발견되면 수정되어야 할지도 모르는 잠정적
인 것이라고 하더라도 지금으로서는 최선의 방법이 아닐 수 없다.

그렇다면 이 네 이본 중에서 어느 것이 〈고본춘향전〉의 저본이었을까?
〈고본춘향전〉의 저본을 찾는 작업은 〈고본춘향전〉과 네 이본을 성실히
비교해 보면 드러날 것이므로 그리 어려운 것이 아니다. 다만 이본 비교
의 성실성이 요구된다. 네 이본을 〈고본춘향전〉과 비교해 보면 〈고본춘
향전〉의 저본이 〈동양문고본〉이라는 사실이 쉽게 드러난다. 〈동양문고
본〉과 〈고본춘향전〉 사이에는 부분적인 행문 출입을 무시하면 89개 장면
중에서 단지 7개 장면에서만 차이가 발견되고 나머지는 동일하다. 그리고
〈동양문고본〉과 〈고본춘향전〉의 이러한 차이는 다른 이본에서 발견되는
차이 보다 훨씬 미미한 것이다. 또한 '송림간 이별'(#33) 장면의 "풋고쵸
져리침치 문어 졉복 겻드리고 환쇼쥬의 슐을 트셔 상단이 들니고 셰디삿
갓 슉이 쓰고 오리졍으로 나가 니도령 기다릴 지 자연 쵸창 우름운다"는
〈동양문고본〉의 행문이 〈남원고사〉, 〈동경대본〉, 〈도님문고본〉에 없는
반면 〈고본춘향전〉에 동일하게 나타나는 점에서도 〈고본춘향전〉의 저본
이 〈동양문고본〉이라는 사실을 확인할 수 있다.[9]

2) 〈고본춘향전〉의 개작 양상

이제 육당이 〈고본춘향전〉을 간행하면서 개작한 구체적인 양상을 살펴
보기로 한다. 다음은 〈고본춘향전〉에서 이루어진 개작 양상을 도표로 정
리한 것이다. ⓐ는 〈남원고사〉와 〈동양문고본〉을 비교한 것이고, ⓑ는

---

9) 자세한 것은 김석배(1991), 앞의 논문 및 김석배, 「춘향전 이본의 생성과 변모 양상
　　연구」(경북대 대학원 박사학위논문, 1992)로 미룬다.

〈동양문고본〉과 〈고본춘향전〉을 비교한 것이다. 〈남원고사〉와 〈동양문고본〉 사이의 차이는 이보다 훨씬 다양하지만 〈동양문고본〉을 저본으로 한 〈고본춘향전〉의 개작 양상을 살피는 것이 목적이므로 해당 부분만 정리하였다.

〈남원고사〉	〈동양문고본〉(ⓐ)	〈고본춘향전〉(ⓑ)
#1. 서사 허두	금강경사설 첨가	완전 개작
#3. 이도령 방자 산천경개	부분적 확장	국내명승지(소상팔경 ×)
#10. 이도령과 춘향 수작	이름 풀이 첨가	서방구하기 사설 삭제
#26. 초야사설	첨가와 삭제 심함	대폭 삭제
#34. 이도령과 마부 수작	춘향행실사설 첨가	춘향행실사설 삭제
#41. 신관 도임 좌기	기생점고 행문 차이	기생점고 잡가 수용
#68. 허봉사 불러 문복	봉사 음행 첨가	봉사 음행 삭제

위의 도표에서 우리는 육당이 〈고본춘향전〉을 간행하면서 크게 두 가지 방향에서 손질하였음을 알 수 있다. 하나는 〈동양문고본〉의 중국적인 요소를 한국적인 요소로 바꾼 것이고, 다른 하나는 춘향을 '烈女의 化身'으로 만들기 위해서 〈동양문고본〉의 외설적인 요소를 제거한 것이다.

육당이 개작한 양상을 장면 중심으로 살펴보면 다음과 같다.

(1) 한국적 요소의 강화

육당이 〈고본춘향전〉을 통해 우리 민족에게 정신적인 교훈을 가르치고자 했으니 중국적 요소를 한국적 요소로 개작하는 것은 당연한 일이다. 그것은 근본적으로 육당의 '朝鮮精神'에서 비롯되었다. 육당이 '山'에서 찾은 '조선정신'은 그의 역사의식이요, 그것의 알맹이는 바로 민족주의 정신이다.

① 서사, 허두(#1)

〈동양문고본〉의 서두는 다음과 같은 내용으로 이루어져 있고, 그것은 〈남원고사〉, 〈동경대본〉과 동일하다.

> ㉠텬하명산 오악지즁의 형산이 놉고 놉다 당시의 절문 즁이 경문이 능통키로 뇽궁의 봉명ᄒ고 셕교상 느진 봄의 팔션녀 희롱ᄒ 죄로 환싱인간ᄒ여 츌상닙상ᄐ가 퇴상당 도다들 졔 – 중략 – 아마도 셰상명니와 비우희락이 니러ᄒᆫ가 ᄒ노라 ㉡-①쳥의 조흔 남니상의 니화방쵸로 쳥녀완보 드러가니 산여옥셕층층닙의 만학운봉 놉하 닛고 – 중략 – ㉡-②이런 경기 다 본 후의 어듸로 가잔 말가 산은 쳡쳡 쳔봉이오 슈는 잔잔 벽계로다 긔암 층층 졀벽간의 폭포 창파 써러져셔 힝심일경 빗긴 날의 장송은 울울ᄒ고 – 중략 – 셰상 용욕 다 바리고 물외당산 오며 가며 일듸계산 젹막ᄒᆫ듸 셕조어강쎈이로다 범범창파 이닉 흥을 녹녹 셰인 제 뉘 알니 쳔직만직 억만직를 여츠여츠 늘그리라(〈동양문고본〉, 165-168면)[10]

위의 인용문은 인생무상의 인생관을 드러내고 있는 부분인 ㉠과 인생무상을 극복하기 위해 자연에 귀의하여 명승지를 두루 유람하는 부분인 ㉡으로 구성되어 있다. ㉠은 구운몽을 소재로 한 사설시조를 수용하여 인생무상의 서정적 분위기를 자아내고 있고, ㉡-1은 중국 시인인 이백, 두목, 두보, 도연명 등의 뛰어난 시구절을 인용한 가사를, ㉡-2는 유산가와 隱士歌를 수용한 것이다.[11] 인생무상의 서정적 분위기를 자아내고 있는 ㉠과 그것을 극복하기 위한 자연귀의를 노래한 ㉡은 〈고본춘향전〉의 간행 목적인 국민교화와는 길이 다른, 지나치게 은일적이고 현실도피적일 뿐만 아니라 중국적 색채가 강한 것이어서 육당으로서는 마땅히 문제 삼을 만한 대상이다. 또한 서두 부분이 작품의 짜임과 아무런 관련을 맺지 않은 채 떨어져 있는 것을 유기적으로 연결되도록 하기 위해서도 개작의

---

10) 김진영 외, 『춘향전전집』(5), 박이정, 1997.
11) 설성경, 『한국고전소설의 본질』, 국학자료원, 1992, 220-244면, 참고.

필요성이 있었을 것이다.

ⓖ'려각 갓흔 이 턴디에 손님 갓흔 광음이라 홍몽이 조판흔 후 영웅호걸 문쟝지수 몃몃 치나 다녀갓노 일월산하ᄂᆞᆫ 지금에 의구ᄒ되 인물 스업은 자최를 못 볼세라 고인 임의 그러ᄒ니 내 인싱이 다를소냐 꿈 갓흔 진셰명리 헌신갓치 다 버리고 츌하로 명산슈에 이 회포 부치리라 ⓛ'듁장망혜 단표즈로 천리강산 차져 가니 <u>동대륙에 소슨 형세 빅두산이 죠종이라 마루마루 넘ᄂᆞᆫ 거름 샹샹봉 다다르니 신인 하강 박달나무 쳔지만엽 너울너울 금고력스 일만년에 민족 퍼진 근본이오 빅리 쥬회 룡왕담에 쳔파만랑 츌넝츌넝 남북평야 삼만리에 강토 버든 혈믹이라</u> - 중략 - 청학동 돌아드러 태을선군 뵙자 ᄒ니 샹청신션 모인 곳에 속긱 참여 바이 업네 이 산 넘어 셔편에ᄂᆞᆫ 호남승지 남원부라 산쳔이 뎌러ᄒ니 풍류 인연 업슬소냐(〈고본춘향전〉, 1-5면)

위의 ⓖ'와 ⓛ'는 각각 〈동양문고본〉의 ⓖ과 ⓛ-1에 대응된다. ⓖ과 ⓖ'는 ⓛ, ⓛ'의 명승지 유람의 이유인 인생무상을 노래하고 있다는 점에서 동일하지만 전자의 분위기가 후자보다 훨씬 더 허무적이다. 즉 ⓖ'는 지나치게 허무적인 분위기를 약화시키기 위해 의도적으로 개작한 것이다. ⓖ+ⓛ의 자연스럽지 못한 연결을 ⓖ'+ⓛ'와 같이 자연스럽게 연결하기 위한 것도 개작을 한 하나의 이유였을 것이다. 이렇게 함으로써 〈동양문고본〉과 달리 작품의 배경인 남원이 자연스럽게 등장하게 된다. 그리고 ⓛ'에서는 중국의 명승지를 우리나라의 명승지로 바꾸었다. 특히 밑줄 친 부분과 같이 명승지 유람을 민족사의 발상지인 백두산에서부터 시작한 것은 육당의 조선정신을 단적으로 드러낸 것이다.

육당은 『태백산시집』에서 태백산-육당은 백두산을 태백산이라고 했다-을 "한 줄기 쌔친 脈이 三千里하야 / 살지고 아름답고 튼튼ᄒ게 된 / 이러한 쏫世界를 이루엇스나 / 우리의 목숨 根源 이것이로다"고 노래했고, 『백두산 참관기』序에서는 "東方原理의 化有입니다. 東方民族의 最大依支요,

東方文化의 最要核心이요, 東方意識의 最高淵源입니다."12)고 주장하기도 하였다. 여기서 우리는 민족주의 정신 위에서 〈고본춘향전〉을 개작한 육당의 입장을 확인할 수 있다. 그러다보니 〈고본춘향전〉의 다른 부분이 〈동양문고본〉에 비해 분량이 줄어든 것과는 대조적으로 이 부분은 2,000여자 정도로 〈동양문고본〉의 1,200여자보다 오히려 분량이 크게 늘어나게 되었던 것이다.

② 이도령과 방자 산천경개 풀이(#3)

이도령이 남원고을의 구경할 만한 곳을 묻자 방자가 산청경개를 풀이하는 장면이다. 〈동양문고본〉은 방자가 광한루가 구경할 만한 장소라는 것을 알리기 전에 중국의 소상팔경을 장황하게 말하는 부분인 ⓒ과 우리나라의 명승지를 두루 말하는 부분인 ②로 이루어져 있다.

> ⓒ네 고을의 구경처가 어듸가 유명흔다 방자놈 엿자오듸 무삼 경을 보랴 흐고 힝힝졈졈졍환사흐니 욕하한공슉원시라 과득편만리별안흐니 쵹조인 노격노화라 평스낙안 경이오니 이를 구경흐랴 흐오 - 중략 : 원포귀범, 소상야우, 동정추월, 산시청람, 어촌낙조, 강천모설, 연사모종 - 황학누 등왕각 고쇼셩 한산샤 함외장강공자류라 ②고려국 명산은 금강산이오 긔자 왕셩은 묘향산이라 진쥬는 쵹셔루오 함흥 낙민누 평양은 연광정 셩천의 강션누 밀양 영남누 창원 벽허루 희쥬 부용당 안쥬 빅상누 의쥬 통군졍 영동구읍 호즁 스군 다 훨젹 더져 두고(〈동양문고본〉, 170-171면)

그런데 육당은 이제현의 〈和朴石齋尹樗軒用銀臺集瀟湘八景韻〉13)을

---

12) 고대 아세아문제연구소 편, 『육당 최남선 전집』, 현암사, 1974.

13) 김동욱 외, 『춘향전비교연구』(45-47면)에서는 이제현의 한시를 확인하지 못한 채 주석이 이루어진 것이어서 여기서 바로잡는다. 〈동양문고본〉의 차례가 이제현의 한시와 약간 다르게 되어 있지만 여기서는 『익재난고』를 따른다.
平沙落雁 : 行行點點整還斜 欲下寒空宿暖沙 怪得翩翩移別岸 軸轤人語隔蘆花
遠浦歸帆 : 行舟賈客似兒童 香火人人乞順風 賴是湖神能泛應 衆帆齊擧各西東

그대로 수용한 소상팔경인 ㉢을 완전히 삭제하고, 우리나라의 명승지를 말하는 ㉣도 다음과 같이 개작하여 개작의도를 분명하게 알려준다.

> 네 고을에 구경쳐가 어ᄃᆡ가 유명ᄒᆞᆫ다 방ᄌᆞ놈 엿자오ᄃᆡ 무ᄉᆞᆷ 경을 보랴 ᄒᆞ오 ᄇᆡᆨ두산 단목 속에 신시터를 보려시오 한나산 ᄇᆡᆨ록담에 션인 고젹 보려시오 만이쳔봉 금강산에 조화 젼공 보려시오 쳔리 만리 벽ᄒᆡ 샹에 경파오랑 보려시오 십리 장림 그림 속에 금슈강산 보려시오 명사십리 널은 벌에 ᄒᆡ당화를 보려시오 관동팔경 차즈시오 십승디를 가려시오 삼쳔리 별건곤이 곳곳이 승디오니 특별히 보실 경이 어ᄃᆡ라ᄂᆞᆫ 분부시오 이 경 뎌 경 다 더져두고 동불암 셔진관 남삼막 븍승가 남한 븍한 관악 청계 호거룡반으로 뎨도를 일운 경도 거록ᄒᆞ다 ᄒᆞ려니와(〈고본춘향전〉, 8면)

〈동양문고본〉에서 삭제된 부분을 제외하면 오히려 〈고본춘향전〉의 분량이 늘어났고, 그것은 민족정신의 고취와 맥이 닿아 있음을 알 수 있다.

이 외에도 한국적 요소를 강화하기 위해 부분적으로 손질을 가한 곳이 더러 있다. 〈동양문고본〉의 "삿도 ᄌᆞ뎨 니도령이 년광이 십뉵세라 녀동빈의 얼골이오 두목지 풍ᄎᆡ로다 문자은 니ᄇᆡᆨ이오 필법은 왕희지라"를 "ᄉᆞ도 ᄌᆞ뎨 도령님이 년광이 십륙세라 김부식의 얼골이오 리덕형의 풍신이라 문쟝은 최고운이오 필법은 김싱이라"로 개작한 것 등이다. 이러한 개작은 비록 단편적인 것이라고 하더라도 의도적인 것이어서 육당의 개작의도가 어디에 있었던가를 분명하게 알려준다.

瀟湘夜雨 : 楓葉蘆花水國秋 一江風雨洒扁舟 驚廻楚客三更夢 分與湘妃萬古愁
洞庭秋月 : 三更月彩澄銀漢 萬頃秋光泛素濤 湖上誰家吹鐵笛 碧天無際雁行高
山市晴嵐 : 漠漠平林翠靄寒 樓臺隱約隔羅紈 何當卷地風吹去 還我王家着色山
漁村落照 : 落日看看啣遠岫 歸潮咽咽上寒汀 漁人去入蘆花雪 數點炊咽晚更靑
江天暮雪 : 柳絮飛空欲下遲 梅花落地亦多姿 一樽且盡江樓酒 看到簑翁劵釣時
煙寺暮鍾 : 一幅丹靑展不封 數行水墨淡還濃 不應畵筆眞能爾 南寺鍾殘北寺鍾

⑵ 춘향의 열녀적 성격 강화

육당이 춘향전을 통해 도덕적 교훈을 가르치고자 했을 때, 〈동양문고본〉에 산재해 있는 비속하거나 외설적인 요소는 적잖은 장애가 되었을 것이다. 육당은 춘향을 '萬古의 貞女', '열녀의 거울'로 만들기 위해서 이러한 요소 특히 춘향의 행동과 관련된 비속하고 외설적인 부분들을 과감히 삭제하였다.[14]

① 이도령과 춘향 수작(#10)

다음 장면은 이도령이 천정연분임을 내세우며 인연 맺기를 허락하라고 강요하자 춘향이 자신의 입장을 밝히는 대목이다.

춘향이 엿즈오디 소녀를 천기라고 함부로 인연 밋즈 마음디로 ㅎ시오나 셔방을 구ㅎ기는 졔요도당시젹 소부 허유 갓튼 사름 월나라 범소빅 갓흔 스름 한광무젹 엄자릉 갓흔 사름 당나라 니광필 갓튼 사름 진나라 샤안셕 갓튼 사름 삼국젹 쥬공근 갓튼 스름 송나라 문쳔상 갓튼 사름 이런 사름 아니오면 디원슈닌을 초고 금단의 놉희 안자 천병만마를 지휘간의 너허 두고 좌작진퇴ㅎ는 디장 낭군이 워이오니 만일 그러치 못ㅎ오면 빅골이 진퇴

---

14) 춘향전의 외설성에 대해서는 육당뿐만 아니라 당시의 지식인들도 비판하였다. 『매일신보』(1910.12.11)에 실린 다음 글은 춘향전에 대한 개화기 지식인의 비판적 시각을 잘 보여주고 있다. "此는 有志者의 講究홀 바라 宜히 古今의 嘉言美行을 敷演ㅎ야 人人의 觀感을 善導케 홀지어늘 但히 幾個娼優의 營利窟에 任ㅎ얏도다. 我東遺來의 古調도 總히 不美ㅎ다 홈은 안이로디 但히 演劇홀 時에 無據흔 浮說悖談을 增加ㅎ야 無端히 人의 痴笑를 惹起ㅎ는지라 假令 人人의 習知ㅎ는 所謂 春香歌로 言홀지라도 一個 軟弱흔 賤妓가 節義를 守ㅎ야 至死不變ㅎ다가 從來에 奇遇흔 榮快를 得ㅎ얏스니 可謂 好材料라 홀지나 然ㅎ나 其語調가 眞境을 違反흔지라 李道令이 其父를 對ㅎ야 悖辭가 居多ㅎ니 此는 悖子에 不過흔지라 엇지 一道 御史의 才가 有ㅎ며 春香이 道令을 對ㅎ야 猥褻이 太甚ㅎ니 此는 亂娼에 不過흔지라 엇지 百年貞烈의 心이 有ㅎ리오 幸히 演劇社의 主務ㅎ는 者는 此에 注意ㅎ야 新材料는 未備홀지나 舊材料 內에도 其語調를 改良ㅎ야 實地를 勿違ㅎ고 風化를 勿乖홀지어다."

되여도 독슈공방ᄒ 오리다(〈동양문고본〉, 186면)

춘향은 월나라의 명재상 范小伯(범려)이나 동진의 명재상 謝安石같이 일국의 재상을 지낼 만한 인물이나 천병만마를 호령하는 대원수가 될 만한 인물이 자신이 바라는 남편상임을 당당하게 밝히고 있다. 육당은 이러한 춘향의 당당한 태도는 결코 요조숙녀인 춘향의 행동양식에 어울리지 않는다고 판단하고 삭제하였던 것이다.

② 이도령과 춘향의 초야사설(#26)

이 대목은 이도령과 춘향이 첫날밤에 사랑놀음을 벌이는 장면이다. 넓은 의미에서 사랑가로 묶을 수 있는 여러 개의 다양한 삽입가요를 중심으로 사랑에 겨워 어쩔 줄 모르는 춘향과 이도령의 모습을 여실하게 그리고 있는데, 〈남원고사〉계 이본에 크게 확장되어 있다. 그리고 그것은 전승되는 과정에서 향수층의 기호에 영합하기 위해 육욕적이고 관능적인 방향으로 사설이 확장되면서 이본 사이에 다양한 변모를 겪었다.

이 장면은 대체로 ⓐ사랑가(1), ⓑ기물타령, ⓒ비점가, ⓓ수수께끼(1), ⓔ수수께끼(2), ⓕ인자타령, ⓖ연자타령, ⓗ사랑가(2), ⓘ업음질타령 중 몇 개의 선택적 조합으로 이루어져 있는데, 〈남원고사〉계 이본 사이에 일어난 변모양상을 도표로 정리하면 다음과 같다.

	ⓐ	ⓑ	ⓒ	ⓓ	ⓔ	ⓕ	ⓖ	ⓗ	ⓘ
남 원 고 사	O	X	O	X	X	O	O	X	X
동 경 대 본	O	X	O	X	X	O	O	O	O
도 남 문 고 본	O	O	O	O	O	X	X	O	O
동 양 문 고 본	O	O	O	O	O	X	X	O	O
고 본 춘 향 전	X	X	X	O	X	X	X	O	X

위의 도표를 살펴보면 초야사설의 상당한 부분이 〈고본춘향전〉에서 삭

제되었음을 알 수 있다. 즉 〈동양문고본〉의 7개 사랑가 중에서 외설스럽지 않은 수수께끼(1)과 사랑가(2)만 수용하고 외설적인 기물타령을 비롯한 나머지는 모두 삭제하였다.

〈동양문고본〉의 사랑가를 살펴보면 육당이 〈고본춘향전〉을 간행하면서 그것을 삭제할 수밖에 없었던 이유를 분명하게 파악할 수 있다.

㉮ 츈향의 가는 허리 허흠셕 드립더 안고 입 한 번 쪽 등 한 번 둥덩 어허어허 늬 사랑이야 아마도 네로구나 월침침 야삼경의 어셔 벗고 잠을 즈즈 다졍ᄒ니 빵요합이오 유의ᄒ니 냥각거라 동요는 유아식어니와 심쳔은 임군의라 족무삼경월이오 금번일진풍을 슈츌고도상ᄒ니 용곤소지지라 낙월은 공산슉이오 한계는 노슈쳥이라 하상견지만만야오 니빅이 여이 동사싱을 츈몽이 다졍커든 양왕운우 불월소냐 그는 그러ᄒ거니와 야심만뇌 구격ᄒ니 놀기는 늬무진이라 어셔 벗고 잠을 자자 츈향이 거문고 물니치니 젹무인엄중문의 분벽사창 고요ᄒ다 원앙금 자라침을 쵹영의 포셜ᄒ고 셜부화용 드러늬여 츈졍을 자아늬니 어엿부고 징그럽다 도련님 몬져 버스시오 에라 너부터 버셔라 나 몬져 버슨 후의 너는 아니 버스려나 보고나 잔말 말고 너 몬져 버셔라(〈동양문고본〉, 211-212면)

㉯ 츈향이 몬져 버슬 젹의 치마 버셔 옷거리의 걸고 버션 버셔 요 밋히 넛코 - 중략 : 춘향의 월경대에 대한 수작 - 춘향이 홀일업셔 잠간 니러셧다가 도로 안질식 유졍총목 쌜니 보니 만쳡쳥산 늙근 즁이 숑이죽을 자시다가 셔를 더휜 형상이오 홍모란이 반기ᄒ여 피여 오는 형상이라 연계찜을 즐기시나 달기 벗슨 무삼 일고 먹쥴 즈리의 독긔가 자옥희 쥴 바로 마졋구나 니도령의 거동 보쇼 일신이 졈졈 져러 오니 훨훨 벗고 아조 벗고 모도 벗고 영졀 버셔 휘휘친친 후리치고 금침의 쮜여들 지 츈향의 이른 말이 남 다려만 셔라드니 당신은 외 아니 이러셔오 니도령 눈결의 니러셧다가 어늬 스이의 안질 젹의 츈향이 무른 말이 반종단 졔 빗치오 숑이 뒤강이 갓혼 거시 무엇시오 그거슬 모로리라 동희바다의셔 뒤합조기 일슈 잘 잡아먹는 쇼라 고동이라 ᄒ는 거시니라(〈동양문고본〉, 212-213면)

㉓ 에후리쳐 덥셕 안고 두 몸이 한 몸이 되여 네 몸이 늬 몸이오 네 살이
늬 살이라 호탕ᄒ고 무르녹아 녀산폭포의 돌 구으듯시 비졈가로 화답ᄒ다
우리 두리 맛나시니 맛날 봉자 비졈이오 우리 두리 누어시니 누를 와자 비
졈이오 두리 셔로 베여시니 벼기 침즈 비졈이오 두리 셔로 덥허시니 니불
금자 비졈이오 두리 셔로 즐겨ᄒ니 즐길 낙자 비졈이오 우리 두리 입 맛쵸
시니 맛볼 상자 비졈이오 우리 두리 비 다희니 비 복자 비졈이오 오목 요자
쏙죽 철자 모들 합자 비졈이오 나아갈 진즈 물너날 퇴자 줄 빈자 비졈이오
조흘 호즈 쉴 산즈 물 슈즈 비졈이라(〈동양문고본〉, 213-214면)

㉔ 어븐 치 입을 다희려구 목을 항싀쳐로 비트려 다흐려면 계집아희ᄂᆞ
맛쵸려 ᄒ다가 그려도 붓그려 그만 두고 나려 노코 도련님 날도 업어쥬렴
그지ᄂᆞ 두리 다 벗고 도련님을 느지막ᄒ게 업고 어화둥둥 늬 사랑 간간 알
들 늬 사랑 팔도감사를 업엇ᄂᆞ가 삼공뉵경을 업엇ᄂᆞ가 츠츠 홀너나려 이
익란 아희가 그 근쳐의 나려가더니 셩을 불근 늬여 시금시금홀 지 계집아희
가 거북ᄒ여 츄이쳐 치키여 업으려 ᄒ니 이 익 그듸로 업어 두어라 졈졈
싀여가ᄂᆞ 거슬 그려ᄂᆞ냐 거북ᄒ여 못 견듸깃쇼 ᄂᆞ려 노ᄒ니 싯싯 안고 썰고
진져리 치고 홀홀 늣긔여 소오름 돗칠 지 뉵믹이 다 져리고 쎠 싯치 녹ᄂᆞ다
건곤텬지 우쥬간의 인간지락이 이쑨이라 쥬야 이리 농정ᄒ여 부지광음양
뉴슈라(〈동양문고본〉, 216-217면)

인용문 ㉒는 초야장면의 첫머리에 나오는 사랑가이다. 밑줄 친 "多情하
니 雙胸合이요 有義하니 兩脚開라 動搖는 由我使汝니와 深淺은 任君之라
足無三更月이오 衾生一陣風이라."[15)는 남녀의 요란하고 질펀한 성행위를
말하는 것으로 매우 외설적이다. ㉓는 이도령이 춘향의 性器를 보고 부르
는 노래와 춘향이 이도령의 성기를 보고 무엇이냐고 묻는 기물타령이다.
기물타령은 외설의 정도가 심하지만 변강쇠가에도 있는 것으로 보아서
민중의 세계에서는 은밀한 공간뿐만 아니라 일상생활의 개방된 공간에서
도 혼하게 불렸던 것으로 짐작된다.[16) 그리고 비졈가인 ㉓도 남녀의 성행

---

15) 이윤석, 『남원고사 원전 비평』, 보고사, 2009, 138면.

위를 묘사한 것으로 외설스럽기는 기물타령과 마찬가지이고, 업음질타령인 ㉺의 뒷부분도 외설적인 점에서 다를 바 없다. 이러한 외설적인 음란 행위는, 그것이 설사 이도령과 춘향의 육체적인 사랑을 핍진하게 묘사했다고 하더라도 춘향을 열녀의 화신으로 만들고자 한 육당의 입장에서 보면 곤혹스럽기 짝이 없는 장애요소이므로 삭제하지 않을 수 없었을 것이다.

③ 이도령과 마부 수작(#34)

마부가 말을 몰면서 춘향의 수청이 어떠했던가를 묻자 이도령이 춘향과의 이별을 안타까워하면서 춘향의 행실을 말하는 장면이다. 〈남원고사〉와 〈동경대본〉에 비해 〈동양문고본〉, 〈도남문고본〉에는 상당히 부연

---

16) 춘향전의 기물타령은 향수층의 기호에 영합하기 위하여 첨가한 것으로 변강쇠가의 영향을 받았을 것으로 보인다. 옹녀와 강쇠의 성기를 자세하게 묘사하고 있는 신재효본 〈변강쇠가〉의 기물타령은 다음과 같다. "천생음골 강쇠놈이 여인 양각 번듯 들고 옥문관을 굽어보며 이상히도 생겼다 맹랑히도 생겼다 늙은 중의 입일는지 털은 돋고 이는 없다 소나기를 맞았던지 언덕 깊게 파이었다 콩밭 팥밭 지났던지 돔부꽃이 비치있다 도끼날을 맞았던지 금 바르게 터져 있다 생수처 옥답인지 물이 항상 괴어 있다 무슨 말을 하려관대 옴질옴질 하고 있노 천리행룡 내려오다 주먹바위 신통하다 만경창파 조갤런지 혀를 삐쭘 빼었으며 임실 곶감 먹었던지 곶감 씨가 장물이요 만첩산중 으름인지 제라 절로 벌어졌다 연계탕을 먹었던지 닭의 벼슬 비치었다 파명당을 하였던지 더운 김이 그저 난다 제 무엇이 즐거워서 반쯤 웃어 두었구나 곶감 있고 으름 있고 조개 있고 연계 있고 제사장은 걱정 없다 저 여인 반소하며 갚음을 하노라고 강쇠 기물 가리키며 이상히도 생겼네 맹랑히도 생겼네 전배사령 서려는지 쌍걸낭을 느직하게 달고 오군문 군뢰던가 복덕이를 붉게 쓰고 냇물 가에 물방안지 떨구덩떨구덩 끄덕인다 송아지 말뚝인지 털고삐를 둘렀구나 감기를 얻었던지 맑은 코는 무슨 일꼬 성정도 혹독하다 화 곧 나면 눈물 난다 어린아이 병일는지 젖은 어찌 게웠으며 제사에 쓴 숭어인지 꼬챙이 궂이 그저 있다 뒷 절 큰 방 노승인지 민대가리 둥글린다 소년 인사 다 배웠다 꼬박꼬박 절을 하네 고추 찧던 절굿댄지 검붉기는 무슨 일꼬 칠팔월 알밤인지 두 쪽 한데 붙어 있다 물방아 절굿대며 쇠고삐 걸랑 등물 세간 살이 걱정 없네", 강한영 교주, 『신재효판소리사설집(전)』, 민중서관, 1974, 537, 539면.

되어 있고, 〈고본춘향전〉은 〈동양문고본〉의 행실사설 중에서 바느질 등 춘향의 평소 행실을 말한 앞부분은 수용하였지만 다음과 같은 잠자리의 행실을 말한 뒷부분은 삭제하였다.

월침삼경 잠을 잘 직 원앙침상 두리 누어 늬가 몬져 잠드는 체ᄒ면 져는 바스락바스락 잠 아니 들고 참아 못 니져라고 날을 귀ᄒ여 못 견듸여 <u>셤셤 옥슈로 늬 몸을 두로 살살 나리 만져 싱슝이를 뒤여 늬여 담복담복 쥐여 보고 침구멍을 어로만즈 엄지가락으로 눌너 놋코 삼박삼박 눌너 보고 한 번 다그어 안고 바드드 써는 셤의 넙 한 번을 맛출 젹의</u> 뉵쳔골 졀어 졀노 녹는 듯ᄒ듸 모로는 체ᄒ고 누어시면 날 씨기는 참아 아쳐로와 져졀노 잠들 거든 ᄒᄂ 거동을 보려고 니불 밧그로 구를너 나와 둥글둥글 슈박쳐로 웃목 으로 구를너 나와 알몸으로 누어시면 – 중략 – 급히 씌오면 놀난다 ᄒ고 한 손을 목 밋ᄒ 슬슬 넛코 도 한 팔노 허리를 담복 안아 미젹미젹 고이 살살 나리워다가 요 우ᄒ 누인 후의 벼기를 베희고 손길을 쌔혀 니블을 가 마이 덥고 웃 귀를 목 밋ᄒ 감쳐 졉어 외풍이 드지 안케 ᄒ고 아릭 귀를 발칙를 훔쳐 덥혼 후의 졔가 다그니 누어 늬 언 살을 녹여쥬더니(〈동양문고 본〉, 233-234면)

위의 인용문은 잠든 체하고 있는 이도령을 보고 사랑스러워 어쩔 줄 모르는 춘향의 행위를 잘 그리고 있다. 그러나 밑줄 친 부분과 같은 외설 적인 춘향의 행동은 '열녀 춘향'의 행동에 어울린다고 할 수 없기 때문에 육당은 이 부분을 삭제하였던 것이다.

④ 허봉사 불러 문복(#68)

춘향이 옥에서 거울이 깨어지고, 꽃이 떨어지고, 문 위에 허수아비가 걸린 꿈을 꾼 뒤에 허봉사를 불러 해몽하는 장면이다. 그런데 허봉사는 다음과 같은 음탕한 허튼 수작을 한다.

얼골붓터 나리 만져 졋가슴의셔 미오 지체ᄒ니 게ᄂᆞᆫ 다 관겨치 안쇼 ᄎ
ᄎ 나려가다가 불가불 쥬졈홀 듸 쏘 잇다 ᄒ고 나리 만지며 어불ᄉ 못시
쳣다 바로 학치를 곳 픠엿구나 졔 아비 쳐죽닌 원슈라드가 ᄒ며 삼을 만지
려고 몸을 굽실ᄒ니 쟝님 두로 만져 쥬오 만지ᄂᆞᆫ 듸마다 싀원ᄒ오 판ᄉ놈
이 말 듯고 손을 쎅혀 바지츔을 쎅히고 슬어 안ᄌ 계구 ᄎ려 거취를 ᄒ려
ᄒ니(〈동양문고본〉, 305면)

허봉사가 상처를 만져 보는 체하고 춘향의 젖가슴부터 만지기 시작하
여 은밀한 곳까지 만지려고 의뭉을 떤다. 〈남원고사〉에는 "삼삼미를 만지
랴고 몸을 굼실ᄒᄂᆞᆫ고나 손을 쌘혀 바지츔을 문희치고 ᄭᅮ러안ᄌ 거취를
ᄎ리려 ᄒ니"[17]와 같이 성행위를 하려고까지 한다. 허봉사의 외설적인 행
위는 그것이 춘향의 행위가 아니라고 하더라도 춘향의 열녀화에 적잖은
장애요소가 되기 때문에 삭제하였던 것이다.

이상에서 살펴본 것 외에도 1910년대에 서울 시정에서 유행하던 잡가
를 수용하여 기생점고를 개작하기도 하였다.[18]

4. 맺음말

이제까지 육당 최남선이 1913년에 간행한 〈고본춘향전〉의 성격을 살
펴보기 위해 〈고본춘향전〉의 간행 목적, 저본 문제, 개작의 구체적인
양상 등을 검토하였다. 이상에서 살펴본 바를 간략히 정리하면 다음과
같다.

첫째, 육당이 〈고본춘향전〉을 간행한 목적은 정신적 가치를 상실한 시

---

17) 김동욱 · 김태준 · 설성경, 『춘향전비교연구』, 삼영사, 1979, 400면.
18) 〈고본춘향전〉의 기생점고는 잡가의 기생점고와 동일하다. 김동욱 · 임기중 공편,
    『교합 악부』(상), 태학사, 1982, 327-328면, 참고.

대를 살아가는 사람 특히 대장부에게 교훈을 가르치기 위한 것이었고, 그것은 그의 민족주의 정신에 입각한 것이었다.

둘째, 육당이 〈고본춘향전〉의 저본으로 삼은 이본은 〈동양문고본〉이다.

셋째, 〈고본춘향전〉을 통해 교훈을 가르치기 위해 저본으로 삼은 〈동양문고본〉의 내용 중에서 중국적 색채가 강한 부분을 삭제하거나 그것을 한국적인 요소로 대체하였고, 춘향을 만고열녀로 만들기 위해 외설적인 요소들을 삭제하였다.

우리는 이 글을 통해 저본 탐색의 중요성을 확인하였다. 앞으로도 춘향전의 새로운 이본이 발견되면 그것의 가치를 판단하기 전에 반드시 저본에 대한 연구가 선행되어야 할 것이다.

〈만화본 춘향가〉 연구

1. 머리말

　현재까지 알려진 춘향전 중에서 가장 오래된 것은 〈晩華本 春香歌〉이다. 이 이본은 영조대의 충청도 木川의 晩華 柳振漢(1711-1791)[1]이 1753년에 호남의 산천 문물을 두루 살펴보고 돌아와 그 이듬해 43세때 인 1754년(영조 30년)에 지은 內外句를 一句로 한 二百句, 總 四百句, 2800字, 支韻의 장편 한시이다.[2] 〈만화본 춘향가〉는 한시여서 춘향가의 진면목을 그대로 보여주지 못해 아쉽지만 18세기 중엽 호남 지방에서 판소리 광대들이 부르던 초기 춘향가의 모습을 비교적 충실하게 보여주고 있다는 점에서 주목할 만하다.

　〈만화본 춘향가〉에 대한 연구는 김동욱, 「만화본 춘향가 연구」[3]가 나

---

1) 류진한의 생애에 대해서는 『만화집』에 수록된 「年譜」와 김동욱, 『증보 춘향전연구』(연세대학교출판부, 1976)와 이수봉, 『만화본 춘향가와 용담록』(경인문화사, 1994)을 참고할 것.

2) "先考癸酉春南遊湖南 歷觀其山川文物 其翌年春還家 作春香歌一篇 而卒被時儒之譏", 『晩華集』 卷之三, 23장 뒷면. 柳濟漢 編, 『晩華集』, 淸節書院, 1989.

3) 김동욱, 『증보 춘향전연구』, 연세대학교출판부, 1976.

온 이래 오랫동안 주목할 만한 연구 성과가 없었다. 김동욱의 연구는 〈만화본 춘향가〉를 발굴하여 학계에 소개한 의의가 크지만 번역을 곁들이지 않아서 구체적인 내용을 이해하는 데 어려움이 있었다.

〈만화본 춘향가〉가 이본적 가치에도 불구하고 연구자의 관심 밖에 머물러 있었던 것은 다음과 같은 이유로 보인다. 첫째, 류진한이 춘향가를 지으면서 많은 부분을 개작하여 당대에 부르던 춘향가와 상당히 다를 것이라는 부정적인 선입견이 크게 작용하였고, 둘째, 난해한 한시로 되어 있어 내용 이해가 쉽지 않으며, 셋째, 내용이 다양하지 못하기 때문이다.

〈만화본 춘향가〉는 초기 춘향전의 모습을 비교적 충실하게 보여주고 있는 이본이다. 따라서 춘향전이 성장, 발달해 온 과정을 밝히기 위해서는 먼저 이른 시기의 자료인 〈만화본 춘향가〉에 대한 연구가 긴요하다고 하겠다. 근래에 〈만화본 춘향가〉에 대한 연구와 번역이 이루어지고 있는데, 김석배(1991, 1992),[4] 이수봉(1991, 1994),[5] 최광현(1992),[6] 설성경(2000),[7] 류준경(2002)[8] 등이 〈만화본 춘향가〉에 대한 이해의 폭과 깊이를 더하고 있다.

본고에서는 〈만화본 춘향가〉가 지니는 이본적 가치에 다시 한 번 주목하며, 〈만화본 춘향가〉의 전반적인 특징을 살펴보기로 한다.

---

4) 김석배, 「〈만화본 춘향가〉 연구」, 『문학과 언어』 12, 문학과언어연구회, 1991.
   김석배 역주, 「만화본 춘향가」, 『판소리연구』 3, 판소리학회, 1992.
5) 이수봉, 「晩華의 春香歌 試譯」, 한국고소설연구회 편, 『춘향전의 종합적 고찰』, 아세아문화사, 1991.
   이수봉, 『만화본 춘향가와 용담록』, 경인문화사, 1994.
6) 최광현, 「만화본 춘향가 연구」, 한림대 대학원 석사논문, 1992.
7) 설성경, 『춘향예술의 역사적 연구』, 연세대출판부, 2000.
8) 류준경, 「〈만화본 춘향가〉 연구」, 『관악어문연구』 27, 서울대 국어국문학과, 2002.

2. 〈만화본 춘향가〉의 특징

〈만화본 춘향가〉가 지니고 있는 특징을 단락별로 살펴보기로 한다. 〈만화본 춘향가〉를 단락으로 정리하면 다음과 같다.

Ⅰ. 序詞 : 춘향가의 핵심 요약(1-6句)
Ⅱ. 本詞 : 춘향가의 내용(7-396句)
　　㉮ 이도령과 춘향이 광한루에서 만나다.(7-46句)
　　㉯ 이도령과 춘향이 사랑을 나누다.(47-76句)
　　㉰ 이도령과 춘향이 이별하다.(77-102句)
　　㉱ 이도령이 급제하고 호남어사가 되어 남행하다.(103-148句)
　　㉲ 이어사가 월매와 춘향을 만나 그간의 일을 듣다.(149-248句)
　　㉳ 어사출도하여 신관을 치죄하고 춘향과 만나 기뻐하다.(249-342句)
　　㉴ 어사와 춘향이 함께 상경하여 부귀영화를 누리다.(343-396句)
Ⅲ. 結詞 : 춘향가 창작의 변(397-400句)

〈만화본 춘향가〉의 짜임새의 특징은 서사와 결사가 앞뒤에 붙어 있다는 점이다. 서사는 판소리를 부르기 전에 광대가 목을 풀기 위해서 부르는 허두가와는 성격이 다르고, 춘향가의 핵심 부분인 이도령과 춘향이 오작교에서의 결연과 어사출도 후 용성관에서 재회하여 기뻐하는 극적인 장면을 정리한 것이다.

광한루 앞의 다리 오작교이니	廣寒樓前烏鵲橋
나는야 견우이고 직녀는 네로구나	吾是牽牛織女爾
인생의 쾌사로다 수의사또 암행어사	人生快事繡衣郎
月老가 예쁜 기생과 가연을 맺어주네	月老佳緣紅紛妓
남원 객사 용성관 동대청에서	龍城客舍東大廳
이 날 다시 만나니 기쁘기 그지없네	是日重逢無限喜

(1-6句)

결사는 춘향가를 창작한 변으로 춘향가를 후세에 길이 전하기 위해서
지었음을 밝히고 있다.

기이한 이야기는 시로 읊을 만하고	奇談秪可詠於歌
색다른 행적은 책으로 지을 만해	異蹟堪將繡之梓
시인이 타령사로 지어 내었으니	騷翁爲作打鈴辭
좋은 일 서로 전해 천년 뒤에 이어지리	好事相傳後千祀
	(397-400句)

1) 단락 (가)의 특징 : 7-46句

단락 (가)는 소단락 '①이도령이 광한루에 봄놀이 나오다. ②춘향이 만
북사 앞의 시냇물에서 목욕하고, 추천하다. ③이도령이 방자에게 춘향을
불러오게 하다. ④이도령과 춘향이 광한루에서 만나다.'로 구성되어 있다.

단락 (가)에 나타난 〈만화본 춘향가〉의 특징은 다음과 같다.

첫째, 이도령의 나이는 열여섯이고, 춘향의 나이는 열다섯이다. 〈만화
본 춘향가〉 이 외의 이본에는 이도령과 춘향이 열여섯의 동갑으로 되어
있다. 〈완판 84장본〉에서는 "네 연세 드러하니 날과 동갑 이팔이라 셩쯔
을 드러보니 천졍일시 분명ᄒ다 이셩지합 조흔 년분 평생동낙하여 보자"
고 하여 나이뿐 아니라 '二姓之合'을 '李成之合'으로 해석하여 姓까지도
두 사람의 만남을 필연적인 것으로 만들고 있다. 초기 춘향가 시대에는
춘향의 姓이 문제되지 않다가 후대로 내려오면서 성이 나타나는데, 〈남원
고사〉에는 金, 〈경판본〉에는 安 등으로 나타나다가 〈안성판본〉에 成으로
나타난다.9)

---

9) 춘향의 성이 成氏로 나타나게 된 것은 춘향의 신분을 양반의 서녀로 격상시키면서
   이루어진 것이다. 여러 姓氏 중에서 춘향의 성이 成氏로 굳어진 것은 두 사람의
   인연인 二姓之合과 音이 상통하는 成氏를 춘향의 성으로 잡아 두 사람의 인연을
   더욱 강화하고자 한 데서 비롯된 것이다.

둘째, 이도령은 절세미인 춘향을 발견하고 첫눈에 반한다. "남원고을 부사 자제 책방의 이도령이 / 춘향의 어여쁨에 첫눈에 반했네 / 현종의 양귀빈들 그대에게 비하리오 / 二仙의 요지연 숙향이 너로구나"10)와 비슷한 내용이 〈장자백 춘향가〉에 "츈향아 네 나이 몃 살린야 열여섯 살 먹엇셔요 이 이 날과 동갑일싸 싱월은 스월 쵸팔일 날이요 -중략- 그날이 만고결싴 숙향이 낫튼 날일싸 나는 이션이 낫튼 날 쵸이렌 날 낫싸"(15-16면)가 있다.

셋째, 이도령과 춘향이 광한루에 봄놀이 나온 때는 삼월 삼짇날이다.11) 대부분의 이본은 端午의 추천 풍속12)에 이끌리어 "세승 스룸이 다 슴월이라 ᄒ건이와 오월 단오일즘 되엿던가 부더라"(〈박순호 91장본〉)와 같이 오월 단오일로 변모하고 있다. 그런데 〈완판 84장본〉에서는 앞부분에서 "잇씌는 어느 ᄯᅢ뇨 놀기 조흔 삼춘이라"고 하여 초기 춘향가의 흔적을 지니고 있으며, 뒷부분에서 "잇씌은 삼월이라 일너스되 오월 단오일리엿다 천중지가졀이라"고 하여 단오일로 바뀌었다.

넷째, 춘향이 추천하기 전에 萬北寺(萬福寺) 앞의 시냇물에서 세욕을 한다.

향긋한 땀방울 목욕하는 그 자태 　　蘭膏粉汗洗浴態
만북사 앞 봄 시냇물 넘실넘실거리네 　　萬北寺前春水瀰
유리 같은 맑은 물속 제 그림자 보고 웃고 　　玻瓈小渚顧影笑
흰 살결 고운 얼굴 씻으며 머리 들어 　　雪膚花貌淸而頮
허리 아래 남 볼세라 은근히 저어하니 　　慇懃腰下怕人見
물에 비친 온갖 교태 연꽃송이 같아라 　　水面嬌態蓮花似

(23-28句)

---

10) 南原冊房李都令　初見春香絶代美　三郎愛物比君誰　二仙瑤池淑香是(7-10句).

11) 繁華物色帶方國　是時尋春遊上巳(15-16句).

12) 임동권, 『한국세시풍속연구』, 집문당, 1989, 189-191면.

춘향이 삼짇날 洗浴하는 것은 삼짇날의 풍속인 踏靑節과 연관이 있다. 삼짇날은 만물이 활기를 띠는 계절로, 겨울 동안에 묻은 때를 씻는다 하여 東川에 몸을 씻고, 교외에 나가 하루를 즐겼으며, 진달래꽃으로 花煎과 花麵을 만들어 먹었다. 특히 이 날 머리를 감으면 머릿결에 윤기가 흐르고 아름다워진다고 하여 부녀자들은 삼삼오오 물가로 가서 머리를 감았다고 한다.[13] 이에서도 삼월 삼짇날이 원형이라는 사실을 알 수 있다.

다음은 춘향이 추천을 한 뒤에 목욕하는 장면을 〈고려대 54장본〉에서 인용한 것이다. 〈만화본 춘향가〉에서는 세욕을 한 뒤에 추천을 하여 순서가 다르지만 내용은 유사하다.

> 목욕을 ᄒ랴고 물가으로 나려갈 졔 구름 갓튼 헛튼머리 즌반갓치 널게 짜아 오싴 금 도든랑 당긔 싇만 물여 밉셰 잇게 드리치고 셤셤玉手 번듯 더려 나상ᄌ락 부여 줍고 물가으로 나려갈 졔 양지짝 마당 씨암탁 거름으로 딍명젼 딍들보의 명딐이 거름으로 시닉 강변의 금ᄌ라갓치 힝동졉붓 간은 양은 봉닉션여 거름인 양 창희의 잉어갓치 굼실굼실 ᄂ려가셔 물가의 졉붓 셔며 싇을 쓸어 허리씩 버셔 돌돌 말아 한편의 노코 쇽것 버셔 암상의 졉어 언고 바름의 옷 날일ᄀ 묘약돌도 덥벅 집어 가만이 지지너 녹코 四面을 살펴 보다가 물의 풍덩 쑤이 드려 물 한 줌 덤벅 집어 양쥬질도 하여 보며 물 한 줌 덤벅 집어 도화 갓튼 두 귀밋틀 홀낭홀낭 씨셔 보며 물 한 줌 덤벅 집어 연젹 갓튼 졋통이을 왕시미 마누라 풋나물 쥬무르듯 쥬물넝쥬물넝 씨셔 보며 물 한 줌 덤벅 지버 玉 갓튼 목안지을 七八月의 가지 쑷덧 쏀도독쏀도독 모릭 한 줌 덤벅 줍어 양손의 갈어 줵고 익비밥이 만혼야 어미밥이 만혼야 곳 흔 숑이 직건 썩거 입의도 덤셕 물려 보며 버들잎도 쥴루룩 홀터 물의도 풍덩 드리치고 물글림ᄌ 드러ᄃ보고 네가 곤야 닉가 곳지 한참 일리 노넌 양을(〈고려대 54장본〉, 7-8면)

---

13) 임동권, 앞의 책, 176-177면.

위의 예문은 〈만화본 춘향가〉가 당대에 부르던 춘향가에 비교적 충실
하였고, 또한 개작 정도가 크지 않았음을 시사한다. 그러나 이 대목은 열
녀 춘향의 행동방식에 어울리지 않기 때문에 〈완판 84장본〉의 어떤 미인
이 봄놀이하는 장면[14]에 그 흔적이 일부 남아 있을 뿐 대부분의 이본에서
는 삭제되었다.

다음은 춘향이 추천하는 장면이다.

향기로운 바람이 버들 숲에 일렁이니	香風一陣綠楊岸
그네에 다시 올라 묘한 재주 자랑하네	復上鞦韆誇妙技
푸른 난새 날아들어 붉은 비단 수놓는 듯	靑鸞飛動紫羅繡
붉고도 긴 그넷줄 허공에 흔들흔들	百尺長繩紅纚纚
강비가 물결 차며 두둥실 떠오르듯	江妃踏波一身輕
월궁항아 구름 타고 두 발을 구르는 듯	月娥乘雲雙足趺
외씨 같은 예쁜 버선 뾰족한 콧날이	尖尖寶襪似苽子
가지 끝에 부딪쳐 꽃잎을 흩날리네	衝落枝邊高處蘂
복사꽃 꽃무리가 비단치마 뒤덮으니	桃花團月掩羅裙
봄날 성안 모든 사람 쳐다들 보는구나	萬目春城皆仰視

(29-38句)

추천하는 모습을 비교적 잘 묘사하고 있는데, 다음의 〈장자백 춘향가〉
와 유사하다.

(줄머리) 빅빅홍홍난만즁의 엇써한 일미인이 나오난듸 - 중략 - 장장치
싱 근의줄을 갈나 잡고 션뜻 올나 미러갈 졔 한 번 굴너 압피 놉고 두 번

---

14) “또 한 곳 바라보니 엇더한 일 미인이 봄 시 우름 한구지로 온갓 춘졍 못 이기여
두견화 질쓴 썩거 머리여도 쏘자 보며 함박꼿도 질근 썩거 입으 함숙 물러 보고
옥슈 나삼 반만 것고 청산유수 말근 물의 손도 싯고 발도 싯고 물 머금어 양슈ᄒ며
조약돌 덥셕 쥐여 버들가지 쇠쏘리을 히롱하니 타기황잉이 이 안인야 버들입도
주루룩 홀터 물의 훨훨 씌여 보고 빅셜 갓튼 힌 나부 웅봉즈졉은 화수 물고 너울너
울 춤울 춘다 황금 갓튼 쇠쏘리는 숩숩이 나라든다”(〈완판 84장본〉, 25-26면).

〈만화본 춘향가〉 연구　239

굴너 뒤가 놉파 압뒤 점점 노파갈 졔 머리 우의 푸른 입은 몸을 싸라셔 혼들
혼들 난만도화 놉푼 가지 쇼쇼리쳐 툭툭 찬이 슝이슝이 밋친 꼿시 츄풍낙엽
젹의로 쑥쑥 써러져 늬리친이 풍무취엽녹엽이라 낙포션여 구름 타고 옥경
으로 상하는 듯 무산션여 학을 타고 요지연의로 늬리난 듯 그 얼골 그 틱도
난 세상 인물리 안이로다(〈장자백 춘향가〉, 6-7면)

다섯째, 춘향은 기생으로 설정되어 있다. 춘향의 신분이 기생인 것이
원형임을 알 수 있다.

홍루 출입 십년에도 보지 못한 미인이라	紅樓十載所未見
사나이 풍정이 슬며시 일어나네	男子風情潛惹起
파랑새 펄펄 날아 잠깐 사이 오가더니	翩翩靑鳥乍去來
옷매무새 정돈하고 단정히 꿇어앉네	整頓衣裳端正踞
앵두꽃 아래의 발 거둔 집 가리키며	櫻桃花下捲簾家
춘향은 ‘머잖다’고 도령은 ‘알았다’네	女曰無遲男曰唯
뭇 새들이 지저귀는 꼬불꼬불 오솔길	鶯嗔鷰猜路如絲
시냇가 청백지를 살포시 밟고 가네	步踏溪邊靑白芷
	(39-46句)

방자가 춘향을 부르러 가자[15] 춘향은 광한루로 와서 이도령과 수작한
후 바로 춘향의 집으로 함께 간다. 춘향의 이러한 행위는 기생이기에 가
능한 행동방식이다. 후대의 이본에서는 춘향과 이도령의 만남이 〈남원고
사〉처럼 ‘광한루에서 만남→ 이도령과 춘향이 귀가함→ 춘향의 집에서 만
남’으로 이루어진 경우와 〈이명선본〉처럼 ‘편지를 주고받음→ 춘향과 이
도령이 귀가함→ 춘향의 집에서 만남’ 그리고 〈완판 84장본〉처럼 ‘춘향이
월매의 허락 받음→ 광한루에서 만남→ 이도령과 춘향이 귀가함→ 춘향의
집에서 만남’ 등으로 다양하게 변모하였다. 이러한 변모는 후대 이본에서

---

15) 〈완판 84장본〉에 “방자 분부 듯고 츈향 초리 건네 갈 계 밉시 잇난 방지 열셕
   셔왕모 요지연의 편지 전턴 쳥조갓치 이리져리 건네가셔”(37면).

춘향을 우아하고 고상한 기생으로 만들거나 양반의 서녀로 신분을 격상시키면서 일어난 것이다.

그리고 "홍루 출입 십년에도 보지 못한 미인이라 / 사나이 풍정이 슬며시 일어나네"와 유사한 내용이 〈남원고사〉에 보인다.

> 나도 셔울 이실 쩍의 삼월츈풍화류시와 구츄황국단풍절의 화죠월셕 빈 날 업시 쥬스쳥누 일를 삼아 만쥰향노 니쳐ㅎ고 졀딕가인 침익ㅎ여 쳥가묘무 희롱홀 제 무한 호강ㅎ여시면 연지분의 취식ㅎ고 함교함틱 고은 모양 ㅎ나 둘이 아니로되 쳔만의외 너를 보니 녀즁군직며 화즁일식이라 탁문군의 거문고의 월노가승 미즈 두고 빅년긔약 우리 두리 졍ㅎ리라(〈남원고사〉, 88면)16)

그런데 방자와 이도령의 수작, 방자와 춘향의 수작, 사또와 낭청의 수작 장면 등이 존재하지 않는다. 이 장면들은 모두 뛰어난 골계미를 연출하는 것인데, 이러한 장면이 〈만화본 춘향가〉에 보이지 않는 것은 적어도 초기 춘향전의 미학적 기반이 골계미가 아니라는 사실을 알려준다.

2) 단락 (나)의 특징 : 47-76句

단락 (나)는 소단락 '①이도령이 춘향의 집 정원과 방안을 둘러보다. ②춘향이 이도령에게 술을 대접하다. ③이도령이 춘향에게 불망기를 써주다. ④이도령과 춘향이 다정하게 사랑을 나누다. ⑤이도령이 춘향에게 행하를 주다. ⑥이도령이 누이에게 춘향과의 일을 자랑하다.'로 이루어져 있다.

첫째, 이도령이 춘향에게 불망기를 써 준다.17) 불망기는 춘향이 기생이기 때문에 필요한 것이고, 춘향을 버리지 않겠다는 이도령의 약속이다. 〈남원고사〉에는, 이도령이 결연하자고 하자 춘향은 "츙불사이군이요 열

---

16) 김동욱 외, 『춘향전비교연구』, 삼영사, 1979.
17) 花牋書出不忘記 好約丁寧娘拜跪(55-56句).

불경이부절은 옛글의 잇스오니 도련임은 귀공즈요 소녀는 천첩이라 흔 번 탁정흔 연후의 인흐야 바리시면 독숙공방 홀을노 누워 우난 늬 안이고 뉘가 흘고 그런 분부 마옵소셔"라고 거절하다가 결국 "도련님 구든 뜻이 굿기 그러흐실진듸 요마소첩이 불승황공이라 엇지 봉승치 아니리잇고 다만 셰스룰 난측이오니 후일 빙거지물이 업지 못흔지라 일당문셔룰 믿듸라 소첩의 ᄆᆞ음을 실희옵소셔"(96면)라고 불망기를 요구한다. 춘향의 말은 이별의 가능성이 있으면 許身할 수 없다는 것이고, 결연 후의 보장을 요구한 것이다. 이러한 불망기 작성은 양반과 기생 사이에 혼히 있었던 것으로 보인다. 이 대목도 후대 이본에서 다양하게 변모되어 〈완판 84장본〉처럼 불망기 사설이 없는 이본도 있고, 〈남창 춘향가〉에서는 서녀인 춘향에게 불망기를 써 주기도 한다.

둘째, 사랑가 대목은 비교적 단순한 형태였다.

인간 세상 오늘 저녁 어떠한 저녁인고	人間今夕問何夕
우임금 도산 맞은 신임계갑 그날이라	大禹塗山辛壬癸
원앙이불 잣베개를 차례로 펴놓고	鴛衿栢枕次第鋪
꽃 수놓은 휘장에는 모시 명주 섞였네	繡帶花帷雜絲枲
삼경에 비녀 뽑고 등불 끄고 누우니	三更釵股撲灯火
楚襄王의 사랑인 양 꿈속을 떠다니네	楚臺香雲浮夢裡
내 마음은 호접인 양 봄꽃을 맴도는 듯	吾心蝴蝶繞春花
네 마음은 원앙이 녹수를 만난 듯	爾意鴛鴦逢綠水

(57-64句)

다음은 〈완판 84장본〉에서 인용한 사랑가의 하나이다.

사랑 사랑 늬 사랑이야 동정칠빅 월하 초의 무산갓치 노푼 사랑 목단무 변 슈의 여천 창희갓치 집푼 사랑 오산 전 달 발근듸 츄산천봉 원월 사랑 진경한무 하울 젹 차문취소 하던 사랑 유유낙일 월염간의 도리화기 비친 사랑 셤셤초월 분빅한듸 함소함틔 슛한 사랑 월하의 삼싱연분 너와 나와

만난 사랑 허물 업난 부부 사랑 화우동산 목단화갓치 펑퍼지고 고은 사랑
영평바듸 그무갓치 얼키고 밋친 사랑 은하 직여 직금갓치 올올리 이은 사랑
쳥누미여 침금갓치 혼솔마다 감친 사랑 셰닉가 슈양갓치 쳥쳐지고 느러진
사랑 남창북창 노적갓치 다물다물 싸인 사랑 은장 옥장 장식갓치 모모이
잠긴 사랑 <u>영산홍노 봄바람의 넘노난이 황봉 빅졉 곳을 물고 질긴 사랑 녹</u>
<u>슈쳥강 원낭조격으로 마조 둥실 써 노난 사랑</u> 년년칠월칠셕야의 견우 직여
만난 사랑 육관듸사 셩진이가 팔션여와 노난 사랑 역발산 초픠왕이 우미인
을 만난 사랑 당나라 당명왕이 양구비 만난 사랑 명사심이 히당화갓치 연연
이 고은 사랑 네가 모도 사랑이로구나 어화 둥둥 늬 사랑아 어화 늬 간간
늬 사랑이로구나(〈완판 84장본〉, 76-77면)

밑줄 친 "영산홍노 봄바람의 넘노난이 황봉 빅졉 곳을 물고 질긴 사랑
녹슈쳥강 원낭조격으로 마조 둥실 써 노난 사랑"은 "내 마음은 호접인 양
봄꽃을 맴도는 듯 / 네 마음은 원앙이 녹수를 만난 듯"과 같다. 후대에
사랑가 대목은 바리가, 비점가, 인자타령, 연자타령, 사랑가, 사후기약사
설, 업음질사설, 금옥사설, 애자타령, 음식타령, 서방타령, 정자타령, 궁자
타령, 말농질타령 등 양적으로 크게 확장되었고, 내용적으로는 관능적인
방향으로 변모하였다. 그 중에는 외설적이라는 비판을 받고 삭제된 것도
있다.[18)]

셋째, 이도령이 결연 후 춘향에게 사랑의 대가로 여러 가지 물건을
준다.

나이는 어리지만 풍류 속은 활달하여	童年風度濶手段
깊고도 깊은 정을 무엇으로 나타내리	欲表深情何物以
금으로 아로새긴 마름 무늬 옥거울	菱花玉鏡打撥金
죽절은비녀는 왜관장서 산 것일세	竹節銀釵倭舘市
오동철병 은장도는 통영에서 난 것이며	烏銅鐵柄統營刀

---

18) 김석배, 「춘향전 이본의 생성과 변모 양상 연구」, 경북대 대학원 박사학위논문,
  1992, 79-88면, 참고.

자줏빛 운두신발 평양에서 난 것이네   紫紬雲頭平壤履
주고 또 주어도 아깝지 않지마는   投之贈之少無惜
많은 돈 없는 것이 다시금 한이로다   復恨金錢無億梯
                                          (65-72句)

　이 대목은 후대 이본에 보이는 신물교환의 원형이라고 할 수 있다. 이도령은 춘향에게 사랑의 대가로 능화옥경, 은비녀, 통영도 등을 행하로 주는데, 그것은 정신적인 사랑을 의미하지 않고 단순히 육체적 사랑에 대한 대가에 지나지 않는다.
　〈완판 33장본〉에는 결연할 때 이도령과 춘향이 사랑을 약속하는 정표로 석경과 옥지환을 교환한다.

　　우리 두리 잇지 마자 집푼 딩셰 미질 적의 공단 딕단 도리줌치 주홍당사 벌미답을 차례로 쓸너노코 면경 석경 드러닉여 츈힝 주며 일은 말리 딕장부 정절힝이 석경 빗과 갓탈진딕 진토 즁의 쏀져셔도 천만연이 지닉간들 변홀 손야 춘향이 지비ᄒ고 석경 ᄇ다 품의 폼고 저도 쏘흔 신을 닉 제 섬섬옥수를 드러 보릭딕단 속저고리 제싴고름 어로만저 옥지환을 쓸너닉여 옥수의 거러들고 단졍이 궤좌ᄒ야 이도령게 들일 적의 간은 목 게우 열어 옥셩으로 엿자오딕 녀자의 진졀힝이 옥지환과 갓탈지라 진희 즁의 쏀져셔도 천만 연이 지닉간들 변홀 쩌 잇실손야(〈완판 33장본〉, 262면)[19]

　결연시에 情表로서 거울과 옥지환을 교환하던 것이 후대에 이별대목으로 이행되면서 信物로 바뀌게 된다. 신재효의 〈동창 춘향가〉와 〈남창 춘향가〉에는 이별시에 사랑의 불변을 약속하고 후일 재회시에 신분을 확인할 수 있는 신물로 면경과 옥지환을 교환하는 것으로 변모한다.[20] 후대로

---

19) 김진영 외, 『춘향전전집』(4), 박이정, 1997.
20) "부귀를 ᄒ신 후의 천쳡 안이 잇쌉씨난 단언을 ᄒ셧슨이 츄호 의심 업사오되 갈이여 사난 되는 천리가 머러쌉고 다시 만나 보옵기난 몃 히 후가 되올넌지 죠물이 시긔ᄒ고 인형이 변ᄒ오면 긔쳐부싴ᄒ옵난듸 긔부 엇지 아올넌지 신표

내려오면서 '행하→ 정표→ 신물'로 변모한 것이다.

그리고 內衙에 가서 때때로 누이에게 춘향과의 사랑을 자랑하는데,[21] 아직까지 〈만화본 춘향가〉 이 외의 이본에서 찾을 수 없는 독특한 대목 이다.

3) 단락 (다)의 특징 : 77-102句

단락 (다)는 소단락 '①사또의 과만으로 이별하게 되다. ②이별을 안타 까워하다. ③이도령이 서울로 올라가다.'로 이루어져 있다.

첫째, 춘향이 이별을 현실로 받아들여 순순히 응한다. 그것은 비록 불 망기를 받았다고 하더라도 춘향이 기생 신분이기 때문이다. 후대의 이본 에서는 춘향이 노류장화가 아니라 이도령을 위해 수절하는, 고상하고 품 위 있는 기생이거나 양반의 서녀로 격상됨으로써 이별을 쉽게 받아들일 수 없게 된다. 따라서 '춘향의 발악→ 월매의 발악→ 춘향의 집에서 1차이 별→ 오리정에서 신물 교환 후 2차이별' 등으로 확장되어 이별의 슬픔을 극대화하고 있다.

둘째, 이별가는 비교적 짧은 형태였고, 춘향가의 초기시대부터 12가사 의 하나인 黃鷄詞를 삽입가요로 불렀다.

| 동해바다 다 말라 먼지가 풀풀 일고 | 方壺大海涸生塵 |
| 백두산 높은 봉이 숫돌처럼 평평하며 | 白頭高山平似砥 |

ㄱ 업싸오면 의혹이 날 거신이 무삼 신표 쥬옵쇼셔 도령임 반겨ᄒ여 익겨 늬가 이젓구나 금낭을 션듯 풀어 듸모면경 늬여 쥬며 장부의 말근 마음 셕경 빗과 갓틔여셔 변할 이가 업슬 터요 셔덕언의 파경복합 만날 날리 잇셔쓴이 이거슬 신물 삼아 날 본득기 두고 보라 츈향이 셕경 바다 품안의 김피 품고 져 셧든 옥지환을 흔 싹 버셔 올이오며 여ᄌ의 가진 힝실 빅옥무하 갓건이와 기일환샹견 의 환ᄌ 흔 편 붓터슨이 슈이슈이 도라오오"(〈동창 춘향가〉, 150, 152면). 강한영 교주, 『신재효판소리사설집(전)』, 민중서관, 1974.

21) 男兒口情娶前姜 內衙時時誇伯娣(73-74句).

병풍에 그린 닭이 두 날개 치며 울면　　　　　　　屛風畫鷄拍翼鳴
님 타고 오시는 배 문 밖에 닿으려나　　　　　　　公子歸船門外艤
　　　　　　　　　　　　　　　　　　　　　　　　　　　　(95-98句)

춘향전에 수용된 황계사는 〈남원고사〉를 비롯하여 경판본 춘향전과 〈장자백 춘향가〉 등에 보인다.

　도련님 이제 가시면 언제나 오시랴 ᄒ오 퇴산중악 만강봉이 모진광풍의 쓸어지거든 오랴시오 긔암절벽 천층석이 눈비 마ᄌ 셕어지거든 오랴시오 눙마 갈기 두 ᄉ이이 쓸 나거든 오랴시오 십니 ᄉ장 셰모릭가 졍 맛거든 오랴시오 금강산 샹샹봉이 물 미러 빅가 둥둥 씌여 평지되거든 오랴시오 병풍의 그린 황계 두 나릐를 둥뎡 치고 ᄉ오경 느즌 후이 날식라고 쇠쬐요 울거든 오랴시오 층암절벽이 진쥬 심어 싹 나거든 오랴시오 아모려도 못 놋씻네(〈남원고사〉, 190면)

　후대의 춘향전에는 이별대목에 황계사뿐만 아니라 이별종류사설, 음양가, 짝사설, 글자풀이사설, 숫자풀이사설, 절자사설 등을 수용하여 크게 확장되어 있다.[22] 그리고 신물교환사설도 이 대목으로 이행하여 이별의 안타까움을 강화하였다.

4) 단락 (라)의 특징 : 103-148句

　단락 (라)는 소단락 '①이도령이 한양에서 춘향을 그리워하다. ②이도령이 알성과에 장원급제하여 여러 벼슬을 거치다. ③호남어사로 제수되어 남행하다. ④어사가 농부에게 춘향의 소식을 듣다.'로 이루어져 있다.
　첫째, 이도령이 서울에서 춘향을 그리워하는 모습을 그리고 있다.

---

22) 전경욱, 『춘향전의 사설형성원리』, 고려대학교 민족문화연구소, 1990, 참고.

한양 집에 돌아 와 넋을 놓고 앉아서　　　　　惘然歸坐洛中宅
남녘 하늘 보느라고 번번이 창문 여네　　　　注目南天窓每闢
음성과 얼굴은 두치의 구름처럼 아득하고　　音容黯黯斗嵹雲
서신은 한강의 잉어처럼 망망하네　　　　　書信茫茫漢江鯉
님과 맺은 훗기약 혹여나 늦을세라　　　　　紅閨後約恐或晚
날마다 한양에서 문방사우 벌여놓네　　　　每日長安開墨壘
風雅 離騷 속뜻은 宋玉에게 물어보고　　　　風騷句裡問宋玉
사기 편의 내용은 李悝와 의논하네　　　　　史記篇中談李悝

(103-110句)

후대의 이본에는 이와 유사한 내용이 잘 보이지 않지만 〈남원고사〉와 〈경판 35장본〉에 유사한 것이 있다.

　　츠셜 니도령은 경성으로 올나와셔 은근이 져를 위흔 정이 가슴의 못시 되고 오장의 불이 되여 운산을 창망ᄒᆡ 신무우익 한탄ᄒᆞ고 몽혼이 경경ᄒᆞ 여 밤마다 관산을 넘나드니 쑴의 단니ᄂᆞᆫ 길이 ᄌᆞ최곳 나량이면 님의 긱창 밧기 셕노라도 다를이라 아모리 싱각ᄒᆞ여도 홀일업다 늬가 만일 병곳 들면 부모의게 불효 되고 져를 엇지 다시 보리 학업을 힘뼈 공명을 일우량이면 부모의게 영효 뫼고 문호를 빗닐진ᄃᆡ 늬 ᄉᆞ랑은 이 가온ᄃᆡ 잇시리라 ᄒᆞ고 쥬야불쳘 공부훌 제(〈남원고사〉, 339면)

　그리고 이도령이 공부하는 모습인 "風雅 離騷 속뜻은 宋玉에게 물어보고 / 사기 편의 내용은 李悝와 의논하네"와 유사한 내용이 〈장자백 춘향 가〉의 '董仲舒의 聞見이요 白樂天의 繼受로다'에 보인다. 이와 같이 〈장자 백 춘향가〉는 고제 춘향가의 모습을 많이 지니고 있다.

　둘째, 이도령은 장원급제 후 예문관 검열, 교서관 정자, 홍문관 교리 등의 벼슬을 두루 거친 후[23] 전라도 어사로 제수된다. 대부분의 후대 이 본에는 이도령이 장원급제 후 바로 전라도 어사가 된다. 이러한 변모는

---

23) 香名藉藉翰林召　敎坊群娥歌學士　芸臺華職拜正字　玉署淸班登校理(117-120句).

〈만화본 춘향가〉 연구　247

비록 비현실적이지만 춘향전을 훨씬 극적으로 형상화하기 위한 것으로
예술적 합리성 지향이라고 할 만하다.

셋째, 암행어사의 남루한 행장치레가 보인다.[24] 후대의 이본에서는
〈완판 84장본〉과 같이 뭇 사람을 속이기 위해 차리는 행장치레가 상당히
골계적으로 묘사되어 웃음을 유발한다.

> 어사쏘 힝장을 치리난듸 모양 보소 숫 사람을 소기랴고 모자 업난 헌
> 파립의 버레줄 총총 미여 초사 갓쓴 다러 쓰고 당만 나문 헌 망근의 갑풀관
> 자 녹쓴 당줄 다라 쓰고 으몽하게 헌 도복의 무명실 쯰를 홍중의 둘너미고
> 살만 나문 헌 붓치의 솔방울 션초 다러 일광을 가리고 나려올 제(〈완판 84
> 장본〉, 178-179면)

넷째, 어사가 농부에게 관문의 소식을 묻다가 욕을 당하는 대목이
있다.

오가는 사람에게 관문 소식 물어보니	官門消息問來人
어떤 농부 한가로이 쟁기질을 하면서	有一田翁閑負耟
새로 온 고을사또 미친 듯이 망령되어	新官城主太狂妄
아리따운 그 아가씨 살아남기 어렵다오	其也佳人螫萬死
곧은 마음 수절함이 무슨 죄가 된다고	貞心守節以爲罪
한 달 동안 관정에서 세 차례나 매 맞았소	一月官庭三次箠
어느 뉘와 인연으로 옥중귀신 돼야 하나	緣誰將作獄中鬼
그때의 총각놈 괘씸하고 얄밉구려	可憎當年總角氏
한 가지로 미뤄보면 열 가지를 아는 법	推之一事可知十
남원고을 모든 사람 하나같이 욕한다오	闔境之民同有庫
속 넓은 내 마음도 참기가 어려운데	輪困我膽强自制
월매는 눈 흘기며 원망 꽤나 했겠구나	睆視月梅心暗訾
	(137-148句)

---

24) 潛行弊衣等范叔 陸路無車山着欓(135-136句).

이와 유사한 대목이 〈남원고사〉와 〈완판 84장본〉 등에 보인다.

> 골닌 영감 ㅎ는 말이 젼등ㅅ쏘 자졔 니도령인지 ㅎ는 아희년셕이 츈향이
> 를 작첩ㅎ여 빅년긔약 밍셰ㅎ고 올나갈 졔 후일 긔약 금셕갓치 ㅎ엿더니
> ㅎ 번 써난 후 삼년에 소식이 돈졀ㅎ고 신관ㅅ쏘 호식ㅎ여 츈향의 향명 듯
> 고 셩화갓치 불너드려 슈쳥으로 작졍ㅎ니 츈향의 빙옥졀기 한ㅅㅎ고 불쳥
> ㅎ니 신관ㅅ쏘 골을 늬여 한ㅅ듕당 ㅎ 연후의 항식 죡식 엄슈ㅎ 지 올조츠
> 삼년이라 씌씌 올녀 듕치ㅎ며 지만ㅎ라 분부ㅎ딕 그런 고초 격그면셔 뉴리
> 갓튼 맑은 마음 츄호불변ㅎ여시니 즈고로 창기지졀이 이럿탄 말 드럿습나
> 이런 렬녀 쳡을 외방다가 바려두고 삼년이 되도록 편지 일장 아니 ㅎ고 소
> 식조츠 돈졀ㅎ니 그 아희년셕이 신ㅅ년 팔월통의 써러졋시면 모로거니와
> ㅅ라 잇고는 이런 밉고 독하고 모질고 단단ㅎ 무졍 밍낭ㅎ 졔 할미를 붓틀
> 아희년셕이 어딕 잇깃습나"(〈남원고사〉, 369-370면)

〈완판 84장본〉에서는 어사가 농부에게 "이 골 춘향니가 본관의 수청
드러 뇌물을 만이 바더묵고 민졍의 작폐한단 말이 올혼지"라고 묻자 농부
가 "게난 눈콩알 귀쏭알리 업나 지금 춘향이를 수쳥 아니 든다 하고 형장
맛고 갓쳐쓰니 창가의 그런 열여 셰상의 드문지라 옥결 갓튼 춘향 몸의
자늬 갓턴 동냥치가 누셜을 시치다는 비러먹도 못ㅎ고 굴머 뉘여지리 올
나간 이도령인지 삼도령인지 그놈의 자식은 일거 후 무소식하니 인사가
그러코는 벼살은컨이와 늬 좃도 못하졔"(185면)라고 욕한다.

5) 단락 (마)의 특징 : 149-248句

단락 (마)는 소단락 '①어사가 춘향 집에 가서 월매의 한탄을 듣다. ②어
사가 옥으로 가서 춘향이 당한 수난을 듣다. ③춘향이 꿈 해몽을 이야기하
다. ④춘향이 사후를 부탁하다.'로 이루어져 있다.

첫째, 월매가 어사에게 그간의 고초와 춘향을 가졌을 때의 태몽을 울면
서 이야기한다.

까닭 없이 귀한 내 딸 옥중에 갇혔으니   空然愛女納圜扉
이 지경이 되고 나니 돌봐줄 이 하나 없네   到此無人共瀡灘
쓸쓸히도 두어 식구 풀칠마저 어려워서   蕭條數口不自糊
이웃집의 겨, 쭉정이 쓸어다 먹었다오   或向隣家掃糠粃
상서롭던 훼사몽을 흐느끼며 말하니   奇祥泣說虺蛇夢
지극한 자식 사랑 감당키 어렵구나   至情難堪牛犢砥
듣고 나니 모르는 새 콧등이 시큰하니   聞來不覺鼻孔酸
이것이 뉘 허물고 나로 인한 것이로세   是誰之愆吾所使

(155-162句)

월매의 슬픈 심정을 통해 춘향의 슬픔을 드러냄으로써 비극적 정서 표출에 성공하고 있다. 후대의 이본에서는 월매가 노골적으로 빈정거리고 발악하는 것으로 변모되면서 슬픔이 강화되고 있다. 그리고 월매가 춘향을 낳을 때 꾸었던 태몽을 이야기하는 것으로 보아 초기 춘향가에는 춘향의 태몽이 불렸던 것으로 짐작된다. 그러나 태몽은 후대의 이본에는 거의 보이지 않으며, 〈남창 춘향가〉와 〈완판 84장본〉에 보이는데, 이도령과 춘향의 만남이 필연적인 것이라는 사실을 암시하는 쪽으로 변모하였다.

절디가인 싱길 적의 강순졍긔 타셔 난다 져라슨 약야계에 셔시ㄱ 종츌ᄒ고 군순만학부형문에 왕쇼군이 싱쟝ᄒ고 쌍각슨 슈려ᄒ야 녹쥬가 싱기시며 금강활이아미수에 셜도 환츌ᄒ여더니 호남좌도 남원부ᄂᆞᆫ 동으로 지리슨 셔으로 젹성강 순슈졍긔 어리여셔 츈향이가 싱겨구나 츈향어무 퇴기로셔 수십이 너문 후에 츈향을 쳐음 빌 졔 쭘 가온듸 엇던 션녀 도화 이화 두 가지를 두 손의 갈나 쥐고 한울노 나려와셔 도화를 늬여 쥬며 이 꼿슬 잘 갓구와 이화졉을 부쳐시면 모년힝낙 조흐리라 이화 갓다 젼ᄒᆞᆯ 듸가 시각이 급ᄒ기로 총총이 써나노라 쭘 씬 후에 잉틱ᄒ야 십삭 차셔 쌀 나으니 도화ᄂᆞᆫ 봄힝기라 츈향이라 일홈ᄒ야(〈남창 춘향가〉, 2면)

둘째, 춘향의 수난대목은 옥중의 춘향이 어사에게 이야기하는 것으로 되어 있다. 〈만화본 춘향가〉는 '어사 남행 → 옥중 상봉 → 춘향의 하소연 (신관 도임 → 춘향 수난 → 옥중 신세 → 봉사 해몽) → 신관 생일잔치'로 짜여 있는 데 비해 후대의 춘향전에는 '신관 도임 → 춘향 수난(십장가) → 옥중 자탄 → 봉사 해몽 → 어사 남행 → 옥중 상봉 → 신관 생일잔치'로 짜여져 있어 춘향의 수난이 강화되어 극적인 효과를 더하고 있다. 그리고 당시에는 춘향이 사랑을 지키기 위해 신관사또의 수청 명령을 거부하고 모진 매를 맞으면서도 항거하는 십장가와 옥에 갇힌 후 꿈속에서 황릉묘의 아황과 여영 등 열녀의 화신을 만나 사랑에 대한 정신적 보상을 받는 황릉묘사설이 형성되지 않았던 것으로 짐작된다.

셋째, 봉사 해몽 대목이 존재하고 있다.

어젯밤 맹인 불러 해몽을 하였는데	村盲昨訊夜來夢
천명이 무상하니 굽어살피시옵소서	天命無常云顧諟
경대 거울 깨어지니 소리 어찌 없으리오	粧臺鏡破豈無聲
정원수 꽃이 지니 응당 열매 맺으리라	庭樹花飛應結子
조선통보 훌쩍 던져 돈점을 치면서	朝鮮通寶擲錢占
신명님께 비옵나니 소상히 알려 주소	伏乞神明昭示俾
중천건괘 동청룡 점괘 나오니	重天乾卦動靑龍
귀인을 상봉할 것이라고 하더이다	貴人相逢云可企
천리 밖의 구름같이 멀리 있던 낭군께서	浮雲千里遠外郎
뜻밖에 지금 오셔 지척에서 만나 보니	不意今來逢尺咫
이 몸이야 지금 죽어 무슨 한이 있으리	身今溘死更何恨
좋은 약 먹은 듯이 묵은 병 다 나았네	如服良劑痊宿痞

(217-228句)

후대의 춘향전에서 봉사 해몽 대목은 춘향이 옥중에서 꿈을 꾸고, 이튿날 봉사를 불러 해몽하는 장면으로 이도령과의 재회를 암시하는 복선 구실을 한다. 해몽 화소 '鏡破'와 '花飛'(花落)는 釋王寺 緣起說話의 이성계의

꿈이나 『慵齋叢話』의 과거를 앞 둔 세 선비의 꿈으로 널리 알려진 것이
다.25)

　　다음의 〈장자백 춘향가〉의 봉사 해몽은 〈만화본 춘향가〉와 상당히 유
사하다.

　　간밤의 몽스도 고약ᄒ고 신슈가 불길ᄒ옵기로 졈도 ᄒ고 히몽도 할 테온
　이 착실히 ᄒ여 쥬오 스졍이에게 부탁ᄒ여 돈 한 양 ᄂᆡ여 노며 복칙가 부죡
　ᄒ오나 졍셩껏 ᄒ여 쥬오 - 중략 - 쑴을 엇찌 쒸엿나 옥창 박ᄭᅵ 잉도화가
　어지러이 써러지고 단장ᄒ든 몸거울이 복판이 ᄭᅢ여지고 문 우의 허신이 달
　여 보인이 나 죽을 쑴 안이요 봉스 산통을 흔들며 졈을 치것짜 쳔ᄒ언찌며
　지ᄒ언찌시리요만은 고지즉응ᄒ고 응지즉신ᄒᄆᆡ 신지영이라 ᄀᆞ미슌통ᄒ
　쇼셔 - 중략 - ᄃᆡ쇼길흉 여부를 자셰이 판단ᄒ옵심을 복결 심명쇼셔 심명
　쇼셔 지산 쌔여 들고 ᄒ나 <u>괘명은 즁권쳔히 쵸희 동쳔풍귀라 육용여쳔한이</u>
　<u>담ᄃᆡ포용지싱이요</u> 남산호츌한이 야도한상슈라 비부군인ᄌ한이 슈집싱살
　권이라 봉스가 산통을 놋턴이 ᄃᆡ히ᄒ며 츈향 각씨 걱졍 마쇼 고진감ᄂᆡ격이
　요 쏘한 히몽을 푸러씨니 드러보쇼 화락한이 능셩실이요 파경한이 금의셩
　가 곳시 써러졋쓰니 열ᄆᆡ 열 써시요 거울이 ᄭᅢ야졋씨니 쇼리 나고 빗날 일
　을 보리로다 문 우의 허신 달여 보인 거션 인인기양시라 만인이 다 우러러
　볼 써신이 니도령이 고쵸 갓튼 볘실ᄒ여 금의환힝상봉격인이 긔루던 님 반
　긔 만나 둑게비 시름만 잘 ᄒ엿씨면 아딜 낫컨네 걱졍 말쇼(〈장자백 춘향
　가〉, 89-91면)

　　특히 밑줄 친 '卦名은 重天乾이 初爻는 統天品卦라. 六龍御天하니 膽大
包容之像이요'는 〈만화본 춘향가〉의 "重天乾卦動靑龍"과 거의 같다. 봉사
해몽은 이도령이 장원급제하기 전에 나오기도 하고, 어사가 남원으로 내
려올 때 나오기도 하여 이본에 따라 다르다. 어쨌든 〈만화본 춘향가〉에서
는 봉사 해몽이 옥중에서 상봉할 때 춘향이 어사에게 이야기하는 장면에

---

25) 정병헌, 『신재효 판소리사설의 연구』, 평민사, 1986, 70-71면, 참고.

나오므로 복선 기능이 약화되어 있다.

넷째, 춘향이 어사에게 사후에 대한 부탁과 어사가 본관을 치죄하려고
작정하는 모습이 여실하게 그려져 있다.

험난한 행로에 배는 곯지 않았나요	間關行路得無飢
우리 집에 머물며 돌아갈 길 재촉 마오	且留吾家歸莫駛
꽃무늬 비단 치마 상자 속에 들었으며	輕花寶裙置諸篋
소합향 주머니는 궤 안에 두었으니	蘇合香囊藏在匭
내 어미 불러다가 시장에 내다 팔아	呼吾老母向市賣
한 끼 밥이라도 지어 달라 하옵소서	一飯宜炊廚下錡
내일 아침 본관사또 생일잔치 벌어지면	明朝本府壽宴開
술 취한 후 미친 마음 그냥 두지 않으리니	醉後狂心應不罷
상처 위에 또다시 곤장을 내리치면	如將瘡上復加杖
이 몸은 분명코 진토에 버려질 터	此身分明塵土委
끌려가는 길을 좇아 칼머리나 들어주고	須從拿路護我械
살아생전 한 번이나 머리채 거둬주오	一番生前頭角掎
초종장례 염습은 낭군 손수 하여주고	初終斂襲以郎手
거친 들에 뼈를 묻고 뇌사나 지어주오	埋骨荒原爲作誄
스스로 철석간장 장부라고 여겼는데	剛腸自以丈夫許
이 말 듣자 모르는 새 가슴에 불이 이네	聽此不覺胸如煬
속으로 이를 갈며 사또 죄상 헤아리며	心中切齒黑倅罪
내일 아침 봉고파직 다스릴 작정하네	封庫來朝可擠彼

(229-246句)

춘향은 어사에게 자기 어미를 불러 세간기물을 팔아 한 끼 밥을 지어
달라고 해라 하고, 매를 맞고 끌려가면 칼머리나 들어달라고 한다.[26] 또
자신이 죽게 되면 손수 염습하고 거친 들판에 뼈를 묻고 誄詞를 지어 달

---

26) 칼머리를 들어달라고 부탁하는 것은 〈남원고사〉를 비롯한 〈경판본 16장본〉과
   〈완판 29장본〉 등에도 보인다.

라고 부탁한다. 후대의 이본은 대부분 다음의 〈완판 84장본〉과 같이 유사한 내용으로 되어 있다.

> 춘향이 져의 모친 불너 한양성 셔방임을 칠연듸한 가문 날의 갈민듸우 기두린들 날과 갓치 자진턴가 신근 남기 썩거지고 공든 탑이 문어졋네 가련하다 이닉 신셰 하릴업시 되야꾸나 어만임 나 죽은 후의라도 원이나 업게 하여 주옵소셔 나 입던 비단 장옷 봉장 안의 드러쓰니 그 옷 닉여 파라다가 한산셰져 박구워셔 물식 곱게 도포 짓고 빅방사주 진 초믹를 되는듸로 파라다가 관망 신발 사듸리고 졀병쳔은비닉 밀화장도 옥지환이 함 속의 드러쓰니 그것도 파라다가 한삼 고의 불초찬케 하여 주오 금명간 죽을 연이 셰간 두어 무엇할가 용장 봉장 쎄다지를 되는듸로 팔러다가 별찬진지 듸겹하오나 죽은 후의라도 나 업다 말으시고 날 본 다시 셤기쇼셔 셔방님 닉 말삼 드르시요 닉일리 본관사또 싱신리라 취중의 주망 나면 날을 올여 칠 거시니 형문 마진 달리 장독이 낫시니 수족인들 놀일손가 만수운환 헌트러진 머리 이렁져렁 거더 언쇼 이리 빗틀 져리 빗틀 드러가셔 장피하여 죽거들난 삭군인 체 달려드러 둘너 업고 우리 두리 쳐음 만나 노던 부용당의 격막하고 요젹한 듸 뉘여노코 셔방임 손조 염십ᄒ되 닉의 혼빅 위로하여 입은 옷 벽기지 말고 양지 쏫틱 무더짜가 셔방임 귀히 되야 쳥운의 올의거던 일시도 둘느 말고 육진장포 기렴ᄒ야 조촐한 생예 우의 덩글렷케 실은 후의 북망산쳔 차져 갈 졔 압 남산 뒤 남산 다 바리고 한양으로 올여다가 선산 발치의 무더 주고 비문의 식기기를 수졀원사춘향지묘라 야달 자만 식겨 주오 망부셕이 안니 될가 셔산의 지난 히는 닉일 다시 오련만는 불상한 춘향이는 한번 가면 언의 쩨 다시 올가 신원이나 하여 주오 이고이고 닉 신셰야(〈완판 84장본〉, 199~200면)

앞부분은 춘향이 자기 모친에게 세간 기물을 팔아 어사에게 몸치장을 해주고 별찬진지를 대접해 주라고 부탁하는 대목이고, 뒷부분은 어사에게 자신의 사후를 부탁하는 대목이다. 앞부분에서 부탁하는 대상이 춘향 모인 것 외에는 〈만화본 춘향가〉와 거의 동일하다.

그리고 어사가 춘향이 그간에 겪은 고초를 듣고 이를 갈며 본관을 치죄하려고 작정하는 모습은 〈남원고사〉에 보인다.

혼< 말노 니를 갈고 ᄒᄂᆞᆫ 말이 이놈 닉일 싱일잔치 ᄒᆞ량이면 더욱 조타
닉 손씨로 츌도ᄒᆞ여 급경풍을 모라다가 만경창ᄑᆞ 되강오리를 민들니라 마
음이 썰니고 쎠가 져리고 눈의 불이 난다 돌졀구도 밋치 썬지고 마로 굼긔
볏치 든다 이놈 미양 긔승ᄒᆞᆯ가 어듸 보< 강기ᄒᆞ여 탄식ᄒᆞ고 츈향을 닉별ᄒᆞ
고 도라셔니 스라져 울고 드러갈 제 댱부의 간장이 다 녹는구나(〈남원고
사〉, 424면)

6) 단락 (바)의 특징 : 249-342句

단락 (바)는 소단락 '①어사가 본관의 생일잔치에 걸객으로 참석하다.
②어사출도하여 본관의 죄를 다스리다. ③어사와 춘향이 재회하여 기뻐
하다.'로 이루어져 있다.

첫째, 본관 생일잔치에서 각읍 수령에게 올리는 다담상이 구체적으로
묘사되어 있다.

싱싱한 흰 회는 요천의 은어요 腥鱗白膾蓼川魚
진기한 과일로는 붉게 익은 연곡감 坏果紅登燕谷柿
화전지를 오려서 연꽃을 만들었고 牋花簇簇八蓮開
수란의 둥근 모양 바둑돌을 놓은 듯 水卵團團某子罍
(251-254句)

대부분의 이본에서 다담상 대목은 이도령과 춘향이 만나는 첫날밤에
나오고, 각읍 수령에게 올리는 다담상의 구체적인 상차림은 생략되어 있
다. 다음과 같이 〈고려대 54장본〉에는 〈만화본 춘향가〉와 유사한 대목이
있다.

다담상니 오르ᄂᆞᆫ듸 쥬홍도리 칠소반의 듸모양각 컨 졉시 밀화호박 익무
잔의 가진 음식 노와스되 편과 겨틔 상□ 놋코 홍슨 빅슨 빙강사탕 즁빅기

싱강증과 연근증과 졀창복기 양회 간의 염통산젹 콩팟구며 츠들빅니 듸양
푼의 가리찜 소양푼의 탄편치 츠미 슈(박) 농어회 왼갓 슐병 다 모엿다 복희
씨 그린 팔괘 ᄒ도낙셔 듸모병 단산셕상 닙 느러젓다 입 널분 오동병 세우
오동 츈싴신ᄒ니 봄빗 푸른 화쵸병 쌍남츄싴이 빗춰엿다 황홀할ᄉ 쇄금병
긔원녹죽 의의ᄒ다 ᄉ시쟝츈 죽졀병 목 옴침 ᄌ라병 목 기리 황싴병 은병
늣병 뉴리병 슐치례가 더욱 됴타 니젹션의 포도쥬 도연명의 국화쥬 안기싱
의 ᄌᄒ쥬 山中쳐ᄉ 송엽쥬 빅일쥬 쳔일쥬 감홍노 기당쥬를 좌우츙츙 버려
놋코 더 먹어라 들 먹어라(〈고려대 54장본〉, 98-99면)

둘째, 어사가 푸대접을 받고 시 한 수를 짓는다.

<table>
<tr><td>먹던 술 식은 고기 푸대접 하는 양은</td><td>殘盃冷炙草待接</td></tr>
<tr><td>촌사람이 못된 귀신 물리는 제상 같네</td><td>彷彿村氓浮鬼庋</td></tr>
<tr><td>좋은 대접 받았으니 어찌 사례 없으리오</td><td>躬逢勝餞豈不謝</td></tr>
<tr><td>시 한 수 지었으니 깊은 뜻 갈무렸네</td><td>一聯新詩藏奧旨</td></tr>
<tr><td>떨어지는 촛물은 일천 백성 눈물이요</td><td>千人有淚燭燃蠟</td></tr>
<tr><td>만백성은 헐벗는데 술동이엔 술구더기</td><td>萬姓無膏樽泛蟻</td></tr>
</table>

(269-274句)

어사에게 먹던 술과 식은 고기로 푸대접을 한다. 상차림이 마치 시골
사람들이 뜬귀(浮鬼)를 물릴 때 차린 祭床처럼 초라하기 짝이 없는데, 〈장
자백 춘향가〉에 유사한 대목이 있다.

(ᄌ진머리) 못 써러진 기상판 쓰더 먹쓴 벡짜구 명틱 듸가리 한 ᄉ발 콩
나물 듸가리 한 ᄉ발 멸치 듸가리 한 ᄉ발 틉틉한 막썰니를 한 ᄉ발 갓짜
쥬며 어셔 먹고 쇽거쳘니 사파쉐 (말노) 어ᄉ또 쌈작 놀니며 이 놈 늬가
쓴귀냐 물니게 져 상 보고 늬 상 본이 늬 상은 토달고 기상이로다(〈장자백
춘향가〉, 124면)

그리고 어사가 지은 시는 널리 알려진 "金樽美酒千人血 玉盤佳肴萬姓

膏 燭淚落時民淚落 歌聲高處怨聲高"와 다르다.

셋째, 어사출도 장면이 비교적 잘 그려져 있다.

<table>
<tr><td>한 바탕 장한 바람 잔치판에 일어나니</td><td>長風一陣自飼來</td></tr>
<tr><td>뜻밖에 관문으로 마패를 앞세우고</td><td>意外玄門馬牌捶</td></tr>
<tr><td>청파역졸 큰 소리로 고함치며 들이닥쳐</td><td>靑坡驛卒大叫入</td></tr>
<tr><td>암행어사 출도야! 암행어사 출도야!</td><td>暗行使道臨於此</td></tr>
<tr><td>마른하늘에 날벼락이 진동하니</td><td>晴天無乃霹靂動</td></tr>
<tr><td>사방의 손님들은 바람결에 흩어지네</td><td>四座蒼黃風下靡</td></tr>
<tr><td>문틈을 다투다가 갓은 뒤집히고</td><td>爭投窓隙倒着冠</td></tr>
<tr><td>술잔 차서 엎지르고 숟가락을 떨구네</td><td>或蹴盃樽忙失匕</td></tr>
</table>

(277-284句)

청파역졸들이 마패를 앞세우고 '암행어사 출도야!'를 외치자 잔치판은 금방 아수라장이 된다. 대부분의 이본도 이와 같은데, 다음은 〈완판 84장본〉에서 인용한 것이다.

　청퓌역졸 거동 보소 달 갓튼 마픠를 히빗갓치 번듯 드러 암힝어사 출도야 웨난 소리 강산이 문어지고 쳔지가 뒤눕난 듯 초목금슌들 아니 썰야 남문의셔 출도야 북문으셔 출도야 동셔문 출도 소릭 청쳔으 진동ㅎ고 ─ 중략 ─ 좌수 별감 넉슬 일코 이방 호장 실혼ㅎ고 삼싴 나졸 분주하네 모든 수령 도망할 졔 거동 보소 인궤 일코 과졀 들고 병부 일코 송편 들고 탕근 일코 용수 쓰고 갓 일코 소반 쓰고 칼집 쥐고 오줌 뉘기 부셔진니 거문고요 씻지 나니 북 장고라 본관이 똥을 싸고 멍셕 궁기 싴양쥐 눈 쓰듯 ㅎ고 늬아로 드러가셔 어 추워라 문 드러온다 바람 다더라 물 마른다 목 듸려라 관쳥싴은 상을 일코 문짝 니고 늬다른니 셔리 역졸 달려드러 휘닥싹 이고 나 죽네 (〈완판 84장본〉, 206-207면)

넷째, 어사가 기생들에게 춘향이 쓴 칼의 매듭을 물어뜯게 한다.

어찌하여 무죄한 이 오랫동안 가두었나   如何無罪久滯囚
지금 당장 옥에 가서 그녀를 풀어주라   當刻圜墻其禁弛
옥중의 춘향을 계단 앞에 대령하라   圜墻玉娘忽官階
작은 뜰 꽃그늘로 비틀비틀 들어오네   小庭花陰未暇徙
큰 칼 매듭을 이로 물어 풀게 하니   桁楊接摺使齒決
기생들은 입술로 침뿌린 양 물어뜯네   衆妓尖脣穿似簒

(307-312句)

이 대목은 후대의 이본에도 일부 보이는데, 〈남원고사〉에는 다음과
같다.

> 어시 분부ᄒᆞ듸 너희들 밧비 가셔 춘향의 쁜 칼머리를 니로 무러 쓰더
> 즉긱으로 다 벗기라 ᄒᆞ니 이는 앗가 쾌심이 본 연괴러라 기싱드리 드라드러
> 졀믄 년은 니로 쓰고 늙은 년은 혀로 할타 침만 바르거늘 조 년은 웨 쓰는
> 거시 업ᄂᆞ뇨 예 소녀는 니가 업셔 침만 발나 츄겨만 노흐면 브를 사이의
> 졀문 것들이 쓰기 더 쉽ᄉ외다 - 중략 - 어시 호령ᄒᆞ듸 요괴로온 요 년들아
> 무슨 잡말들 ᄒᆞᄂᆞ니 칼을 밧비 벗기여라 호령이 싱풍ᄒᆞ니 기싱드리 겁을
> 늬여 망ᄉᆞ하고 쓰들 젹의 뭇 기드리 쌕다귀 쓰듯 늙은 범이 기싯기 쓰듯
> 쓰덤쓰덤 쓰더닐 졔 니 썃진 년 닙슈알 터진 년 볼닥이도 쑤러지고 턱 아릭
> 도 버셔지며 죽을 힘을 다 드려셔 즉긱늬의 칼 벗기니 불상ᄒᆞ다 연지 ᄀᆞᄐᆞᆫ
> 져 춘향이 긔졀ᄒᆞᆯ시 분명ᄒᆞ다(〈남원고사〉, 473-474면)

〈완판 29장본〉에는 "춘향이 씌인 칼을 너 닙으로 물려 쩨여라 ᄒᆞ듸 기
싱드리 널 기 한 쌔 쓰쓰 쓰덤쓰덤 물려 쩨여 일시여 벽겨닉니 볼 터진
년 이 쌔진 년 얼쳥이가 되야고나"로 되어 있고, 〈고려대 54장본〉에도
"(춘향)의 칼을 네 기싱연더리 입으로 물려 쓰어 벅기(라)"는 흔적이 남아
있다.

다섯째, 어사와 춘향이 다시 만나 기뻐한다. 후대의 이본 중 특히 창본
에서는 이 대목이 크게 확장되어 대미를 장식한다.

어리인 듯 꿈속인 듯 기쁨을 못 이기어	如痴如夢喜不勝
신 거꾸로 신은 채 중계에서 맞이하네	未覺中階迎倒屣
천만번 좋은 벼슬 나는야 봉명사신	千般好官別星我
너는야 구사일생 아리따운 기생이네	九死餘生佳妓儞
쌍룡 무늬 아로 새긴 반달빗으로	雙龍畫帖半月梳
열두 발 고운 머리 빗질을 솰솰 하네	十二雲鬟催櫛縰
어느 누가 알았으랴 어제 저녁 걸인이	誰知昨暮丐乞行
공당에 높이 앉은 벼슬아치 될 줄이야	飛上公堂官爵籹
서울로 올라갈 땐 어린 총각이더니	京師去時一總丱
흰 얼굴 성긴 눈썹 옥빛같이 곱구나	白晢疎眉玉色玭
동헌의 계집종들 비웃는다 할지라도	東軒資婢極可嗤
양반서방 만났으니 즐겁기도 즐겁네	兩班書房其樂只
기생집에 광채가 일시에 일어나고	粧樓光彩一時生
그날의 환호성은 남원고을 진동한다	卽日歡聲動南紀
은근히 웃는 자태 온갖 정 나누며	油然笑矉淺深情
청컨대 동해 물결 세찼음을 헤아리오	請量東溟波溳溳
이제부터 기적에서 네 이름을 없앨 터니	從今妓籍割汝名
우리 집에 시집와서 평생토록 수발들라	百年吾家歸奉匜
벼꽃무늬 비단으로 좋은 띠를 만들고	禾花寶紬裂爲帶
깃털 같은 비단으로 비단이불 지었네	卽羽輕紗縫作被
주란화각 구슬 주렴 좋은 집에서	珠欄玉簾所居室
또다시 서교에서 기름진 밭 갈아보세	復欲西郊營好時
	(313-334句)

다음은 춘향이 어사를 다시 만나 즐거워하는 장면으로 〈장자백 춘향가〉에서 인용하였다.

(말노) … 뒤상을 살펴본이 어제 전역 왓쓴 낭군 어ᄉ 되야 안져쩌날 춘향이 긔가 믹켜 아모 말도 못ᄒ고 우두먼이 안져씬이 여러 긔싱 부악ᄒ여 뒤상의로 올여논이 춘향이 죠와라고 (중중머리) 우슘 반 우름 반 얼씨고나 죨씨고 지와ᄌ 죨씨고 목의 큰 칼 벽겨 쥰이 목 놀니긔가 죨씨고 발의 쪽싀

쓸너 쥰이 거름거리도 ㅎ여 보고 손의 슈갑 쓸너쥰이 활기 썰쳐 츔을 츄시
얼씨고나 죨씨고 지와즈 죨씨고 여보 스쏘 드러보오 그듸지도 날을 속여
ㅎ로밤 셕은 간장 십년감쇼 늬 ㅎ엿쇼 얼씨고나 죨씨고 지와즈 죨씨고 이운
인가 부열린가 직상된이 죨씨고 남북방 요란할 제 명장 온이 죨씨고 구년지
슈 장마질 제 볏셜 본이 죨씨고 칠연듼한 가물 젹의 비가 온이 죨씨고 칠월
칠셕 은ㅎ슈의 견우징여 상봉한 듯 남원 옥즁 츄졀 드러 써러지게 되야던이
동원의 싀봄 드러 이화츈풍이 날 살엿구나 얼씨고나 죨씨고 지화즈 죨씨고
이별 별즈 기루던이 만날 봉즈 죨씨고 봄 츈즈 향긔론니 이름 명즈 죨씨고
옛일을 싱각한이 탁군짜 슌님군은 당쵸의 군곤ㅎ여 ㅎ빈의 그릇 굽고 역산
의 밧 갈던이 욘님군의 스외되야 쳔즈될 줄 게 뉘 알며 위슈변으 강틱공은
낙시씌 드러메고 어부 힝셰 ㅎ옵쓴이 문왕의 스외 되야 졔왕될 줄 어이 알
며 홍문연 놉푼 잔치 항장의 날닌 칼이 살긔가 등등턴이 번쾌의 한 거름의
죽을 픠공 살일 줄을 게 뉘랴 짐작ㅎ며 <u>어졔 젼역 옥문 박싀 츄포도복 헌
파립 걸긱의로 왓쓴 낭군 어스될 줄 어이 알쇼</u> 얼씨고나 죨씨고 지와즈 죨
씨고 쇼믜 슈즈 펄펄 날여 츔츌 무즈 죨씨고 여보쇼 고인덜 즁영산 짝듸림
장왕ㅎ게 잘 쳐쥬쇼 안악이씨로 드러가면 언의 결열의 츔을 츌가 손츔 평츔
장긩츔 금무 승무를 츄어 보싀 얼씨고나 죨씨고 우리 어먼니 어듸 가 겨
날 일런 줄 모로난가 이런 씌의 게셔씨면 모녀동낙 노라볼걸(〈장자백 춘향
가〉, 130-132면)

특히 밑줄 친 "어졔 젼역 옥문 박싀 츄포도복 헌 파립 걸긱의로 왓쓴
낭군 어스될 줄 어이 알쇼"는 〈만화본 춘향가〉의 "어느 누가 알았으랴 어
제 저녁 걸인이 / 공당에 높이 앉은 벼슬아치 될 줄이야"와 동일한 것이어
서 그 연원이 오래되었음을 알 수 있다.

그리고 관청에서 하루에 여섯때의 진수성찬을 올리는 것이 이색적
이다.

여섯때를 올리는 관청 지청 음식상	官廳支廳六時饍
진수성찬 올리는데 삶은 노루고기네	跪進珎羞烹野麚
맑은 술 술동이엔 포도알이 동동 뜨고	淸醪樽上泛葡萄

꿀물 탄 잔에는 율무를 넣었네   甘蜜盃中和薏苡
가늘고 곱게 썬 진안초 좋은 담배   絲絲細切鎭安草
관노에게 분부하여 올리게 하네   分付官奴其貢底
삼문 밖 거리는 국 끓듯이 요란하고   三門外街沸如羹
육방관속 음랑이 탱자처럼 오그라드네   六房陰囊撑似枳

(335-342句)

7) 단락 (사)의 특징 : 343-396句

단락 (사)는 후일담으로 소단락 '①어사와 춘향이 서울로 올라가다. ② 정열부인 가자를 받고 여생을 즐기다.'로 이루어져 있다. 이 단락은 〈만화본 춘향가〉의 400句 중에서 무려 54句에 해당되는 부분으로 독특한 면모를 보이고 있다. 이어사는 춘향과 함께 정승행차에 버금갈 정도의 화려한 행차로 서울로 올라가서 춘향은 정열부인 가자를 받으며, 명문귀족의 딸을 동서로 맞이하고 효성이 지극하여 虎蜼와 같다는 칭찬을 받는다. 그리고 부부가 행복하게 사는 모습과 고향을 못 잊어 호남을 보려고 자주 언덕에 오르는 춘향의 모습 등이 서술되어 있다.[27]

27) 如天驛路路文飛　有女同車歸並軌　雙轎青帳半空擧　兩耳生風駈綠駬
　　吹鑼六騎響前後　清道雙簘影旖旎　監官色吏設供帳　座首軍校執鞭弨
　　長鞴短轡夾路馳　使客之行卿相儗　花容之女玉貌郎　望若神仙同渡沘
　　傾城傾國月梅女　百譽喧喧無一譏　夫人貞烈好加資　敎旨踏下金泥璽
　　床琴並和室家慶　拜謁廟堂祖考妣　銀臺玉堂貴閥女　同姓同門作姒娌
　　門楣亦高老嫗家　孝誠堪稱同虎蜼　纖葱玉手坐無事　不使春田勞採芑
　　盈盈玉粒共案食　分命家奴田器庤　金屏內室貯紅玉　門對終南石魂硊
　　能文又是等薛濤　尤物元非似妹嬉　春花秋月合歡酒　玉壺金瓶釀黑秠
　　泉源淇水不盡思　時望南湖頻陟屺　嬌姿爾有笑中香　貴格吾誇眉上痏
　　蛾眉好砂諳軸峰　人賀先山山屻崺　宜春進士女僧歌　佳約何年逢杜渼
　　狂心好色世或譏　度外讒言同伯嚭　當來好爵領議政　不羨區區楚司烜
　　星山玉春總無色　嘗得櫻脣甘似酏　清霄東閣樂鍾鼓　遲日南園採芣苢
　　朝雲可愛還相隨　孟光甘心共耘耔　醫娥棉婢愧欲死　檀屑氷床輕步躧
　　先稱絳桃花不發　更詠周詩江有汜(343-396句).

후대의 이본에는 후일담이 매우 축소되어 있고, 내용도 다르다. 다음은
〈완판 84장본〉에서 인용한 것이다.

잇찌 어사또 좌우도 순읍하야 민정을 살핀 후의 셔울노 올나가 어젼의
숙비하니 삼당상 입시ㅎ사 문부를 사증 후의 상이 딕찬하시고 직시 이조참
의 딕사셩을 봉하시고 춘향으로 졍열부인을 봉하시니 사은 숙비하고 물러
나와 부모 젼의 뵈온딕 셩은을 축사하시더라 이찌 이판 호판 좌우 영상 다
지닉고 퇴사 후의 졍열부인으로 더부러 빅연동낙할식 졍열부인으게 삼남
이녀을 두워시니 기기이 총명ㅎ야 그 부친을 압두하고 계계승승하야 직거
일품으로 만셰유젼하더라(〈완판 84장본〉, 211-212면)

〈남원고사〉의 결말대목은 이보다 조금 더 부연되어 있지만 전체에서
차지하는 분량은 극히 적다.

3. 맺음말

본고에서는 현재 전하고 있는 춘향전의 이본 중에서 가장 오래된 〈만
화본 춘향가〉의 이본적 중요성에 주목하고, 후대의 이본과 대비하면서
〈만화본 춘향가〉의 전반적인 특징을 살펴보았다. 그 결과 〈만화본 춘향
가〉가 18세기 중엽 호남에서 부르던 춘향가를 비교적 성실하게 수용하고
있는 이본이라는 점을 확인하였다.

〈만화본 춘향가〉가 지니는 특징 중에서 중요한 것을 정리하면 다음과
같다.

첫째, 〈만화본 춘향가〉는 "서사 : 춘향가의 핵심 요약(1-6구), 본사 : 춘
향가의 내용(7-396구), 결사 : 춘향가 창작의 변(397-400구)"으로 구성되
어 있다.

둘째, 이도령의 나이는 열여섯이고 춘향의 나이는 열다섯이며, 춘향의 姓이 보이지 않는다.

셋째, 이도령과 춘향이 처음 만나는 날은 삼월 삼짇날이고, 춘향이 만북사 앞 시냇물에서 세욕을 하는 것이 원형이다.

넷째, 춘향의 신분은 기생이며, 광한루에서 만나 곧바로 춘향의 집으로 가서 사랑을 나눈다.

다섯째, 이도령이 춘향에게 불망기를 써주고, 사랑가는 아주 단순한 형태이다.

여섯째, 이도령이 결연 후 행하를 주는데, 이것은 후대 이본에 보인 정표나 신물의 원형이다.

일곱째, 춘향이 이별을 쉽게 받아들이고, 이별가도 비교적 짧은 형태이다.

여덟째, 이도령이 장원급제하여 여러 관직을 거친 후 전라도 암행어사가 된다.

아홉째, 춘향의 수난대목은 옥중의 춘향이 어사에게 하소연하는 장면에 포함되어 있으며, 십장가도 없다.

열째, 후일담이 크게 확상뇌어 있다.

본고에서 미처 다루지 못했지만, 앞으로 류진한이 당대의 양반들이 관심을 가지지 않았던 판소리 춘향가에 관심을 가지고 한시로 〈만화본 춘향가〉를 지은 동기가 무엇인지 구체적으로 밝혀야 할 것이다. 그것은 류진한의 불행했던 개인사와 관련이 있을 것[28]으로 보이지만 18세기 중엽의 예술사적 흐름과도 무관하지 않을 것으로 보인다.

---

28) 이수봉, 「晚華의 春香歌 試譯」(한국고소설연구회 편, 『춘향전의 종합적 고찰』, 아세아문화사, 1991)과 이수봉, 『만화본 춘향가와 용담록』(경인문화사, 1994), 참고.

<晚華本 春香歌> 譯註

柳振漢

숙종 37년(1711)-정조 15년(1791). 忠淸道 木川의 詩人. 字는 重伯, 號는 晚華·晚華堂, 興陽(高興)人. 15세에 經史百家를 통달하였고, 문장으로 당시에 명성을 얻었으며, 1753년에 호남을 유람하고 돌아와서 1754년에 <春香歌>를 한시로 지었음. 文名이 높았으나 大科에 오르지 못하여 벼슬길에 나아가지 못하였으며, 문집으로 『晚華集』이 전함.

1. 서울대학교 중앙도서관 소장본 『晩華集』(〈一簑本〉, 일사 810.95 M314)을 저본
   으로 하고, 柳濟漢, 『晩華集』(淸節書院, 1989)(〈淸節書院本〉)을 대교하여 校勘
   하였다.

2. 번역은 직역을 원칙으로 하되 일부 의역한 곳도 있고, 가급적 4음보로 번역하
   려고 했다. 번역은 김석배 역주, 「만화본 춘향가」(『판소리연구』 3, 1992)를 바
   탕으로 하고, 다음의 논저를 참고하여 다듬었다.

   이수봉, 『만화본 춘향가와 용담록』, 경인문화사, 1994.
   최광현, 「만화본 춘향가 연구」, 한림대 석사논문, 1992.
   설성경, 『춘향예술의 역사적 연구』, 연세대출판부, 2000.

3. 교감한 경우는 각주에 원본의 해당 부분을 제시하였다.

4. 주석은 번역 부분에 번호를 붙이고 하단에 각주하였고, 독자의 편의를 위해
   비교적 상세하게 달았다. 주석은 김석배 역주, 「만화본 춘향가」를 바탕으로
   하고, 다음의 주석서와 사전류 등을 참고하였다.

   강한영 교주, 『신재효판소리사설집(전)』, 민중서관, 1974.
   김동욱 외, 『춘향전비교연구』, 삼영사, 1979.
   이가원 주, 『춘향전』, 태학사, 1995.
   김진영 · 김현주, 『춘향가, 명창 장자백 창본』, 박이정, 1996.
   성현경 풀고 옮김, 『이고본 춘향전』, 열림원, 2001.
   이윤석, 『남원고사 원전 비평』, 보고사, 2009.
   고사성어사전간행회, 『고사성어사전』, 학원사, 1961.
   정병욱 편저, 『시조문학사전』, 신구문화사, 1966.
   국립국어연구원, 『표준국어대사전』, 두산동아, 1999.
   이가원 외 감수, 『東亞 漢韓大辭典』, 동아출판사, 1982.
   민중서림편집국 편, 『漢韓大辭典』, 민중서림, 2002.
   諸橋轍次, 『大漢和辭典』, 大修館書店, 1984.
   中文大辭典編纂委員會, 『中文大辭典』, 中國文化大學出版部, 1985.

春香歌　二百句 押支韻[1)]

(1) 廣寒樓前烏鵲橋　　광한루[2)] 앞의 다리 오작교[3)]이니

(2) 吾是牽牛織女爾　　나는야 견우이고 직녀[4)]는 네로구나

(3) 人生快事繡衣郎　　인생의 쾌사로다 수의사또 암행어사[5)]

(4) 月老佳緣紅紛妓　　月老[6)]가 예쁜 기생[7)]과 가연을 맺어주네

(5) 龍城客舍東大廳　　남원 객사 용성관[8)] 동대청에서

---

1) 二百句 押支韻 : 『一簑本』에는 '二百句'로 되어 있으나 『淸節書院本』을 따름. 二百句는 內外句를 一句로 한 것으로 總 四百句임.

2) 廣寒樓 : 남원에 있는 樓閣. 1419년에 黃喜가 廣通樓를 세웠고, 1444년 전라도관찰사 鄭麟趾가 廣寒樓로 명명함. "南原府南二里許 地勢高平敞闊 有小樓曰廣通 歲久頹廢 歲甲寅 府使閔君恭改起新樓 丁巳柳君之禮 繼加丹雘 甲子河東鄭相國麟趾易名以廣寒", 黃守身, 「廣寒樓記」. 원래는 달 속의 仙宮인 廣寒宮의 누각이라는 말로, 대궐을 가리킴.

3) 烏鵲橋 : 남원 광한루 앞에 있는 石橋. 1461년 남원부사 張義國이 蓼川의 물을 끌어다가 廣寒樓 앞에 은하수를 상징하는 커다란 연못을 파고 견우와 직녀의 전설이 담긴 오작교를 가설하였음. "烏鵲橋 石築虹橋四區亘于樓下西南", 『龍城誌』. 원래는 牽牛星과 織女星이 부부 사이이면서도 은하를 사이에 두고 떨어져 있다가 1년에 한 번 칠월 칠석에 만나는데, 이때 그들이 은하를 건너올 수 있도록 까치들이 만들어 놓아준다는 다리

4) 牽牛織女 : 견우성과 직녀성. "天河之東有織女 天帝之子也 年年織杼勞役 織成雲錦天衣 天帝憐其獨處 許嫁河西牽牛郎 嫁後遂廢織任 天帝怒 責令歸河東 使其一年一度相會", 「荊楚歲時記」.

5) 繡衣郎 : 暗行御史를 영화롭게 이르는 말. 조선시대에 方伯의 치적을 살피고 백성의 疾苦를 실지로 조사하기 위하여 왕이 파견하던 비밀특사. 그 임명에 銓官을 거치지 아니하고, 堂下 侍中臣으로 삼음. 拜命 즉시 제 집에 들르지 못하고 馬牌와 鍮尺을 표적 삼아 弊衣破笠으로 가장하고 떠남. 각도의 감사 이하 모든 수령의 치적을 監考하여, 그 탐학이 심한 자는 封庫罷職할 권한을 지니고 있음.

6) 月老 : 月下老人. 부부의 인연을 맺어 준다는 전설상의 늙은이. 중국 당나라의 韋固가 달밤에 어떤 노인을 만나 장래의 아내에 대한 예언을 들었다는 데서 유래. "俗稱媒妁爲月下老人 亦簡稱曰月老 相傳爲司結緣之神", 「續幽怪錄」.

7) 紅紛妓 : 아름다운 기생. '紅粉'은 원래 연지와 분을 아울러 이르는 말. "靑樓曉日珠簾映 紅粉春妝寶鏡催", 孟浩然, 「春情」, "紅粉靑蛾映楚雲 桃花馬上石榴裙 羅敷獨向東方去 謾學他家作使君", 杜審言, 「戲贈趙使君美人」.

8) 龍城客舍 : 南原府의 客舍인 용성관. "龍城館 卽客舍古之恤民館也", 『龍城誌』. '客

(6) 是日重逢無限喜	이 날 다시 만나니 기쁘기 그지없네
(7) 南原冊房李都令	남원고을 부사 자제 책방의 이도령이
(8) 初見春香絶代美	춘향의 어여쁨에 첫눈에 반했네
(9) 三郞愛物比君誰	현종9)의 양귀빈들10) 그대에게 비하리오
(10) 二仙瑤池淑香是	二仙의 요지연11) 숙향12)이 너로구나
(11) 吾年二八爾三五	내 나이는 열여섯 너는 열다섯
(12) 桃李芳心媚春暈	도리화 향기로움 봄빛을 희롱하네
(13) 晴莎南陌欲抽綠	남녘 길엔 고운 잔디 파릇파릇 돋아나고
(14) 牧丹東籬方綻紫	동편 울엔 모란꽃 자줏빛 터뜨리네
(15) 繁華物色帶方國	물색도 번화하다 옛 대방국13) 남원고을
(16) 是時尋春遊上巳	이때는 봄놀이 철 춘삼월 삼진날14)
(17) 紅羅繡裳草邊曳	붉은 비단 수치마는 풀잎에 살랑살랑
(18) 白紵輕衫花際披	흰모시15) 얇은 적삼 꽃 사이에 팔랑팔랑

舍'는 闕牌를 모셔 두고, 왕명을 받들고 내려오는 벼슬아치를 묵게 하던 집.

9) 三郞 : 당 현종. 唐玄宗之小字. "莫將花與楊妃比 能與三郞作禍胎", 黃庭堅, 「梅花詩」.

10) 愛物 : 사랑하여 소중히 여기는 물건. 여기서는 당 현종의 애첩인 양귀비. 자는 太眞, 재색이 뛰어나 현종의 총애를 받아 일족이 부귀영화를 누리다가 안록산의 난을 만나 마외역에서 죽임을 당함.

11) 瑤池 : 瑤池淵. 중국의 崑崙山에 있는, 西王母가 사는 궁전 왼쪽에 있는 연못. 「穆天子傳」에 周나라 穆王이 서쪽으로 정벌을 나갔다가 서왕모를 만나 그가 베푼 요지의 잔치에서 놀았다고 함.

12) 淑香 : 「숙향전」의 주인공. 중국 송나라 때 金銓이라는 사람의 딸 숙향이 난리 중에 아버지를 잃고 고생하다가 아버지를 만나고, 나중에 楚王이 되는 李仙과 결혼하여 정렬부인이 됨.

13) 帶方國 : 남원의 옛 이름. "郡名 帶方 古龍 龍城", 『新增東國輿地勝覽』.

14) 上巳 : 음력 3월 3일. 삼진날, 三巳, 元巳 또는 踏靑節이라고도 함. 삼진날은 만물이 활기를 띠는 계절로, 겨울 동안에 묻은 때를 씻는다 하여 東川에 몸을 씻고, 교외에 나가 하루를 즐겼으며, 진달래꽃으로 花煎과 花麵을 만들어 먹음. 특히 이 날 머리를 감으면 머릿결에 윤기가 흐르고 아름다워진다고 하여 부녀자들은 삼삼오오 물가로 가서 머리를 감았다고 함.

15) 白紵 : 흰모시. 잿물에 담갔다가 솥에 쪄 내어 빛깔이 하얀 모시.

(19) 淸溪夕陽蹴波鷰　　맑은 시내 석양에 제비처럼 물결 차고

(20) 碧桃陰中香步蛙　　벽도화 꽃 그늘에 걸음도 사뿐사뿐

(21) 姑山處子惹香澤　　마고산 선녀16)가 향내17)를 풍기는 듯

(22) 玉京仙娥鳴佩玘　　월궁의 항아선녀18) 노리개19) 울리는 듯

(23) 蘭膏粉汗洗浴態　　향긋한 땀방울 목욕하는 그 자태

(24) 萬北寺前春水瀰　　만북사20) 앞 봄 시냇물 넘실넘실거리네

(25) 玻瓈小渚顧影笑　　유리 같은 맑은 물속 제 그림자 보고 웃고

(26) 雪膚花貌淸而頮　　흰 살결 고운 얼굴21) 씻으며 머리 들어

(27) 慇懃腰下怕人見　　허리 아래 남 볼세라 은근히 저어하니

(28) 水面嬌態蓮花似　　물에 비친 온갖 교태 연꽃송이 같아라

(29) 香風一陣綠楊岸　　향기로운 바람이 버들 숲에 일렁이니

---

16) 姑山處子 : 麻姑仙女. 漢 桓帝 때에 姑餘山에서 수도하였다는 선녀. 길고 새 발톱
처럼 생긴 손톱으로 가려운 데를 긁어주면 한없이 유쾌하였다고 함.

17) 香澤 : 향유.

18) 玉京仙娥 : 月宮姮娥. 일명 嫦娥. 달 속에 산다고 하는 선녀. 羿의 처로 羿가 서왕
모에게서 얻은 불사약을 훔쳐서 달에 도망했다 함. "月宮姮娥, 羿請不死之藥于西
王母 姮娥竊之奔月宮 (注)姮娥羿妻 羿請不死之藥於西王母 未及服之 姮娥盜食之
得仙 奔入月中爲月精", 『淮南子』, 「覽冥訓」.

19) 佩玘 : 노리개. 여자들이 몸치장으로 한복 저고리의 고름이나 치마허리 따위에
다는 물건. 금, 은, 보석 따위에 명주실을 늘어뜨린 것으로, 단작노리개와 삼작노
리개가 있음.

20) 萬北寺 : 『일사본』에는 '萬化寺'로 되어 있으나 『청절서원본』을 따름. 萬福寺.
『世宗實錄地理志』(1454년)에 "만복사 : 부의 서남쪽에 있다. 그 동쪽에 五層殿이
있고, 서쪽에 二層殿이 있으며, 전각 안에 鐵佛이 있는데, 길이 35척, 무게 1만
3천 근이며, 그 전각의 제도가 이상하다. 어느 시대에 창건한 것인지 모른다."
그리고 『신증동국여지승람』(1530년)에 "만복사 : 麒麟山의 동쪽에 5층의 전당이
있고 서쪽에 2층의 전당이 있는데 그 안에는 길이 53자의 銅佛이 있으니 이는
고려 文宗 때 창건한 것이다." 1701-1703년 사이에 편찬된 것으로 추정되는 『龍
城誌』에는 '萬福寺'로 되어 있고, 1787년 또는 그 직후에 편찬된 『南原邑誌』(규장
각 소장, 奎17401)와 1819년 이후 편찬된 『湖南邑誌』(奎12175)에는 '萬北寺'로 되
어 있음.

21) 雪膚花貌 : 雪膚花容. 눈처럼 흰 살갗과 꽃처럼 고운 얼굴이라는 뜻으로, 미인의
용모를 이르는 말.

(30) 復上鞦韆誇妙技	그네[22]에 다시 올라 묘한 재주 자랑하네
(31) 靑鸞飛動紫羅繡	푸른 난새[23] 날아들어 붉은 비단 수놓는 듯
(32) 百尺長繩紅纚纚	붉고도 긴 그넷줄 허공에 흔들흔들[24]
(33) 江妃踏波一身輕	강비[25]가 물결 차며 두둥실 떠오르듯
(34) 月娥乘雲雙足趷	월궁항아[26] 구름 타고 두 발을 구르는 듯
(35) 尖尖寶襪似苽子	외씨 같은 예쁜 버선[27] 뾰족한 콧날이
(36) 衝落枝邊高處蘂	가지 끝에 부딪쳐 꽃잎을 흩날리네
(37) 桃花團月掩羅裙	복사꽃 꽃무리가 비단치마 뒤덮으니
(38) 萬目春城皆仰視	봄날 성안 모든 사람 쳐다들 보는구나
(39) 紅樓十載所未見	홍루[28] 출입 십년에도 보지 못한 미인이라
(40) 男子風情潛惹起	사나이 풍정이 슬며시 일어나네
(41) 翩翩靑鳥乍去來	파랑새[29] 펄펄 날아 잠깐 사이 오가더니
(42) 整頓衣裳端正跪	옷매무새 정돈하고 단정히 꿇어앉네
(43) 櫻桃花下捲簾家	앵두꽃 아래의 발 거둔 집 가리키며
(44) 女曰無遠男曰唯	춘향은 '머잖다'고 도령은 '알았다'네
(45) 鶯嗔鷰猜路如絲	뭇 새들이 지저귀는 꼬불꼬불 오솔길
(46) 步踏溪邊靑白芷	시냇가 청백지를 살포시 밟고 가네

---

22) 鞦韆 : 그네. "漢武帝後庭之戱 本云千秋祝壽詞也 語譌轉爲秋千", 張有, 「復古篇」. "天寶宮中 至寒食節 競竪秋千 帝呼爲半仙之戱", 王仁裕, 「開天遺事」.

23) 靑鸞 : 털빛에 푸른색이 많은 봉황. "多赤色者鳳 多靑色者鸞", 「洽聞記」.

24) 纚纚 : 가늘고 길게 드리운 모양.

25) 江妃 : 양자강의 神女. "揚子江神女之名 一作江斐. 江妃二女 遊於江濱 逢鄭交甫 遂解佩與之 交甫受佩而去 數十步 懷中無佩 女亦不見".

26) 月娥 : 月宮姮娥.

27) 寶襪似苽子 : 외씨버선. 오이씨처럼 볼이 조붓하고 갸름하여 맵시가 있는 버선.

28) 紅樓 : 붉은 칠을 한 높은 누각이라는 뜻으로, 부잣집 여자가 거처하는 곳을 이르는 말. 여기서는 기생집.

29) 靑鳥 : 반가운 使者나 편지를 이르는 말. 푸른 새가 온 것을 보고 동방삭이 서왕모의 사자라고 한 漢武의 고사에서 유래. "七月七日 忽有靑鳥 飛集殿前 東方朔曰 此西王母欲來 有頃王母至 二靑鳥夾侍王母傍", 班固, 「漢武故事」.

(47) 窓開紅杏碧梧庭	창을 여니 정원에는 벽오동과 붉은 살구
(48) 屛畵靑山綠水沚	병풍에 그린 그림 청산과 녹수로다
(49) 靑帷紅燭洞房中	푸른 휘장 붉은 촛불 아늑한 침방30)에는
(50) 鏡臺粧匳何櫛比	경대와 화장대31)는 어찌 그리 즐비32)한고
(51) 肴陳蔚鯣爛登盤	난등반33)엔 좋은 안주 울산장어 차려놓고
(52) 酒熟壺春新上篩	잘 익은 동이 술을 새로 체에 걸러서34)
(53) 琉璃畵盞瑚珀臺	아름다운 유리잔35) 호박대36)에 올려놓고
(54) 勸勸薑椒香蜜餌	생강 산초37) 약과38)를 권하고 또 권하네
(55) 花牋書出不忘記	화전지 펼쳐 내어 불망기39)를 써서 주니
(56) 好約丁寧娘拜跪	좋은 언약 정녕하다 절하고 꿇어앉네
(57) 人間今夕問何夕	인간 세상 오늘 저녁 어떠한 저녁인고40)
(58) 大禹塗山辛壬癸	우임금 도산 맞은 신임계갑 그날이라41)

---

30) 紅燭洞房 : 華燭洞房. 신랑 신부가 첫날밤을 지내는 방.

31) 粧匳 : 몸을 치장하는 데 쓰는 갖가지 물건.

32) 櫛比 : 『일사본』과 『청절서원본』에는 '櫛枇'로 되어 있음. 빗살처럼 줄지어 빽빽하게 늘어서 있음.

33) 爛登盤 : 소반의 일종.

34) 篩 : 『청절서원본』에는 '筐'로 되어 있음.

35) 琉璃畵盞 : 무늬를 넣어 만든 아름다운 유리잔.

36) 瑚珀臺 : 누른빛의 호박으로 만든 물건을 올려놓는 대(그릇).

37) 薑椒 : 생강과 산초.

38) 香蜜餌 : 맛 좋은 藥果. '藥果'는 꿀과 기름을 섞은 밀가루 반죽을 판에 박아서 모양을 낸 후 기름에 지진 과자. 과줄.

39) 不忘記 : 뒷날에 잊지 않기 위하여 적어 놓은 글. 또는 그런 문서. 일반적으로 對者를 '_____ 前不忘記'라고 밝히고, '右不忘記段 _____'으로 시작하여 '告官卞正事'로 끝을 맺음.

40) 今夕問何夕 : "나뭇단 묶자 하니 삼성이 동에 뵈네. 오늘밤은 어떠한 밤이길래 이리도 좋은 사람 만났음이랴. 친구여, 꿈에도 그립던 이여! 이 좋은 당신을 어찌할거나"(綢繆束薪 三星在天 今夕何夕 見此良人 子兮子兮 如此良人何), 『詩經』, 「唐風, 綢繆」. 번역은 이원섭 역해, 『詩經』(현암사, 1976)을 따랐고, 이하 같음.

41) 大禹塗山辛壬癸 : 우임금이 신임년에 塗山에게 장가를 들었고, 계갑년에 아들 啓를 낳음. "塗山禹之妃啓之母. 禹曰 予辛壬娶塗山 癸甲生啓. 啓母者塗山氏長女

(59) 鴛衿栢枕次第鋪　　　원앙이불42) 잣베개43)를 차례로 펴놓고

(60) 繡帶花帷雜絲枲　　　꽃 수놓은 휘장에는 모시 명주 섞였네

(61) 三更釵股撲灯火　　　삼경44)에 비녀 뽑고 등불 끄고 누우니

(62) 楚臺香雲浮夢裡　　　楚襄王의 사랑45)인 양 꿈속을 떠다니네

(63) 吾心蝴蝶繞春花　　　내 마음은 호접인 양 봄꽃을 맴도는 듯46)

(64) 爾意鴛鴦逢綠水　　　네 마음은 원앙이 녹수를 만난 듯47)

(65) 童年風度濶手段　　　나이는 어리지만 풍류48) 속은 활달하여

(66) 欲表深情何物以　　　깊고도 깊은 정을 무엇으로 나타내리

(67) 菱花玉鏡打撥金　　　금으로 아로새긴 마름무늬 옥거울49)

(68) 竹節銀釵倭舘市　　　죽절은비녀50)는 왜관장51)서 산 것일세

　　　也. 夏禹娶以爲妃 旣生啓 夏之興也以塗山 亡也以妹嬉".

42) 鴛衿 : 원앙을 수놓은 이불.

43) 栢枕 : 잣베개. 색색의 헝겊 조각을 조그맣게 고깔로 접어 돌려 가며 꿰매 붙여 마구리의 무늬가 잣 모양으로 되게 만든 베개.

44) 三更 : 밤 11시부터 오전 1시까지의 시간. 丙夜.

45) 楚臺香雲 : 朝雲暮雨. 남녀간의 육체적 사랑을 말함. "昔者楚襄王與宋玉游於雲夢之臺 望高唐之觀 其上獨有雲氣 崒兮直上 忽兮改容 須臾之閒 變化無窮 王問玉曰 此何氣也 玉對曰 所謂朝雲者也 王曰何謂朝雲 玉曰昔者先王嘗遊高唐 怠而晝寢 夢見一婦人 曰妾巫山之女也 爲高唐之客 聞君遊高唐 願薦枕席 王因幸之 去而辭曰 妾在巫山之陽 高丘之岨 旦爲朝雲暮爲行雨 朝朝暮暮陽臺之下 旦朝視之如言 故爲立廟 號曰朝雲", 宋玉, 「高唐賦」.

46) 蝴蝶繞春花 : 花間蝶舞. 나비가 꽃 사이를 춤추며 날아다님. 속담에 '꽃 본 나비'는 남녀 간에 정이 깊어 떨어지지 못하는 즐거움을 비유적으로 이르는 말. 또는 사랑하는 사람을 만나서 기뻐하는 모습을 비유적으로 이르는 말. '蝴蝶'은 호랑나비.

47) 鴛鴦逢綠水 : 『일사본』에는 '元央綠逢水'로 되어 있으나 『청절서원본』을 따름. 속담에 '녹수 갈 제 원앙 가듯'. 둘의 관계가 밀접하여 서로 떨어지지 않음을 비유적으로 이르는 말.

48) 風度 : 風采와 態度, 즉 風流.

49) 菱花玉鏡 : 마름꽃 무늬를 새긴 옥으로 만든 거울.

50) 竹節銀釵 : 머리에 대나무 마디 모양을 새긴 은으로 만든 비녀.

51) 倭舘市 : 왜관장. 조선시대에 倭人들이 묵으며 通商하던 저잣거리. 초기에는 三浦와 서울에 각각 두었는데, 壬申約條로 薺浦에만 두었음. 그후 中宗 36年(1541) 釜山浦로 옮겼다가 다시 肅宗 4年(1678) 草梁으로 옮겼음.

(69) 烏銅鐵柄統營刀	오동철병[52] 은장도는 통영[53]에서 난 것이며
(70) 紫紬雲頭平壤履	자줏빛 운두신발 평양에서 난 것이네[54]
(71) 投之贈之少無惜	주고 또 주어도 아깝지 않지마는
(72) 復恨金錢無億梯	많은 돈 없는 것이 다시금 한이로다
(73) 男兒口情娶前妾	사내아이 구정으로 장가 전에 첩을 얻어
(74) 內衙時時誇伯娣	안채[55]에 들 때마다 누이에게 자랑하네
(75) 長長情緒絡兩身	굽이굽이 깊은 정은 두 몸을 얽어두고
(76) 笑說喬林縈葛藟	웃음과 말소리는 칡넝쿨[56]이 뒤엉킨 듯
(77) 春瓜苦滿北歸期	사또 임기 다하여[57] 한양으로 돌아가니
(78) 此日遽然離別禩	이 날로 갑작스레[58] 이별이 되는구나[59]
(79) 紅樽綠酒不成歡	붉은 동이 좋은 술[60]도 즐겁지 아니하고
(80) 一曲悲歌騰羽徵	한 곡조 슬픈 노래 솟아오를 뿐이네[61]
(81) 長城忍忘葛姬眼	장성의 갈희 눈[62]을 차마 잊으리오
(82) 濟州將留裵將齒	제주에서 배비장이 이빨을 남겼듯이[63]

---

52) 烏銅鐵柄 : 검은 빛 나는 赤銅으로 자루를 만든 칼.

53) 統營刀 : 統營의 特産物인 銀粧刀.

54) 紫紬雲頭平壤履 : 구름무늬를 아로 새긴 여자의 신발. 평양의 특산물인 듯.

55) 內衙 : 조선시대에, 지방 관아에 있던 안채.

56) 喬林縈葛藟 : 나무가 우거진 숲에 엉클어진 칡넝쿨. 喬林 : 키가 큰 나무가 우거진
    숲. 縈葛藟 : "남쪽이라 드리운 가지 칡넝쿨이 휘감기네. 즐거울사 우리 임은 복이
    이를 떠받드네"(南有樛木 葛藟縈之 樂只君子 福履成之),『詩經』,「周南, 樛木」.

57) 春瓜苦滿 : 벼슬의 임기가 끝나는 시기를 이르던 말. 春秋時代 齊의 襄公이 連稱
    과 管至父를 葵丘에 赴任시키는데 마침 오이가 익을 때이므로 다음 해 오이가
    익을 무렵에는 돌아오게 하겠다고 한 말에서 유래. 瓜滿. 瓜年.

58) 遽然 : 깊이 생각할 겨를도 없이 문득.

59) 禩 :『청절서원본』에는 '禩'로 되어 있음.

60) 綠酒 : 美酒. 빛깔과 맛이 좋은 술.

61) 羽徵 : 五音인 宮商角徵羽의 宮과 徵. 여기서는 曲調 또는 노래를 뜻함.

62) 葛姬眼 : 갈희의 눈. 未詳.

63) 裵將齒 : 배비장의 이. 현전하는 배비장전에는 정비장이 애랑과 이별할 때 이빨
    을 빼줌. 18세기 중엽의 배비장전에는 정비장이 등장하지 않고, 이빨도 배비장이

(83) 郎言別恨割肝腸	도령은 이별 한에 애끊는다 말을 하고
(84) 女道深恩銘骨髓	춘향은 깊은 은혜 골수에 새기겠다네
(85) 離筵相慰復相勉	이별하는 자리에서 서로 거듭 위로하니
(86) 爾言琅琅吾側耳	그대의 말소리 내 귓가에 낭랑하네
(87) 今歸洛陽好讀書	이제는 한양64) 가서 부지런히 책을 읽어
(88) 立身明廷終出仕	조정에 입신하여 벼슬길에 오르소서
(89) 玆州太守或不能	이 고을의 태수는 못할지 모르지만
(90) 此道監司猶可擬	이 도의 감사는 기대할 수 있겠지
(91) 分明他日好風吹	분명코 뒷날에 좋은 바람 불어와서
(92) 復墾陳田春草薙	묵은 밭 다시 갈고 봄풀 벨 날 있으리라
(93) 臨分更有惜別意	헤어지는 마당에 다시 이별 애틋하여
(94) 戲談層生南俗俚	희담65)이 자꾸 생겨 남도소리66) 되는구나
(95) 方壺大海涸生塵	동해바다67) 다 말라 먼지가 풀풀 일고
(96) 白頭高山平似砥	백두산 높은 봉이 숫돌처럼 평평하며
(97) 屛風畫鷄拍翼鳴	병풍에 그린 닭이 두 날개 치며 울면
(98) 公子歸船門外艤	님 타고 오시는 배 문 밖에 닿으려나68)
(99) 花樓春日上馬遲	화루의 봄날에 느짓이 말에 올라
(100) 回首蛟龍山碨磊	머리 돌려 바라보니 교룡산69) 우뚝하네70)

빼주는 것으로 되어 있었을 가능성을 시사함.

64) 洛陽 : 중국 河南省 북쪽의 도시로 後漢, 西晉, 北魏, 後唐의 都邑地. 여기서는 漢陽.

65) 戲談 : 웃음거리로 하는 실없는 말.

66) 南俗俚 : 南道의 俗謠. 여기서는 黃鷄詞.

67) 方壺大海 : 동해바다. 方壺는 方丈이라고도 하는데, 三神山의 하나로 동해에 있다고 함. 지리산을 方丈이라고도 함.

68) 方壺大海 … 門外艤 : 「남원고사」의 "도련님 이졔 가시면 언졔나 오시랴 ㅎ오 … 금강산 샹샹봉이 물 미러 빅가 둥둥 씌여 평지되거든 오랴시오 병풍의 그린 황계 두 나릭를 둥덩 치고 수오경 느즌 후이 날싀라고 쇠의요 울거든 오랴시오" 참고.

(101) 征鞭不促北去路	한양으로 오르는 길 재촉치 아니 하고
(102) 歎息斜陽踰瑟峙	석양[71]에 탄식하며 슬치고개[72] 넘어가네
(103) 惘然歸坐洛中宅	한양 집에 돌아 와 넋을 놓고 앉아서
(104) 注目南天窓每闢	남녘 하늘 보느라고 번번이 창문 여네
(105) 音容黯黯斗峙雲	님 목소리 님 얼굴은 두치[73] 구름처럼 아득하고
(106) 書信茫茫漢江鯉	서신은 한강의 잉어[74]처럼 망망하네
(107) 紅閨後約恐或晩	님과 맺은 훗기약[75] 혹여나 늦을세라
(108) 每日長安開墨壘	날마다 한양에서 문방사우 벌여놓네
(109) 風騷句裡問宋玉	風雅 離騷[76] 속뜻은 宋玉[77]에게 물어보고
(110) 史記篇中談李悝	사기 편의 내용은 李悝[78]와 의논하네

---

69) 蛟龍山 : 남원시에 우뚝 솟은 독립된 산으로 주봉인 밀덕봉(518m)과 남쪽의 복덕봉이 같은 높이로 맞서 있음. "蛟龍山在府西七里 北有密德福德兩峰 撑天峽岏", 『新增東國輿地勝覽』.

70) 碨礧 : 바위나 산 등의 험한 모양.

71) 斜陽 : 夕陽.

72) 瑟峙 : 슬치고개. 전북 임실군 관촌면 슬치리에 있는 고개. 옛날에 도인이 비파를 뜯으며 고개를 넘어왔다 하여 비파슬, 고개치, 슬치라고도 부름.

73) 斗峙 : 말치. 전북 임실군 임실읍 대곡리 하실에 있는 고개. 〈장자백 춘향가〉의 "임실 읍닉가 여긔로다 말치직를 넘어셔셔 미쵸릭이을 도라든이 예서붓텀 남원 쌍이라"에 말치재(두치)가 보임.

74) 鯉 : 書信. 鯉素. 옛날 사람이 먼 곳에 두 마리의 잉어를 보냈는데, 그 배 안에서 편지가 나왔다는 데서 유래한 말. "客從遠方來 遺我雙鯉魚 呼童烹鯉魚 中有尺素書 長跪讀素書 書中意何如 上有加餐食 下有長相憶", 『古樂府』, 「飮馬長城窟行」. "雁封歸飛斷 鯉素還流絶", 孔範, 「樂府」. *漢江鯉 : 막연한 일을 어느 세월에 기다리고 있겠냐는 뜻의 속담 '한강에 그물 놓기' 참고.

75) 紅閨後約 : 사랑하는 남녀가 이별시에 뒷날 다시 만날 것을 기약한 약속. '紅閨'는 여인이 거처하는, 화려하게 꾸민 방.

76) 風騷 : 風雅와 離騷. 風은 『詩經』의 「國風」, 騷는 屈原의 「離騷」가 유명함.

77) 宋玉 : 전국시대 초나라 사람. 屈原의 제자로 문장을 좋아했고, 賦로 명성을 얻었음. 「九辯」을 지어 굴원의 뜻을 서술하면서 슬퍼했음. "戰國楚人 屈原弟子 官楚大夫 憫屈原放逐 作九辯 又作招魂·風賦·高唐賦·女神賦·登徒子好色賦 詞態巧麗 開漢魏六朝靡麗之風", 『中文大辭典』.

78) 李悝 : 전국시대 魏나라 사람. 文侯를 섬겨 토지의 생산력을 다하는 방법을 세우

(111) 春塘二月謁聖科　　　　춘당대[79] 알성과[80] 이월에 열리니

(112) 身作龍門九級鮪　　　　용문[81]의 아홉 굽이[82] 오르려는 물고기네

(113) 東坡文體右軍筆　　　　소동파[83] 문체요 왕희지[84] 필법으로

(114) 一天先場呈試紙　　　　제일 먼저 글을 지어 시지를 올리네[85]

(115) 文臣及第壯元郞　　　　문과에 급제[86]하여 장원[87]에 오르니

(116) 御酒恩花榮莫比　　　　어사주와 어사화[88] 영광도 그지없다

(117) 香名藉藉翰林召　　　　향명이 자자하여 한림[89]으로 부르시니

고, 또 平糴法(미곡 값을 조절하는 법)을 창안하여 나라를 부강하게 하였으며,
形名學의 鼻祖로 중국 형법전의 모법인 『法經』 6편을 편찬하였음. 『前漢書』(卷
24, 上). "戰國魏人 一作里悝 作盡地力之敎 又創平糴法 以爲糴甚傷農 使糴者 以
歲熟之上中下爲衡 取有餘補不足 故誰過 饑饉水旱 糴不貴而民不散 行之魏國 國
以富强", 『中文大辭典』.

79) 春塘 : 春塘臺. 창경궁 안에 있는 臺.

80) 謁聖科 : 임금이 文廟에 參拜한 뒤 성균관에서 보이던 과거.

81) 龍門 : 중국 黃河江 중류에 있는 여울목. 잉어가 이곳을 뛰어오르면 용이 된다고
전함. *登龍門 : 龍門에 오른다는 뜻으로, 어려운 관문을 통과하여 크게 출세하게
됨. 또는 그 관문을 이르는 말. 잉어가 중국 황하강 상류의 급류인 용문을 오르면
용이 된다는 전설에서 유래. "河津一名龍門 水險不通 魚鼈之屬莫能上 江海大魚
薄集龍門之下數千 不得上 上則爲龍也".

82) 九級 : 제1품에서 9품에 이르는 관리의 등급을 말함. *'九級門'은 官路를 뜻함.
"쌍금처럼 중한 재질도 없이 구급의 문 올라선 내 모습이 부끄럽소"(媿乏雙金重
叩登九級門), 『谿谷先生集』(제28권), 「次正使遊漢江韻」.

83) 東坡 : 蘇軾. 중국 北宋의 文人. 字는 子瞻, 號는 東坡. 아버지 洵, 아우 轍과 더불
어 三蘇라고 불리는 唐宋八大家의 한 사람. 「赤壁賦」가 유명하며 書畵에도 능하
였음.

84) 右軍 : 王羲之. 중국 東晉의 書藝家. 字는 逸小. 품위 있는 書風으로 일찍부터
書聖으로 추앙받았으며, 元帝에 벼슬하여 右軍將軍이 되었음.

85) 一天先場 : 文科科擧에서 제일 먼저 試紙를 내는 것.

86) 及第 : 과거에 합격함. "及第之第卽次第之義也 中格者以次第入仕 故曰及第", 李
瀷, 『星湖僿說』.

87) 壯元郞 : 科擧의 甲科에 壯元으로 급제한 사람. 魁榜. 壯元은 과거에서, 갑과의
첫째로 뽑히던 일.

88) 御酒恩花 : 御賜酒와 御賜花. 임금이 급제자에게 내리는 술과 종이꽃.

89) 翰林 : 藝文館 檢閱을 달리 이르던 말.

(118) 敎坊群娥歌學士　　　교방90)의 뭇 기생들 한림학사 칭송하네

(119) 芸臺華職拜正字　　　교서관91) 좋은 직책 정자92)를 받자옵고

(120) 玉署淸班登校理　　　홍문관93) 청렴 반열94) 교리95)에 올랐네

(121) 平生所願輒如意　　　평생에 원하던 바 뜻대로 이루어져

(122) 特除湖南新御史　　　호남의 새 어사로 특별히 제수하네

(123) 延英殿下肅拜歸　　　연영전 아래에서 숙배96)하고 돌아와

(124) 敦化門前啓行李　　　돈화문97) 앞에서 행장98)을 차리네

(125) 征驂躍出罷漏頭　　　파루99)를 치자마자 말을 몰아 내다르니100)

(126) 此去南州幾百里　　　예서부터 남원까지 몇 백 리가 되는가

(127) 陽城稷山短長亭　　　안성101) 직산102) 단장정103) 두루 거쳐

(128) 孝浦恩津深淺涘　　　효포104)와 은진105)의 얕고 깊은 물 건너네

---

90) 敎坊 : 掌樂院의 左坊과 右坊을 아울러 이름. 左坊은 雅樂을 右坊은 俗樂을 맡
　　았음.

91) 芸臺 : 校書館을 달리 이르던 말. 교서관은 經書 印行, 香祝, 印篆 등을 맡은
　　관아.

92) 正字 : 弘文館, 承文院, 校書館 등의 正九品 벼슬.

93) 玉署 : 弘文館을 달리 이르던 말.

94) 淸班 : 淸官. 文名과 淸望이 있는 淸白吏라는 의미에서 홍문관의 벼슬아치를 일컫
　　는 말.

95) 校理 : 文翰을 맡아보던 홍문관의 正五品, 교서관, 승문원의 從五品 벼슬.

96) 肅拜 : 서울을 떠나 任地로 向發하는 官員이 임금에게 작별을 아뢰는 일.

97) 敦化門 : 창덕궁의 정문.

98) 行李 : 行裝. 여행할 때 지니거나 차리는 제구.

99) 罷漏 : 五更三點에 큰 쇠북을 33번 치던 일. 서울 도성 안에서 人定 이후 야간
　　통행을 금했다가 새벽이 되어 통행을 풀 때에 치던 신호.

100) 征驂 : 옛날의 마차는 네 필의 말이 끄는데, 안쪽의 左右馬를 服이라고 하고 바
　　깥쪽의 左右馬는 驂이라고 함.

101) 陽城 : 경기도 안성의 옛 지명.

102) 稷山 : 충남 천안군 직산면.

103) 短長亭 : 短亭과 長亭. 5리마다 단정을 설치하고 10리마다 장정을 설치함.

104) 孝浦 : 『청절서원본』에는 '草浦'로 되어 있음. 효포는 충남 공주시 신기동에서
　　가장 큰 마을로 효자향덕비가 있고 향덕이가 살던 고장이라 하여 효포라 하고,

(129) 完山客舍一宵枕	전주감영 객사에서 하룻밤을 묵으니
(130) 念外靑蛾幾羅綺	뜻밖에 고운님106)은 羅綺107)를 만나리
(131) 公中得私此行色	공무 중에 사삿일 보려는 이내 행색108)
(132) 地漸南時人漸邇	남원 점점 가까우니 님도 점점 가깝구나
(133) 呼船急渡烏院溪	배를 불러 오원천109) 서둘러 건너고
(134) 喚酒忙過獒樹坻	한 잔 술로 목축이고 오수역110) 바삐 지나네
(135) 潛行弊衣等范叔	헤진 옷에 잠행하니 범수111)와 한가지라
(136) 陸路無車山着欔	육로에는 수레 없고 산에는 나막신 신네
(137) 官門消息問來人	오가는 사람에게 관문 소식 물어보니

孝家里, 孝溪, 소개라고도 함. 「완판 84장본」의 "공주 금강을 건네 금영의 중와 ㅎ고 놉푼 힝질 소기문 어미널틔 정천의 숙소ㅎ고 뇌셩 풋기 사다리 은진 간치 당이 황화정 장의고기 여산읍의 숙소 참ㅎ고" 참고. *草浦는 충남 논산시 광석면 항월리에 있는 지명. 풋개.

105) 恩津 : 충남 논산 서남부의 면.

106) 靑蛾 : 누에나비의 푸른 촉수와 같이 푸르고 아름다운 눈썹이라는 뜻으로, 美人을 비유적으로 이르는 말. "紅粉靑蛾暎楚雲 桃花馬上石榴帬", 杜審言, 「戲贈趙使君美人」.

107) 羅綺 : 明나라 滋州人. 宣德進士. 授御史有能名 正統中擢大理右寺丞. 參贊寧夏軍務 以忤王振謫戌遼東 景帝立 復官進右少卿. 使瓦剌 上皇還 以勞擢刑部左侍郎 尋鎭守松潘 累有破賊功 在鎭七年 威名甚震 天順初名召爲左副都御史 復忤石享坐貶. 『中文大辭典』.

108) 行色 : 겉으로 드러나는 차림이나 태도.

109) 烏院溪 : 『일사본』과 『청절서원본』에는 '五院溪'로 되어 있음. 烏院川. 또는 烏原川, 烏院江. 현 전북 임실군 관촌면에 있는 내. '烏院'은 烏原院으로 현 전북 임실군 관촌면 관촌리에 있었음.

110) 獒樹坻 : 오수역. 현 전북 임실군 오수면 오수리. 남원도호부 북쪽 40리에 있었음. "在府北四十里", 『신증동국여지승람』.

111) 范叔 : 『일사본』과 『청절서원본』에는 '范叔'으로 되어 있음. 范睢. 전국시대의 魏나라 사람으로 須賈의 고자질로 매를 맞고 秦으로 망명하여 뒤에 진의 재상이 되었음. 뒤에 須賈가 진에 오자 범수는 복수할 마음을 갖고 일부러 한미한 차림으로 변장을 하고 須賈를 만났는데, 須賈는 그의 한미한 모습을 보고 측은한 생각이 들어 두꺼운 옷 한 벌을 그에게 주었고, 그로 인하여 범수도 須賈를 달리 대하였다고 함. 『史記列傳』, 「范睢蔡澤列傳」.

(138) 有一田翁閑負耟　　어떤 농부 한가로이 쟁기질을 하면서

(139) 新官城主太狂妄　　새로 온 고을사또 미친 듯이 망령되어[112]

(140) 其也佳人蟄萬死　　아리따운 그 아가씨 살아남기 어렵다오[113]

(141) 貞心守節以爲罪　　곧은 마음 수절함이 무슨 죄가 된다고

(142) 一月官庭三次筳　　한 달 동안 관정에서 세 차례나 매 맞았소

(143) 緣誰將作獄中鬼　　어느 뉘와 인연으로 옥중 귀신 돼야 하나

(144) 可憎當年總角氏　　그때의 총각 놈 괘씸하고 얄밉구려

(145) 推之一事可知十　　한 가지로 미뤄보면 열 가지를 아는 법

(146) 闔境之民同有庫　　남원고을 모든 사람[114] 하나같이 욕한다오

(147) 輪囷我膽强自制　　속 넓은[115] 내 마음[116]도 참기가 어려운데

(148) 睍視月梅心暗訾　　월매[117]는 눈 흘기며 원망 꽤나 했겠구나

(149) 花間柳邊路已慣　　꽃 사이 버들길은 눈에 익은 옛길이고

(150) 先訪粧閨舊基址　　옛집을 찾아가서 곱던 규방 먼저 찾네

(151) 紗窓粉壁若箇邊　　아름답던 춘향 방[118]은 어디쯤[119]에 있었던고

(152) 喚出阿娘老阿嬰　　춘향[120]의 늙은 어미[121] 월매를 불러내네

(153) 棲遑蹤跡使人侮　　초라한[122] 행색은 수모 당키 십상이라

---

112) 狂妄 : 미친 사람처럼 아주 망령됨.

113) 萬死 : 아무리 하여도 목숨을 구할 수 없음.

114) 闔境 : 지경 안의 모두.

115) 輪囷 : 높고 큰 모양.

116) 我膽 : 『청절서원본』에는 '我膽'으로 되어 있음.

117) 月梅 : 『일사본』에는 '官梅'로 되어 있으나 『청절서원본』을 따름. '官梅'는 官妓 月梅의 뜻인 듯.

118) 紗窓粉壁 : 하얗게 꾸민 벽과 비단으로 바른 창이란 뜻으로 여자가 거처하는 아름다운 방.

119) 若箇 : 어디. 어느 곳.

120) 阿娘 : 그 처녀.

121) 老阿嬰 : 늙은 어머니. '阿嬰'는 어머니. 『일사본』에는 '老阿彌'로 되어 있으나 『청절서원본』을 따름.

122) 棲遑 : 거처할 곳을 정할 여가가 없음. 몸 붙여 살 곳이 없음.

(154) 老婦尖脣如鳥觜   삐쭉한 월매 입이 새부리 같구나

(155) 空然愛女納圜扉   까닭 없이[123] 귀한 내 딸 옥중[124]에 갇혔으니

(156) 到此無人共瀡滖   이 지경이 되고 나니 돌봐줄[125] 이 하나 없네

(157) 蕭條數口不自糊   쓸쓸히도[126] 두어 식구 풀칠마저 어려워서

(158) 或向隣家掃糠粃   이웃집의 겨, 쭉정이[127] 쓸어다 먹었다오

(159) 奇祥泣說虺蛇夢   상서롭던[128] 훼사몽[129]을 흐느끼며 말하니

(160) 至情難堪牛犢砥   지극한 자식 사랑[130] 감당키 어렵구나

(161) 聞來不覺鼻孔酸   듣고 나니 모르는 새 콧등이 시큰하니[131]

(162) 是誰之愆吾所使   이것이 뉘 허물고 나로 인한 것이로세

(163) 無情有情獄門外   무정이야 유정이야 옥문 밖으로

(164) 相面今宵第往矣   오늘 밤에 만나 보러 옥으로 가네

(165) 鶉衣鶡冠一乞人   해진 옷[132]에 떨어진 갓[133] 어떤 걸인 하나가

(166) 局束長腰行骫骳   졸라 맨 긴 허리를 구부정히 숙이고[134]

---

123) 空然 : 『일사본』과 『청절서원본』에는 '公然'으로 되어 있음. 아무 까닭이나 실속
　　　이 없게. * '公然히'는 세상에서 다 알 만큼 뚜렷하고 떳떳하게의 뜻.

124) 圜扉 : 감옥의 문짝 즉 감옥을 이름.

125) 瀡滖 : 고대 요리법의 일종으로, 녹말을 음식물에 섞어 부드럽고 걸쭉하게 하여
　　　만든 음식. 또는 맛있는 음식을 드리는 것.

126) 蕭條 : 쓸쓸한 모양. "山蕭條而無獸兮", 「楚辭」.

127) 糠粃 : 겨와 쭉정이로, 보잘것없는 먹이.

128) 奇祥 : 기이하고 상서로운.

129) 虺蛇夢 : 살모사나 이무기의 꿈을 꿈. 즉 살모사나 뱀이 음성이라 하여 여아를
　　　낳을 태몽으로 여김.

130) 牛犢砥 : 늙은 소가 송아지를 핥아서 사랑한다는 뜻으로 제 자식을 사랑하는
　　　것을 비유하는 말. "彪子修 爲曹操所殺 操見彪問曰 公何瘦之甚 對曰愧無日磾先
　　　見之明 猶懷老牛舐犢之愛 操爲之改容", 『後漢書』, 「楊彪傳」.

131) 鼻孔酸 : 콧구멍이 시리다는 뜻으로 매우 비통함을 비유한 말. "寒心酸鼻", 宋玉.

132) 鶉衣 : 메추라기의 옷차림이라는 뜻으로, 군데군데 기운 옷. 또는 낡은 옷을 이르는
　　　말.

133) 鶡冠 : 鶡이라는 새의 깃으로 만든 모자. 산 속에 사는 사람이 썼다 하여 隱士나
　　　賤人의 모자를 일컫는데, 漢代에는 武官이 쓰기도 하였음.

134) 骫骳 : 구부러짐. 文勢에 曲折이 많음.

(167)	徘徊門隙喚春香	옥문 밖을 배회하다 춘향을 불러내서
(168)	對立黃昏慘玉指	황혼녘에 마주 보고 고운 손[135]을 잡는구나
(169)	凄凉身世爾何故	처량한 네 신세 어찌된 까닭이냐
(170)	落魄行裝吾亦恥	초라한[136] 이내 행색 나도 또한 부끄럽다
(171)	娉婷弱質只存殼	아리땁고 연약한[137] 몸 살가죽만 남았고
(172)	玉膚花貌如彼毀	흰 살결 고운 얼굴 이다지도 상했는가
(173)	千悲萬恨臆先塞	천만 가지 회한으로 가슴 먼저 미어지니
(174)	夫復何言時運否	무슨 말을 하겠는가 시운이 막힌 것을
(175)	搖搖病體依三木	비틀비틀[138] 병든 몸을 삼목[139]에 의지하고
(176)	泣說中間事終始	눈물을 흘리면서 자초지종 말을 하네
(177)	郎君去後小妾願	서방님 떠나신 후 소첩이 바라기는
(178)	富貴南還日夜俟	부귀하여 돌아오길 밤낮으로 기다렸소
(179)	紅氈明月宰相門	붉은 담요[140] 밝은 달밤 재상의 집에서
(180)	食肉終身吾亦恃	종신토록 부귀영화[141] 나 역시 믿었다오
(181)	前生作何至重罪	전생에 지은 죄가 그 얼마나 크기에
(182)	百殃纏身無一祉	온갖 재앙 몸을 얽어 복이라곤 하나 없네
(183)	如君才器此世界	이 세상에 낭군 같은 재주와 그릇으로
(184)	弊袍南來實不揣	누더기로 오실 줄 진정으로 내 몰랐소
(185)	華冠麗服倘無分	사모관대 비단 옷은 분수에 넘치던가

---

135) 玉指 : 옥같이 아름다운 손가락이라는 뜻으로, 천자나 귀인의 손가락이나 미인
　　의 손가락을 이르는 말.

136) 落魄 : 현달하지 못하여 곤궁한 처지에 놓임.

137) 娉婷 : 연약하고 아리따운 모양.

138) 搖搖 : 의지할 데가 없어서 불안한 모양. '요요하다'는 자꾸 흔들리다, 또는 자꾸
　　흔들다는 뜻.

139) 三木 : 죄인의 목·손·발에 각각 채우던 세 가지 刑具. 칼, 수갑, 차꼬를 이름.

140) 紅氈 : 붉은 빛깔의 모직물. 또는 붉은 담요.

141) 食肉 : 고기를 먹음 곧 부귀를 뜻함. "駕車食肉人爭羨", 食肉之祿. 食肉相.

(186) 百結鶉衫半泥滓　　조각조각 꿰맨 적삼 반 너머 흙투성이[142]

(187) 誰令無罪致死地　　어느 누가 무죄한 날 죽을 지경 되게 했나

(188) 卽今官司只貪鄙　　지금의 남원부사 탐욕하고 비루하오

(189) 刕民俱被剝膚患　　백성들은 모두 다 살가죽이 벗겨지니

(190) 廉恥渾忘飾簠簋　　염치라곤 전혀 없는 탐관오리[143] 분명하오

(191) 張湯後身木强人　　장탕[144]의 후신인지 억지 센 그 놈들[145]

(192) 鍛鍊規模等鑪錘　　단련[146]된 규모는 鑪錘[147]와 같았다오

(193) 人情全沒對獄時　　옥사를 처리할 땐 인정이란 전혀 없고

(194) 殘忍其心若豺兕　　잔인한 그 심보는 승냥이[148] 같았다오

(195) 居然生慾有夫女　　슬그머니[149] 유부녀에 욕심을 내어서는

(196) 白日風稜肆姦宄　　백일 같은 위력[150]으로 간악[151]하게 굴었다오

---

142) 泥滓 : 진흙과 찌꺼기라는 뜻으로 천하고 낮은 지위를 비유하는 말. "或被髮左
衽奮迅泥滓", 潘岳, 「西征賦」.

143) 飾簠簋 : 簠簋不飾, 簠簋不飭. 옛날에 관원이 청렴하지 못하여 뇌물을 받는 등
貪汚罪를 범했을 경우에, 제기를 정결하게 간수하지 못했다는 뜻으로 그 죄를
직설적으로 언급하지 않고 완곡하게 표현한 말.(『孔子家語』, 「五刑」). "古者大
臣有坐不廉廢者不謂不廉曰 簠簋不飾", 賈誼, 「治安策」. "謂貪汙曰 簠簋不飾", 『
書言故事』, 「貪汙類」. '보궤'는 제사 때 사용하는 제기의 일종으로 기장과 피를
담는 그릇인 네모진 보와 둥근 궤.

144) 張湯 : 漢武帝 때의 법관. 옥사를 다스리는 데 있어 법조문을 매우 각박하게
적용하였음. 어렸을 때 쥐가 고기를 훔쳐 먹는 것을 보고 그것을 들어 쥐를
탄핵하여 심문한 문서를 갖추어 論罪하고, 쥐를 堂 아래에서 찢어 죽였는데,
그 文辭가 매우 노련하여 獄吏와 같았고, 이 일에서 鼠獄이란 말이 생겼음. 뒤
에 太中大夫가 되자 과연 옥을 다스림에 있어 매우 刻酷하였음. 『史記』(卷122),
「張湯傳」.

145) 木强人 : 억지가 세고 만만치 않은 사람.

146) 鍛鍊 : 쇠붙이를 불에 달군 후 두드려서 단단하게 함.

147) 鑪錘 : '鑪'는 화로. 또는 풀무. '錘'는 마치, 달군 쇠붙이를 두드려 물건을 만드는
연장.

148) 豺兕 : 승냥이와 외뿔 난 들소.

149) 居然 : 모르는 사이에 슬그머니.

150) 風稜 : 風力, 사람의 위력.

151) 姦宄 : 악독하고 간사함.

(197) 嚴威莫奪匹婦節   지엄한 위세로도 필부 절개 못 꺾으니

(198) 憤氣撑腸雙掌抵   분기가 북받쳐서 손바닥을 땅땅 치고

(199) 如霜號令乳虎吼   추상같은 호령소리 어미 범152)이 울부짖듯

(200) 彷彿盲人足踐屎   부산하기 장님이 똥 밟은 것 같았다오153)

(201) 蜂飛邏卒袒裼來   벌떼 같은 나졸들154) 웃통 벗고155) 달려들어

(202) 無數中庭鴈鶩峙   관정 뜰 가운데 기러기떼처럼 늘어섰네

(203) 三稜棍朴積如山   삼릉장156)과 곤장157)은 산더미처럼 쌓여 있고

(204) 檢杖聲中魂已褫   매를 치며 세는 소리158) 정신 잃고 말았다오

(205) 柔皮軟骨暫時碎   연한 살결 약한 뼈는 잠깐 사이 부서지고

(206) 滿脛瘡痕皆黑痕   다리에는 상처마다 검은 피멍 들었다오

(207) 梅樽日醉五斗酒   매화주 다섯 말에 대낮부터 취해서는

(208) 輒曰加刑不知止   갑자기 매우 쳐라 그칠 줄 몰랐다오

(209) 羅裳染盡杖頭血   곤장 맞아 흘린 피에 비단치마159) 물들었고

---

152) 乳虎 : 새끼 가진 범. 이때 성질이 가장 사나움.

153) 盲人足踐屎 : 맹인이 똥을 밟은 뒤 벌어지는 부산한 행동. 「남원고사」의 "외촌
허봉ᄉ가 … 거느러서려 쯧늬다가 물근 쏭을 드듸고 밋그러져 안셩장의 풀 솟
아지쳐로 뒤쳐지며 철버덕거려 니러날 졔 두 손으로 쏭을 집허 왕심어미 풋나
믈 쥐무ᄅ듯 왼통 쥐무ᄅ고 니러셔서 쑤릴 젹의 옥 모통이 돌쌓이의 작근ᄒ고
부듸치니 말이 못된 네로고나 쏭 무든 줄 젼혀 잇고 입에 너허 손을 불 졔 구린
늬가 촉비ᄒ니 어픠 구려 어늬 년셕이 쏭을 누엇ᄂ고 세벌 뻐근 쏭늬로다"참
고.

154) 邏卒 : 포도청의 하급 병사. 자기가 맡은 구역 안의 순찰과 죄인을 체포하는
일을 맡았음.

155) 袒裼 : 웃옷을 벗어서 맨몸을 드러내는 것으로, 예의가 없음을 뜻함.

156) 三稜 : 삼릉장. 죄인을 때리는 데 쓰던 세모진 방망이.

157) 棍朴 : 곤장. 죄인을 때리는 데 사용하던 형구의 하나. 버드나무로 넓적하고 길
게 만들어 도둑이나 軍律을 어긴 죄인의 볼기를 치는 것으로 治盜棍, 重棍, 大
棍, 中棍, 小棍의 다섯 가지가 있었음.

158) 檢杖聲 : 검장소리. 때리는 수를 세는 소리. 활 같은 것에 나무패를 꿰어 하나하
나 세어감.

159) 羅裳 : 얇고 가벼운 비단으로 만든 치마.

(210) 暑月虫蛆生股脾　　　여름이라 허벅지엔 구더기도 슬었다오

(211) 生於娼妓賤微地　　　창기로 태어난 미천한 몸이지만

(212) 非昧褰裳涉溱洧　　　치마 걷고 강 건널 만큼[160) 어리석잖소

(213) 方知烈女不更二　　　열녀는 불경이부 절개를 알고 있어

(214) 許身當初以死矢　　　당초에 허신할 때 죽음으로 맹세했소

(215) 投身湯鑊尚且丹　　　끓는 솥[161)에 던진대도 일편단심뿐이리니

(216) 本性難回柳與杞　　　본성을 바꾸기는 柳杞처럼 어렵다오[162)

(217) 村盲昨訊夜來夢　　　어젯밤 맹인 불러[163) 해몽을 하였는데

(218) 天命無常云顧諟　　　천명이 무상하니 굽어살피시옵소서

(219) 粧臺鏡破豈無聲　　　경대[164) 거울 깨어지니 소리 어찌 없으리오

(220) 庭樹花飛應結子　　　정원수 꽃이 지니 응당 열매 맺으리라

(221) 朝鮮通寶擲錢占　　　조선통보 훌쩍 던져 돈점[165)을 치면서

(222) 伏乞神明昭示俾　　　신명님께 비옵나니 소상히 알려 주소[166)

---

160) 褰裳涉溱洧 : 여인의 적극적인 애정 추구를 가리키는 말임. "당신이 사랑해 주
    신다면은 치마 걷고 진수라도 건너가지만 조금도 나를 생각 안 한다면야 다른
    좋은 사람은 없을 줄 알구? 입살머리 밉살스러운 사람! 당신이 사랑해 주신다면
    은 치마 걷고 유수라도 건너가지만 조금도 나를 생각 안 한다면야 다른 좋은
    사람은 없을 줄 알구? 입살머리 밉살스러운 사람!"(子惠思我 褰裳涉溱 子不我思
    豈無他士 狂童之狂也且 子惠思我 褰裳涉洧 子不我思 豈無他士 狂童之狂也且),
    『詩經』,「鄭風, 褰裳」. 溱水와 洧水는 潁川水를 이루는 支流.

161) 湯鑊 : 물이 펄펄 끓는 가마솥.

162) 本性難回柳與杞 : "告子曰 猶杞柳也 義猶桮棬也 以人性爲仁義猶以杞柳爲桮棬
    孟子曰 子能順杞柳之性而以爲桮棬乎 將戕　賊杞柳而後 以爲桮棬也 如將戕賊
    杞柳而以爲桮棬　則亦將戕賊人　以爲仁義與　率天下之人而禍仁義者必子之言
    夫",『孟子』,「告子上」.

163) 訊 :『일사본』과 『청절서원본』에는 '迅'으로 되어 있음.

164) 粧臺 : 화장대. 거울이 달리고 서랍이 있어 온갖 화장품을 올려놓거나 넣어 둠.

165) 擲錢占 : 돈점. 六爻占, 中筮占이라고도 함. 表裏가 있는 엽전 3개를 6회 던져서
    그 드러나는 표리에 따라 吉凶禍福을 판단하는 역점법의 일종.

166) 伏乞神明昭示俾 : 점을 칠 때 하는 占卜辭의 끝부분. 엎드려 밝은 귀신께 비옵
    나니 삼가 감추지 말고 밝게 알려주십시오. 점복사는 보통 "天下言哉시며 地下
    言哉시리오마는 告之則應하나니 感而遂通하소서 -중략- 伏乞神明은 勿秘昭示

(223)	重天乾卦動靑龍	중천건괘[167] 동청룡[168] 점괘 나오니
(224)	貴人相逢云可企	귀인을 상봉할 것이라고 하더이다
(225)	浮雲千里遠外郞	천리 밖의 구름같이 멀리 있던 낭군께서
(226)	不意今來逢尺咫	뜻밖에 지금 오셔 지척에서 만나 보니
(227)	身今溘死更何恨	이 몸이야 지금 죽어 무슨 한이 있으리
(228)	如服良劑痊宿痞	좋은 약[169] 먹은 듯이 묵은 병 다 나았네
(229)	間關行路得無飢	험난한[170] 행로에 배는 곯지 않았나요
(230)	且留吾家歸莫駛	우리 집에 머물며 돌아갈 길 재촉 마오
(231)	輕花寶裙置諸篋	꽃무늬 비단 치마 상자 속에 들었으며
(232)	蘇合香囊藏在匭	소합향[171] 주머니는 궤 안에 두었으니
(233)	呼吾老母向市賣	내 어미 불러다가 시장에 내다 팔아
(234)	一飯宜炊廚下錡	한 끼 밥이라도 지어 달라 하옵소서
(235)	明朝本府壽宴開	내일 아침 본관사또 생일잔치 벌어지면
(236)	醉後狂心應不罷	술 취한 후 미친 마음 그냥 두지 않으리니
(237)	如將瘡上復加杖	상처 위에 또다시 곤장을 내리치면
(238)	此身分明塵土委	이 몸은 분명코 진토에 버려질 터
(239)	須從拿路護我械	끌려가는 길을 좇아 칼머리나 들어주고
(240)	一番生前頭角掎	살아생전 한 번이나 머리채 거둬주오[172]

하옵소서"라고 함.

167) 重天乾卦 : 육십사괘의 하나. 곧, ☰이 상하로 겹쳐진 것(乾下, 乾上). 剛健不息의 象. 「장자백 춘향가」의 '卦名은 重天乾이 初爻는 統天品卦라. 六龍御天하니 膽大包容之像이요 南山虎出하니 夜渡漢江水라. 拜府君鄰者하니 手執生殺權이라' 참고.

168) 靑龍 : 擲錢占에서 六獸의 하나. 육수는 靑龍, 朱雀, 句陳, 螣蛇, 白虎, 玄武의 여섯 종.

169) 良劑 : 효험 있는 좋은 약재.

170) 間關 : 길이 험함.

171) 蘇合香 : 약용, 향료로 쓰이는 조록나무과에 딸린 갈잎 큰키나무.

172) 角掎 : 뿔을 잡아당기고 다리를 잡아끌어 쓰러뜨림. 앞뒤에서 적을 제어 함.

(241) 初終斂襲以郎手　　초종장례[173] 염습[174]은 낭군 손수 하여주고
(242) 埋骨荒原爲作誄　　거친 들에 뼈를 묻고 뇌사[175]나 지어 주오
(243) 剛腸自以丈夫許　　스스로 철석간장[176] 장부라고 여겼는데
(244) 聽此不覺胸如燬　　이 말 듣자 모르는 새 가슴에 불이 이네
(245) 心中切齒黑倅罪　　속으로 이를 갈며[177] 사또 죄상 헤아리며
(246) 封庫來朝可擠彼　　내일 아침 봉고파직[178] 다스릴 작정하네
(247) 娘家是夜伴燈宿　　이날 밤 춘향 집에 등불 짝해 누웠으니
(248) 蕭瑟虫聲壁間蟢　　쓸쓸한[179] 벌레 소리 벽 사이에 나는구나
(249) 天明府庭果開宴　　날이 밝자[180] 관청 뜰에 잔치판이 벌어져
(250) 紅紬黃衫萬舞仳　　붉은 명주 노란 적삼 온갖 춤 어지럽네[181]
(251) 腥鱗白膾蓼川魚　　싱싱한[182] 흰 회는 요천의 은어요[183]
(252) 珍果紅登燕谷柿　　진기한 과일로는 붉게 익은 연곡감[184]
(253) 牋花簇簇八蓮開　　화전지를 오려서[185] 연꽃을 만들었고

173) 初終 : 초상이 난 뒤부터 졸곡까지 치르는 온갖 일이나 예식.
174) 斂襲 : 죽은 사람의 몸을 씻긴 다음 수의를 입히고 殮布로 묶는 일.
175) 誄 : 誄詞. 죽은 사람의 살았을 때 공덕을 칭송하며 문상하는 말.
176) 剛腸 : 굳센 창자라는 뜻으로, 굳세고 굽히지 않는 마음을 비유적으로 이르는
　　　 말.
177) 切齒 : 切齒腐心. 몹시 분하여 이를 갈며 속을 썩임.
178) 封庫 : 封庫罷職. 어사나 감사가 부정이 많은 원을 파면시키고, 관가의 창고를
　　　 잠그던 일.
179) 蕭瑟 : 가을바람이 으스스하고 쓸쓸함.
180) 天明 : 날이 밝음.
181) 萬舞仳 : 『청절서원본』에는 '萬舞比'로 되어 있음.
182) 腥鱗 : 비린 내 나는 물고기.
183) 蓼川魚 : 蓼川에서 잡은 銀口魚(은어). 『南原邑誌』, 「物産」에 "蜂蜜 胡桃 柿 楮
　　　 石榴 銀口魚 竹箭"이 있음. '蓼川'은 광한루 앞을 흐르는 내. "蓼川 在府東南一里
　　　 川中有巖形如牛故名牛巖", 『龍城誌』.
184) 燕谷柿 : 『일사본』과 『청절서원본』에는 '燕谷市'로 되어 있음. 燕谷에서 나는 특
　　　 산물인 감. 燕谷은 全南 求禮郡 土旨面의 지명으로 현 燕谷寺 일대. "物産 蜂蜜
　　　 胡桃 柿 楮 石榴 銀口魚 竹箭", 『남원읍지』.
185) 簇簇 : 빽빽하게 모인 모양.

(254) 水卵團團棊子纍　수란[186]의 둥근 모양 바둑돌[187]을 놓은 듯
(255) 盃樽餘瀝醉飽心　술독에 남은 술[188]을 거나하게 마신 김에[189]
(256) 逐臭諸人等舐痔　벼슬 좇는 사람[190]들 아첨[191]이 대단하네
(257) 欄頭任實縣監憑　난간 머리에는 임실현감 기대 있고
(258) 楹角淳昌郡守倚　기둥 모서리엔 순창군수 기대 있네
(259) 安知竈突火暗燃　어찌 알랴 굴뚝[192]에 불타고 있는 줄을
(260) 鷰賀中堂歡未已　하객[193]들은 중당에서 기꺼하기 그지없네
(261) 公門以外乞食客　동헌의 문밖에서 어떤 걸인 하나가
(262) 繿縷衣巾來自垝　누더기[194] 차림으로 무너진 담 넘어 오네
(263) 綿絲一紽亂結冠　무명실 한 타래로 어지럽게 갓끈 매고
(264) 草履雙綦半掛趾　짚신 들메끈은 반만 발에 걸쳤구나
(265) 低面末席故顑頤　고개 숙여 말석에 턱[195]을 괴고 앉았으나
(266) 意中秋鷹將獵雉　속으로는 가을 매가 꿩 잡을 형상이네
(267) 平原門下笑躄姬　절름발이 비웃던 평원군의 애첩을[196]

---

186) 水卵 : 달걀을 깨뜨려 수란짜에 담아 끓는 물에 넣어 흰자만 익힌 음식.
187) 棊子 : 바둑돌.
188) 餘瀝 : 마시다 남은 술찌끼.
189) 醉飽 : 醉且飽. 취하도록 술을 마시고 배부르도록 음식을 먹음.
190) 逐臭諸人 : 냄새나는 벼슬을 좇는 여러 사람들. '逐臭'는 냄새나는 것을 좇음.
191) 舐痔 : 한 사람이 秦王의 치질을 핥아 많은 상을 받았다는 고사에서 비열한 수단으로 권력이나 부귀를 얻음을 일컫는 말. "莊子曰 秦王有病召醫 破癰潰痤者 得車一乘 舐痔者得車五乘 所治愈下得車愈多 子豈治其痔耶 何得車之多也", 『莊子』, 「列禦寇篇」.
192) 竈突 : 굴뚝.
193) 鷰賀 : 제비가 사람이 집을 지으면 제 집도 생겼다고 기뻐한다는 뜻으로 타인이 집을 지을 때 마음으로 기뻐하며 축하하는 것을 이름. "湯沐具而蟣蝨相弔 大廈成而燕雀相賀 憂樂別也", 『淮南子』, 「說林訓」.
194) 繿縷 : 헌 누더기. 옷 따위가 때 묻고 해져서 볼썽사납게 더럽고 너절함.
195) 頤 : 『일사본』에는 '頉'으로 되어 있으나 『청절서원본』을 따름.
196) 平原門下笑躄姬 : 평원군의 애첩이 이웃집에 사는 절름발이가 절뚝거리며 걷는 것을 보고 웃자 절름발이가 평원군을 찾아가 항의하였고, 평원군이 그 첩의 목

(268) 復見樽門傳酒婢　　　술 나르는 여종에게 또다시 보겠구나[197]

(269) 殘盃冷炙草待接　　　먹던 술 식은 고기 푸대접 하는 양은

(270) 彷彿村氓浮鬼痍　　　촌사람이 못된 귀신 물리는 제상 같네[198]

(271) 躬逢勝餞豈不謝　　　좋은 대접[199] 받았으니 어찌 사례 없으리오

(272) 一聯新詩藏奧旨　　　시 한 수 지었으니 깊은 뜻[200] 갈무렸네

(273) 千人有淚燭燃蠟　　　떨어지는 촛물은 일천 백성 눈물이요

(274) 萬姓無膏樽泛蟻　　　만백성은 헐벗는데 술동이엔 술구더기

(275) 雲峰營將獨有眼　　　운봉영장 혼자서 시를 보는 안목 있어

(276) 見水能知沙岸圯　　　물살 보고 모래뚝 터질 줄 아는구나

(277) 長風一陣自釘來　　　한 바탕 장한 바람[201] 잔치판에 일어나니

(278) 意外玄門馬牌捶　　　뜻밖에 관문으로 마패를 앞세우고

(279) 靑坡驛卒大叫入　　　청파역졸 큰 소리로 고함치며 들이닥쳐

(280) 暗行使道臨於此　　　암행어사 출도야! 암행어사 출도야!

(281) 晴天無乃霹靂動　　　마른하늘에 날벼락이 진동하니[202]

(282) 四座蒼黃風下靡　　　사방의 손님들은 바람결에 흩어지네[203]

을 베겠다고 약속한 후 지키지 않자 식객들이 점차 줄어들었으며, 이에 평원군이
첩의 목을 베자 식객들이 다시 모여들었다고 함. 『史記列傳』, 「平原君虞卿列傳」.

197) 樽門 : 『청절서원본』에 '樽前'으로 되어 있음.

198) 彷彿村氓浮鬼痍 : 『청절서원본』에는 '浮鬼皮'로 되어 있음. '浮鬼'는 뜬것, 곧 떠
돌아다니는 못된 귀신. 「장자백 춘향가」의 "(주진머리) 못 써러진 기상판 쓰더
먹쓴 백짜구 명틱 듸가리 한 스발 콩나물 듸가리 한 스발 멸치 듸가리 한 스발
텁텁한 막 썰니를 한 스발 갓짜 쥬며 어셔 먹고 쇽거철니 사파쉐 (말노) 어스쏘
쌈작 놀닉며 이 놈 닉가 쓴귀냐 물리게 져 상 보고 닉 상 본이 닉 상은 토달고
기상이로다" 참고.

199) 勝餞 : 성대한 송별연.

200) 奧旨 : 매우 깊은 뜻.

201) 長風 : 멀리까지 불어가는 강한 바람. 씩씩하고 기운 찬 모양을 비유함.

202) 晴天無乃霹靂動 : 靑天霹靂. 맑게 갠 하늘에서 치는 날벼락이라는 뜻으로, 뜻밖
에 일어난 큰 변고나 사건을 비유적으로 이르는 말.

203) 蒼黃 : 어찌할 겨를이 없이 급함.

(283) 爭投窓隙倒着冠　　　문틈을 다투다가 갓은 뒤집히고

(284) 或蹴盃樽忙失匕　　　술잔 차서 엎지르고 숟가락을 떨구네

(285) 風威高動執斧虎　　　위풍도 당당하다 호부[204]를 잡고 서니

(286) 主官翻同牢下豕　　　본관은 옥에 갇힌 돼지 신세 되었네

(287) 群鷄叢裡降仙鶴　　　닭 무리 가운데에 선학이 내려온 듯[205]

(288) 高踞中軒一交椅　　　동헌마루 높은 곳 교자에 앉았네

(289) 三盃藥酒進次第　　　약주 삼배를 차례로 올리는데

(290) 八帖銀屏列逶迆　　　여덟 폭 좋은 병풍 둘러 놓았네[206]

(291) 綿裘竹纓去無痕　　　무명옷 대갓끈은 흔적 없이 사라지고

(292) 獜帶烏紗俄忽侈　　　사모관대[207] 오사모[208] 잠깐 사이 황홀하네

(293) 瀛州十閣坐仙官　　　영주산 열 누각[209]에 선관이 앉았는 듯

(294) 栢府威儀冠以豸　　　어사대[210]의 위엄을 치관[211]이 드러내네

(295) 軍牢使令走如飛　　　군뢰[212] 사령들이 나는 듯이 분주하니

---

204) 斧虎 : 어사의 권위를 나타내는 도끼와 호랑이 무늬를 놓은 의장. "末乃藁砧伏
繡斧南來 樂昌之鏡 旣分而復合 亦奇也", 「廣寒樓樂府」 玉田山人序. "使君誘羅
敷之節 則靡他失死 直指伏繡斧之威", 「廣寒樓樂府」 兼山序. *斧依 : 붉은 비단
에 자루가 없는 도끼 모양을 수놓아 만든 병풍. 옛날 천자가 제후를 만날 때,
이를 등 뒤에 치고 南面하여 앉았음.

205) 群鷄叢裡降仙鶴 : 群鷄一鶴. 여러 평범한 사람 가운데서 뛰어난 한 사람. "或謂
王戎曰 昨於稠人中 始見嵇紹 昂昂然若野鶴之在鷄群", 『晉書』, 「嵇紹傳」.

206) 逶迆 : 의젓하고 천연스러운 모양. 구불구불 에워 두름.

207) 獜帶 : 麟帶. 기린의 문채가 있는 허리띠.

208) 烏紗 : 烏紗帽. 관복을 입을 때 쓰는 紗로 만든 벼슬아치의 모자.

209) 瀛州十閣 : 광한루 앞의 瀛州島에 있던 누각. "瀛州島在樓前湖北上有蓮亭浮橋
連岸", 『龍城誌』.

210) 栢府 : 사헌부. 三司의 하나로, 당시의 정치에 관하여 논하고 모든 관리의 비행
을 조사하여 그 책임을 규탄하며 풍기, 풍속을 바로잡고 백성이 억울하게 누명
을 쓰는 일이 없는가를 살펴 그것을 풀어 주는 등의 일을 맡아보던 관청. 御史
臺를 가리키는데, 한나라 때 어사대에 잣나무를 많이 심었으므로 柏府 혹은 柏
臺라고 불렀다고 함. 『漢書』(卷83), 「朱博傳」.

211) 豸 : 豸冠. 집정관의 관. 豸라고 하는 神獸는 是非曲直을 잘 가리는 데 쓰임.
"聞欲朝龍闕 應順不豸冠", 岑參. 豸史는 御史의 別稱.

(296) 卽地風威生倍蓰   이곳의 위풍이 곱절이나 일어나네

(297) 官員奔竄左右徑   관원들은 숨으려고[213) 이리저리 달아나고

(298) 妓女俯伏東西阰   동서쪽 섬돌에는 기생들이 엎드렸네[214)

(299) 倉羊邑犬亦戰股   고을의 양과 개들[215) 다리 떨며 오줌 싸니

(300) 疑是昆陽兩下滍   곤양[216)의 두 물줄기 치수로 흘러들 듯[217)

(301) 便宜南邑處置事   남원고을 각종 공사 적절히 처리하고

(302) 先屆封章呈玉几   상소[218)를 먼저 써서 임금님[219)께 올리네

(303) 張綱直聲動洛陽   장강[220)의 곧은 명성 낙양을 울리는 듯

(304) 伏波神威震交趾   복파장군[221) 위엄이 교지에 진동하듯

(305) 烹阿舊律本官罪   烹阿의 옛 법[222)으로 본관 죄를 다스리니

---

212) 軍牢 : 죄인을 다스리던 병졸.

213) 奔竄 : 뛰어다님. 달아나 숨음.

214) 俯伏 : 고개를 숙이고 엎드림.

215) 倉羊邑犬 : 고을의 양과 개.

216) 昆陽 : 東漢의 光武帝가 王莽의 군사 백만을 무찌른 성.

217) 兩下滍 : 『청절서원본』에는 '雨下滍'로 되어 있음. '滍'는 滍水로 하남성의 노산
    현에서 발원하여 동북으로 汝水에 흘러 들어가는 강.

218) 封章 : 상소. 임금에게 글을 올리던 일. 또는 그 글.

219) 玉几 : 임금이 기대는 의자. 또는 임금을 비유.

220) 張綱 : 後漢 때의 사람으로 質齊를 죽인 梁冀를 탄핵함. "後漢人 皓子字文紀 少
    明經學 任爲御史 順帝委縱宦官 綱上昏 不省 漢安初奉史徇行風俗 綱埋其車輪於
    洛陽者亭曰 豺狼當道 安問狐狸 遂劾奏大將軍梁冀 河南尹不疑等姦惡 十五事 京
    師震竦 帝知其言直 終不能用 時廣陵賊張嬰寇揚徐地 冀欲以事中之 乃以綱爲廣
    陵太守 單騎詣嬰壘 喩以禍福 嬰深感悟 率所部歸降 南州晏然 在郡一年 被疾 吏
    人或爲祈福 及卒 爲之制服行喪", 『中文大辭典』.

221) 伏波 : 馬援. 後漢 사람. 伏波將軍으로 交趾를 정벌했음. "璽書拜援伏波將軍 南
    擊交趾", 『後漢書』, 「馬援傳」.

222) 烹阿舊律 : 烹阿의 형벌. 원래는 貪贓하는 관리를 삶아 죽이는 중한 형벌. 옛날
    齊 威王이 阿大夫를 삶아 죽인 데서 시작되었음. *阿大夫 : 전국시대 齊나라 사
    람. 威王의 측근 신하에게 아부하여 阿 지역의 대부가 되었고, 위왕의 측근이
    아대부가 훌륭한 지방관이라고 매일 칭찬하자 위왕이 이를 의심하여 몰래 사람
    을 시켜 살펴본 결과 백성들의 삶이 무척 어렵다는 사실을 알고 아대부와 그를
    칭찬했던 신하를 삶아 죽였음. 조선시대에, 국초에 탐장한 관리를 경복궁 앞

(306) 無異秦嬰繫頸軹	진자영[223]이 지도에서 목에 綏帶 맨 것과 같네
(307) 如何無罪久滯囚	어찌하여 무죄한 이 오랫동안 가두었나[224]
(308) 當刻圜墻其禁弛	지금 당장 옥[225]에 가서 그녀를 풀어주라
(309) 圜墻玉娘忽官階	옥중의 춘향을 계단 앞에 대령하라
(310) 小庭花陰未暇徙	작은 뜰 꽃그늘로 비틀비틀 들어오네
(311) 桁楊接摺使齒決	큰 칼[226] 매듭을 이로 물어 풀게 하니
(312) 衆妓尖脣穿似簒	뭇 기생들 입술로 칡뿌린 양 물어뜯네
(313) 如痴如夢喜不勝	어리인 듯 꿈속인 듯 기쁨을 못 이기어
(314) 未覺中階迎倒屣	신 거꾸로 신은 채 중계[227]에서 맞이하네[228]
(315) 千般好官別星我	천만번 좋은 벼슬 나는야 봉명사신[229]
(316) 九死餘生佳妓儷	너는야 구사일생 아리따운 기생이라
(317) 雙龍畫帖半月梳	쌍룡 무늬 아로 새긴 반달빗으로
(318) 十二雲鬟催櫛縰	열두 발 고운 머리[230] 빗질을 쏼쏼 하네
(319) 誰知昨暮丐乞行	어느 누가 알았으랴 어제 저녁 걸인[231]이

惠政橋 위에서 솥을 걸어 두고 그 위에 죄인을 앉혀, 오가는 사람이 보는 앞에서 삶은 일이 있있음.

223) 秦嬰繫頸軹 : 秦嬰은 秦王 子嬰으로 秦始皇의 太子였던 扶蘇의 아들. 子嬰이 진왕이 된 지 46일이 되던 날 綏帶를 목에 감고, 백마가 끄는 흰 수레를 타고, 천자의 玉璽와 符節을 받들고 軹道 부근에서 沛公 劉邦에게 항복하였음. 繫頸 以組는 수대를 목에 감아 자살의 뜻을 나타내 보임으로써 항복한 임금이나 장수가 목숨을 승자의 처분에 맡긴다는 의미임. 그리고 素車白馬는 원래 喪服을 나타내는 것인데, 여기서는 자신의 죄를 처단해 줄 것을 청하는 의미로서 흔히 전쟁의 패배자가 투항할 때의 차림임. 『史記』, 「秦始皇本紀」.

224) 滯囚 : 죄가 결정되지 아니하여 오래 갇혀 있는 죄수.

225) 圜墻 : 감옥.

226) 桁楊 : 刑具의 한 가지. 목에 씌우는 칼과 발에 채우는 차꼬. 項鎖足鎖.

227) 中階 : 집을 지을 때에, 기초가 되도록 한 층을 높게 쌓아 올린 단.

228) 迎倒屣 : 屣履. 신을 옳게 신지 못하고 급하게 감. 손님을 급하게 맞이함. "屣履 起迎", 『漢書』.

229) 別星 : 임금의 명령을 받들고 외국이나 지방으로 나가는 奉命使臣.

230) 雲鬟 : 여자의 탐스러운 쪽 찐 머리.

(320) 飛上公堂官爵祕　　　　공당232)에 높이 앉은 벼슬아치 될 줄이야

(321) 京師去時一總丱　　　　한양으로 올라갈 땐 어린 총각233)이더니

(322) 白晳疎眉玉色毗　　　　흰 얼굴234) 성긴 눈썹235) 옥빛같이 곱구나

(323) 東軒資婢極可嗤　　　　동헌236)의 계집종237)들 비웃는다 할지라도

(324) 兩班書房其樂只　　　　양반서방 만났으니 즐겁기도 즐겁네238)

(325) 粧樓光彩一時生　　　　기생집에 광채가 일시에 일어나고

(326) 卽日歡聲動南紀　　　　그날의 환호성은 남원고을 진동하네

(327) 油然笑靨淺深情　　　　은근한239) 보조개240)에 얕고 깊은 정이 있고

(328) 請量東溟波瀰瀰　　　　청컨대 동해 물결 세찼음241)을 헤아리오

(329) 從今妓籍割汝名　　　　이제부터 기적에서 네 이름을 없앨 터니

(330) 百年吾家歸奉匜　　　　우리 집에 시집와서 평생토록 수발들라242)

(331) 禾花寶紬裂爲帶　　　　벼꽃무늬 비단으로 좋은 띠를 만들고

(332) 卽羽輕紗縫作被　　　　깃털 같은 비단으로 비단이불 지었네

(333) 珠欄玉簾所居室　　　　주란화각243) 구슬 주렴244) 좋은 집에서

---

231) 丐乞 : 빌어먹음. 거지.

232) 公堂 : 官衙. 예전에, 벼슬아치들이 모여 나랏일을 처리하던 곳.

233) 總丱 : 쌍상투. 옛날의 冠禮 때에 머리를 갈라 두 개로 틀어 올린 상투.

234) 白晳 : 얼굴빛이 희고 잘생김.

235) 疎眉 : 성긴 눈썹. 觀相學에서 눈썹 올이 세밀해야 하고, 약간 성글어 너무 빽빽하지 않게 생기며 끝으로 가서 散亂하지 않고 모아져 緊하여야 좋은 상이라고 함.

236) 東軒 : 지방의 고을 원이나 監司, 兵使, 水使 그 외의 수령들이 공사를 처리하던 대청이나 집.

237) 資婢 : 시중드는 계집종.

238) 其樂只 : "임은 즐거우셔라. 왼손에 피리 잡고 오른손으로 방에서 나를 부르시네. 아 좋기도 좋아라!"(君子陽陽 左執簧 右招我由房 其樂只且), 『詩經』, 「王風, 君子陽陽」.

239) 油然 : 감정이 저절로 일어나는 모양.

240) 笑靨 : 보조개.

241) 瀰瀰 : 물이 세차게 흐르는 모양.

242) 奉匜 : 낯이나 손을 씻는 관을 받듦. 즉 수발을 듦. "盥則奉匜", 『唐書』. "奉匜沃盥", 『左傳』.

(334) 復欲西郊營好畤　　또다시 서교에서 기름진 밭 갈아보세

(335) 官廳支廳六時饍　　여섯때를 올리는 관청 지청245) 음식상246)

(336) 跪進珍羞烹野麂　　진수성찬247) 올리는데 삶은 노루고기248)네

(337) 淸醪樽上泛葡萄　　맑은 술 술동이엔 포도알이 동동 뜨고

(338) 甘蜜盃中和薏苡　　꿀물 탄 잔에는 율무249)를 넣었네

(339) 絲絲細切鎭安草　　가늘고 곱게 썬 진안초 좋은 담배250)

(340) 分付官奴其貢底　　관노에게 분부하여 올리게 하네

(341) 三門外街沸如羹　　삼문251) 밖 거리는 국 끓듯이 요란하고

(342) 六房陰囊撑似枳　　육방관속252) 음랑이 탱자처럼 오그라드네

(343) 如天驛路路文飛　　하늘 같은 역마길 나는 듯이 노문253) 놓고

(344) 有女同車歸並軌　　춘향과 수레 타고254) 나란히 돌아가네

---

243) 珠欄 : 朱欄畵閣. 단청을 곱게 하여 아름답게 꾸민 누각.

244) 玉簾 : 옥으로 장식한 아름다운 발.

245) 支廳 : 본청의 관리 하에 있으면서 본청과 분리하여 소재지의 소관업무를 취급하는 관청.

246) 六時饍 : 때에 맞추어 여섯 번 음식을 올림. *六時 : 불교에서 하루를 여섯으로 나눈 염불 독경의 시간. 곧 晨朝, 日中, 日沒, 初夜, 中夜, 後夜의 여섯 때.

247) 珍羞 : 珍羞盛饌. 진귀하고 맛있는 음식.

248) 野麂 : 野生 고라니.

249) 薏苡 : 율무. 볏과의 한해살이풀.

250) 鎭安草 : 진안에서 생산되는 질 좋은 담배.

251) 三門 : 대궐이나 公廳의 앞에 있는 문. 正門, 東夾門, 西夾門의 셋이 있음.

252) 六房 : 承政院 및 각 地方官衙에 두었던 吏房, 戶房, 禮房, 兵房, 刑房, 工房의 總稱.

253) 路文 : 벼슬아치가 공무로 지방으로 다닐 때 역마를 사용하고 또한 지나가는 길가에 있는 관아에서 하루 세 차례의 식사를 해야 하므로 이를 미리 마련하기 위하여 출발에 앞서 公行의 日程表를 沿道의 각 고을에 보내는 公文.

254) 有女同車 : 남녀가 서로 즐거워하는 지극한 정. "수레를 함께 타고 놀러 갔었네. 꽃이라면 무궁화꽃 어여쁜 사람. 들이라 언덕이라 말을 달리면 패옥은 또 얼마나 눈부셨는지! 저기 저 강씨네 그 집 큰딸은 참말이지 어여쁘고 멋쟁이데나. 수레를 함께 타고 놀러 갔었네. 꽃이라면 무궁화꽃 어여쁜 사람. 들이라 언덕이라 말을 달리면 패옥은 쨍그랑 소리 내었지! 저기 저 강씨네 그 집 큰딸의 소근

(345) 雙轎靑帳半空擧　　쌍교255)의 푸른 휘장 반공에 우뚝 솟고

(346) 兩耳生風駏綠駬　　좋은 말256)을 달리니 두 귀에 바람이네

(347) 吹鑼六騎響前後　　육기의 나팔소리 앞뒤에 요란하고

(348) 淸道雙旗影旖旎　　청도기 한 쌍257)은 바람에 펄럭펄럭258)

(349) 監官邑吏設供帳　　감관259)과 읍리260)들은 장막을 펼쳐 치고261)

(350) 座首軍校執鞭弭　　좌수262)와 군교263)들은 채찍으로 길을 터네264)

(351) 長羈短轡夾路馳　　긴 굴레 짧은 고삐 좁은 길을 달리니

(352) 使客之行卿相儗　　어사또265) 행차가 정승266) 행차 버금가네

(353) 花容之女玉貌郞　　아리따운267) 아가씨와 잘생긴268) 사나이가

대던 그 음성이 아니 잊히네."(有女同車 顔如舜華 將翱將翔 佩玉瓊琚 彼美孟姜
洵美且都 有女同行 顔如舜英 將翱將翔 佩玉將將 彼美孟姜 德音不忘),『詩經』,
「鄭風, 有女同車」.

255) 雙轎 : 쌍가마. 말 두 필이 각각 앞뒤에서 채를 메고 가는 가마. 監司, 從二品
　　이상의 관원, 외국에 가는 使臣, 承旨를 지낸 수령, 義州府尹과 東萊府尹이 탐.
　　단 도성 안에서는 타지 못함.

256) 綠駬 : 중국 周나라 穆王의 駿馬. 轉하여 좋은 말을 비유함.

257) 淸道雙旗 : 軍旗 또는 大旗幟의 한 가지. 행군할 때 앞에 서서 길을 치우는 데
　　쓰며, 수효는 둘임. 바탕은 남빛이고 가장자리와 火焰은 붉은 빛인데, '淸道' 두
　　글자를 썼음. 깃대 길이는 여덟 자로 纓頭 · 珠絡이 있음.

258) 旖旎 : 깃발이 나부끼는 모양.

259) 監官 : 관가와 관아에서 돈이나 곡식을 간수하고 출납을 맡아보던 관리. 또는
　　左首, 別監 등의 鄕任.

260) 邑吏 : 『청절서원본』에는 '色吏'로 되어 있음. 지방의 읍에 속한 구실아치.

261) 設供帳 : 연회를 열기 위하여 물건을 준비하고 幕을 침.

262) 座首 : 지방의 州 · 府 · 郡 · 縣에 두었던 鄕廳의 우두머리.

263) 軍校 : 中央의 掖隸와 각 軍營의 營門 소속 및 지방의 將校 등 하급 軍職의 總稱.

264) 執鞭弭 : 귀인이 나타날 때 채찍으로 길을 트며 길잡이를 함. "孔子曰 富而可求
　　誰執鞭之士 吾亦爲之",『論語』,「述而」.

265) 使客 : 沿路의 守令이 奉命使臣을 일컫던 말.

266) 卿相 :『일사본』과 『청절서원본』에는 '鄕相'으로 되어 있음. 六卿과 三相을 아울
　　러 이르는 말.

267) 花容 :『일사본』과 『청절서원본』에는 '花客'으로 되어 있음. 꽃처럼 아름다운 여
　　자의 얼굴.

(354) 望若神仙同渡瀦　　신선이 강 건너듯 함께 가는구나

(355) 傾城傾國月梅女　　경국지색269) 어여쁘다 월매 딸 춘향은

(356) 百譽喧喧無一譏　　온갖 칭찬 자자하되 흠담은 하나 없네

(357) 夫人貞烈好加資　　정열부인270) 좋은 가자271) 조정에서 내리시어

(358) 教旨踏下金泥璽　　교지272)가 내려오니 황금옥새 찍었도다

(359) 床琴並和室家慶　　부부가 화락하니273) 집안의 경사요

(360) 拜謁廟堂祖考妣　　사당274)의 조상님께 배알275)을 하네

(361) 銀臺玉堂貴閥女　　승정원276) 홍문관277) 명문거족 귀한 딸을

(362) 同姓同門作姒娣　　동성 동문에서 동서278)로 맞이하네

(363) 門楣亦高老嫗家　　문미279) 또한 높을씨고 늙은 할미집

(364) 孝誠堪稱同虎蜼　　효성이 지극하니 호유280) 같다 일컫네

(365) 纖葱玉手坐無事　　섬섬옥수 고운 손 할 일 없이 앉았으니

(366) 不使春田勞採芑　　봄밭의 풀 뽑는 일 시키지 않는구나

---

268) 玉貌 : 옥같이 아름답게 생긴 얼굴. 남의 얼굴 모습을 아름답게 이르는 말.

269) 傾城傾國 : 傾國之色. 임금이 혹하여 나라가 기울어져도 모를 정도의 미인이라
　　는 뜻으로, 뛰어나게 아름다운 미인을 이르는 말.

270) 夫人貞烈 : 貞烈夫人. 조선 시대에, 정조와 지조를 굳게 지킨 부인에게 내리던
　　칭호.

271) 加資 : 정삼품 통정대부 이상의 품계를 올림. 또는 그 올린 품계.

272) 教旨 : 조선 시대에, 임금이 四品 이상의 벼슬아치에게 주던 辭令.

273) 床琴並和 : 부부가 화합함.

274) 廟堂 : 宗廟. 또는 나라의 정치를 다스리는 朝廷. 여기서는 한 집안의 祠堂인
　　家廟임.

275) 拜謁 : 지위가 높거나 존경하는 사람을 찾아가 뵘.

276) 銀臺 : 承政院을 달리 이르던 말.

277) 玉堂 : 弘文館을 달리 이르던 말.

278) 姒娣 : 동서. 형제의 아내끼리 서로 부르던 말. “孟康曰 兄弟妻相謂先後”, 『漢書』.

279) 門楣 : 문 위에 가로 댄 나무.

280) 虎蜼 : 『일사본』과 『청절서원본』에는 ‘虎帷’로 되어 있음. 원래는 범과 원숭이인
　　데, 여기에서는 효를 의미함. “宗彝虎蜼 取其孝也”, 『書經』, 「益稷」. * ‘宗彝’는
　　宗廟의 제향에 쓰던 술그릇. 虎彝와 蜼彝는 그릇의 표면에 각각 범과 원숭이
　　그림이 새겨져 있음.

(367) 盈盈玉粒共案食　　　그득한 쌀밥 지어 한 상에 같이 먹고

(368) 分命家奴田器庤　　　노복에게 농기구[281] 쌓아두라 분부하네

(369) 金屏內室貯紅玉　　　병풍 두른 내실에는 홍옥이 쌓여 있고

(370) 門對終南石巍硪　　　남산[282] 쪽에 문을 내니 기암괴석 볼 만하네[283]

(371) 能文又是等薛濤　　　뛰어난 문장[284]은 여류시인 설도[285] 같고

(372) 尤物元非似妹嬉　　　아름다운 미인[286]이나 매희[287]와는 같지 않네

(373) 春花秋月合歡酒　　　춘풍화류 추월야[288]에 합환주[289] 즐기려고

(374) 玉壺金瓶釀黑秠　　　옥단지[290] 금병[291]에 기장으로 술을 빚네

(375) 泉源淇水不盡思　　　고향 생각 그리워[292] 잊을 길 전혀 없어

---

281) 田器 : 논밭을 가는 데 쓰는 농기구.

282) 終南 : 남산. 終南山. 木覓山.

283) 巍硪 : 돌의 모양. 위태로운 모양.

284) 能文 : 문장을 짓는 솜씨가 뛰어남.

285) 薛濤 : 唐나라 때의 여류 시인으로 자는 洪度이며, 薛陶라고도 함. 士大夫家의
딸이었으나 기생이 되어 白居易 등과 교유하였으며, 특히 元稹과 친하여 그가
촉 땅으로 좌천된 뒤로는 촉 땅 成都의 浣花溪에 가서 여생을 보냈음. "唐時名
妓字洪度. 本長安良家女 父鄭 宦游卒蜀中 母孀居貧甚 乃墮樂籍. 知音律 工詩詞
喜與時士游 韋皐元稹白居易杜牧等皆嘗相與唱和. 僑寓成都百花潭 親製松花紙
及深紅小彩　裁書供吟 酬獻賢傑 時號薛濤牋. 今其地有薛濤井 相傳卽薛濤製牋
汲水處. 晩衣女冠服 居碧鷄坊 枷吟詩樓 相傳有詩五百首", 『辭海』.

286) 尤物 : 美人. "女貌嬌嬈　謂之尤物", 『故事成語考』.

287) 妹嬉 : 妹嬉라고도 씀. 夏나라 桀王의 妃, 有施氏의 딸. 湯王이 桀을 歷山에서
破하매 桀은 매희와 함께 南巢의 산에서 죽음. "桀之妻也 用妹喜. 師古曰 妹嬉
桀之妃 有施氏之女也 美於色薄於德 女子行 丈夫心 桀常置妹喜於膝上 聽用其言
昏亂失道 於是湯伐之 遂放桀與妹喜 死南巢", 『漢書』, 「外戚傳」.

288) 春花秋月 : 봄바람에 꽃이 피고, 가을밤에 달이 밝음. 곧 좋은 계절. '春花柳 夏
淸風 秋明月 冬雪景' 참고.

289) 合歡酒 : 전통혼례 때에 신랑 신부가 서로 바꾸어 마시는 술.

290) 玉壺 : 옥으로 만든 작은 병.

291) 金瓶 : 금빛을 칠한 병.

292) 泉源淇水 : 고향을 그리워함. "천원은 왼쪽이고 기수는 오른쪽에. 부모형제 멀리
떠나 시집감이 여자의 몸"(泉源在左 淇水在右 女子有行 遠父母兄弟), 『詩經』, 「衛
風, 竹竿」. 「竹竿」은 위나라 여자가 타국으로 시집가서 고국으로 돌아가고 싶어

(376) 時望南湖頻陟岯　　　때때로 호남 보려 언덕에 오르네[293]

(377) 嬌姿爾有笑中香　　　아름다운 그대 자태 웃음 속에 향기 일고

(378) 貴格吾誇眉上瘤　　　눈썹 속의 검은 점은 내 귀골을 자랑하네[294]

(379) 蛾眉好砂誥軸峰　　　왕비 나올 아미사[295]요 정승 나올 고축사[296]니

(380) 人賀先山山岋嵼　　　선산 형국 좋다[297]고 사람들이 경하하네

(381) 宜春進士女僧歌　　　봄날[298] 진사[299]는 여승가[300]를 부를진대

(382) 佳約何年逢杜渼　　　가약 맺은 두미[301]를 어느 해에 만나보리

(383) 狂心好色世或譏　　　미친 마음 호색을 세상사람 나무라나

(384) 度外讒言同伯嚭　　　참언을 무시하기 백비[302]와 한가지네

(385) 當來好爵領議政　　　틀림없이[303] 좋은 벼슬 영의정에 오르리니

하면서도 돌아가지 못하고 고향의 풍속을 생각하면서 그리워하는 모습을 노래
한 것임.

293) 陟岯 : 언덕에 오름. "陟彼岵兮 瞻望母兮"(『詩經』, 「魏風, 陟岵」) 참고. '陟屺'는
　　어머니를 사모함을 비유.

294) 貴格吾誇眉上瘤 : 觀相學에서 눈썹 속에 검은 점이나 사마귀가 있으면 총명하
　　고 귀하게 된다고 함.

295) 蛾眉好砂 : 蛾眉砂. 풍수지리에서 여자의 눈썹이나 초승달같이 생긴 산. 神童이
　　나와 문과 장원하여 명예가 높음. 특히 여지가 왕비가 되거나 크게 귀하게 되기
　　때문에 아미사를 王妃砂라고도 함.

296) 誥軸峰 : 誥軸砂. 풍수지리에서 一字文星의 양 끝에 尖角이 붙어 있는 것. 일자
　　의 길이가 길고 넓은 것을 展誥砂라 하며, 작고 좁은 것은 誥軸砂라 함. 이러한
　　砂格이 있으면 정승이 나온다 하여 政丞砂라고도 함.

297) 岋嵼 : 산이 낮고 길게 이어짐.

298) 宜春 : 옛날 立春日에 조그마한 종이를 오려서 이 두 글자의 모양을 만들거나
　　글씨로 쓰기도 하여 창호, 기물, 채승 등에 붙여서 봄맞이(迎春)를 표시한 데서
　　온 말. 『天中記』. "欲剪宜春字 春寒入剪刀", 唐 崔融, 「春閨」, 참고.

299) 進士 : 조선 시대에, 과거의 예비 시험인 小科의 복시에 합격한 사람에게 준 칭
　　호. 또는 그런 사람.

300) 女僧歌 : 가사의 하나. 이용기 편, 『樂府』에 「송여승가」, 「승답사」, 「재송여승가」,
　　「여승재답사」 등이 수록되어 있음.

301) 杜渼 : 미상.

302) 伯嚭 : 吳 나라의 간신. 太宰 伯嚭가 吳 · 越 싸움에서 越王 句踐에게 매수되어
　　강화를 도왔고, 오자서와 사이가 나빠 그를 참소해 죽여 오나라가 끝내 망하였음.

(386) 不羨區區楚司烜　　　구차한304) 초사훼305)를 부러워 하지 않네

(387) 星山玉春總無色　　　성산의 옥춘도 무색하기 짝이 없지

(388) 嘗得櫻脣甘似酏　　　고운 입술306) 입 맞추니 달기가 단술 같네

(389) 淸宵東閣樂鍾鼓　　　맑은 날엔 동각에서 음악을 즐기고307)

(390) 遲日南園採芣苢　　　해 긴 날은 앞뜰에서 질경이308) 캐네

(391) 朝雲可愛還相隨　　　조운309)이 사랑하여 서로서로 따르듯

(392) 孟光甘心共耘籽　　　맹광310)처럼 기꺼하며311) 함께 김을 매네312)

(393) 醫娥棉婢愧欲死　　　약시비와 계집종은 부끄러워 죽을 지경

(394) 檀屑氷床輕步躧　　　얼음 깔린 상 위 걷듯 걸음도 조심조심

(395) 先稱絳桃花不發　　　강도화 꽃 피지 않는다고 말하면

(396) 更詠周詩江有汜　　　다시금 주나라 시 강유사313)를 읊으리라

---

303) 當來 : 틀림없이 닥쳐옴.

304) 區區 : 떳떳하지 못하고 졸렬함.

305) 楚司烜 : 초나라의 관직명.

306) 櫻脣 : 앵두처럼 고운 입술.

307) 樂鍾鼓 : 鍾鼓之樂. 종과 북을 치며 즐긴다는 뜻으로, 부부 사이의 화목한 정을 이르는 말. "올망졸망 조아기풀 이리저리 뜯고요, 아리따운 아가씨 거문고로 즐기리. 올망졸망 마름풀 이리저리 고르고, 아리따운 아가씨 북을 치며 즐기리."(參差荇菜 左右采之 窈窕淑女 琴瑟友之 參差荇菜 左右芼之 窈窕淑女 鍾鼓樂之), 『詩經』, 「周南, 關雎」.

308) 芣苢 : 『청절서원본』에는 '芣莒'로 되어 있음. "뜯세 뜯세 질경이 어서 어서 뜯어보세. 뜯세 뜯세 질경이 어서 나도 뜯어보세"(采采芣苢 薄言采之 采采芣苢 薄言有之), 『詩經』, 「周南, 芣苢」.

309) 朝雲 : 蘇轍의 妾. "予家有數妾 相繼辭去 獨朝雲隨予南遷 朝雲姓王氏 錢唐人 始不識字晩忽學書 粗有楷法 常從泗上比丘尼義沖河佛 亦略聞大義 且死誦金剛經四句偈而絶", 蘇轍, 「悼朝雲詩序」.

310) 孟光 : 東漢의 隱士인 梁鴻의 아내. 밥상을 눈썹과 가지런하도록 공손히 들어 남편 앞에 가지고 갔다고 함. "梁鴻字伯鸞 扶風平陵人也 同縣孟氏有女 狀肥醜而黑 力擧石臼 擇對不嫁 至年三十 父母問其故 女曰欲得賢如梁伯鸞者 鴻聞而聘之 字之曰德曜 名孟光 至吳爲人賃舂 每歸妻爲具食不敢於鴻前仰視擧案齊眉", 『後漢書』, 「逸民傳, 梁鴻」.

311) 甘心 : 괴로움이나 책망 따위를 기꺼이 받아들임. 또는 그런 마음.

312) 耘籽 : 김을 메고 북을 돋움.

(397) 奇談秪可詠於歌   기이한 이야기는 시로 읊을 만하고

(398) 異蹟堪將繡之梓   색다른 행적은 책으로 지을 만해

(399) 騷翁爲作打鈴辭   시인314)이 타령사로 지어 내었으니

(400) 好事相傳後千祀   좋은 일 서로 전해 천년315) 뒤에 이어지리

---

313) 江有汜 : "강에도 갈림물 있지! 그 애는 시집갔네. 나를 마다하고. 나를 마다하
　　고. 언젠간 뉘우칠 걸."(江有汜 之子歸 不我以 不我以 其後也悔),『詩經』,「召南,
　　江有汜」. * '汜'는 본줄기에서 갈라져 나온 강이 다시 본줄기로 흘러드는 곳.

314) 騷翁 : 騷客. 詩人.

315) 千祀 : 길고 많은 세월.

참고문헌

1. 자료

춘향전   『만화집』(청절서원본), 류제한, 청절서원, 1989.

『만화집』(일사본), 서울대학교 중앙도서관 소장(일사 810.95 M314).

「고려대 54장본 춘향전」, 고려대학교 도서관 소장.

「경북대본 춘향전」, 경북대학교 도서관 소장(丁卯, 1927 필사).

강한영 교주,『신재효판소리사설집(전)』, 민중서관, 1974.

강한영 교주,『신재효 판소리사설 여섯마당집』, 형설출판사, 1982.

김동욱 외 편,『춘향전사본선집』1, 명지대 국문과, 1977.

김동욱 외 공편,『영인고소설판각본전집』, 羅孫書屋, 1982.

김준형 편, 「이명선 구장 춘향전」, 보고사, 2008.

김진영 외,『춘향전전집』(1)-(5), 박이정, 1997.

김택수,『오가전집』, 대동인쇄소, 1933.

월촌문헌연구소 편,『한글필사본고소설자료총서』(5), 오성사, 1986.

이해조,『옥중화』, 보급서관, 1914.

최남선,『고본츈향전』, 신문관, 1913.

판소리학회,『춘향가』, 서광학술자료사, 1992.

한국구비문학회 편,『한국구비문학선집』, 일조각, 1977.

한국브리태니커회사,『판소리 다섯 마당』, 한국브리태니커회사, 1982.

許英肅,『一說春香傳』, 光英社, 1958.

기 타   『龍城誌』, 남원문화원, 1995.

『南原邑誌』, 규장각 소장(奎17401).

『湖南邑誌』, 규장각 소장(奎12175).

『任實邑誌』, 규장각 소장(奎17403).

『高麗史』卷71, 樂志 2「三國俗樂條」.

일제강점기 신문 :『매일신보』,『동아일보』,『조선일보』 등.

김동욱 · 임기중 공편,『교합 악부』(상), 태학사, 1982.

이창배 편저,『가요집성』, 홍인문화사, 1983.

정현석, 『교방가요』, 『악학궤범 · 악장가사 · 교방가요 합본』, 아세아문
　　　화사, 1975.
조선가요연구사 편, 『정선 조선가요집』 제1집, 1931.
최영년, 황순구 역주, 『속악유희』, 정음사, 1986.
한국고음반연구회 편, 『유성기음반가사집』(1), 민속원, 1990.

Columbia 40030-A · B, 남도잡가 농부가 이화중선 대금 박종기 장고 이홍원.
Columbia 40030-A · B, 남도잡가 농부가 이화중선 대금 박종기 장고 이홍원.
Victor 42988-A · B 츈향가 가긔 김창환 상편 하편.
Victor 42988-A · B 츈향가 가긔 김창환 상편 하편.
Victor 49061-A 南道雜歌 農夫歌(上) 독창 김창환 장고 한성준
Victor 49061-B 南道雜歌 農夫歌(下) 독창 김창환 장고 한성준
Victor 49061-A 南道雜歌 農夫歌(上) 독창 김창환 장고 한성준
Victor 49061-B 南道雜歌 農夫歌(下) 독창 김창환 장고 한성준

2. 저서 논문

국내논저　강한영, 「신재효의 판소리사설 비평관」, 『동양학』 2, 단국대동양학연구
　　　소, 1972.
강한영, 「판소리의 이론」, 조동일 · 김흥규 편, 『판소리의 이해』, 창작과
　　　비평사, 1978.
강한영, 「인간 신재효의 재조명」, 이기우 · 최동현 엮음, 『판소리의 지평』,
　　　신아, 1990.
고려대 아세아문제연구소 편, 『육당 최남선 전집』, 현암사, 1974.
고사성어사전간행회, 『고사성어사전』, 학원사, 1961.
고정옥, 「동리 신재효에 대하여」, 『고전작가론』 2, 조선작가동맹출판사,
　　　1959.
고정옥, 『조선구전문학연구』, 과학원출판사, 1962.
구자균 교주, 『춘향전』, 민중서관, 1976.
국립국어연구원, 『표준국어대사전』, 두산동아, 1999.
권두환 · 서종문, 「방자형 인물고」, 한국고전문학연구회 편, 『한국소설
　　　문학의 탐구』, 일조각, 1978.
김기형, 「판소리에 나타난 육담의 미적 특질과 기능」, 김선풍 외, 『한국
　　　육담의 세계관』, 국학자료원, 1997.
김기형, 「판소리 명창 박동진의 예술세계와 현대 판소리사적 위치」, 『어
　　　문논집』 37, 안암어문학회, 1998.

김대행,「신재효에 대한 평가」, 장덕순 외,『한국문학사의 쟁점』, 집문
　　당, 1986.

김대행,『詩歌 詩學 硏究』, 이화여대출판부, 1991.

김동욱,『증보 춘향전연구』, 연세대학교출판부, 1976.

김동욱,『한국가요의 연구』, 을유문화사, 1976.

김동욱 · 김태준 · 설성경 공저,『춘향전비교연구』, 삼영사, 1979.

김명환 구술,『내 북에 앵길 소리가 없어요』, 뿌리깊은나무, 1991.

김병국,「판소리의 문학적 진술방식」,『국어교육』34, 한국국어교육학
　　회, 1979.

김병국,「고대소설 서사체와 서술시점」,『한국고전소설연구』, 새문사,
　　1983.

김병국,『한국 고전문학의 비평적 이해』, 서울대학교출판부, 1995.

김복희,「춘향전의 다층적 주제」,『이화어문논집』7, 이화여대 한국어문
　　연구소, 1984.

김사엽 교주 해설,『춘향전』, 대양출판사, 1952.

김삼불,「烈女春香守節歌 解題」, 오한근,『烈女春香守節歌』, 朝鮮珍書
　　刊行會, 1949.

김석배,「〈남원고사〉계 춘향전의 이본 연구」,『금오공대 논문집』12, 금
　　오공대, 1991.

김석배 역주,「만화본 춘향가」,『판소리연구』3, 판소리학회, 1992.

김석배,「춘향전 이본의 생성과 변모 양상 연구」, 경북대 박사논문, 1992.

김석배,「완판방각본 춘향전의 이본 연구」,『금오공대 논문집』15, 금오
　　공대, 1994.

김석배,「〈조선창극사〉소재 심청가 더늠의 문제점」,『문학과 언어』18,
　　문학과언어연구회, 1997.

김석배,「신재효의 판소리 지원활동과 그 한계」, 국어국문학회 편,『판
　　소리연구』, 태학사, 1998.

김석배,「판소리 명창의 생몰연대 검토」,『선주논총』5, 금오공과대학교
　　선주문화연구소, 2002.

김석배,「〈골생원전〉연구」,『고소설연구』14, 한국고소설학회, 2002.

김석배 · 서종문 · 장석규,「판소리 더늠의 역사적 이해」,『국어교육연구』
　　28, 경북대 국어교육연구회, 1996.

김선풍 외,『한국육담의 세계관』, 국학자료원, 1997.

김일렬,『고전소설신론』, 새문사, 1991.

김종철,「무숙이타령(왈자타령) 연구」,『한국학보』68, 일지사, 1992.

김종철, 「별춘향전 복원 -박순호, 한창기본을 중심으로-」, 『아주어문연구』 2, 아주대 국문과, 1995.

김종철, 「完西新刊本 〈별춘향전〉에 대하여」, 『판소리연구』 7, 판소리학회, 1996.

김종철, 『판소리사 연구』, 역사비평사, 1996.

김종철, 『판소리의 정서와 미학』, 역사비평사, 1996.

김진영, 「춘향전 개작사상 옥중화의 성격」, 『월간문학』 6월호, 월간문학사, 1980.

김진영·김현주, 『춘향가』, 박이정, 1996.

김태준, 「신재효의 춘향가 연구」, 『동악어문논집』 1, 동악어문학회, 1965.

김하명, 「신재효와 조선문학」, 『조선문학』, 1957년 12월호, 조선작가동맹출판사.

김학성, 『국문학의 탐구』, 성균관대출판부, 1987.

김헌선, 「〈강릉매화타령〉 발견의 의의」, 『국어국문학』 109, 국어국문학회, 1993.

김현주, 『판소리 담화 분석』, 좋은날, 1998.

김흥규, 「판소리의 서사적 구조」, 김열규 외, 『고전문학을 찾아서』, 문학과지성사, 1976.

김흥규, 「방자와 말뚝이 : 두 전형의 비교」, 『한국학논집』 5, 계명대 한국학연구소, 1978.

김흥규, 「신재효 개작 춘향가의 판소리사적 위치」, 『한국학보』 10, 일지사, 1978.

김흥규, 「판소리 문학의 인물형 -작품에 투영된 당대 인간이해의 종합적 고찰」, 『예술과 비평』 4, 서울신문사, 1984.

나주군지편찬위원회, 『나주군지』, 나주군, 1980.

노재명, 「서편제 판소리 김창환·정정렬」, 『LG미디어 음반해설서』, 1996.

류준경, 「〈만화본 춘향가〉 연구」, 『관악어문연구』 27, 서울대 국어국문학과, 2002.

류탁일, 『완판방각소설의 문헌학적 연구』, 학문사, 1981.

류탁일, 『한국문헌학연구』, 아세아문화사, 1990.

민　제, 『춘향전』, 중앙대학교출판부, 1994.

민족문화추진회, 『신증동국여지승람』, 민족문화문고간행회, 1982.

민중서림편집국 편, 『漢韓大辭典』, 민중서림, 2002.

박갑수, 「고본춘향전의 위상과 표현(상) -이본간의 문장표현 비교-」,
    『도곡 정기호 박사 화갑기념 논총』, 동간행위원회, 1991.
박갑수, 「동경대학본 춘향전」, 『조선학보』 126, 조선학회, 1988.
박일용, 『조선시대의 애정소설』, 집문당, 1993.
박정진, 「우리시대 재인의 계보학(2)」, 『문화예술』, 1993년 10월호.
박찬기 외, 『수용미학』, 고려원, 1992.
박 황, 『판소리소사』, 신구문화사, 1974.
박 황, 『판소리 이백년사』, 사사연, 1987.
박헌봉, 『창악대강』, 국악예술학교출판부, 1966.
박희병, 「춘향전의 역사적 성격 분석」, 김병국 외 편, 『춘향전 어떻게
    읽을 것인가』, 서광학술자료사, 1994.
배연형, 「유성기 음반 판소리 사설(1)(김창룡 편)」, 『판소리연구』 5, 판
    소리학회, 1994.
배연형, 『판소리 소리책 연구』, 동국대학교출판부, 2008.
서종문, 『판소리사설연구』, 형설출판사, 1984.
서종문, 『판소리의 역사적 이해』, 태학사, 2006.
서종문, 『판소리와 신재효 연구』, 제이앤씨, 2008.
설성경, 「남창 춘향가의 생성적 의미」, 『동산신태식박사고희기념논총』,
    동간행위원회, 1979.
설성경, 『춘향전의 형성과 계통』, 정음사, 1986.
설성경, 『한국고전소설의 본질』, 국학자료원, 1992.
설성경, 『춘향전의 통시적 연구』, 서광학술자료사, 1994.
설성경, 『춘향예술의 역사적 연구』, 연세대출판부, 2000.
성기련, 「판소리 동편제와 서편제의 전승양상 연구-〈춘향가〉 중 이별
    가 대목을 중심으로-」, 서울대 석사논문, 1996.
성현경, 『한국소설의 구조와 실상』, 영남대학교출판부, 1981.
성현경, 「정현석과 신재효의 창우관 및 사법례」, 『이정 정연찬 선생 회
    갑기념 논총』, 탑출판사, 1989.
성현경, 「신재효의 춘향가 연구 II」, 『동리연구』 창간호, 동리연구회,
    1993.
성현경, 『한국옛소설론』, 새문사, 1995.
성현경 풀고 옮김, 『이고본 춘향전』, 열림원, 2001.
송건호, 『한국근대인물사론』, 한길사, 1984.
송기중, 『全羅道邑誌』 六, 서울대학교규장각, 2003.
송기중, 『全羅道邑誌』 十五, 서울대학교규장각, 2006.

申明均 編·金台俊 校閱,『朝鮮文學全集 第五卷 小說集(一)』, 中央印書
　　館, 1936.
申泰和,『朝鮮文學全集 第三卷 小說集(一)』, 三文社, 1948.
오세영,「춘향의 성격 변화」,『국어국문학』70, 국어국문학회, 1976.
유영대,『심청전 연구』, 문학아카데미, 1989.
유영대,「19세기 판소리에서의 더늠 첨가 방향-'회동성참판' 대목의
　　기능과 관련하여-」,『이우성 선생 정년퇴직 기념 국어국문학
　　논총』, 논총간행위원회, 1990.
유영대,「정노식론」,『구비문학연구』2, 한국구비문학회, 1995.
유영대,「판소리 5명창 김창환」음반해설지, (주)킹레코드, 1996.
유재영,『전북전래지명총람』, 민음사, 1993.
윤광봉,『한국연희시 연구』, 이우출판사, 1985.
윤성근,「완판본 〈열여춘향슈졀가〉 연구」,『어문학』16, 한국어문학회,
　　1967.
이가원 외 감수,『東亞 漢韓大辭典』, 동아출판사, 1982.
이가원 주,『춘향전』, 태학사, 1995.
이동영,「정노식의 〈조선창극사〉 一瞥」,『어문교육논집』13·14합집,
　　부산대 국어교육과, 1994.
이병기,『국문학개론』, 일지사, 1961.
이보형,「판소리 제(派)에 대한 연구」,『한국음악학논문집』, 한국정신문
　　화연구원, 1982.
이보형,「정노식의 '조선광내의 사직 발달과 그 가치'에 대하여」,『판소
　　리연구』1, 판소리학회, 1989.
이보형,「음반에 제시된 판소리 명창제 더늠」,『한국음반학』창간호, 한
　　국고음반연구회, 1991.
이보형,「판소리 인간문화재 증언자료(정광수 편)」,『판소리연구』2, 판
　　소리학회, 1991.
이보형,「판소리유파」, 문화재관리국 문화재연구소, 1992.
이상택,『한국고전소설의 탐구』, 중앙출판, 1981.
이수봉,「晩華의 春香歌 試譯」, 한국고소설연구회 편,『춘향전의 종합적
　　고찰』, 아세아문화사, 1991.
이수봉,『만화본 춘향가와 용담록』, 경인문화사, 1994.
이원섭 역해,『詩經』, 현암사, 1976.
이윤석,『남원고사 원전 비평』, 보고사, 2009.
이재수,『한국소설연구』, 형설출판사, 1973.

이정욱,『실용관상학』, 천리안, 2005.

이창헌,『경판방각소설 판본 연구』, 태학사, 2000.

이혜구,『補訂 韓國音樂硏究』, 민속원, 1996.

인권환,「토끼화상의 전개와 변이 양상」,『어문론집』27, 고려대 국어국
　　　　문학연구회, 1986.

인권환,「판소리사설 약성가 고찰 -수궁가를 중심으로-」,『문학한글』
　　　　1, 한글학회, 1987.

임동권,『한국세시풍속연구』, 집문당, 1989.

장석규,「〈조선창극사〉 기술 방법의 신빙성 문제」,『문학과 언어』18,
　　　　문학과언어연구회, 1997.

장석규,「정노식의 〈조선창극사〉에 대한 의문점」,『판소리연구』8, 판
　　　　소리학회, 1997.

장석규,『심청전의 구조와 의미』, 박이정, 1998.

전경욱,「탈춤과 판소리의 연행문학적 성격 비교」, 정신문화연구원 석
　　　　사논문, 1983.

전경욱,『춘향전의 사설형성원리』, 고려대학교 민족문화연구소, 1990.

정경연,『정통풍수지리』, 평단, 2004.

정　양,『판소리 더늠의 시학』, 문학동네, 2001.

정노식,「朝鮮廣大의 史的 發達과 그 價値」,『朝光』제4권 5호, 1938.

정노식,『조선창극사』, 조선일보사출판부, 1940.

정범진 외 옮김,『사기본기』, 까치, 1994.

정범진 외 옮김,『사기열전』(상), 까치, 1995.

정병욱 편저,『시조문학사전』, 신구문화사, 1966.

정병욱,『한국의 판소리』, 집문당, 1981.

정병헌,『신재효 판소리사설의 연구』, 평민사, 1986.

정병헌,『판소리문학론』, 새문사, 1993.

정양최동현 편,『판소리의 바탕과 아름다움』, 인동, 1986.

정출헌,「〈춘향전〉의 인물형상과 작중역할의 현실주의적 성격」,『판소
　　　　리연구』4, 판소리학회, 1993.

정하영,「〈조선창극사〉의 성격과 의의」,『판소리연구』5, 판소리학회,
　　　　1994.

정하영,「월매의 성격과 기능」, 김병국 외 편,『춘향전 어떻게 읽을 것인
　　　　가』, 서광학술자료사, 1994.

정하영,『춘향전의 탐구』, 집문당, 2003.

조동일,「판소리의 장르 규정」, 조동일 · 김흥규 편,『판소리의 이해』,

창작과비평사, 1978.

조동일, 『카타르시스 라사 신명풀이』, 지식산업사, 1997.

조선가요연구사 편, 『정선 조선가요집』 제1집, 1931.

조용만, 『일제하 한국신문화운동사』, 정음사, 1975.

조 운, 「近代歌謠 大方家 申五衛將」, 『新生』 2권 2호, 1929.

조윤제, 『교주 춘향전』, 을유문화사, 1957.

차봉희 편, 『수용미학』, 문학과지성사, 1985.

차봉희 편저, 『독자반응비평』, 고려원, 1993.

채희완, 『공동체의 춤 신명의 춤』, 한길사, 1985.

최광현, 「만화본 춘향가 연구」, 한림대 석사논문, 1992.

최난경, 「오수암의 생애와 예술」, 『판소리연구』 12, 판소리학회, 2001.

최동현, 『판소리란 무엇인가』, 에디터, 1994.

최동현, 『판소리명창과 고수 연구』, 신아출판사, 1997.

최동현, 「신재효 개작 춘향가 연구」, 위재 김중렬 교수 회갑 기념 논문
       집, 『한국인의 고전연구』, 태학사, 1998.

최동현, 『김연수 완창 판소리 다섯바탕 사설집』, 민속원, 2008.

최정락, 「기록적-판소리문학의 성장·변이 양상 고찰-완판 춘향전 3이
       본을 중심으로-」, 『서강 이정탁 교수 화갑기념 국어국문학논총』,
       동간행위원회, 1987.

최혜진, 『판소리계 소설의 미학』, 역락, 2000.

표인주 외, 『국창 임방울의 생애와 예술』, 사단법인 임방울국악진흥재
       단, 2004.

한국문헌연구소 편, 『전국지리지』 1-3, 아세아문화사, 1983.

한글학회, 『한국 땅이름 큰사전』(하), 한글학회, 1991.

한글학회, 『우리말 큰사전』, 어문각, 1996.

홍현식, 「전주대사습」, 『음악동아』 9월호, 동아일보사, 1988.

황패강, 『조선왕조소설연구』, 단국대출판부, 1978.

황패강, 「고소설에 나타난 육담의 의식과 세계관」, 김선풍 외, 『한국육
       담의 세계관』, 국학자료원, 1997.

국외논저 諸橋轍次, 『大漢和辭典』, 大修館書店, 1984.

中文大辭典編纂委員會, 『中文大辭典』, 中國文化大學出版部, 1985.

村山智順, 김희경 옮김, 『朝鮮의 占卜과 豫言』, 동문선, 1991.

Albert B. Lord, 『The singer of Tales』, Havard University press, 1960.

Finnegan, Ruth, 『Oral Poetry』, Cambridge University Press, 1997.
Scholes, Robert & Kellogg, R, 『The Nature of Narrative』, New York, Oxford University Press, 1979.
D. 로렌슨. A. 스윙우드 지음, 정혜선 역, 『문학의 사회학』, 한길사, 1984.
H.R 야우스 지음, 장영태 역, 『도전으로서의 문학사』, 문학과지성사, 1983.
R.C 홀럽 지음, 최상규 옮김, 『수용이론』, 삼지원, 1985.
Wolfgang Iser, 이유선 역, 『독서행위』, 신원문화사, 1993.

모리스 꾸랑 원저, 이희재 번역, 『한국서지』, 일조각, 1997.
미하일 M, 바흐찐 지음, 이득재 옮김, 『바흐찐의 소설 미학』, 열린책들, 1988.
볼프강 카이저 지음, 김윤섭 역, 『언어예술 작품론』, 대방출판사, 1982.
아놀드 하우저 지음, 최성만·이병진 역, 『예술의 사회학』, 한길사, 1983.
월터 J. 옹 지음, 이기우·임명진 옮김, 『구술문화와 문자문화』, 문예출판사, 1995.
츠베탕 토도로프 지음, 최현무 역, 『바흐찐: 문학사회학과 대화이론』, 까치, 1987.
테리 이글튼 지음, 이경덕 옮김, 『문학비평: 반영이론과 생산이론』, 까치, 1986.

찾아보기

歌詞

春香歌 二百句

廣寒樓前烏鵲橋吾是牵牛織女甫人間快事繡衣郎月老佳緣

紅粉妓龍城容舍東大廳是日重逢無限喜南原丹房李都令初見

春香絕代美三郎愛物此君誰仙瑤池淑香是吾年二八甫三五桃

二

李芳心媚春暮晴。淡南陌欲抽綠、牧丹東籬、方縱紫、繁華場、色帶方國。是時尋春遊上巳、紅羅繡裳草追曳、白紵輕衫、花際披清溪夕陽蹴。淡鶯碧桃陰中香、哇姑山慶子慈、香澤玉京仙娥鳴佩起蘭膏粉。汗洗浴態、萬化時前春水玻璃、小渚顧影、笑雪膚花貌清而頰、懸勳腰下。怕人見水面嬌態、蓮花似香風一陣、綠楊貌復上鞦韆、誇妙技、青鸞飛動蠻羅繡。百尺長繩紅纏二、江妃蹴波一身輕、月娥乘雲濩足趺、尖二實襪似葓子。衝蒡枝邊高處藥、桃花團月掩羅裙、萬目春城皆仰視、紅樓十載所未見男子風情、潛惹起翩翩青鳥作去來、整頓衣裳端正踢、櫻桃花下捲簾。家女曰無遌、男曰惟。鶯嗔鶯猜、踚如緜、步踚溪邊、青白芷窓開紅杏碧綠庭、屏面青山綠水、沚青帷紅燭洞房中、鏡臺粧盒何櫛桃、有陳蔚鱠爛燈盞、酒熟壺春、新上筵琉璃西盞琥珀盞、勸勸薑椒香蜜餌、花殘書琰宗

忘記好約丁寧恨拜跪人間令夕問何夕大禹空山辛至癸元鴛裯栢槐次

策鋪繡帶花帷雜絲桌三更釵股撲灯炎楚塵香雲浮夢裡吾忌蝴蝶繞

春花甫意元央綠逢水童年風度凋于殿欲表深情何物以菱花玉

鏡折撥金竹節銀釵倭鑼市烏銅鐵柄綰營刀比紫紬雲頭平壤複投

之贈之必無惜復恨金錢無億樣男兒口情要前妾內衙當夕誇伯練

長長情緒絡兩身笑說喬林紫蔦蘺春狐當此敀晡遍妝雜別

裀紅樽綠酒不臥歡一曲悲歌騰翅微長城忍志蔦姬眼濟州將留裹

將蓬郎言別恨剖肝膓女道深恩銘骨髓雜蓬相慰復相勉甫言浪

吾側耳今敀洛陽好讀書立身明廷終出仕茲洲太守或不能比道監司

猶可擬分明他日好風吹復甕陳田春韮臨今更有惜別意戲諕曾

生南俗俚方臺大海涸生塵白頭高山平似砥屏風畫鶴拍翼翼鳴公子敀艇

門外艤花樓春日上馬逢。回首蛟龍山碨礴、征鞭不促此去路、歎息斜陽踰

瑟時。悵然欲堅洛中宅泊自南天窓每闍音容黯、守時雲書信茫

漢江鯉、紅闈後約忽惑晚。每日長安開墨壘風騷句裡問宋玉史記篇中

諓李悝春塘二月謁聖科身作龍門九級鮪東坡文体右軍筆一天光

塢呈試紙天陛及茅壯元郞御酒恩花縈莫此者名籍、翰林召教坊

群娥歌學士芸堂華職拜正字。玉署清班登校理平生所願輒如意時

除湘南新御史延英嚴下甫拜敏。敦化門前唁行李征驟躍出罷漏頭此

去南州幾百里陽城褨山短長亭孝浦恩津深淺溪完山客舍一宵桅念外

青蛾歲羅綺公中得私此行色地漸南時人漸通呼腔急渡五院溪、噢酒

忙過蘂樹坻濟行蘂衣等范叔陸路無車山着欄官門消息問来人有一

田翁鬧頁耜新官城王太狂妾其也佳人蟄萬死貞忠守節以為罪一月

官庭三次筆緣誰將作獄中鬼可憎當年總角民推之一事可知十閻境之

民同有庫輪困我瞻強自制睨視官梅心暗誓花間柳邊路已慣先訪粃

閩旧基址紗窓粃壁若筍過喚出阿娘老阿孃棲遑蹤跡使人悔老婦

尖唇如鳥嘴公然愛女納圍扉到此無人供濟酒

隣家掃糠粃哥祥泛說虺蛇夢至情難堪牛犢舐聞来石覺臭死酸是

誰之惷吾所使無情有情獄門外相面今宵幕徃矣鶉衣鵲冠一乞人局

束長腰行骯骸緋徊門隙喚春香對五黃昏樓

放落魄行裝吾亦覘娉婷弱質只存殼玉膚花貌如後飯千悲萬恨膽

先塞夫復何言時運否搐之病體依三木泣說中間事終始郎君玉後小

妾願冨貴南還日夜俟紅毺明月宇相門食肉終身吾亦特前生作何至

重罪百狹纏身無一衵如君才器此世界獎袍南来實不擇孥冠麗服偶

無分百結鶉衫半泥濘誰令無罪致死地即今官司只貪鄙刕民俱被剝

膚患廉恥憚忘篩籃籃張湯後身未強人鍛鍊規模等鑪錘人情全

對獄時殘忍其心若豺兒居然生慾有夫女白日風稜肆亥究嚴威莫奪

迤婦爺憤氣撐腸艱掌抵如霜歸令乳虎呪彷彿盲人足踐屎蜂飛

卒祖禍来無數中庭鴈驚時三稜棍朴積如山檢杖群中魂已魄奕

軟骨暫時碎滿脛瘡痕皆黑疻梅樽日醉五斗酒輒日加刑不知止羅

盡杖頭血暑月虫蛆生股髀生於娼妓賤微地非昧寒裳瀎潸方

女不更二許身當初以死矢投身湯鑊尚真毋本性難回柳與杞村首昨

来夢天翁無常云顧誤粒臺鏡破豈無群庭樹花飛應結子朝鮮通寶

擲錢占伏乞神明昭示俾重天乾卦動青龍貴人相逢云可企浮雲千里

遠外郡不意令来逢尺咫身今溘死更何恨如服良劑痊宿痾間關行路得

無飢且留吾家，做真駿。輕花寶裙罳諸籛藏，合香囊藏在一甌，呼吾老母

向市賣一飯宜炊廚下鐺，明朝本府壽宴開，醉後狂心應不儸，如將瘡上後加

杖此身分明塵土委，須從拿路護戎械一番，生前頭角畸，初終歛龍以郎手

埋骨荒原為作誄，剛腸自以丈夫許，聽此不覺脊如燬，心中切齒黑倅罪封

庫來朝可擱彼，娘家是夜伴燈宿，菖琴盡群歷間蟢，天明府庭果閣宴

紅紬黃衫萬舞他，腥鱗白膽蓼川魚，珎果紅筐燕谷市，咸花籛二八蓮開

水郎圖二琴子纍，盃樽餘瀝醉龍心，逐臭諸人等舐痔，欄頭住寶縣監憑

楹角浮昌郡守倚，安知竈突火暗燃，驚賀中堂歡未已，公門以外乞食容

繼縷衣中來自塊，綿絲一絁亢結冠，草覆寢墓半掛趾，低面末席放頸顄意

甲秋鷹將獵雉，平原門下笑蘧姬，復見樽門傳酒婢，殘盃冷炙草待接彷

彿村祇浮見疫，躬逢勝餞豈不謝。一聯新詩藏奧旨，千人有淚燭燼鏡萬

姓無膏樽泛蟻雲峰營將獨有眼見水能知沙岸坦長風一陣自飲來意
外玄門馬牌揺青坡驛卒大叫入暗行使道臨筵此晴天無乃霹靂動四座
蒼黃風下靡爭投窻隙倒着冠或蹴盃樽忙失亡風威高動熱斧虎王
宮翻同牢下豕群鷄叢裡踈仙鶴高驕中軒一爻橋三盃藥酒進次第
八帖銀屏列逶迤綿裘竹纓去無痕獜帶烏紗俄危侈瀛州十關聖仙
官栖府威儀冠以多軍牢使令走如飛即地風威生悟從官貧奔窮左
右徑妓女俯伏東西尾倉羊邑犬亦戰股毉是昆陽兩下淫便宜南邑廚
置事先屆封章呈玉几張綱直群動洛陽伏波神威震爻趾烹阿舊
律本官罪無異縶嬰繫頸靬如何無罪久滯囚當刻圍墻其禁弛圍
墻玉娘怨宮階小庭花陰未暇徙桁楊接擖使盡決眾妓尖唇穿似
籬如痴如夢喜不勝未覺中階迎倒屣千般好官別星我九死餘生

佳妓侑觴龍画帖半月梳十二雲鬢催櫛縱誰知昨暮丐乞行飛上公堂
官爵救京師去時一總卅白皙踈眉玉色玼東軒資婢極可嗤兩班書
房其樂只粧樓光彩一時生即日歡拜動南紀油魦笑屬淺深情請量
東濱波渺之徒令妓籍割汝名百年吾家敏奉匜承花寶紬裂為幣帛
柵輕緑縫作被珠欄玉簾所居室復欲西郊營好時官廳支廳六時
鏘鑣進珠為臺野麂清醽樽上泛葡萄甘蜜盂中和意效絲之細切
鎮安草分付官妓其貢底三門外街沸如羹六房陰囊擴似積如天驛
路之夫飛有女同車皷並軛覆轎青帳半空擧兩耳生風駝綠騎吹鑼六
騎響前後清道覆笒新影橋猊監官邑吏設供帳座者軍校執鞭翊長
霧短辥夾路馳使客之行鄉相儗花辥之女玉貌郎望若神仙同渡此
傾城傾國月梅百譽喧之無一諼夫人貞烈好加資教音瑞下金溗重

床琴並和室家慶拜謁廟堂祖考妣銀臺玉堂貴闕女同姓同門作妯
娌門楣亦高老嫗家孝誠堪補同虎帷纖蔥玉手坐無事不使春田勞
採芑盈之玉粒共粢食分餉家奴田器序金屏內室野紅玉門對終南石
硯砲餼文又是等薛濤尤物元非似妹嬉春花秋月合歡酒玉臺金瓶
釀黑秬泉源淇水不盡思時望南湘頻陟屺嬌姿畫有笑中香貴格
吾誇眉上痛蛾眉好砅語軸峰人賀先山之崒嵂宜春進士女僧歌佳
約何年逢杜漢狂心好色世或識度外讒言同伯齁當來好爵頷議政
不羨區之林之司烜星山玉春總無色當得櫻唇甘似酏清宵東閣樂鍾
鼕逢日南閣採榮菅朝雲可愛远相隨孟光甘心共耘籽醫娥棉婢
愧欲死檀屑冰床輕步躧先補絺桃花不斅更詠周詩江有汜奇談
秖可詠放歌異蹟堪將繡之梓騷翁為作打鈴辭好事相傳後千秠

淸節書院本 〈晩華本 春香歌〉

▸ 이 이본은 柳濟漢, 『晩華集』(淸節書院, 1989)의 卷之二의 뒷부분에 수록되어 있는 〈春香歌 二百句 押支韻〉이다.

▸ 원전 자료를 영인할 수 있도록 허락해 주신 류구상 교수님께 감사드립니다.

歌詞

春香歌 押支韻 二百句

廣寒樓前烏鵲橋吾是牽牛織女甬人間快事繡衣郎月老佳緣紅

粉妓龍城客舍東大廳是日重逢無限喜南原冊房李都令初見春

香絕代美三郎愛物比君誰二仙瑤池淑香是吾年二八甬三五桃

李芳心媚春暮晴莎南陌欲抽綠牧丹東籬方綻紫繁華物色帶方

國是時尋春遊上巳紅羅繡裳草邊曳白紵輕衫花際披清溪夕陽

蹴波鸞碧桃陰中香步蛙姑山處子惹香澤玉京仙娥鳴佩玭蘭膏

粉汗洗浴態萬北寺前春水瀰玻瓈小渚顧影笑雪膚花貌清而頮

慇懃腰下怕人見水面嬌態蓮花似香風一陣綠楊岸復上鞦韆誇

妙技青鸞飛動紫羅繡百尺長繩紅纏繧江妃踏波一身輕月娥秉

雲雙足趿尖尖寶襪似苽子衝落枝邊高處藥桃花團月掩羅裙萬

晚華集 卷之三

目春城皆仰視紅樓十載所未見男子風情潛惹起翩翩青鳥乍去
來整頓衣裳端正踟櫻桃花下捲簾家女曰無遐男曰唯鶯嗔鶯猜
路如絲步蹋溪邊青白芷窓開紅杏碧梧庭屏畫青山綠水沚青帷
紅燭洞房中鏡臺粧奩何櫛枇有陳蔚鱝爛登盤酒熟壺春新上筵
琉璃畫盞琥珀臺勸勸薑椒香蜜餌花牋書出不忘記好約丁寧娘
拜跪人間今夕問何夕大禹塗山辛壬癸鴛衿栢枕次第鋪繡帶花
帷雜絲枲三更釵股撲灯火楚臺香雲浮夢裡吾心蝴蝶繞春花甫
意鴛鴦逢綠水童年風度潤手段欲表深情何物以菱花玉鏡打撥
金竹節銀釵倭舘市鳥銅鐵柄統營刀紫紬雲頭平壤履投之贈之
少無惜復恨金錢無億梯男兒口情娶前妾內衙時時誇伯娣長長
情緒絡兩身笑說喬林縈葛藟春瓜苦滿北歸期此日遽然離別禩
紅樽綠酒不成歡一曲悲歌騰羽徵長城忍忘葛姬眼濟州將留裵

將齒郎言別恨割肝腸女道深恩銘骨髓離筵相慰復相勉甫言琅
琅吾側耳今歸洛陽好讀書立身明廷終出仕茲州太守或不能此
道監司猶可擬分明他日好風吹復墾陳田春草薙臨分更有惜別
意戲談曾生南俗俚方壺大海涸生塵白頭高山平似砥屏畫雞
拍翼鳴公子歸船門外艤花樓春日上馬遲回首蛟龍山碨礧征鞭
不促北去路歎息斜陽踰瑟惘然歸坐洛中宅迂目南天窓每闊
音容黯黯斗崎雲書信茫茫漢江鯉紅閨後約恐或晚每日長安開
墨壘風騷句裡問宋玉史記篇中談李悝春塘二月謁聖科身作龍
門九級鮪東坡文體右軍筆一天先塲呈試紙文臣及第壯元郎御
酒恩花榮莫比香名籍籍翰林召敎坊群娥歌學士芸臺華職拜正
字玉署清班登校理平生所願輒如意特除湖南新御史延英殿下
肅拜歸敦化門前啓行李征驂躍出罷漏頭此去南州幾百里陽城

眠車集　卷之二

稷山短長亭草浦恩津深淺淚完山客舍一宵枕念外青蛾幾羅綺
公中得私此行色地漸南時人漸通呼舩急渡五院溪喚酒忙過蔞
樹坮潛行㺩衣等范叔陸路無車山著欄官門消息問來人有一田
翁閑覓耗新官城主太狂妄其也佳人蟄萬死貞心守節以爲罪一
月官庭三次箠緣誰將作獄中鬼可憎當年總角氏推之一事可知
十闔境之民同有庫輪囷我瞻強自制睨視月梅心暗詈花間柳邊
路己慣先訪粧閨舊基址紗窓粉壁若箇邊喚出阿娘老阿嫛棲遑
蹤跡使人悔老婦尖唇如鳥觜公然愛女納圜扉到此無人供饘濡
簫條數口不自糊或向隣家掃糠秕奇祥泣詭虵蛇夢至情難堪牛
牘舐聞來不覺鼻酸是誰之徑吾所使無情有情獄門外相面今
宵第往矣鶉衣鶡冠一乞人司束長腰行骷骸徘徊門隙喚春香對
立黃昏摻玉指凄凉身世甬何故落魄行裝吾亦耻娉婷弱質只存

殼王膚花貌如彼毀千悲萬恨臆先塞夫復何言時運否搖搖病體
依三木泣說中間事終始郎君去後小妾願富貴南還日夜俟紅氊
明月宰相門食肉終身吾亦恃前生作何至重罪百殃纏身無一祉
如君才器此世界弊袍南來實不揣華冠麗服倘無分百結鶉衫半
泥滓誰令無罪致死地即令官司只貪鄙刃民俱被剝膚患廉耻渾
忘飾簠簋張湯後身木強人鍛鍊規模等鑪錘人情全沒對獄時殘
忍其心若豺兒居然生慾有夫女白日風稜肆姦宄嚴威莫奪匹婦
節憤氣撐腸雙掌抵如霜號令乳虎吼彷彿盲人足踐屎蜂飛遷卒
袒裼來無數中庭傴蔦崎三稜棍朴積如山檢杖聲中魂已褫柔皮
軟骨暫時碎滿脛瘡痕皆黑痿梅樽日醉五斗酒輒日加刑不知止
羅裳染盡杖頭血暑月虫蛆生於娼妓賤微地非昧褰裳涉
漆洧方知烈女不更二許身當初以死矢投身湯鑊尚且丹本性難

〈晚華集〉卷之七二

十六

回柳與杞村盲昨夜來夢天命無常云顧誤粧臺鏡破豈無聲庭
樹花飛應結子朝鮮通寶擲錢占伏乞神明昭示俾重天乾卦動青
龍貴人相逢云可企浮雲千里遠外郎不意今來逢尺恐身今溘死
更何恨如服良劑痊宿痾間關行路得無飢且留吾家歸莫駛輕花
寶裙置諸篋蘇合香囊藏在甌呼吾老母向市賣一飯宜炊厨下錡
明朝本府壽宴開醉後狂心應不儼如將瘡上復加杖此身分明塵
土委須從拿路護我械一番生前頭角搘初終斂襲以郎手理骨荒
原爲作誅剛腸自以丈夫許聽此不覺胥如燬心中切齒黑倅罪封
庫來朝可擠彼娘家是夜伴燈宿蕭瑟虫聲壁間蟋天明府庭果開
宴紅紬黃衫萬舞比腥鱗白膽蓼川魚珎果紅登燕谷市牋花簇簇
八蓮開水卵團團棊子黌盃樽餘瀝醉飽心逐臭諸人等舐痔欄頭
任實縣監憑楹角淳昌郡守倚安知竈突火暗燃鸎賀中堂歡未已

公門以外乞食客繿縷衣巾來自堆綿絲一紽亂結冠草履雙墓半
掛趾低面末席故穎頤意中秋鷹將獵雉平原門下笑璧姬復見樽
前傳酒婢殘盃冷炙草待接彷彿村泯浮鬼庋躬逢勝餞豈不謝一
聯新詩藏奧旨千人有淚燭燃蠟萬姓無膏樽泛蟻雲峰營將獨有
眼見水能知沙岸圮長風一陣自釘來意外玄門馬牌捶青坡驛卒
大吼入暗行使道臨於此晴天無乃霹靂動四座蒼黃風下靡爭投
窓隙倒着冠或蹴盃樽忙失匕風威高動執斧虎王官翻同牢下承
群鷄叢裡降仙鶴高踞中軒一交椅三盃藥酒進次第八帖銀屏列
逶迤綿裘竹纓去無痕獺帶烏紗俄忽侈瀛洲十閣坐仙官栢府威
儀冠以芻軍牢使令走如飛即地風威生倍徙官員奔竄左右徑妓
女俯伏東西㐂倉羊邑犬亦戰股疑是昆陽雨下漁便宜南邑處置
事先屆封章呈玉几張綱直聲動洛陽伏波神威震交趾烹阿舊律

明秀集 卷之二

本官罪無異秦嬰繫頸軹如何無罪久滯囚當刻圜墻其禁弛圜墻

玉娘忽官階小庭花陰未眼徙桁楊接摺使齒決衆妓尖脣穿似簏

如痴如夢喜不勝未覺中階迎倒屣千般好官別星我九死餘生佳

妓儷雙龍畫帖半月梳十二雲鬟催櫛縱誰知昨暮丐乞行飛上公

堂官爵救京師去時一總丱白皙踈眉玉色玼東軒資婢極可唾兩

班書房其樂只粧樓光彩一時生卽日歡聲動南紀油然笑蠱淺深

情請量東溟波瀰瀰從今妓籍割汝名百年吾家歸奉卋禾花寶紬

裂爲帶卽羽輕紗縫作被珠欄玉簾所居室復欲西郊營好時官廳

支廳六時饍跪進珎羞烹野麑清醥樽上泛葡萄甘蜜盃中和薏苡

絲絲細切鎭安草分付官奴其貢底三門外街沸如羹六房陰囊撐

似枳如天驛路路文飛有女同車歸並軏雙轎青帳半空舉兩耳生

風駞綠駬吹鑼六騎響前後清道雙笒影綺旈監官色吏設供帳座

首軍校執鞭弭長轡短轡夾路馳使客之行鄉相儗花客之女玉貌

郎望若神仙同渡沘傾城傾國月梅女百譽喧喧無一謗夫人貞烈

好加資教旨踏下金泥璽床瑟並和室家慶拜謁廟堂祖考妣銀臺

玉堂貴閥女同姓同門作妯娌門楣亦高老嫗家孝誠堪補同虎帷

纖蔥玉手坐無事不使春田勞採苣盈盈玉粒共案食分命家奴田

器庤金屏内室貯紅玉門對終南石魂砚能文又是等薛濤尤物元

非似妹嬉春花秋月合歡酒玉壺金瓶釀黑秔泉源淇水不盡思時

望南湖頻陟圯嬌姿甫有笑中香格吾誇眉上痡蛾眉好砂諳軸

峰人賀先山山崑菴宜春進士女僧歌佳約何年逢杜漢狂心好色

世或譏度外讒言同伯嚭當來好爵領議政不羨區區梦司烜星山

玉春總無色嘗得櫻脣甘似酏清霄東閣樂鐘鼓遲日南園採荣苢

朝雲可愛還相隨孟光甘心共耘耔醫娥棉婢愧欲死檀屑永床輕

步躧先稱絺桃花不發更詠周詩江有汜奇談秪可詠於歌異蹟堪
將繡之梓騷翁爲作打鈴辞好事相傳後千祀

一簑本 〈晚華本 春香歌〉

▶ 이 이본은 서울대학교 중앙도서관(일사 810.95 M314)에 소장되어 있는 『晚華集』 卷之二의 마지막에 수록되어 있는 〈春香歌 二百句〉이다.

▶ 원전 자료를 영인할 수 있도록 허락해 준 서울대학교 중앙도서관에 감사드립니다.

〈晩華本 春香歌〉影印

- 一簑本〈晩華本 春香歌〉
- 清節書院本〈晩華本 春香歌〉